HEYNE <

Das Buch

Der Physiker Jacob Kelley ist mit einer wundervollen Frau verheiratet, hat drei gesunde und intelligente Kinder, und er liebt seinen Job als Physikprofessor am Swathmore College. Sein geregeltes Leben ändert sich jedoch, als an einem verschneiten Dezemberabend sein ehemaliger Arbeitskollege und Freund Brian Vanderhall in Flip-Flops vor der Tür steht und behauptet, es sei ihm gelungen, Kontakt mit Quantenintelligenzen aufzunehmen, die ihm Superkräfte verliehen hätten. Als Jacob ihm nicht glaubt, bedroht Brian Jacobs Familie und wird relativ unsanft aus dem Haus der Kelleys geworfen. Nur wenige Stunden später ist Brian tot – ermordet in seinem eigenen Labor. Jacob wird der Tat überführt und verhaftet, die Beweislast gegen ihn ist erdrückend. Das Problem ist nur: Jacob Kelley kann den Mord nicht begangen haben, denn zur Tatzeit lag er schlafend in seinem Bett. Ist an Brains Gerede von den Quantenintelligenzen doch etwas dran? Gibt es möglicherweise Wesenheiten, die unsere Realität manipulieren können? Die Einzige, die Jacob glaubt, ist seine Kollegin, die Teilchenphysikerin Jean Massey, doch kann sie Brians Theorie und Jacobs Unschuld vor Gericht beweisen?

Der Autor

David Walton wurde 1975 geboren, und wenn er nicht gerade schreibt, arbeitet er als Ingenieur für den amerikanischen Raumfahrtkonzern Lockheed Martin. Er wurde für seine Romane und Kurzgeschichten bereits mehrfach ausgezeichnet, unter anderem mit dem Philip K. Dick Award. David Walton lebt mit seiner Familie in der Nähe von Philadelphia.

DAVID WALTON

QUANTUM

Roman

Aus dem Amerikanischen
von Norbert Stöbe

WILHELM HEYNE VERLAG
MÜNCHEN

Titel der amerikanischen Originalausgabe
SUPERPOSITION

MIX
Papier aus verantwortungsvollen Quellen
FSC® C014496

Verlagsgruppe Random House FSC® N001967

Deutsche Erstausgabe 08/2016
Redaktion: Ralf Dürr

Printed in Germany
Umschlaggestaltung: DAS ILLUSTRAT, München,
unter Verwendung eines Motivs von agsandrew/Shutterstock
Satz: KompetenzCenter, Mönchengladbach
Druck und Bindung: GGP Media GmbH, Pößneck

ISBN 978-3-453-31763-5

www.diezukunft.de

Für Miriam, denn zwei Mal ist besser

»Unsere Vorstellungskraft ist nicht deshalb so dehnbar, damit wir wie in der Literatur Dinge imaginieren, die es nicht gibt, sondern damit wir die Dinge verstehen, die es gibt.«

Richard Feynman, Nobelpreisträger für Physik

1

Up-Spin

Obwohl es schneite, tauchte Brian Vanderhall mit Flip-Flops, Wandershorts und einem alten MIT-T-Shirt an meiner Tür auf, sein Atem bildete weiße Dampfwolken. Ich hätte ihn nicht hereinlassen dürfen. Es hätte mir eine Menge Ärger erspart, wenn ich ihm ungeachtet der Kälte die Tür vor der Nase zugeschlagen hätte. Stattdessen machte ich ihm Platz und kam mir dabei vor wie ein Idiot.

Ich hatte im Keller am Sandsack trainiert, als es klingelte. Ein V-förmiger Schweißfleck auf der Brust verdunkelte mein graues ärmelloses T-Shirt, und meine Arme waren feucht von Schweiß.

»Jacob Kelley«, sagte er. »Du siehst aus wie ein Neandertaler, aber das ist ja nichts Neues.«

»Und du bist so charmant wie eh und je«, erwiderte ich. »Wo hast du deine Jacke gelassen?«

Er lächelte schwach. »Mach die Tür zu.«

Ich spähte nach draußen und sah nichts als Schnee und Dunkelheit. »Alles in Ordnung?«

»Mach sie einfach zu, wärst du so nett?«

Ich kannte Brian Vanderhall seit dem College. Während des Studiums und bei dem Drama um unsere Forschung am New Jersey Super Collider war er vermutlich mein bester Freund gewesen. Doch er war nicht immer der denkbar loyalste Freund gewesen, und es gab Gründe, weshalb ich zu ihm auf Abstand gegangen war. Als er unerwartet vor meiner Tür stand, glaubte ich, er wolle mich in irgendein neues persönliches oder finanzielles Chaos verwickeln, doch ich rechnete nicht mit einer Katastrophe. Das tun wir wohl nie.

Brian stampfte Schnee von seinen Flip-Flops und kickte sie in die Ecke. Ein Schwall kalter Luft mischte sich in die mollige Wärme des Kamins, als ich die Tür zuzog und absperrte. Sein Gesicht und seine Hände waren rissig und gerötet, und er hatte einen Mehrtagebart. Zuletzt hatte ich ihn vor zwei Jahren gesehen, und er hatte sich in der Zwischenzeit verändert, wenngleich ich mir nicht sicher war, worin die Veränderung bestand. Ich fand, dass er sein Haar etwas länger trug, und seine Brille war möglicherweise neu. Vielleicht war er einfach nur älter geworden.

Wir stiegen die drei Stufen von der Diele zum Wohnzimmer hoch, wo meine Tochter Claire am Kamin ihre Matheaufgaben machte, das blonde Haar wie ein Sonnenaufgang auf ihre Schultern gebreitet. Ich gab ihr einen Kuss auf die Stirn, dann bogen wir um die Ecke in die Küche.

Die Küche hatte es Elena und mir in diesem Haus angetan. Sie war geräumig und modern, mit langen Arbeitsflächen und einem Hackblock aus Massivholz. Bald saßen wir am Frühstückstisch, und Elena hatte uns heiße Becher hingestellt: Kaffee für sich und Brian und Tee für mich. Oben übte Alessandra Trompete.

Brian legte die Hände um seinen Becher und atmete den Dampf ein. »Danke«, sagte er. »Ehrlich, ich kann gar nicht sagen, wie dankbar ich bin.«

Elena und ich wechselten Blicke. Sie war klein, athletisch und trug Jeans und ein Trainings-Sweatshirt. Ich fand, sie sah jetzt noch besser aus als mit zweiundzwanzig, als sie beim Philadelphia-Marathon vor mir hergelaufen war und ich in Rekordzeit abgeschlossen hatte, weil ich sie nicht aus den Augen verlieren wollte.

»Wie läuft es so am NJSC?«, fragte sie.

»Ach, immer gleich«, antwortete Brian zerstreut. »Richardson ist ein Ekel wie eh und je.« Er sah mich an. »Seit du weg bist, läuft es nicht mehr rund.«

»Als ich noch da war, lief es auch nicht rund«, sagte ich. Der New Jersey Super Collider war der größte Teilchenbeschleuniger der Welt, errichtet unter den Pine Barrens bei Lakehurst, nicht weit von Princeton entfernt. Die Baukosten hatten den Kostenrahmen gesprengt, und viele bezeichneten ihn als die größte Geldverschwendung unserer Generation. Die Proteste der Umweltschützer richteten sich vor allem gegen die langfristige Wirkung der radioaktiven Strahlung auf die Ökologie des Pinienwaldes. Trotz aller Einwände hatte Richardson das Projekt unermüdlich vorangetrieben. Nach der Fertigstellung hatte der politische Proteststurm zugenommen, bloß ging es nicht mehr darum, ob der Teilchenbeschleuniger gebaut, sondern ob er in Betrieb genommen werden sollte. Einige Aspekte der Arbeit am NJSC fehlten mir. Andere überhaupt nicht.

»Ich verstehe nicht, weshalb du fortgegangen bist«, sagte Brian. »Das tut niemand. Du hast einen Doktortitel der Universität Princeton. Du hast als Physiker publiziert, spielst in der ersten Liga, bist vielleicht sogar der nächste Wheeler. Wie konntest du das bloß aufgeben, nur um …« Er deutete vage in der Küche umher.

»Ich unterrichte Physik am Swarthmore College«, sagte ich. »Es gefällt mir dort. Ich habe ein paar aufgeweckte Studenten. Und es gibt dort keine Politik, keinen Streit um Zeit für Experimente, keine Notwendigkeit, Fremden den Wert meiner Arbeit zu beweisen, um weitermachen zu können.«

Als die Darstellung unserer Forschung in der Öffentlichkeit wichtiger wurde als unsere eigentliche Arbeit, war das für mich der Tropfen gewesen, der das Fass zum Überlaufen gebracht hatte. Ein Multimilliardenprojekt brachte einen so großen Druck mit sich, neue Ergebnisse zu produzieren, dass die Qualität der Forschung gefährdet wurde. Seit der Kongress 1993 den Superconducting Super Collider in Texas begraben hatte, spielten die Vereinigten Staaten zum ersten Mal wieder in der ersten Liga der Teilchenforschung. Wir hätten die unselige amerikanische Kurzsichtigkeit auf dem Gebiet der Wissenschaft überwinden können. Stattdessen verwandten wir so viel Energie darauf, Steuerzahlern den Wert des NJSC zu beweisen, dass kaum ein Nutzen damit erzielt wurde.

»Du hättest wenigstens eine Professur in Princeton annehmen können«, sagte Brian. »Dort hätte man schon was für dich gefunden.«

»Ich wollte Schluss machen mit der Politik«, sagte ich.

Brian schüttelte den Kopf. »Du wärst etwas Besonderes

gewesen. Du hättest Eingang in die Geschichtsbücher gefunden. Aber du hast das alles weggeworfen.«

Ich trank von meinem Tee, um das Zucken meiner Gesichtsmuskeln zu verbergen. »Nur weil jemand ein begabter Klavierspieler ist, heißt das nicht, dass er auch eine musikalische Laufbahn einschlagen muss«, sagte ich. »Nur weil ein Mädchen gut Schlittschuh läuft, muss es nicht gleich für Olympia trainieren.« Mir kam es so vor, als setzten wir eine Unterhaltung an der Stelle fort, wo wir sie vor zwei Jahren abgebrochen hatten. Ich war das Ganze jetzt schon leid.

Er trank einen Schluck Kaffee und verzog das Gesicht. »Du vergeudest deinen brillanten Verstand, wenn du mittelmäßigen Studenten zu ein paar Leistungsnachweisen verhilfst.«

Ich richtete mich halb auf, die Hände auf die Tischplatte gestützt. Der Stuhl schrammte über den Fliesenboden. Elena legte mir rasch die Hand auf den Arm. »Hör zu«, sagte ich. »Bist du hergekommen, um mich zu beleidigen, oder gibt es einen besonderen Grund?«

»Tut mir leid, tut mir leid«, sagte er. »Ich weiß. Alte Gewohnheiten und so.« Er führte den Becher zum Mund, doch seine Hand zitterte, und etwas Kaffee schwappte über. Er knallte den Becher auf den Tisch, wobei noch mehr Kaffee überschwappte, fluchte leise und saugte an seiner Hand.

»Moment«, sagte Elena. Sie hielt eine Stoffserviette unter den laufenden Wasserhahn und reichte sie ihm. Er wickelte sie sich um die Hand, während ich mit einer zweiten Serviette den verschütteten Kaffee aufwischte.

Mir wurde bewusst, dass Brian sich stark verändert hatte. Er hatte Angst. Das war kein Stress – gestresst hatte ich ihn erlebt, wenn er Geldprobleme hatte oder wenn eine seiner

Frauen herausfand, wie er es auch mit der anderen trieb. Hier ging es um etwas anderes. Er blickte verstohlen zum Fenster und schreckte bei Geräuschen zusammen. Er glich einem Eichhörnchen auf der Straße, das darauf vorbereitet ist, sich bei drohender Gefahr in Sicherheit zu bringen.

»Spuck's aus«, sagte ich. »Was ist los?«

»Was meinst du?«

»Du hast noch nie im Leben einen Freundschaftsbesuch gemacht. Was willst du von uns?«

Er streifte sich eine Haarsträhne aus den Augen, die prompt wieder herabfiel. »Ich bin in Schwierigkeiten«, sagte er.

»Was für eine Überraschung. Geht's um die Arbeit oder um Frauen?«

Brian lachte bitter auf. »Um beides, könnte man sagen.«

Ich trank meinen Teebecher leer und brachte ihn zur Spüle, wo ich ihn auswusch und auf das Abtropfgitter stellte. Auf der Arbeitsplatte brannte eine Kerze, die einen scharfen Tannennadelduft verströmte. »Red weiter.«

»Bist du auf dem Laufenden, was die Publikationen angeht?«, fragte Brian, doch ehe ich antworten konnte, ertönte ein lautes Geheul. Sean, mein Sohn, stürmte in den Raum und prallte gegen mich. Er war fünf und kannte nur Vollgas, und die einzige Möglichkeit, ihn zu stoppen, war ein Zusammenstoß.

»Immer schön langsam«, sagte ich. »Was ist los?«

»Alessandra lässt mich nicht spielen«, schluchzte er.

»Sie übt. Wieso nimmst du dir nicht deine Trompete?«

»Die ist kaputt. Und sie hat mich gehauen!«

»Alessandra hat dich gehauen?«

»Auf den Kopf! Mit ihrer Trompete!«

Ich besah mir die Stelle, und tatsächlich: In seinem kurz geschnittenen blonden Haar zeichnete sich eine halbmondförmige Schwellung ab. Ich seufzte. Ein weiteres Kapitel im Fortsetzungsdrama der Kelley-Kinder.

Im nächsten Moment kam Alessandra um die Ecke gestürmt. Sie hatte dunkles Haar wie ihre Mutter, doch es mangelte ihr an Elenas Gelassenheit. »Das war nicht meine Schuld«, sagte sie.

»Nicht deine Schuld?«, sagte ich. »Sieh dir mal die Schramme an! Du bist vierzehn, Alessandra, nicht sieben. Du solltest eigentlich so vernünftig sein, dass du aufs Hauen verzichten kannst.«

»Ich hab bloß gespielt. Er hat sich gestoßen.«

»Willst du ernsthaft behaupten, er sei gegen die Trompete gelaufen? Dass du geübt und dich um deinen eigenen Kram gekümmert hast, und dass er so fest gegen die Trompete geprallt ist, dass er eine Beule davon bekommen hat?«

Sie verschränkte die Arme und musterte mich übellaunig.

»Sieh mich nicht so an«, sagte ich. »Du musst lernen, dich zu mäßigen.«

»Du meinst, so wie du, als der Typ im Fitnessstudio Mom beleidigt hat?«, fragte Alessandra.

Ich wurde zornig. »Provozier mich nicht, junge Dame. Komm runter, und entschuldige dich bei deinem Bruder.«

Wieder legte Elena mir die Hand auf den Arm. »Wir haben einen Gast«, sagte sie. »Unterhalte du dich mit ihm, ich bring die Kinder hoch und regel das.« Sie wühlte im Kühlschrank, nahm eine Gelpackung mit Teddybäraufdruck heraus und drückte sie Sean auf die Stirn. »Rauf auf dein Zimmer, und zieh den Schlafanzug an«, sagte sie. Sie drehte Sean an den Schultern in die richtige Richtung.

»Ich bringe nur die Kinder ins Bett, bin gleich wieder da«, sagte Elena zu Brian. »Nimm dir noch Kaffee; in der Kanne ist noch genug.«

Ich bemerkte, dass Brian Seans kurzen Arm anstarrte. Das taten die meisten Erwachsenen, mal mehr, mal weniger verstohlen, doch sie stellten keine Fragen. Sean war so geboren worden, sein linker Arm hatte nur die halbe Länge, und am Ende saß ein winziges Händchen, mit dem er nicht gut greifen konnte.

Während sie nach oben gingen, beteuerte Alessandra unablässig ihre Unschuld. Brian kicherte. »Du warst schon immer ein Familienmensch, hab ich recht?«, sagte er. »Windeln und Rotznasen.« Die Windeln lagen schon mehrere Jahre hinter uns, doch ich verzichtete darauf, ihn zu korrigieren. Ich wunderte mich, dass er sich über meine Familie lustig machen konnte, obwohl er vor Angst zitterte.

»Okay«, sagte ich. »Lass hören.«

Brian hielt meinen Blick einen Moment lang fest. »Du bist vertraut mit dem Konzept, wonach die Natur ein Computer ist?«

»Klar. Du meinst die Vorstellung, das ganze Universum sei nichts weiter als ein großer Quantenrechner.«

»Sämtliche Informationen des Universums lassen sich demnach als riesige, aber endliche Abfolge von Bits darstellen, mit einigen wenigen Bits für jedes Teilchen, seinen Typ, Spin, Impuls und so weiter«, sagte Brian.

»Mir kam das immer tautologisch vor«, meinte ich. »Das Universum ist das Universum. Wenn man es als Computer bezeichnet, bringt das keine neuen Erkenntnisse mit sich.«

Brian wirkte ein wenig beleidigt. »O doch. Man kann jeden realen Teilchensatz mit einem Quantenrechner simulieren, der dieselbe Zahl von Teilchen beinhaltet, ganz gleich, wie viele es sind und wie komplex sie interagieren.«

Bis jetzt klang das nicht nach einem Mann, der mit Flip-Flops in den Schnee hinausgelaufen war. Eher klang es nach ominöser Metaphysik. »Ach ja? Also kann man einen Apfel mit einem Apfel simulieren. Und weiter?«

»Wenn man das Universum mit einem Quantenrechner simulieren kann, der die Größe des Universums hat, folgt daraus, dass das Universum von einem Quantenrechner ununterscheidbar ist. Praktisch *ist* es ein Quantencomputer.«

»Das heißt ...« Allmählich dämmerte es mir.

»Das heißt, es ist ein Rechner, dessen Komplexität Pronskys Schwelle weit übersteigt.«

»Ausreichend, um Bewusstsein zu entwickeln«, sagte ich, ohne meine Skepsis zu verhehlen.

»Genau.«

Ich musste lachen. »Willst du mir etwa weismachen, das Universum verfüge über ein Eigenbewusstsein?«

»Teile davon.«

»Ist das dein Ernst?«

Brian saß stocksteif auf seinem Stuhl und blickte panisch zum Fenster. Er musste nichts sagen. Ich wusste, er meinte es ernst. Ich wusste bloß noch nicht, ob er tatsächlich verrückt geworden war.

In diesem Moment kam Claire in die Küche, nahm sich einen Schokokeks und goss sich ein Glas Milch ein. Sie war sechzehn und entschied selbst, wann sie zu Bett ging. Sie setzte sich an den Tisch, zerbrach den Keks und tunkte eine Hälfte in die Milch.

Ich war froh über die Ablenkung. »Claire, du erinnerst dich doch bestimmt an Mr. Vanderhall?«, sagte ich.

»Ja, dunkel«, antwortete sie. »Hallo.«

Brian wandte sich ihr zu und schüttelte ihr die Hand. »Ist mir ein Vergnügen.« Er betrachtete ihr Gesicht. »Du bist richtig erwachsen geworden, seit ich dich das letzte Mal gesehen habe.«

Er hatte recht – in den vergangenen Jahren waren Claires niedliche Sommersprossen verschwunden, und sie hatte sich zu einer wahren Schönheit entwickelt. In Anbetracht von Brians Ruf war mir sein Interesse an meiner Tochter jedoch unangenehm. Außerdem war es nicht Claires Aussehen allein, das eine beeindruckende junge Frau aus ihr machte.

»Claire ist Klassenbeste«, sagte ich. »Beim Wettbewerb für das National Merit Stipendium war sie Halbfinalistin.«

Claire verdrehte die Augen. »Dad.«

Elena kam zurück. »Bitte geh nach oben«, sagte sie zu Claire.

»Ich hab meinen Keks noch nicht gegessen.«

»Nimm ihn mit. Wir möchten uns ungestört mit Mr. Vanderhall unterhalten.«

»Darf ich mir vor dem Schlafengehen noch den Stream anschauen?«

»Ist gut. Aber geh jetzt rauf.«

Sie gab mir einen Kuss, murmelte »Nacht, Daddy« und ging nach oben.

Elena setzte sich mit ihrem Kaffeebecher neben mich; der Kaffee war inzwischen kalt geworden. »Also, worum geht es?«

Ich rollte mit den Augen. »Brian hat mir gerade erzählt, es gäbe in den Zwischenräumen der Atome unsichtbare Feen«, sagte ich.

Er beugte sich vor. »Die gibt es wirklich, Jacob.«

»Was gibt es? Feen?«

»Bewusstsein. Wesen. Künstliche Intelligenz wie in einem Rechner, nur dass der Computer in diesem Fall das ganze Universum ist.«

»Hast du sie schon mal gesehen?«

»Nicht nur das. Sie haben zu mir gesprochen. Sie haben mich neue Dinge gelehrt.« Seine Miene war schwer zu deuten, ein Lächeln, durchsetzt von Unbehagen und Angst. »Es lässt sich einfacher erklären, wenn ich es euch zeige.« Er beugte sich vor und hob einen Kreisel vom Boden auf. Der gehörte Sean – überall ließ er seine Spielsachen herumliegen. Ich hatte ihm den Kreisel geschenkt, so wie das Mikroskop, den Chemie- und den Elektrobaukasten – alles Versuche, Sean für die Wissenschaft zu begeistern. Meinen Erklärungen zum Drehmoment hatte er nur wenig Beachtung geschenkt, doch er beobachtete gern, wie sich der Kreisel auf einem Draht oder einer Bleistiftspitze drehte und dabei in verrückte Schieflage geriet. Jedenfalls am ersten Tag. Jetzt war der Kreisel nur noch ein Gegenstand unter vielen. Sean hatte die Schnur verlegt und sich anderen Spielzeugen zugewandt.

Brian hielt den Kreisel hoch wie ein Magier eine Münze, die er verschwinden lassen will. Ich hatte ein seltsames Kribbeln im Bauch und fragte mich, was das zu bedeuten hatte. Neugier? Wollte ich wirklich wissen, was das alles sollte?

Er hielt den Kreisel auf der Tischplatte senkrecht. Ohne die Schnur war es jedoch nicht möglich, ihn in Drehung zu versetzen. Als Brian die Scheibe losließ, begann sie sich von allein zu drehen. Als er die Hand wegnahm, präzedierte sie mit leichtem Schwanken, blieb ansonsten aber stabil. Ich hielt sogleich Ausschau nach der Kraftquelle, weil ich glaubte, er habe den Kreisel mit einer genial versteckten Batterie und einem Motor in Drehung versetzt, doch so weit ich erkennen konnte, war es noch das gleiche Modell aus Stahl und Plastik, das ich gekauft hatte, simpel und billig gearbeitet. Da war kein Platz für einen Antrieb. Trotzdem drehte sich der Kreisel.

Elena wollte etwas sagen, doch Brian hob die Hand, und wir schauten weiter zu. Zwei Minuten verstrichen, ohne dass der Kreisel langsamer wurde. Nicht einmal ein schnurangetriebener Kreisel hielt so lange durch, ohne an Drehmoment zu verlieren. Drei Minuten verstrichen. Vier.

Schließlich langte Elena nach dem Kreisel und brachte ihn zum Stillstand. Sie atmete schwer und durchbohrte Brian mit ihrem Blick.

»Vielleicht solltest du uns besser erklären, was los ist«, sagte sie.

2

Down-Spin

»Erheben Sie sich!«

Der Gerichtsdiener brüllte den Satz, wie er es vermutlich sein ganzes Berufsleben lang getan hatte. »Verhandlung das Volk gegen Jacob Kelley, Richterin Ann Roswell führt den Vorsitz.«

Das Bundesgericht in Philadelphia war ein eindrucksvolles Gebäude mit Reliefs und Pilastern, das von den funktionalen Büroanbauten an der Rückseite kaum beeinträchtigt wurde. Eine ähnliche Mischung aus Altem und Neuem herrschte auch im Inneren mit seinen Marmortreppen und den behindertengerechten Aufzügen vor. Der Sitzungsraum Nummer fünf, in den die Gerichtsordner mich geleitet und wo sie mir anschließend die Handschellen abgenommen hatten, war ein Raum mit hoher holzgetäfelter Decke, hohen Fenstern und Ölgemälden an den Wänden. Nach dem monatelangen Hickhack der Anwälte beider Seiten sollte der Prozess um die Ermordung Brian Vanderhalls endlich beginnen.

Elena fehlte mir. Meine Kinder fehlten mir. Ich wünschte mir, es gäbe jemanden auf den Besucherrängen, der auf meiner Seite stand. Außerdem war ich das Warten leid und deshalb erleichtert, dass es bald vorbei sein würde, mit welchem Ausgang auch immer. Es war vier Monate her, dass Brian mit Flip-Flops an meiner Haustür erschienen war und mein Leben ruiniert hatte. Jetzt endlich würde sich erweisen, wie die Geschworenenjury meine Geschichte aufnehmen würde.

Terry Sheppard, mein Verteidiger, saß neben mir am Anwaltstisch. Er hatte einen Zwirbelbart und trug Lederstiefel. Er machte den Eindruck, als brächte er mehr Zeit im Pferdesattel als im Gerichtssaal zu, und ich hatte keine Ahnung, ob er gut war oder nicht. Ich hatte ihn ausgewählt, weil er aus der Masse der aalglatten Bügelfaltenhaie, die im Besuchsraum des Gefängnisses ihre Aktenkoffer und maßgeschneiderten Anzüge präsentierten, herausgestochen hatte. Er hatte nicht versucht, mich mit seiner Vita oder seinem Harvard-Abschluss zu beeindrucken. Er war kein Blender. Ich vertraute ihm.

Richterin Roswell war in den Sechzigern, hatte ein freundliches Gesicht und angenehme Umgangsformen. Ich war geneigt, das als gutes Zeichen zu nehmen, blieb aber skeptisch. Terry meinte, Roswell gelte als streng und bringe der Verteidigung als ehemalige Staatsanwältin wenig Sympathie entgegen. Fast eine Stunde lang sprach sie über ihre Verantwortung, stellte die Vertreter von Anklage und Verteidigung vor und erklärte, dass nur das, was von vereidigten Zeugen zu Protokoll gegeben werde, als Beweis gewertet werden würde. Sie war redegewandt und einnehmend, warnte die Geschworenen aber auch eindringlich davor, während der Verhandlung dieses Falls, der auf reges öffentliches Interesse stoße, Kontakt mit den Medien aufzunehmen.

Schließlich wandte sie sich an den Staatsanwalt. »Mr. Haviland«, sagte sie. »Bitte beginnen Sie mit dem Eröffnungsplädoyer.«

David Haviland erhob sich und wandte sich der Jury zu. Dicht über ihm schwebten Kamerafliegen, und ich fragte mich, weshalb er sie nicht einfach beiseitewischte. Er war adrett gekleidet, fühlte sich wohl in seinem Anzug und hatte die Stimme eines Nachrichtensprechers. Schlimmer noch, er machte den Eindruck eines Mannes mit Prinzipien, eines Mannes, der als Verteidiger hätte Karriere machen können, sich aber bewusst für den Beruf des Anklägers entschieden hatte. Hätte er es nicht darauf angelegt gehabt, mich lebenslang ins Gefängnis zu stecken, wäre auch ich von ihm beeindruckt gewesen.

»Meine Damen und Herren«, sagte er, drehte sich und hob die Hände. »Hier geht es um Mord.« Der Gerichtssaal war voll besetzt mit Journalisten und Schaulustigen, doch Haviland wandte sich an die Geschworenen, nicht ans Publikum. Ich musterte sie – sechs Männer und sechs Frauen verschiedener Altersstufen und unterschiedlicher Herkunft – und versuchte zu beurteilen, ob sie Mitgefühl mit mir hatten oder nicht. Das war schwierig zu erkennen.

»Schlicht und einfach Mord«, fuhr Haviland fort. »Darum, dass einem anderen Menschen das Leben genommen wurde. Sie haben Brian Vanderhall nie kennengelernt und werden auch keine Gelegenheit mehr dazu haben, doch wir sollten uns vergegenwärtigen, dass er ein vollkommen realer Mensch war. So real wie Ihr Ehemann, Ihr Vater oder Ihr Sohn. Hatte er Fehler? Mag sein. Haben wir die nicht alle? Das bedeutet jedoch nicht, dass er es verdient hatte, mit achtunddreißig Jahren sein Leben zu verlieren.

Mr. Sheppard wird uns einreden wollen, es gehe bei diesem Fall um Technologie. Er wird uns mit Begriffen wie ›Quarks‹ und ›Leptonen‹ traktieren, bis uns der Kopf schwirrt, und mithilfe von Expertengutachten, die nur wenige Menschen auf der ganzen Welt verstehen können, die Fakten verdrehen. Das sind Taschenspielertricks, die Sie von den Beweisen ablenken sollen. Und die Beweise, meine Damen und Herren, sind vollkommen eindeutig. Die Fakten werden ergeben, dass Mr. Jacob Kelley Brian Vanderhall kaltblütig ermordet hat.« Er deutete anklagend mit dem Zeigefinger auf mich. Ich hätte gern gewusst, wer ihm das auf der Uni beigebracht hatte. Vielleicht hatte er es sich auch im Kino abgeschaut.

»Ihre Aufgabe, meine Damen und Herren, wird es sein, die Wahrheit herauszufinden. In unserem großartigen Land glauben wir nicht, dass die Gebildeten oder Reichen besser dafür geeignet als Sie. Wahrheit ist etwas, das wir alle erkennen und begreifen können. Deshalb haben wir uns entschieden, die Sicherheit unserer Häuser und unserer Nachbarschaft in Ihre Hände zu legen. Wir vertrauen darauf, dass Sie den Mut haben werden, Mr. Kelley ...« – abermals zeigte er auf mich – »... zu verurteilen, denn er hat sich eines abscheulichen Verbrechens schuldig gemacht.«

Einer der Geschworenen runzelte leicht die Stirn, vielleicht weil er den Eindruck hatte, Haviland sei mit dem

Begriff »abscheulich« zu weit gegangen. Wenn er sich als Mann des Volkes geben wollte, würde er seine Ausdrucksweise mäßigen müssen.

»Sie alle kennen den Ausdruck ›ohne begründeten Zweifel‹«, fuhr Haviland fort, schritt ein wenig auf und ab und rieb sich das Kinn. »Ich möchte Ihnen erklären, was das bedeutet. Bisweilen haben die Geschworenen die Vorstellung, sie könnten einen Angeklagten nur dann verurteilen, wenn völlig ausgeschlossen ist, dass er unschuldig ist. Das ist nicht richtig. Das Wort ›begründet‹ ist entscheidend: Gibt es Gründe zu glauben, Jacob Kelley sei unschuldig? Würden die Beweise, die wir Ihnen vorlegen werden, ausreichen, um Sie davon zu überzeugen, in einer wichtigen Angelegenheit Ihres persönlichen Lebens tätig zu werden? Das bedeutet das Gesetz, und Richterin Roswell wird Ihnen das Gleiche erklären. Selbst Mr. ...«

»Verzeihung, Herr Staatsanwalt«, unterbrach die Richterin. »Sie haben bei Ihrem Eröffnungsplädoyer einen großen Ermessensspielraum, aber ich möchte Sie bitten, von einer Auslegung meiner Ansichten Abstand zu nehmen, denn darin haben Sie keinen Einblick.«

Haviland gab sich zerknirscht. »Ich bitte um Verzeihung, Euer Ehren.«

»Geschworene«, fuhr die Richterin fort. »Ich möchte Sie daran erinnern, dass die Eröffnungsplädoyers weder Beweise noch Gesetz sind. Sie geben den Rechtsvertretern Gelegenheit, Ihnen den Fall vorzustellen, aber Sie sollten ihnen keinerlei Gewicht bei der Beurteilung des Falles beimessen. Die Zeugen, die sie aufrufen, werden die Beweise liefern, und das Gesetz werde ich erklären.« Sie nickte Haviland zu. »Bitte fahren Sie fort.«

»Danke, Euer Ehren«, sagte Haviland, erweckte aber den Eindruck, er habe etwas Übelschmeckendes verschluckt.

Er machte auf die gleiche Art weiter, doch ihm war der Wind aus den Segeln genommen. Ich musste mich beherrschen, um meine ernste Miene beizubehalten. Der neben mir sitzende Terry hatte jedoch keine Skrupel und lehnte sich mit breitem Grinsen zurück.

»Begründeter Zweifel«, sagte Haviland. »Überlegen wir mal, was das in diesem Fall heißt. Jacob Kelley hat die Waffe in der Hand gehalten. Das können wir beweisen. Er war zornig auf Mr. Vanderhall und wollte Rache. Auch das können wir beweisen. Sie werden erfahren, dass Mr. Vanderhall Mr. Kelleys Frau angegriffen hat. Sie werden von Mr. Kelleys gewalttätiger Vorgeschichte und seiner leichten Erregbarkeit erfahren, zumal wenn es darum geht, dass seine Liebsten bedroht werden. Und schließlich werden Sie erfahren, wie Mr. Kelley seinem Opfer in einen unterirdischen Bunker gefolgt ist und ihn dort erschossen hat. Ich sage Ihnen, dass ich keinen begründeten Zweifel habe und dass auch Sie keinen haben werden, dass Jacob Kelley ...« – wieder zeigte er auf mich – »... bei voller Zurechnungsfähigkeit einem Menschen vorsätzlich das Leben genommen hat.«

Haviland setzte sich und nickte selbstzufrieden. Auf mich wirkte die Geste einstudiert, und ich hoffte, dass auch die Geschworenen das so sehen würden.

»Ich danke Ihnen, Mr. Haviland«, sagte die Richterin. »Mr. Sheppard?«

Terry erhob sich schwerfällig, als hätte er Gelenkschmerzen. »Streichen Sie sich diesen Tag in Ihrem Kalender an«, sagte er. Auf einmal hatte er einen texanischen Akzent, der mir bis jetzt noch nicht aufgefallen war. »Dies ist der Tag, da ein Verteidiger mit der Anklage konform geht. Alles, was Mr. Haviland gesagt hat, war zutreffend.«

Er knickte in der Hüfte ein, als wollte er sich setzen. Ungeachtet meines Vorsatzes, im Gerichtssaal keine Gefühle zu zeigen, fiel mir buchstäblich die Kinnlade herunter, denn einen Moment lang glaubte ich, er habe schon alles gesagt. Dann straffte er sich und fuhr mit einem Augenzwinkern fort: »Na ja, *fast* alles. Dass mein Klient Mr. Vanderhall getötet hat, ist nicht richtig, aber damit befassen wir uns gleich. Was den Rest betrifft, hat Mr. Haviland die Wahrheit recht gut getroffen. Bei den Aussagen meiner Zeugen wird tatsächlich eine Menge Wissenschaft im Spiel sein, und da wird es möglicherweise ein wenig kompliziert. Anders als Mr. Haviland traue ich Ihnen allerdings zu, dass Sie damit zurechtkommen.

Mr. Haviland scheint zu glauben, Sie wären nicht intelligent genug, um Wissenschaft zu verstehen. Er möchte Ihnen die Wahrheit in kleinen Dosen verabreichen, von denen er glaubt, dass Sie sie schlucken können. Ich persönlich finde diese Haltung etwas überheblich, aber es ist natürlich sein gutes Recht, die Dinge so zu sehen. Allerdings hat er nicht das Recht zu entscheiden, welche Fakten man Ihnen zumuten kann und welche nicht.

Mr. Haviland glaubt anscheinend, die Menschen ließen sich in zwei Gruppen einteilen: in diejenigen, die richtig schwierige Sachverhalte verstehen können, und in solche, die das nicht können. Und er hat bereits entschieden, Sie der zweiten Kategorie zuzuordnen. Nun, ich glaube, Sie sind in der Lage, die Beweise zu würdigen. Ich werde sie Ihnen vollständig vorlegen, nicht nur in kleinen, leicht verdaulichen Häppchen, wie Mr. Haviland es für angeraten hält.

Ich glaube, am Ende des Tages werden Sie mir beipflichten, dass es nicht nur einen begründeten Zweifel daran gibt, dass mein Klient für Mr. Vanderhalls Tod verantwortlich ist, sondern dass es gute Gründe für die Annahme gibt, er habe rein gar nichts damit zu tun.«

3

Up-Spin

Elena hielt den Kreisel in der Hand und starrte Brian nieder. Mir fiel keine wissenschaftliche Erklärung für Brians Demonstration ein. Ein Kreisel hält sich wegen des Drehmoments aufrecht. Im Idealfall würde er nie umfallen, denn das Drehmoment, das die Schwerkraft beisteuert, reicht nicht aus, um seine gyroskopische Trägheit zu überwinden. In der Praxis aber wird die Rotation durch Reibung allmählich abgebremst, und der Kreisel präzediert, bis die Rotation sich abschwächt und die Schwerkraft schließlich überwiegt.

Somit gab es zwei mögliche Erklärungen. Entweder hatte Brian es geschafft, jegliche Reibung auf der Tischplatte auszuschalten – vom Luftwiderstand ganz zu schweigen –, oder er führte dem System Energie zu, ohne den Kreisel zu berühren, und kompensierte auf diese Weise die Reibung. Beides konnte ich mir nicht vorstellen.

»Okay, ich gebe mich geschlagen«, sagte ich. »Wie hast du das angestellt?«

Brian schaute mich ernst an. »*Sie* haben mir das gezeigt. Die Quantenintelligenzen.«

»Ich verstehe. Die kleinen Feen versetzen den Kreisel in Rotation?« Ich wollte nicht zynisch klingen, doch es fiel mir schwer.

»Natürlich nicht!«, fauchte er. »Das ist Nullpunktenergie. Die Energie des Spins eines einzelnen Teilchens. Die erschöpft sich nicht. Das ist eine unerschöpfliche Energiequelle.«

Ich zögerte, denn es fiel mir schwer, das zu glauben, doch das Verhalten des Kreisels konnte ich nicht so einfach abtun. »Dann hast du also eine Eigenschaft der Quantenwelt auf die Makrowelt übertragen«, sagte ich.

»Erstaunlich, nicht wahr?«, sagte Brian ruhig. »Das könnte die Welt verändern.«

»Wenn das stimmt, wäre so eine Technologie Billionen Dollar wert«, stellte ich fest. »Bist du deshalb hier? Wirst du von Leuten verfolgt, die dir das abjagen wollen?«

»Sie jagen mich«, sagte er, »aber sie sind keine Menschen.«

Ich hob die Hände. »Jetzt mal ernsthaft.«

»Also gut, ein Beispiel«, sagte er. Er langte unter den Tisch und hielt auf einmal eine Glock 46 in der Hand, mit der er auf Elena zielte. Elena blickte regungslos in die Mündung und atmete ganz flach. »Tu das nicht«, flüsterte sie.

»Sie wird dich nicht verletzen«, sagte Brian. »Die Kugel wird um dich herum abgelenkt.«

»Du redest Blödsinn«, sagte ich. »Sieh mich an.« Er rührte sich nicht. »Sieh mich an!«, rief ich. Er tat es. »Das ist eine Kugel, kein Elektron«, sagte ich. »Wenn du abdrückst, tötest du sie. Das willst du nicht.«

Er stand auf. »Du glaubst mir erst, wenn ich es dir beweise.«

Ich rückte am Tisch entlang auf ihn zu. »Ich glaube dir ja«, sagte ich. »Aber bitte setz dich wieder hin, und dann erzählst du uns alles.«

»Nein, du glaubst mir nicht. Du nennst sie Feen und machst dich über mich lustig. Ich will es dir nur beweisen, Jacob. Ich werde niemanden verletzen. Ich will es dir einfach nur beweisen.«

»Dann ziel woanders hin«, sagte ich. »Ziel auf mich.«

»Die Kugel wird sie nicht verletzen«, sagte er und drückte ab.

Ich bin in South Philadelphia aufgewachsen und mit Gewalt vertraut. Mein Vater war ein kleiner Gauner und Trunkenbold, der im Gefängnis starb, bevor ich zwei wurde. Ich hatte zwei Onkel, die Brüder meiner Mutter, die sich meiner annahmen. Sie waren Boxer von der illegalen Sorte und kämpften mit harten Bandagen, und sie brachten mir das Kämpfen bei. Ich war ein rothaariger, sommersprossiger Junge und wuchs in einer Gegend auf, die überwiegend von Italienern bewohnt war. Ich war gut in der Schule, versuchte es aber zu verbergen. Ich lernte früh, dass Intelligenz auf der Straße nicht weiterhilft. Ich war nur so gut wie meine Fäuste.

Außerdem machte es Spaß zu kämpfen. Ich war ständig zornig, zornig auf meine Mutter, weil sie trank, anstatt zu arbeiten, zornig auf die Männer, die sie nach Hause brachte, zornig auf meinen Vater, weil er gestorben war, zornig auf meine Lehrer, weil sie mir ständig erzählten, dass ich etwas aus mir machen könnte, wenn ich nur wollte. Mit den Fäusten auszuteilen baute etwas von dem Druck ab und gab mir Kontrolle über mein Leben. Niemand konnte Onkel Sean und Onkel Colin Vorschriften machen, und ich wollte sein wie sie.

Mit dreizehn boxte ich in der Jugendliga, doch das war nur ein Sport mit Handschuhen und Regeln. Ich war damals größer als die meisten Jungs in meinem Alter und wurde ständig angemacht, weil ich zu früh oder zu spät reagierte oder auf den falschen Körperteil schlug. Das waren nicht die erbitterten Kämpfe, die sich meine Onkel mit ihren Gegnern lieferten, wo die Luft geschwängert war von Zigarettenrauch und dem Geruch des Blutes.

In dem Alter wusste ich bereits, dass meine Onkel nicht frei in ihren Entscheidungen waren. Sie waren hoch verschuldet bei den Bossen in Anzügen, die im Hintergrund die Bücher führten und die Spiele manipulierten. Sie konnten nicht aufhören zu kämpfen, wenn sie am Leben bleiben wollten. Ich wusste, dass mir das Gleiche bevorstand. Das Boxen war das einzige Fach von Bedeutung, in dem ich gut war. Eines Tages würde auch ich den Bossen gehören, und ich würde niemals von ihnen loskommen.

Als ich fünfzehn war, kam Onkel Sean ums Leben, und alles veränderte sich. Ein Gegner trat ihm, als er am Boden lag, so lange gegen den Kopf, bis der Gehirnstamm durch die Schädelbasis gedrückt wurde. Onkel Sean starb kotzend in den Sägespänen im Ring. Nicht mal ein Krankenwagen wurde bestellt. Dis Bosse entsorgten still und leise seinen Leichnam; ich weiß nicht, wie sie das anstellten. In diesem Monat alterte ich um zehn Jahre, und plötzlich war mir die

Vorstellung, in South Philadelphia und in diesem Leben auszuharren, unerträglich.

Ich hörte auf zu boxen und konzentrierte mich auf die Schule. Ich wusste nicht viel über das Leben außerhalb von South Philly, doch ich wusste, dass die einzige Möglichkeit, aus der Gegend wegzukommen, darin bestand, aufs College zu gehen und dass ich dazu ein Stipendium brauchte. Ich hatte schon immer wie ein Magnet an Ideen festgehalten, doch bisher hatte das keine Auswirkungen gehabt. Jetzt ging es um alles.

Drei Jahre lang arbeitete ich härter als je zuvor, nicht weil ich die Schule mochte, sondern weil sie der einzige Ausweg war. Ich war zorniger denn je, doch ich hatte gelernt, meinen Zorn zu beherrschen – mit zu vielen Kämpfen auf der Highschool hätte ich mir alles versaut. Jeden Abend bearbeitete ich im Keller den Punchingball, bis mir die Hände bluteten.

Die Physik war eine große Überraschung für mich. Sie war einfach und wunderschön. Sie erklärte die Welt in klaren Zusammenhängen von Kraft, Bewegung und Geschwindigkeit. Es war nicht die darin verborgene Gewalttätigkeit, die mich anzog; es war die Eindeutigkeit der Formeln. Mein Leben war meistens kompliziert. Die Physik war einfach. So sollte die Welt beschaffen sein.

Wir erfuhren von Einstein, einem Niemand auf dem Gebiet der Wissenschaft, der neben seiner Arbeit im Patentamt vier Artikel verfasste, die die Welt auf den Kopf stellten. Ich dachte, wenn er das konnte, müsste es mir wenigstens gelingen, aus Philadelphia wegzukommen. Im Frühjahr, als für mich das Junior College begann, bewarb ich mich in Princeton, Berkeley und am MIT. Zu meinem Glück passte ich perfekt in die politische akademische Landschaft, die es als wünschenswert betrachtete, Bewerber aus armen Gegenden zu fördern. Ich wurde an allen drei Universitäten angenommen und bekam ein volles Stipendium.

Damals saß mein Onkel Colin im Gefängnis, und meine Mutter wusste wenig mehr von mir, als dass ich am Leben war. Ich ließ sie zurück, ohne mich umzusehen, packte meine Habseligkeiten in einen alten Koffer meines Vaters und fuhr mit dem Bus nach Boston, Massachusetts.

Das MIT entsprach in etwa meinen Erwartungen – offenbar waren alle, die ich kennenlernte, reiche amerikanische Kids aus den Hamptons mit einem Chalet in den Alpen oder gehätschelte Söhne einer koreanischen, chinesischen oder vietnamesischen Familie mit politischen Beziehungen. Keiner hatte einen ähnlichen Hintergrund wie ich, und es fiel mir schwer, Freundschaften zu schließen. Aber die Physik! Da gab es alles, was mir lieb und teuer war, kodifiziert in vollkommenen, prägnanten Symbolen. Drehmoment und Trägheit, lineare Bewegung und Winkelverschiebung, Kraft gleich Masse mal Beschleunigung, das Wechselwirkungsprinzip. Das machte Sinn. Es bedeutete, dass die Welt Sinn machte.

Die Professoren behandelten uns, als wären wir die Crème de la Crème der neuen Generation. Am MIT herrschte eine angeregte Atmosphäre, ganz gleich, woher man kam. Wir hatten das Gefühl, uns im Zentrum der wissenschaftlichen Welt zu befinden, eine auserwählte Elite, der es ermöglicht wurde, mit den Besten des Fachs zu studieren. Für mich war das neu, und ich genoss es. Ich liebte die Physik von Tag zu Tag mehr.

Der Zorn trat in den Hintergrund, bis er einem im Schatten angeketteten Pitbull glich. Ich arbeitete in der Turnhalle noch immer am Punchingball, redete aber nicht viel über meine Vergangenheit. Die wollte ich hinter mir lassen. Ich war jetzt ein Wissenschaftler, der an die inhärente Ordnung des Universums glaubte. Das Chaos lag hinter mir.

Die Waffe knallte ohrenbetäubend laut. Der Kaffeebecher in Elenas Hand zerschellte. Ich dachte nicht, sondern reagierte bloß. Ich beugte mich Brian entgegen, drehte mich in der Hüfte und legte meine ganze Kraft in den Cross. Brian wurde zurückgeschleudert und landete auf dem Rücken. Ich sah Elena an.

Sie saß noch immer am Tisch, die Augen geweitet und den Mund leicht geöffnet. Sie war kreidebleich geworden. Vor ihr lagen die Scherben des Bechers in einer Kaffeelache.

» Elena! Bist du verletzt? « Mir klangen die Ohren; ich hörte kaum meine eigene Stimme. Ich stürzte zu ihr. Sie saß noch immer auf dem Stuhl, benommen, aber offensichtlich unverletzt. Ich konnte es nicht fassen. Zunächst glaubte ich, die Kugel wäre vom Kaffeebecher abgelenkt worden, aber nein – in der Gipskartonwand war ein Loch, unmittelbar hinter ihrer Brust. Die Kugel war durch sie hindurchgegangen.

»Wähl den Notruf«, sagte ich.

Sie rührte sich nicht.

»Elena!«

Sie zuckte zusammen, als hätte ich sie aufgeweckt, und nahm das Handy aus der Hosentasche. Brian lag noch am Boden. Er atmete, doch der Schlag hatte ihn benommen gemacht.

»Ja«, sagte Elena ins Handy. »Jemand ... ein ... Mann hat gerade eben auf mich geschossen.«

Brian regte sich und sah Elena an. Plötzlich stellte sich sein Blick scharf, und er schüttelte den Kopf. »Was machst du da? Rufst du die Polizei? Tu das nicht.« Er sah mich an. »Schau sie dir an – sie ist unverletzt! Die Kugel wurde um sie herumgelenkt, wie ich es dir gesagt habe! Ich wollte das nur demonstrieren.« Er richtete sich schwankend auf.

»Wir sind in der Küche«, sagte Elena. »Bitte, beeilen Sie sich.«

»Bitte leg das Handy weg«, sagte Brian.

Ich trat zwischen sie. »Verschwinde aus meinem Haus.«

»Jacob«, flehte er. »Ich brauche deine Hilfe.«

Ich näherte mich ihm mit erhobenen Fäusten, ohne die Waffe in seiner Hand zu beachten. Er drehte sich um und zerrte an der Klinke der Tür, die in den Garten führte. Die Tür ging nicht auf. Er hantierte am Schloss. Ich half ihm nicht. Sonst hätte ich ihn geschlagen. Schließlich schaffte er es, den Schlüssel herumzudrehen, und riss die Tür auf. Mit einem vorwurfsvollen Blick über die Schulter lief er barfuß in den Schnee hinaus.

Polternde Schritte näherten sich über die Treppe, dann platzten Claire, Alessandra und Sean in die Küche. Alle redeten gleichzeitig.

»Was war das für ein Lärm?«, fragte Claire.

»Hat er auf dich geschossen?«, fragte Sean mit großen Augen.

»Alles in Ordnung«, sagte ich. »Er ist weg. Los, zieht euch an. Die Polizei kommt, und ich nehme an, die wollen auch mit euch sprechen.«

Elena zitterte. Ich nahm sie in die Arme, und sie klammerte sich an mich. Ich spürte ihren schlanken Hals und ihre zarten Knochen, streichelte ihr das Haar und stellte mir vor, was hätte geschehen können, stellte mir mein Leben vor, wenn sie tot wäre. Ich spürte die Anwesenheit des Pitbulls, der an seiner Kette zerrte und sich losreißen wollte. Ich wollte jemandem wehtun. Im Moment hatte ich mich noch unter Kontrolle, doch ich wusste, damit wäre es vorbei, wenn Brian noch einmal bei uns auftauchen sollte.

Elena ließ mich nicht los, und ich hielt sie fest, und so warteten wir, bis die Polizei eintraf.

4

Down-Spin

Der erste Zeuge der Anklage war Officer Richard Peyton, ein großer Mann mit dickem Hals, roten Gesichtsflecken und so kurz geschnittenem blondem Haar, dass seine Geheimratsecken fast nicht zu sehen waren. Er stieg das Treppchen zum Zeugenstand hoch, bekleidet mit einer frisch gereinigten und gebügelten Uniform. Die Mütze, die er in der Hand hielt, legte er neben sich aufs Geländer.

Der Gerichtsdiener hielt ihm die Bibel hin, und Peyton legte die Hand darauf. »Schwören Sie, die Wahrheit zu sagen, die ganze Wahrheit und nichts als die Wahrheit, so wahr Ihnen Gott helfe?« Der Mann ratterte die Eidesformel herunter wie ein einziges vielsilbiges Wort.

»Ich schöre.«

Haviland trat vor. »Officer Peyton, welchen Beruf üben Sie aus?«

»Ich bin Officer beim Media Police Department.«

»Wie viele Jahre sind Sie schon bei der Polizei?«

»Seit ungefähr acht Jahren.«

Neben mir lümmelte sich Terry Sheppard, augenscheinlich von Peyton gelangweilt, und spielte mit dem Ende seines Zwirbelbarts. Ich nahm an, dass es eine Pose war, mit der er den Geschworenen seine Verachtung für den Zeugen kundtun wollte, war mir aber nicht sicher. Er wirkte ständig gelangweilt.

»Erinnern Sie sich, wo Sie am Abend des zweiten Dezember waren?«

»Ja. Ich war im Media District auf Streife, als ich von der Zentrale in die Woodview Lane beordert wurde, wo es augenscheinlich zu einem bewaffneten Angriff gekommen war.«

»Und Sie fuhren wie angewiesen zum Ort des Geschehens?«

»Ja, das tat ich.«

»Und Sie waren allein?«

»Nein, mein Partner, Officer Jimenez, war bei mir im Wagen, und fünf Minuten nach unserem Eintreffen kamen Officer Esposito und Officer Ashford mit ihrem Wagen hinzu.«

»Und was haben Sie im Haus vorgefunden?«

»Mr. und Mrs. Kelley waren da, die Besitzer des Hauses, und ihre drei Kinder. Mr. Kelley erklärte, Brian Vanderhall habe mit einer Pistole auf seine Frau geschossen.«

»Gab es dafür Belege?«

»Ja, Sir. In der Küchenwand war ein Einschussloch, und etwa anderthalb Meter davon entfernt lagen Scherben eines Kaffeebechers mit Schmauchspuren.«

»Können Sie Mr. Kelley identifizieren? Befindet er sich im Gerichtssaal?«

»Natürlich.« Peyton zeigte auf mich. Da war er heute nicht der Erste. »Das ist er.«

»Wir wollen zu den Akten nehmen, dass der Zeuge Richard Peyton Jacob Kelley identifiziert hat«, sagte Haviland. »Ich danke Ihnen, Officer. Welchen Eindruck hat Mr. Kelley auf Sie gemacht?«

»Verzeihung?«

»In welcher Gemütsverfassung war er?«, fragte Haviland. »War er glücklich, traurig, zornig, verärgert, belustigt?«

»Einspruch!«, rief Terry. Er betonte die erste Silbe, als hätte er schon zwanzig Mal Einspruch erhoben und wäre die Spielchen des Anklägers allmählich leid. »Was hat diese Frage mit der Mordanklage zu tun?«

»Ich versuche, ein Motiv zu konstruieren«, sagte Haviland. »Der Vorfall ereignete sich am Vortag der Tat, und es ist wichtig, festzustellen, in welcher Gemütsverfassung der Angeklagte sich befand.«

»Einspruch abgelehnt«, sagte Richterin Roswell. »Sie dürfen die Befragung von Officer Peyton fortsetzen.«

»Er war aufgebracht«, sagte Peyton. »Rasend vor Zorn. Jemand hatte gerade auf seine Frau geschossen. Da würde ich auch wütend werden.«

»Wütend genug, um zu töten?«, fragte Haviland.

»Einspruch!«, sagte Terry.

Haviland aber winkte ab. »Ich ziehe die Frage zurück«, sagte er.

Ich hatte Mühe, still sitzen zu bleiben und mir das alles anzuhören. Meine Muskeln spannten sich immer wieder an, so wie früher, wenn ich einem Wissenschaftler zuhören musste, der ein konkurrierendes Experiment heruntermachte, um seine eigene Forschung besser aussehen zu lassen. Ich fühlte mich ohnmächtig; durfte nichts erklären, durfte nicht sprechen, war zur Tatenlosigkeit verdammt. Mein Leben lang hatte ich das Gefühl der Hilflosigkeit und Verletzlichkeit verabscheut. Ich war mir nicht sicher, ob ich es über Tage hinweg ertragen würde.

»Um welche Uhrzeit sind Sie ins Haus gekommen?«, fragte Haviland.

»Um acht Uhr fünfundzwanzig abends.«

»Woher wissen Sie das so genau?«

»Den Zeitpunkt habe ich in meinem Bericht angegeben, und ich habe nachgeschaut, bevor ich hierhergekommen bin.«

Haviland langte unter den Tisch und zog eine große interaktive Weißwandtafel hervor, auf der eine Zeitachse dargestellt war. In der rechten unteren Ecke erschien ein Rechteck mit der Beschriftung »Weiter«, und als Haviland daraufippte, wurde der Zeitpunkt 20.25 Uhr angezeigt mit dem Zusatz »Polizei trifft in Kelleys Haus ein«.

»Ist die Zeitangabe korrekt?«, fragte Haviland.

»Ja, das ist sie«, antwortete Peyton.

Haviland zeigte die Tafel kurz der Jury und dem Publikum, dann lehnte er sie an den Tisch. »Dann sind Sie also ins Haus gekommen und haben Hinweise auf Schusswaffengebrauch und einen sehr zornigen Jacob Kelley vorgefunden«, sagte er. »Was haben Sie als Nächstes getan?«

»Ich hab's durchgegeben, und dann wurde die Suche nach Brian Vanderhall eingeleitet. Wir haben eine Fahndung nach seinem Wagen rausgegeben und die Nachbarschaft durchkämmt, konnten ihn aber nicht finden«, sagte Peyton.

»Sie haben ihn nicht gefunden? Wurde die Suche halbherzig durchgeführt?«

»Nein, Sir. Wir gingen von Haus zu Haus, mehrere Straßenblocks weit in jede Richtung, und haben an den Türen geklopft und die Gärten abgesucht. Wir haben die umliegenden Polizeiwachen alarmiert und auch die New Jersey State Police. Niemand hat ihn gesehen.«

»Wie lange dauerte die Suche?«

»Bis sein Leichnam gefunden wurde.«

»Hat Mr. Kelley Ihnen gegenüber erwähnt, dass es einen unterirdischen Geheimbunker gibt, in dem er mit Mr. Vanderhall wissenschaftliche Experimente durchgeführt hat?«

»Nein, das hat er nicht.«

»Er hat nicht darauf hingewiesen, dass Mr. Vanderhall sich möglicherweise dort versteckt haben könnte?«

»Nein, Sir«, sagte Peyton.

»Welchen Grund könnte er dafür gehabt haben?«

»Einspruch«, sagte Terry. »Er versucht, den Zeugen zu Mutmaßungen zu bewegen.«

»Stattgegeben«, sagte Roswell.

Haviland zuckte mit den Achseln. »Eine letzte Frage. Um welche Uhrzeit hat die Polizei an dem Abend Mr. Kelleys Haus verlassen?«

»Um fünf vor elf«, antwortete Peyton.

Haviland nahm die Tafel in die Hand und tippte auf das Weiter-Feld. Ein neuer Kasten mit dem Eintrag »Polizei verlässt Kelleys Haus« wurde an der Position »22.55 Uhr« angezeigt.

»Ist das so richtig?«, fragte er.

»Ja, ist es.«

»Keine weiteren Fragen, Euer Ehren.«

Haviland setzte sich. Terry sprang auf, rannte praktisch zum Stehpult und klatschte seine Notizen darauf. Seine gelangweilte Pose hatte sich verflüchtigt. Er warf mir einen Blick zu; seine Augen funkelten.

»Mr. Peyton«, sagte er in dem schneidenden Ton, mit dem ich meine Kinder zur Ordnung rief, wenn sie etwas angestellt hatten.

»Officer«, verbesserte ihn Peyton.

»Ah, ja. Ein Hüter des Gesetzes. Bewahrer der Wahrheit. Mr. Peyton, wie oft wurden Sie in den acht Jahren Ihres Berufslebens an den Ort eines Gewaltverbrechens gerufen?«

Peyton schnaubte. »Das weiß ich nicht. Hunderte Male.«

Terry hielt einen Stapel Papiere hoch. »Den Polizeiakten zufolge über fünfhundert Mal.«

»Das kann sein, aber ich zähle nicht mit«, sagte Peyton.

»Und wie häufig haben Sie bei diesen Einsätzen eine oder mehrere zornige Personen angetroffen?«

Peyton musterte ihn seltsam. »Verzeihung?«

»Ich bitte Sie, Mr. Peyton. Bei wie vielen dieser Einsätze haben Sie dort eine Person angetroffen, die, ich erlaube mir, Sie zu zitieren, ›rasend vor Zorn‹ war?«

»Bei den meisten, würde ich sagen.«

»Und wie viele dieser Vorfälle haben einen tödlichen Ausgang genommen?«

»Nicht viele.«

Terry hielt die Papiere hoch. »Fünfzehn?«

Peyton wurde allmählich ungehalten. »Das könnte stimmen. Die genaue Zahl weiß ich nicht.«

»Dann lässt sich aufgrund Ihrer Erfahrung daraus, dass jemand rasend vor Zorn ist, nicht unbedingt schließen, dass er auch jemanden umbringt?«

»Richtig.«

»Mr. Peyton, wenn Sie jemandem begegnen, von dem Sie

glauben, dass er eine Gefahr für sich oder andere Personen darstellt, was tun Sie dann?«

»Ich nehme ihn in Gewahrsam.«

»Würden Sie im Bericht aufführen, dass Sie damit gerechnet haben, dass der Betreffende anderen Gewalt antun würde?«

»Ja.«

»Haben Sie Jacob Kelley an diesem Abend in Gewahrsam genommen?«

»Nein.«

»Haben Sie in Ihrem Bericht erwähnt, es gebe Anlass zu der Sorge, er könne zur Gefahr für andere werden?«

»Nein.«

»Weshalb nicht?«

»Ich habe ihn nicht für gefährlich gehalten, Sir.«

»Dann gab es Ihrer professionellen Meinung als Police Officer zufolge also keine Anzeichen dafür, dass Mr. Kelley zornig genug war, um jemanden zu ermorden.«

»Das kann man anderen Leuten nicht ansehen«, sagte Peyton.

»Aber in dem Moment haben Sie ihm keinen Mord zugetraut.«

Peyton wollte die Frage nicht beantworten. Er war sich bewusst, dass er vor allem deshalb als Zeuge aufgerufen worden war, weil er ein Mordmotiv liefern sollte. »Ich war mir nicht sicher«, sagte er. »Zu dem Zeitpunkt hatte er noch kein Verbrechen begangen.«

Terry ließ ihn nicht vom Haken. »Ihrem Bericht zufolge hatten Sie zu dem Zeitpunkt keinen Grund zu der Annahme, dass Mr. Kelley ein Verbrechen begehen würde. Ist das richtig?«

Peyton holte tief Luft und atmete wieder aus. »Das ist richtig.«

Terry lächelte. »Ich danke Ihnen. Keine weiteren Fragen, Euer Ehren.«

5

Up-Spin

Die Polizei verhörte mich, Elena und die Kinder einzeln, obwohl die Kids nichts gesehen und nur wenig zu berichten hatten. Die Fragen waren höflich, wiederholten sich aber, und ich sagte die Wahrheit, jedoch ohne den sich drehenden Kreisel und die Ablenkung der Kugel zu erwähnen. Als die Polizei endlich wegfuhr, war es fast elf, und wir waren alle erschöpft.

Sean schlief praktisch schon im Stehen, deshalb trug ich ihn in sein Zimmer. Er schlief in einem Hochbett, darunter stand ein Schreibtisch. Tisch und Boden waren mit Legosteinen, Spielfiguren und Plastikdinosauriern übersät. Auf dem Schreibtisch lagen in unterschiedlichen Haltungen von Gefallenen grüne Plastiksoldaten, daneben Gummibandmunition. Wegen seines kurzen Arms hatte er gelernt zu schießen, indem er das Gummiband mit den Zähnen festhielt und es mit dem Zeigefinger der rechten Hand dehnte.

»Hast du den Typ wirklich ins Gesicht geboxt?«, murmelte Sean.

»Ja, hab ich getan«, sagte ich.

»Krass.«

Ich hätte ihm wohl erklären sollen, wann es angebracht war, andere Menschen zu schlagen, und wann nicht, doch das war nicht der richtige Zeitpunkt. Ich gab ihm einen Kuss und machte das Licht aus.

»Das Nachtlicht!«, sagte er.

Ich schaltete es ein und schlüpfte hinaus.

»Daddy! Meine Musik!«

Seufzend trat ich wieder ins Zimmer und stellte die leise Schlafmusik an.

»Trinken«, sagte er.

»Heute nicht«, sagte ich. »Es ist schon spät. Schlaf jetzt.« Ich küsste ihn noch einmal und streichelte ihm übers Haar, dachte an Brian und die Waffe und die Polizei. Irgendwann würde Sean groß genug sein, um auf sich selbst aufzupassen, aber jetzt war er noch ein hilfloses Kind. Als ich hinausging, war er schon eingeschlafen.

Elena war unter der Dusche, und in Claires Zimmer brannte kein Licht mehr, doch bei Alessandra war es noch hell. Ich spähte hinein und sah, dass sie auf dem Bett lag.

»Licht aus«, sagte ich.

Keine Antwort.

»Schatz, es ist schon spät. Zeit zum Schlafen.«

Noch immer keine Antwort. Ihre Augen zuckten verräterisch, und ich bemerkte, dass ihre Sicht von den Icons und Bildern eines sozialen Netzwerks überlagert wurde. Manchmal glaube ich, dass die Technik vor allem deshalb erfunden wurde, damit die Kinder Eltern und Lehrer ignorieren können, obwohl es so aussieht, als wären sie ganz Ohr. Vielleicht betrachtete sie gerade die neuen Schuhe einer Schulfreundin oder folgte dem Drama eines Familienstreits in China, während ein halbes Dutzend Fremde mich ansahen. Ich fand die Vorstellung, vor Publikum den doofen Daddy zu markieren, verstörend, doch das war eben die Kultur der jungen Generation, und ich brachte es nicht fertig, sie meinen Kindern vollständig vorzuenthalten, so gern ich es auch getan hätte.

Ich machte ihr Handy in der Kommodenablage aus, langte hinüber und drückte die Unterbrechungstaste. Alessandra senkte die Lider. Sie flatterten einen Moment, dann machte sie die Augen wieder auf. Sie sprang wütend auf die Beine. »Dad! Damit könntest du mich töten!«

»Das wird dich schon nicht umbringen.«

»Man soll ganz allmählich wieder rauskommen. Willst du ein sabberndes Wrack aus mir machen?«

»Sei nicht albern.«

»Wenn ich tot bin, bleibt mir wenigstens noch Christus.«

Ich wollte mich nicht zum Affen machen lassen. »Zeit zum Schlafengehen, Alessandra.«

Sie verschränkte die Arme und musterte mich herausfordernd.

»Gute Nacht«, sagte ich und machte das Licht aus.

Elena war mit Duschen fertig. Ich putzte mir im Bad die Zähne und dachte an Brians sich endlos drehenden Kreisel und die Kugel, die durch Elena hindurchgegangen war oder sie umflogen hatte. In der Quantenwelt – in der Welt der Teilchen, die kleiner sind als ein Atom – sind solche Merkwürdigkeiten gang und gäbe. Alle Teilchen, ob sie nun Masse besitzen oder nicht, haben eine Wellenlänge und werden wie Licht gebeugt. Aber das funktioniert nur im subatomaren Maßstab, nicht bei Kreiseln und Pistolenkugeln.

Die subatomare Welt ist seltsam und voller Wunder, eine Welt, wo der gesunde Menschenverstand an seine Grenzen stößt. Erst im zweiten Jahr am MIT konnte ich mich damit abfinden, und ich begriff, dass die wundervolle Welt von Ursache und Wirkung, in die ich mich im Physikunterricht an der Highschool verliebt hatte, bloßer Schein war. Tief im Innern der unveränderlichen Gesetze der Newton'schen Physik verbarg sich die ambivalente Welt des Subatomaren, in der die Wahrscheinlichkeit herrschte. Nicht die Wahrscheinlichkeit des Nichtwissens wie beim Werfen einer Münze, dessen Ergebnis man bei Kenntnis der aufgewendeten Kraft, der Rotationsgeschwindigkeit, der Windstärke, des Luftdrucks und der Narben am Finger des Schiedsrichters vorhersagen könnte. Nein, am Grund von allem herrschte eine *fundamentale* Wahrscheinlichkeit, ein sich der Kenntnis entziehender, unvorhersehbarer Schöpfungs- und Vernichtungsprozess von Teilchen ohne erkennbaren Grund. Die reale Welt, die Quantenwelt, war dunkel und erschreckend und ergab keinen Sinn.

Und das ist das Problem: Jedes Teilchen im Universum ist auch eine Welle. Es ist nicht mit einem Stück Marmor oder einem Stein mit eindeutig definierter Position, Durchmesser und Geschwindigkeit zu vergleichen. Es kann hier sein oder auch dort. Es kann sich langsam bewegen oder schnell. Er kann viel Energie besitzen oder wenig. Das liegt nicht etwa daran, dass man es nicht weiß. Das Teilchen hat sich nicht entschieden. Es befindet sich in einem unbestimmten Zustand und ist über eine Raumregion verschmiert. Da selbst die kleinsten alltäglichen Gegenstände aus einer Unmenge von Teilchen bestehen, mittelt sich die Unbestimmtheit in der Makrowelt heraus. Aber sie ist vorhanden.

Eine Zeit lang widersetzte ich mich. Wie die meisten Physiker machte auch ich eine Phase durch, in der ich glaubte, wir wüssten einfach nicht genug, und in dem explodierenden Chaos von zahllosen Teilchen, die sich spontan in andere Teilchen umwandeln, seien Regeln verborgen, die eine Vorhersage grundsätzlich möglich machten. Selbst Einstein hatte bis zu seinem Tod an dieser Überzeugung festgehalten. Schließlich aber fand ich mich mit der Wahrheit nicht nur ab, sondern lernte sie lieben. Die Welt mochte chaotisch und unvorhersehbar sein, aber sie ließ sich kontrollieren. Das wahllose Feuern der Teilchen ließ sich beherrschen, und man konnte ihnen Ordnung aufprägen und sie dazu bringen, dass sie in ihrer Gesamtheit den Newton'schen Gesetzen gehorchten. Man konnte sie dem Willen der Mathematik und der Technologie unterwerfen. Am Ende unterlag das Chaos.

Deshalb war das, was Brian uns demonstriert hatte, für mich so verstörend. Er hatte eine Möglichkeit entdeckt, das Chaos in unsere Welt zu holen. Ich glaubte ihm, als er sagte, das werde die Welt verändern. Ob die Veränderung zum Guten ausfallen würde, sei dahingestellt.

Ein energisches Klopfen an der Tür holte mich in die Gegenwart zurück. »Was machst du da drinnen?«, rief Elena aus dem Schlafzimmer.

Mir wurde bewusst, dass ich mir die Zähne länger als nötig geputzt hatte. Ich spuckte aus und spülte mir den Mund aus, dann ging ich ins Schlafzimmer, doch es war niemand da.

»Elena?«, sagte ich.

Die Badezimmertür fiel ins Schloss, und hinter mir tauchte Elena auf. Sie hatte eines meiner T-Shirts angezogen. Es war so lang, dass sie es als Nachthemd verwenden konnte, allerdings nur knapp. Sie schlang die Arme um meinen Hals und küsste mich auf den Mund. Ich erwiderte ihren Kuss leidenschaftlich, erfreut, aber auch überrascht. Elena war normalerweise ein Morgenmensch, und es war ein langer Tag gewesen.

»Willst du wirklich?«, fragte ich. »Du bist nicht müde?«

»Hm«, machte sie. »Ich wollte das schon die ganze Zeit, seit du Brian ins Gesicht geboxt hast.«

»Dein starker Beschützer«, sagte ich.

Sie legte die Hand an die Innenseite meines Schenkels, ihre Augen funkelten. »Ja, das trifft es wohl.« Sie trat ein paar Schritte zurück, damit ich sie gut sehen konnte. Sie hat die Angewohnheit, die Arme zu verschränken, den Saum des T-Shirts zu fassen und es sich mit einer blitzschnellen Bewegung über den Kopf zu ziehen. Sie weiß, dass ich das mag, und es ist bei uns zu einer Art Ritual geworden, dass sie in der Öffentlichkeit – zum Beispiel in einem Raum voller Menschen – verstohlen die Arme verschränkt und den Saum ihrer Bluse betastet. Das tat sie auch jetzt, und ich grinste sie an.

»Du bist so heiß«, sagte ich.

»Wie heiß?«, fragte sie und nestelte am Saum des T-Shirts.

»Ionisierungstemperatur«, sagte ich. »Zerfallspunkt des neutralen Pions.«

Elena schnaubte. »Du bist ein richtiger Romantiker«, sagte sie. Dann zog sie das T-Shirt aus, und wir hörten auf zu reden.

Hinterher nahm Elena ein Notebook auf den Schoß und kümmerte sich vor dem Schlafengehen um unsere Finanzen. Trotz meiner mathematischen Begabung konnte ich mit Geld nicht besonders gut umgehen. Sie hingegen schaffte es immer, etwas auf die Seite zu legen. Ich lag auf dem Rücken und sah an die Decke. Ich war müde, bekam die Ereignisse des Tages aber nicht aus dem Kopf.

Brian hatte am NJSC an Quantenrechnern geforscht, einer Technologie, die inzwischen so weit fortgeschritten war, dass große Konzerne massiv darin zu investieren begannen. Der NJSC räumte Projekten, bei denen der Durchbruch zur Markteinführung nahe war und sich bedeutende Forschungsgelder einwerben ließen, Vorrang ein. Was zur Umsetzung in die Praxis noch fehlte, war die Fähigkeit, große mechanische Objekte (groß meint in diesem Zusammenhang einen Durchmesser von mindestens zehn Mikrometern) mit Quanteneffekten zu verknüpfen, ohne diese Objekte fast bis zum Nullpunkt abkühlen zu müssen. Bei höheren Temperaturen überlagerten die natürlichen Schwingungen der Atome die Quanteneffekte.

Wir wussten, dass es möglich war, denn die Vögel schafften es auch. Wenn Photonen auf deren Augen treffen, werden verschränkte Elektronen gestreut und bekommen unterschiedliche Spins, entsprechend dem Magnetfeld der Erde. Der Wechsel des Spins verändert den chemischen Zustand der Moleküle, die wiederum die Weiterleitung zellulärer Signale durchs Vogelauge beeinflussen. Infolgedessen können Vögel das Magnetfeld tatsächlich sehen und wissen bei allen Wetterbedingungen, wo Norden liegt. Und die Vogelaugen sind auch nicht auf Tiefsttemperatur heruntergekühlt. Daher wussten wir, dass es möglich war.

Brian hatte es anscheinend geschafft und unsere Erwartungen weit übertroffen. Er hatte eine Möglichkeit gefunden, Quanteneigenschaften auf die Alltagswelt zu übertragen. Ein Elektron hört nie auf zu rotieren; es ist ein Perpetuum mobile und dreht sich immerzu, ohne Energie zu verlieren. Besitzt ein auf ein Atom abgeschossenes Teilchen eine Wellenlänge, die größer ist als das Atom, stehen die Chancen gut, dass es geradewegs hindurchfliegt, ohne es zu treffen. Diese Prinzipien auf Kreisel und Pistolenkugeln anzuwenden war jedoch verrückt. Eine Kugel besteht aus Billionen Atomen, und wenngleich sie theoretisch eine Wellenlänge besitzt, so liegt diese bei zehn hoch minus vierunddreißig Metern und kann von keinem Objekt gebeugt werden.

»Das nagt an dir, nicht wahr?«, sagte Elena.

Ich nickte seufzend. »Es beschäftigt mich. Es sollte eigentlich unmöglich sein, aber wenn es doch möglich ist …«

Elena beendete den Satz an meiner Stelle. »Dann ist die Welt nicht so stabil, wie du es gern hättest.«

Sie hatte recht. Für Elena machte es keinen Unterschied, ob die Welt aus Quarks, Superstrings oder winzigen Elfen zusammengesetzt war. Sie sorgte sich um ihre Kinder und ihren Mann, Fitnesstraining und gute Ernährung und darum, ob die Penn State Purdue beim Football schlug. Für mich aber machte es einen Unterschied. Ich wollte wissen, ob die Welt grundsätzlich berechenbar oder chaotisch war, ob der zufällige Ausgang von Billionen zufallsbedingten Begegnungen letztlich eine Ordnung hervorbrachte, die sich beherrschen ließ.

Elena seufzte. »Ich finde, du solltest Marek mitnehmen.«

»Was?«

»Wenn du morgen zum NJSC fährst. Nimm Marek mit.«

Ich stützte mich auf einen Ellbogen auf. »Wer sagt denn, dass ich zum NJSC fahre?«

Elena musterte mich. »Worüber haben wir eben eigentlich geredet? Finde heraus, woran Brian forscht; verschaff dir Gewissheit.«

»Ich will dich nicht allein lassen. Was ist, wenn Brian zurückkommt?«

»In der Gegend wimmelt es von Polizisten.« Wie zur Bestätigung ihrer Worte knatterte ein Helikopter über uns hinweg. »Er ist kein Geheimagent. Man wird ihn schon finden.«

»Seit ich aus Philly weggegangen bin, habe ich nur dreimal zugeschlagen. Zweimal davon hat es Brian getroffen«, sagte ich.

»Ich komme schon zurecht«, meinte sie. »Du musst nicht ständig um mich rum sein. Er kommt nicht wieder und wird auch nicht mehr auf mich schießen.« Ich beugte mich vor und küsste sie auf den Mund. Sie boxte mich gutmütig. »Das hatten wir doch schon, du Macho. Schlaf jetzt.«

»Danke«, sagte ich.

»Ich weiß, wie das für dich ist«, sagte sie. »Wenn du dir etwas in den Kopf setzt, kommst du nicht davon los. Also bring's hinter dich.«

Ich ließ mich in die Kissen zurücksinken und fühlte mich auf einmal erschöpft.

»Noch was, Jacob«, sagte sie.

»Hm ... ja?«

»Mach keine Dummheiten.«

6

Down-Spin

Die Holzbänke im Gerichtssaal Nummer 5 waren hart und sahen aus, als stammten sie aus Kolonialzeiten. Die Zuschauer, die meine Demütigung miterleben wollten, waren dennoch nicht weniger geworden, rutschten aber immer öfters auf der Bank, je später es wurde.

»Officer Lin, welchen Beruf üben Sie aus?«, fragte Haviland mit klingender Stimme, die anzudeuten schien, ihr Beruf sei der Schlüssel zur Lösung des Falls.

Brittany Lin war eine gut aussehende, dunkelhaarige Polizistin, bekleidet mit schicker Jacke, Rock und einer Brille mit ovalen Gläsern. Sie war durchtrainiert und athletisch gebaut. »Ich arbeite als Kriminaltechnikerin bei der New Jersey State Police«, antwortete sie leise und sachlich.

»Und wie lange schon?«

»Ich bin seit vierzehn Jahren Police Officer und seit zehn Jahren Kriminaltechnikerin.«

»Dann kann man also mit Fug und Recht sagen, dass Sie eine Expertin auf Ihrem Gebiet sind.«

»Ich weiß, was ich tue, Mr. Haviland.«

Haviland fragte sie nach ihren Qualifikationen und ihrer Rolle als Gutachterin bei anderen Prozessen. Sie hatte das Spurensicherungsteam geleitet, das den Tatort im Bunker untersucht hatte.

»Wussten Sie zu dem Zeitpunkt, als Sie an den Tatort gerufen wurden, dass Mr. Vanderhall polizeilich gesucht wurde?«

»Ja, Sir.«

»Weshalb hat die Polizei ihn nicht gefunden?«

»Der Bunker liegt in siebzig Metern Tiefe, angeblich handelt es sich um einen Raum, in dem früher Experimente durchgeführt wurden. Niemand ist auf die Idee gekommen, dort nach ihm zu suchen.«

»Mit Ausnahme von Jacob Kelley?«

»Einspruch«, sagte Terry. »Mutmaßungen gehören nicht in die Beweisaufnahme.«

»Stattgegeben«, sagte Richterin Roswell. »Mr. Haviland, bitte beschränken Sie Ihre Fragen auf Dinge, von denen die Zeugin Kenntnis haben kann.«

»Ich bitte um Verzeihung, Euer Ehren«, sagte Haviland. »Ms. Lin, wie ging es weiter, nachdem Sie den Bunker betreten hatten?«

»Ich habe einen toten Mann vorgefunden, Mitte bis Ende dreißig, mit einer Schusswunde in der Brust, die vermutlich seinen Tod verursacht hatte. Das Opfer hatte ungefähr zwölf Stunden dort gelegen«, sagte Lin.

Haviland machte sich eine Notiz, als wäre dies eine neue Information, die er unbedingt festhalten musste. »Wie wurde der Todeszeitpunkt bestimmt?«

»Der Grad der Verwesung unter Berücksichtigung der hohen Temperatur im Bunker und des Körpergewichts des Opfers engte die Tatzeit auf einen Zeitpunkt vor höchstens zwölf Stunden ein, während die Totenstarre auf mindestens zwölf Stunden hindeutete.«

»Wann wurde die Untersuchung vorgenommen?«

»Um vier Uhr nachmittags am dritten Dezember, woraus sich als Tatzeit vier Uhr morgens ergab.«

Haviland hielt seine große Weißwandtafel mit der Zeitachse hoch. »Gestatten Sie mir, mich zur Zeugin zu begeben, Euer Ehren?«

»Bitte sehr«, sagte die Richterin.

Haviland reichte der Zeugin einen roten Stift. »Ms. Lin, würden Sie bitte an der Stelle der Zeitachse, an dem das Opfer ums Leben gekommen ist, ein rotes Kreuz machen?«

Sie tat wie geheißen und markierte den Zeitpunkt, als würde sie mit Blut schreiben. Haviland zeigte die Tafel der Jury, dann drehte er sie zum Publikum um. »Vier Uhr morgens am dritten Dezember. Ist das richtig?«, fragte er.

»Ja.«

»Dann wurde Mr. Vanderhall ungefähr acht Stunden nachdem er aus Mr. Kelleys Haus geflüchtet war, und fünf Stunden nachdem die Polizei die Vernehmung der Familie beendet hatte, ermordet?«

»Einspruch«, sagte Terry. »Suggestivfrage.«

»Stattgegeben. Mr. Haviland, stellen Sie die nächste Frage«, sagte Richterin Roswell.

»Ja, Euer Ehren.« Haviland blätterte in seinem Notizbuch eine Seite um. »Wurde vor Ort ein Abschiedsbrief gefunden?«, fragte er.

»Nein, wir haben keinen Abschiedsbrief gefunden.«

»Ließen sich Mr. Vanderhalls Verletzungen mit einem Selbstmord vereinbaren?«

»Nein, Sir. Ein Selbstmord kam nicht in Betracht.«

»Weshalb nicht?«

Lin lächelte herablassend. »Mr. Vanderhall wurde aus einer Entfernung von mindestens einem Meter in die Brust geschossen. Aufgrund der geringen Schmauchspuren auf Haut und Kleidung ist ein geringerer Abstand zur Waffe ausgeschlossen. Außerdem wurde noch zweimal auf ihn geschossen, als er schon am Boden lag.«

»Man hat dreimal auf ihn geschossen? Hätte ein Schuss nicht ausgereicht, ihn zu töten?«

»Ja, Sir, der hätte ausgereicht. Der erste Schuss durchdrang Mr. Vanderhalls Herz und hat ihn mit an Sicherheit grenzender Wahrscheinlichkeit getötet, bevor die beiden anderen Schüsse abgefeuert wurden.«

»Welchem Zweck dienten die beiden Schüsse Ihrer Expertenmeinung nach?«

»Wir bezeichnen das als Übertötung. Ein einzelner Schuss kann auf einen Unfall oder eine Affekthandlung hindeuten. Mehrere unnötige Schüsse deuten auf vorsätzlichen Mord hin. Offenbar war der erste, bereits tödliche Schuss emotional unbefriedigend. Das bedeutet, der Mörder wollte vollkommen sichergehen, dass Mr. Vanderhall tot war.«

7

Up-Spin

Marek Svoboda war mein Schwager, verheiratet mit Elenas Schwester Ava. Er war Rumäne und gelernter Zimmermann, ein Genie, wenn es um Kranzprofile ging. Vor zehn Jahren war er in die Vereinigten Staaten ausgewandert, da der russisch-türkische Balkankrieg in den Zwanzigern die Wirtschaft seines Landes ruiniert hatte. Nachdem die Babyboomer-Generation in Rente gegangen war, herrschte in den Staaten ein großer Arbeitskräftemangel, und Marek hatte von den Anreizen Gebrauch gemacht, mit denen Einwanderer damals geködert wurden. Jahrelang arbeitete er am Bau und schickte den Großteil seiner Einkünfte an seine Familie in Rumänien, bis er herausfand, dass seine Frau heimlich einen anderen Mann geheiratet hatte, worauf er die Überweisungen einstellte. Jetzt war er mit Ava verheiratet und schickte sein Geld nirgendwohin, wenn es nicht sein musste.

Er war fast so groß wie ich und noch muskulöser. Er half

mir im Haus bei Schreinerarbeiten und war mir im Laufe der Jahre ein guter Freund geworden.

»Wie weit ist es noch?«, fragte er. Ich fuhr; er wählte die Musik aus. Im Moment lief südamerikanisch-slawischer Fusionrock, der sich anhörte, als habe sich eine Katzenfamilie auf einen Schießplatz verirrt.

»Nicht mehr weit«, antwortete ich. Viele Meilen waren wir durch Pinienwald gefahren. Die New Jersey Pine Barrens nahmen eine Fläche von fast einer halben Million Hektar ein, und jeder einzelne Hektar sah wie der andere aus. In weiten Gebieten gab es nicht einmal ein Mobilfunknetz. Die Vereinten Nationen hatten den Wald zum internationalen Biosphärenreservat erklärt und verhinderten jegliche Nutzung. Trotzdem fuhren wir im Moment über dem Teilchenbeschleuniger her, der unter dem Wald verlief, ein gewaltiger Ring in siebzig Metern Tiefe mit einem Umfang von dreißig Meilen.

Ich hatte Marek während der Fahrt zu erklären versucht, wie er funktionierte. »Das ist wie bei einer Rennbahn«, sagte ich. »Mit Tausenden Magneten beschleunigen wir die kleinen Teilchen auf nahezu Lichtgeschwindigkeit, und dann – zack! – prallen sie aufeinander.«

»Klein?« Marek hielt Daumen und Zeigefinger mit ein wenig Abstand hoch. »So klein?«

»Äh ...« Ich grinste. »Tatsächlich hätten ein paar Millionen Teilchen zwischen deinen Fingern Platz.«

Marek begriff sogleich, dass er sich um sechs Größenordnungen vertan hatte. »Und ihr beschleunigt sie auf Lichtgeschwindigkeit?«

»Na ja, genau genommen bloß auf 99,9999 Prozent Lichtgeschwindigkeit, aber das reicht.«

»Dann gebt ihr also Millionen Dollar aus, um so winzige Dinger aufeinanderzuschießen«, sagte Marek.

»Genau genommen eher *Milliarden* Dollar. Aber im Prinzip liegst du richtig.«

Marek kniff die Augen zusammen, als hätte er Schmerzen. »Und wozu soll das gut sein?«

Marek hatte ein besonderes Verhältnis zu Geld. Er klagte über jeden Dollar Steuern, den er entrichten musste, und schimpfte über die Verschwendungssucht der Regierung, da er den Eindruck hatte, sein Einkommen werde für Dinge verschwendet, die ihm nichts bedeuteten. Waren hielt er grundsätzlich für überteuert, wenngleich Rechnen nicht gerade seine Stärke war. Er war imstande, zehn Minuten durch die Gegend zu fahren, um pro Gallone Benzin zwei Cent zu sparen.

»Es geht darum, die grundlegenden Fragen des Universums zu lösen«, sagte ich. »Fragen wie zum Beispiel: Woher rührt die Masse? Warum ist der größte Teil der Materie im Universum unsichtbar? Was geschah in den ersten Sekundenbruchteilen nach Entstehung des Universums?«

Der endlose Wald lichtete sich schließlich, und es tauchten die ersten Neubaugebiete und Einkaufszentren auf. Auf einem Schild mit dem Bild der *Hindenburg* stand: »Willkommen in Lakehurst, der Luftschiffhauptstadt der Welt.« In der Ferne startete ein Jet vom Luftstützpunkt McGuire.

Marek runzelte die Stirn. »Ihr wollt Gott finden?«

Ich schüttelte den Kopf und setzte zu einer Entgegnung an, dann fiel mir ein, dass Mareks Familie dem russisch-orthodoxen Glauben angehörte, der selbst die kommunistische Ära überdauert hatte. Soviel ich wusste, ging Marek nie in die Kirche, aber die Religion war ein grundlegender

Baustein seiner ethnischen und familiären Identität. »So in etwa«, sagte ich daher.

Die Gebäude des NJSC ragten vor uns auf, insgesamt zwölf, mit der Silberkuppel des Feynman Center in der Mitte.

Ich hatte bereits mit Jean Massey, einer früheren Arbeitskollegin, abgesprochen, dass sie uns einlassen würde. Wir fuhren zum Angestelltentor, und ein Wachmann winkte uns durch, nachdem ich ihm meinen Ausweis gezeigt hatte. Ich bog vor dem Einstein Building nach links auf die Strange Street ein und hielt vor dem Dirac Building, in dem ich bis zu meinem Ausscheiden zusammen mit Brian gearbeitet hatte. Ich stellte den Motor aus, machte aber keine Anstalten auszusteigen.

»Alles in Ordnung?«, fragte Marek.

»Sicher«, antwortete ich. »Ich habe die Leute da drinnen halt eine Weile nicht gesehen.«

Wir stiegen aus. Alle Zugänge waren mit Kartenlesegeräten ausgestattet, deshalb rief ich Jean an, und die ließ uns per Fernschaltung ein.

Die junge Frau am Empfangstresen sagte: »Hey, seid ihr von der Polizei?«

»Bestimmt nicht«, antwortete Jean, die in diesem Moment um die Ecke bog. Sie reichte uns die Besucherausweise.

»Jeannie«, sagte ich. »Schön, dich zu sehen.«

Wir schüttelten uns die Hand, und sie küsste mich flüchtig auf die Wange. Jean Massey war um die fünfunddreißig, so dünn wie ein Stock, trug eine große Brille und hatte widerspenstiges braunes Haar mit ersten grauen Strähnen. Sie war so ziemlich die brillanteste Person, mit der ich in der Vergangenheit zusammengearbeitet hatte, dabei so bescheiden, dass man sie auf einer Party mühelos hätte übersehen können. Wir gingen zu Brians Büro, und es sah alles noch so aus wie früher.

»Wie geht es dir?«, fragte ich. »Und wie geht's Nick?« Kurz bevor ich vom NJSC weggegangen war, hatte sie einen jungen Genetiker von Princeton geheiratet. Die Angestellten hatten ihr Hochzeitskleid und ihre Zukunftspläne mit lautem Oh und Ah quittiert, und alle schienen zu glauben, diese Ehe sei im Himmel gestiftet worden. Da ich wusste, wie schnell Ehen bisweilen enden, zögerte ich mit der Frage, doch Jean lächelte bloß.

»Alles bestens«, sagte sie.

»Stimmt es, dass ihr ein Baby habt?«

»Ja, das stimmt.«

»Tut mir leid, ich hab's vergessen. Mädchen oder Junge?«

»Ein Mädchen. Chance.«

»Chance?«

Sie antwortete widerwillig, als hätte sie das schon zu oft erklären müssen. »So heißt sie.«

Ich verschwieg, dass Elena eine Katze gehabt hatte, die auf den Namen Chance gehört hatte. Sie war zu Elenas großem Kummer überfahren worden, kurz nachdem wir angefangen hatten, uns zu treffen. Das erwähnte ich ebenfalls nicht. »Hm, ja, das ist wirklich cool«, sagte ich. »Klingt irgendwie nach Quantenwelt. Oder Genetik. Oder nach beidem.«

Ihre Miene hellte sich ein wenig auf. »Ja. Außerdem spielt Nick in Atlantic City gern am Einarmigen Banditen.«

»Nur zu«, sagte ich. »Du hast doch bestimmt ein paar Fotos zum Vorzeigen. Wie sieht das Quantenbaby aus?«

Wir hatten Brians Büro erreicht und traten ein. Jean schürzte die Lippen. »Nimm's mir bitte nicht übel«, sagte sie, »aber ich muss wieder los und euch allein lassen. In etwa einer Stunde habe ich eine Gremiensitzung, und ich hab mich noch nicht vorbereitet.«

»Kein Problem«, sagte ich. »Viel Glück.«

Sie lächelte erschöpft. »Danke. Und euch auch. Das braucht ihr nämlich, wenn ihr hier etwas finden wollt.«

Ich schaute mich im Büro um. Der Schreibtisch war mit Papieren, Sandwichverpackungen, leeren Getränkedosen und Büromaterial überhäuft, darunter ein halbes Dutzend Smartpads. Viel mehr gab es hier nicht. Brians Büro war karg eingerichtet: Ein paar schlecht gerahmte Diplome hingen schief an der Wand, keine Fotos und nichts von dem verrückten Zeugs, mit dem die meisten Menschen ihren Schreibtisch schmücken. In den Smartpads waren vermutlich interessante Informationen zu seiner Arbeit gespeichert, doch die waren bestimmt verschlüsselt.

»Hat er gesagt, woran er in letzter Zeit gearbeitet hat?«, fragte ich.

Jean schüttelte den Kopf. »Du weißt doch, dass Brian sich ständig sorgt, jemand könnte ihm seine Ideen stehlen. In letzter Zeit ist das immer schlimmer geworden.«

»War er geheimnistuerisch?«

»Und wie. Es gab sogar Beschwerden. Wissenschaft funktioniert nicht mehr so, dass ein versponnenes Genie sich in einem Kämmerchen einschließt und zwanzig Jahre später mit einer großen Entdeckung wieder herauskommt. Es geht um Prozesse, Teamarbeit, Verantwortung. Jedenfalls viel Glück.«

Sie ging hinaus und schloss hinter sich die Tür. Dabei fiel

mein Blick auf Brians Lederjacke, die an einem Türhaken hing. Ich überlegte, was er bei mir zu Hause angehabt hatte, und nahm die Jacke vom Haken. Ich tastete die Taschen ab und fand einen Briefumschlag. Brian hatte »Jacob Kelley« darauf geschrieben.

Ich riss den Umschlag auf und zog ein gefaltetes Smartpaper heraus. Darauf stand ein einziger Satz: »Wie lautet deine Lieblingszahl?«

Marek sah mir über die Schulter. »Geht's da vielleicht um ein Passwort?«

Ich lächelte. »Sieht so aus. Hast du einen Stift?«

Marek reichte mir einen Bic, und ich schrieb »137036« aufs Papier. Als ich fertig war, verschwand die Schrift, an ihre Stelle trat eine längere Nachricht:

Lieber Jacob,

Ich wollte Dir alles persönlich berichten, brachte es aber nicht über mich. Ich glaube, so ist es besser. Du bist schlau; Du wirst es herausfinden und Dich mir vielleicht eines Tages anschließen.
Grüß Cathie von mir.

Brian

Ich zeigte Marek den Brief.

»Ich wollte Dir alles persönlich berichten«, las Marek vor.

»Ja. Ich weiß nicht, was das bedeutet. Vielleicht hat er es sich ja anders überlegt, nachdem er das hier geschrieben hatte.« Als ich die Jacke wieder an die Tür hängte, fiel mir ein kleiner Spiegel an der Seite ins Auge. Irgendetwas stimmte nicht mit dem reflektierten Licht. Als Marek daran vorbeiging, wanderte sein Spiegelbild in die entgegengesetzte Richtung. Sehr merkwürdig. Ich stellte mich vor den Spiegel und bemerkte, dass mein Haarscheitel an der falschen Seite saß. Ich hatte den Eindruck, ein Foto von mir anstatt meines Spiegelbilds zu betrachten. Als ich die Hand hob, ging die falsche nach oben. Das war kein gewöhnlicher Spiegel.

»Was ist das?«, sagte ich und machte Anstalten, den Spiegel von der Wand zu nehmen. Mein Spiegelbild tat das Gleiche, wenngleich mit der falschen Hand. Ich schaute mir ins Gesicht, doch irgendetwas stimmte nicht damit, etwas so Erschreckendes, dass ich einen Moment brauchte, um dahinterzukommen. Meine Augen fehlten. Ihre Stelle nahm eine glatte Hautfläche ein, unter der sich die Augenhöhle nicht einmal abzeichnete.

Das war so, wie wenn ein Kind in einem Raum voller Menschen die Hand seines Vaters ergreift und im nächsten Moment feststellt, dass es sich um einen Wildfremden handelt. Die beruhigende Nähe verwandelt sich in Grauen, als es begreift, dass es nicht nur die Hand eines Fremden hält, sondern keine Ahnung hat, wo sich sein Vater befindet.

Ich riss die Hand vom Spiegel zurück, ließ ihn gegen die Wand zurückfallen und fasste mir an die Augen. Auch mein Spiegelbild war wieder normal. »Hast du das gesehen?«, fragte ich.

Marek blickte in den Spiegel, dann sah er mich an. »Was soll ich gesehen haben?«

»Komm«, sagte ich. »Wir gehen.«

»Wohin?«

»Ich richte Cathie seine Grüße aus, wie er es mir aufgetragen hat.«

»Wer ist Cathie? Jemand, der hier arbeitet?«

»Cathie ist keine Person«, sagte ich. »Sie ist ein Es.«

Unter dem Feynman Center lagen mehrere unterirdische Ebenen sowie der Hauptzugang zum Beschleunigerring. Die Ausweise, die Jean uns gegeben hatte, öffneten den Aufzug, der in den Beschleunigertunnel hinunterführte. Der Tunnel war eine Betonröhre mit dem Durchmesser eines Highwaytunnels – zum Bau hatte man die gleichen Bohrmaschinen eingesetzt –, doch sie war ellipsenförmig und hatte eine Länge von dreißig Meilen. Ein großer Teil des Raums wurde vom Teilchenring – in dem die subatomaren Partikel kreisten – und den großen Elektromagneten sowie den Kühlrohren und Kabelbäumen eingenommen.

Es gab einen Fußgängerweg von etwa fünf Metern Breite. Wissenschaftler benutzten zur Fortbewegung für gewöhnlich Fahrräder, doch es gab auch ein paar Golfwagen für Besucher und Wartungsfahrten. Die dreißig Meilen lange Strecke musste regelmäßig auf Risse im Beton, Ratten und andere Tiere, welche die Kabel hätten annagen können, Spannungen im Gestein und Defekte in der technischen Anlage untersucht werden. Wir setzten uns in einen Golfwagen und fuhren los.

CATHIE war die Abkürzung für das *Controlled Acceleration and Temperature Heavy Ion Experiment*, das Brian und ich entwickelt hatten, als ich noch am NJSC gearbeitet hatte, für das aber keine ausreichenden Mittel bewilligt worden waren. Wir hatten es bis zum Bau eines unterirdischen Bunkers neben dem Teilchenring vorangetrieben, dann war das Projekt zugunsten des Experiments eines Kollegen eingestellt worden, der ein schlechter Experimentator war, dafür aber die richtigen Strippen ziehen konnte. Mit ansehen zu müssen, wie man uns die Gelder und den Großteil unserer Ausrüstung wegnahm, war für mich der Anfang vom Ende gewesen. Der Bunker war eine leere Betonhülle ohne technische Apparate geblieben, doch Brians Nachricht deutete darauf hin, dass es darin etwas gab, das er mir zeigen wollte.

Fünfzehn Minuten später hatten wir ihn erreicht und parkten den Golfwagen. Der Eingang zum Bunker war geschlossen, und ein Warnschild wies darauf hin, dass er nicht in Gebrauch sei, doch als ich die Klinke betätigte, öffnete sich die Tür. Ein unangenehmer Geruch empfing uns, doch er war nicht stark, und die Ursache wurde mir erst später bewusst. Auf einem halben Dutzend Kartentischen stapelten sich wissenschaftliche Geräte, dazwischen lagen Pappbecher und Sandwichverpackungen. Schwarze und blaue Kabel schlängelten sich über den Boden und um die Tischbeine. Anstatt von Neonröhren, wurde der Raum von einem halben Dutzend Flohmarktlampen erhellt. War das hier ein genehmigtes Projekt? So sah es nicht aus. Trotzdem waren hier Geräte im Wert von etlichen Tausend Dollar versammelt; ich hatte keine Ahnung, wie Brian sie aus eigener Tasche bezahlt hatte. Offenbar hatte er sie heimlich mit dem Wartungsaufzug aus dem Wald hier heruntergeschafft.

Das hier war nicht das CATHIE-Experiment. Nach den Maßstäben des Teilchenbeschleunigers war CATHIE ein kleines Experiment, doch es hätte trotzdem die Mitarbeit von zahlreichen Wissenschaftlern und die Installation fassgroßer Detektoren an einem Teilstück des Rings erfordert.

Soweit ich erkennen konnte, war keines der vorhandenen Geräte mit dem Teilchenbeschleuniger verbunden. Brian hatte lediglich die Stromversorgung angezapft. Er hatte den Bunkerraum nicht wegen seiner Nähe zum Teilchenbeschleuniger ausgewählt, sondern aus Gründen der Geheimhaltung. Hier hatte er etwas völlig anderes untersucht.

Erst als ich um einen Tisch herumtrat, sah ich ihn. Er lag auf dem Betonboden in einer dunklen Lache, das eine Bein in unnatürlichem Winkel unter dem Körper, die Brust voller Blut. Es war Brian Vanderhall.

8

Down-Spin

Richterin Roswell ordnete eine kurze Unterbrechung an, im Anschluss setzte Haviland die Befragung von Officer Brittany Lin fort. Lin sah ihm selbstbewusst in die Augen, wenn sie antwortete, und schaute nur hin und wieder zur Jury, wenn sie ein Detail oder einen Fachbegriff erläuterte. Sie war eine gut vorbereitete und erfahrene Zeugin.

»Haben Sie bei der Untersuchung des Bunkers auch nach Fingerabdrücken gesucht?«, fragte Haviland.

»Ja, das habe ich getan.«

»Würden Sie uns Ihre Erkenntnisse mitteilen?«

»Außer den Fingerabdrücken des Opfers wurden weitere Fingerabdrücke an zwei Mikroskopen und an einem Stahlrohr gefunden. Eines der Mikroskope war schwer beschädigt, möglicherweise wurde es mit dem Rohr zertrümmert.«

»Und die Fingerabdrücke konnten einer Person zugeordnet werden?«

»Ja, sie passten zu Jacob Kelley.«

»Könnten die Fingerabdrücke auch von einem früheren Besuch des Bunkers stammen, von einem Zeitpunkt vor dem Mord?«

»Theoretisch ja, aber in Anbetracht der deutlichen Ausprägung scheint es unwahrscheinlich, dass sie älter als ein paar Tage waren. Außerdem gibt es noch weitere Belege dafür, dass Mr. Kelley zum Zeitpunkt der Mordes zugegen war.«

»Welche Belege sind das?«

»Zwei Turnschuhe der Marke New Balance Größe zwölf haben im Blut des Opfers Abdrücke hinterlassen. Blutige Spuren dieser Schuhe wurden auch vor dem Bunker entdeckt. Sie führten zu einem Aufzug, dessen Zugang im Wald liegt.«

»Wurden die Schuhe identifiziert?«, fragte Haviland.

»Ja. Jacob Kelley trug sie noch mehrere Stunden später, als er von der Polizei festgenommen wurde.«

Haviland blätterte in seinen Notizen, um der Jury Gelegenheit zu geben, die Information zu würdigen. »Noch eine Frage, Officer. Haben Sie die Tür des geheimen unterirdischen Bunkers untersucht?«

»Ja, Sir«, antwortete Lin.

»Würden Sie uns das Ergebnis der Untersuchung mitteilen?«

»Die Tür war mit einem Fingerabdruckscanner gesichert.«

»Könnten Sie der Jury erklären, wie ein Fingerabdruckscanner funktioniert?«

Lin wandte sich den Geschworenen zu und zuckte mit den Schultern, als sei sie der Meinung, alle Anwesenden wüssten bereits über die Funktionsweise des Scanners Bescheid. »Er ermöglicht den Zutritt nur bestimmten, ausgewählten Personen, die sich mit ihrem Fingerabdruck ausweisen müssen.«

»Gilt das nur für den Zugang? Heißt das, jedermann könnte die Tür versperren?«

»Nein, das geht nicht. Das Schloss besteht aus einem elektromagnetischen Bolzen, der nur von den bezeichneten Personen aktiviert oder deaktiviert werden kann. Um sie zu verriegeln, muss die Tür geschlossen sein, und die Verriegelung kann nur von einer befugten Person ausgelöst werden.«

»Also kann die Tür nicht von einer befugten Person verriegelt werden, wenn sie offen ist, und von jemand anderem geschlossen werden?«

»Nein. Der Mechanismus lässt sich nur dann aktivieren, wenn die Tür geschlossen ist.«

»Dann gehört die Person, welche die Tür versperrt und geschlossen hat, also zu dem Personenkreis, dessen Fingerabdrücke in den Schließmechanismus einprogrammiert wurden.«

»Das ist richtig.«

»Wurde das Schloss seit Mr. Vanderhalls Tod umprogrammiert?«

»Nein. Aus den Computerlogs geht hervor, dass die Programmierung seit Jahren nicht mehr verändert wurde.«

»Wie viele Personen waren aufgrund der Programmierung befugt, den Raum zu betreten oder ihn zu verschließen?«

»Zwei.«

»Wer war die erste?«

»Der Verstorbene, Mr. Brian Vanderhall.«

»Und die zweite?«

Sie wies mit dem Kinn in meine Richtung. »Der Angeklagte, Mr. Jacob Kelley.«

9

Up-Spin

Er war tot. Brian war tot. Ich tastete nach seinem Puls, obwohl es eigentlich keinen Zweifel an seinem Tod gab. Seine Haut war kalt. Auf dem Boden war sehr viel Blut. Als ich bemerkte, dass ich hineingetreten war, zog ich den Fuß rasch zurück.

In einer Ecke lag eine Glock 46. Ich war mir ziemlich sicher, dass es die Waffe war, mit der Brian auf Elena geschossen hatte.

Marek hatte das Handy hervorgeholt, schüttelte aber den Kopf. »Kein Empfang.« Im Tunnel gab es Telefone im Abstand von einer Meile. Wir würden von dort aus die Polizei rufen müssen.

Mir zitterten die Hände. Ich versuchte den Blick von dem Toten abzuwenden. Zwei Mikroskope auf dem Tisch in der Mitte erregten meine Aufmerksamkeit. Mir kam der Gedanke, das, woran Brian geforscht hatte, könnte ihn getötet haben. Ich blickte durch das Okular des einen Geräts, doch ich sah nichts.

»Sollten wir nicht besser gehen?«, fragte Marek.

»Wir können ihm nicht mehr helfen«, sagte ich. »Und er wollte mir etwas zeigen. Ich möchte mich nur mal umschauen, bevor die Polizei alles mitnimmt.«

Ich suchte nach einem Schaltkasten, entdeckte ihn unter dem Tisch im Kabelgewirr und schaltete die Stromversorgung ein. Geräte begannen zu summen, Ventilatoren kamen auf Touren. Ich legte erneut das Auge ans Okular und justierte die Schärfe. Vergrößerungsfaktor und Maßstab wurden digital eingeblendet. Das Objekt unter dem Mikroskop war ein winziger piezoelektrischer Resonator von kaum einem Mikrometer Länge, aber riesig im Vergleich zur Größe eines Elektrons oder eines anderen Teilchens der Quantenwelt. Ich musste ein wenig herumprobieren, bis ich den Versuchsaufbau begriffen hatte, doch dann gelang es mir, den Resonator mit einem schwachen Energieimpuls in Schwingung zu versetzen.

Daran hatten wir jahrelang gearbeitet – an einem relativ »großen« Objekt, das Quanteneffekte aufwies. Schon allein der Umstand, dass der Resonator nicht gekühlt wurde, stellte einen erstaunlichen wissenschaftlichen Fortschritt dar. Doch da war noch ein zweites Mikroskop. Ich wechselte das Okular und ahnte bereits, was ich sehen würde. Einen zweiten Resonator, der sich wie der erste in Schwingung befand ... allerdings hatte er keine Verbindung zu einer Stromquelle. Ich las am Computer die Messwerte ab; Frequenz und Richtung der Oszillation waren identisch mit denen des ersten Resonators. Die beiden Mikroskope standen unmittelbar nebeneinander, doch soweit es die Quantenwelt betraf, hätte sich das eine ebenso gut auf der anderen Seite der Erde befinden können.

»Äh ... Jacob?«, sagte Marek.

Ich presste das Auge noch immer ans Okular. »Das ist unglaublich. Er hat eine Verschränkung im Makromaßstab realisiert.« Das war mehr als unglaublich. Mir schwirrte der Kopf von Ansibles und überlichtschneller Kommunikation. Das war die größte Entdeckung des Jahrhunderts. Wieso hatte er sie nicht publiziert und den Ruhm eingeheimst? Weshalb hatte Brian sich in diesem Bunker versteckt?

»Jacob? Siehst du das?«, fragte Marek.

Ich riss mich los, ein wenig verärgert über die Störung, doch mein Ärger verflog, als ich sah, was Marek meinte. Getränkedosen rotierten um die eigene Achse; Kugelschreiber drehten sich auf der Spitze oder auf der Seite, eine Münze rotierte auf dem Tisch. Auch der Stuhl hinter mir drehte sich wie verrückt. Marek stand mit weit aufgerissenen Augen an der Wand. »Was ist hier los?«, fragte er.

»Ich weiß es nicht.« Vorsichtig tippte ich eine Coladose an. Sie neigte sich und richtete sich gleich wieder auf wie ein Kreisel. Ich trat erneut vor den Tisch mit den Mikroskopen und streckte die Hand zum Schalter aus, als mein Blick auf mein Spiegelbild an der Wand fiel. Der Spiegel glich dem in Brians Büro, ein billiges Plastikding mit goldfarbenem Rahmen. Das Bild war seitenverkehrt wie das in seinem Büro, jedoch mit einem Unterschied. Die Objekte, die auf meiner Seite des Spiegels rotierten, bewegten sich nicht auf der anderen Seite.

Unmöglich. Ich überlegte, was ich da sah. Millionen von Photonen trafen aufs Glas, beförderten Elektronen in einen höheren Energiezustand, wurden absorbiert und wieder emittiert. Obwohl es bei den meisten Spiegeln den Anschein hatte, das Licht breite sich geradlinig aus und der Ausfallwinkel sei identisch mit dem Einfallswinkel, wusste ich, dass dies nicht der Wahrheit entsprach. Einzelne Photonen beschreiben von der Lichtquelle zum Spiegel und dann vom Spiegel zum Auge zahllose mögliche Wege – genau genommen alle möglichen Wege. Erst der Durchschnitt aller Wahrscheinlichkeitswellen bewirkt den Effekt der geradlinigen Reflexion. Bei *diesem* Spiegel aber ergab der Durchschnitt der Wahrscheinlichkeiten ein seitenverkehrtes Bild, als fiele das Licht von hinten ein anstatt von vorn.

Langsam veränderte ich meine Position, bis ich mein Spiegelbild sehen konnte, und wieder hatte das Bild im Spiegel anstelle der Augen glatte Haut. Ich betastete meine Augen, stellte aber keine Veränderung fest. Auch die Gestalt im Spiegel betastete die Haut über den Augenhöhlen. Ich wich zurück und langte nach dem Stromschalter, doch er war nicht mehr da. Er war verschwunden. Im Spiegel hingegen befand er sich an der Stelle, wo er sein sollte. Allmählich bekam ich es mit der Angst zu tun. Das hier ging über die normalen Studien zu Quanteneffekten weit hinaus. Brian hatte etwas Furchtbares entdeckt, das ihn veranlasst hatte, mich um Hilfe zu bitten.

Ich überlegte, meinerseits wegzulaufen, als der augenlose Mann aus dem Spiegel hervorkam. Er stieg nicht heraus, als wäre der Spiegel ein Fenster. Er wurde gebrochen wie ein Lichtstrahl, und dabei teilte und verlagerte sich sein Gesicht, als würde man es durch eine schräg gestellte Glasscheibe betrachten. Der Mann war hell, heller, als aufgrund der diffusen Raumbeleuchtung zu erwarten war. In dem Moment, als er in den Raum trat, kamen alle rotierenden

Objekte zum Stillstand und verharrten an Ort und Stelle, als wären sie auf ein Foto gebannt.

Die Helligkeitsverteilung auf dem Mann wirkte unstimmig, und er drehte den Kopf hin und her, als sähe er etwas anderes als ich. Stand er wirklich hier bei uns, oder befand er sich in einem anderen Raum, einem anderen Universum? Wusste er überhaupt, dass er hier war? Diese Frage wurde beantwortet, als er die Hand ausstreckte und ein Display demolierte. Er tippte es so behutsam mit dem Finger an, als streichle er das Gesicht einer Geliebten, doch der Bildschirm zerschellte, und die Glasscherben fielen auf den Schreibtisch.

Ich erstarrte, gelähmt von den widersprüchlichen Impulsen, standzuhalten und wegzulaufen.

»Wo kommt das Ding her?«, rief Marek und wich zur Tür zurück.

Der augenlose Mann hatte etwa meine Größe, mein Gewicht und meine Figur, doch er war falsch zusammengesetzt. Seine Ohren waren etwas zu klein und der Unterkiefer zu groß, die Arme waren nicht richtig verbunden. Die Gelenke bogen sich allzu leicht und in die falsche Richtung, so als hätte jemand einen menschlichen Körper aus Einzelteilen zusammengesetzt, ohne zu wissen, wie er eigentlich funktionierte.

Er machte sich nicht die Mühe, um Gegenstände herumzugehen; stattdessen wichen ihm die Tische und Kabel scheinbar aus, wie Licht, das durch eine Linse abgelenkt wird. Er berührte eines der Mikroskope und zerstörte es beiläufig, zerknüllte das Metall, als wäre es Papier, betrachtete es mit unergründlicher Miene. Das Wesen war kein Mensch, sondern ein Alien, eine Intelligenz, die keine Verbindung zur Menschheit oder der Welt aufwies, die ich kannte und verstand. Es war ein Feind, und ich wusste, wie man mit einem Feind umgeht.

Ich ging in die Ecke und hob die Glock auf. Ich war kein guter Schütze, doch ich hatte mir in meiner Jugend genug von meiner Umgebung abgeguckt, um mit einer Waffe umgehen zu können. Ich stellte die Beine auseinander, zielte beidhändig und drückte ab. Der Schuss dröhnte in dem abgeschlossenen Raum ohrenbetäubend laut, und hinter dem Mann platzte eine Wolke von Betonstaub aus der Wand. Anscheinend unverletzt, wandte er den Kopf zu mir herum. Ich feuerte noch ein paar mehr Kugeln ab, doch sie gingen ebenfalls durch ihn hindurch, ohne ihn zu verletzen.

Der augenlose Mann stand zwischen mir und der Tür. Ich hielt Ausschau nach einer anderen Waffe, und mein Blick fiel auf ein am Boden liegendes Stahlrohr. Ich steckte die Glock in die Tasche und hob das Rohr auf. Der Mann kam näher. Ich holte mit dem Rohr aus wie mit einer Axt und spannte Rücken- und Schultermuskeln an. Bevor der Hieb ihn traf, löste sich der Mann in zahllose verschwommene Kopien seiner selbst auf. Das Rohr ging durch den Lichtnebel hindurch und prallte auf den Betonboden. Es dröhnte laut. Die Lichtschemen vereinigten sich wieder zu einem einzelnen Mann, der noch immer etwa einen Meter von mir entfernt war.

Als Marek sah, dass ich bedrängt wurde, näherte er sich dem Mann mit erhobenen Fäusten. Wir trafen ihn gleichzeitig. Marek teilte einen rechten Haken aus, und ich schlug von oben mit dem Rohr zu. Der Mann verschwamm erneut, doch diesmal bestanden die Schemen aus hellen und dunklen Flecken. Die hellsten befanden sich in der Mitte, den dunkleren Flecken an den Seiten, und dahinter lagen wiederum hellere Flecken. Ich begriff sogleich, was das war, und der Mund klappte mir auf. Das war ein Doppelinterferenzmuster, wie es zur Veranschaulichung der Wellennatur des Lichts benutzt wurde. Dieses Wesen besaß ein eigenes Wellenmuster, etwas, das bislang noch bei keinem Objekt demonstriert worden war, das größer war als ein Nanometer.

Doch das war kein Teilchen. Das war ein intelligentes Wesen mit eigenem Willen, so undurchschaubar seine Absichten auch sein mochten. Es verschmolz an der Stelle, wo sich die hellsten Flecken der Wellenform befunden hatten, wieder zu einer einzigen Gestalt. Als ich erneut mit dem Rohr ausholen wollte, leuchtete es kurz auf und zerstob in alle Richtungen. Es löste sich in meiner Hand auf, als bestünde es aus Licht. Ich fragte mich, wie viel Strahlung mich in diesem Moment durchströmte, doch ich hatte drängendere Sorgen.

Marek und ich liefen zur Tür, doch wir erreichten sie beide nicht. Als ich über ein blaues Kabel hinwegtreten wollte, wurde ich von einem gleißenden Lichtblitz und einem ohrenbetäubenden Krachen umgeworfen. Ich prallte auf den Boden, umgeben von dünnem Rauch. Es roch nach verbranntem Stoff.

Marek lag ebenfalls am Boden und wirkte benommen. Ich streckte vorsichtig den Finger aus, schob ihn langsam über das Kabel. Nichts geschah. Als ich mich vorbeugte, spürte ich jedoch ein Kribbeln im Nacken. Ich wich eilig zurück.

Marek blickte bereits wieder zur Tür. »Versuch's gar nicht erst«, sagte ich. »Die Luft über den Kabeln ist elektrisch aufgeladen.«

Die Kabel schlängelten sich über den Boden und überschnitten sich mehrfach. Ich war auf einem kleinen Flecken eingesperrt, Marek auf einem anderen. Wir waren vollkommen hilflos.

»Das ist der Wahnsinn«, sagte Marek. »Wie hat es dein Freund geschafft, sich bei eingeschaltetem Strom hier umherzubewegen?«

Ich verzog das Gesicht. »Ich glaube, normalerweise tun die Leitungen das nicht.« Eben noch hatte ich sie ohne Schwierigkeiten überquert.

Der augenlose Mann bewegte sich ohne Eile. Er trat zwischen uns und verstellte mir die Sicht auf Marek. Ich konnte nicht sehen, was er tat.

Dann hörte ich grauenhafte Geräusche, als werde etwas auseinandergerissen, und Marek brüllte.

10

Down-Spin

Die Gerichtsverhandlung fand in Philadelphia statt, doch die Gefängnisse waren dort dermaßen überfüllt, dass ich in der Justizvollzugsanstalt George W. Hill in Thornton untergebracht wurde. Die Fahrt vom Gericht dorthin dauerte fünfundvierzig Minuten. Mein Zellengenosse war ein Neunzehnjähriger, der des Autodiebstahls und der mehrfachen Körperverletzung angeklagt war und auf den Beginn seiner Verhandlung wartete. Wir kamen gut miteinander aus, doch ich war mir ziemlich sicher, dass ich ihm im Zweikampf überlegen wäre. Jugend und Kraft können es mit einer guten Ausbildung nicht aufnehmen. Wenn man so wollte, hatte ich das Glück, nur einen Mitbewohner zu haben – das Gefängnis war dermaßen überbelegt, dass in vielen Zellen drei Häftlinge untergebracht waren, obwohl sie eigentlich nur für zwei gedacht waren. Falls ich verurteilt wurde, würde man mich in ein anderes Gefängnis mit höherer Sicherheitsstufe verlegen. Ich wusste nicht, welches das sein würde, ahnte aber, dass es dort schlimmer sein würde.

Ich nahm jede Gelegenheit wahr, mich mit Terry zu treffen, vor allem, um aus der Zelle herauszukommen. Der Besucherraum des Gefängnisses wirkte futuristisch, wie ein Plastikgefängnis an Bord einer Raumstation. Drei der vier Wände waren durchsichtig, das Glas mit Maschendraht verstärkt. Durch die Wände sah man andere Angeklagte, die mit ihren Verteidigern sprachen, eine endlose Abfolge von Räumen wie bei einander gegenüber platzierten Spiegeln. Als Tisch diente eine dünne, silberfarbene Platte, die auf einen Mittelpfosten montiert war. Drum herum waren sechs gelbe, am Boden festgeschraubte Stühle angeordnet. Ich stellte mir vor, man habe sie deshalb befestigt, damit sie in der Mikrogravitation nicht umherschwebten. Vermutlich wollte man aber lediglich verhindern, dass die Insassen ihre Verteidiger mit einem Stuhl erschlugen.

»Haviland punktet mit dieser interaktiven Weißwandtafel«, sagte ich, als Terry eingetroffen war. »Das wirkt wie eine Abfolge unumstößlicher Fakten. Zum Zeitpunkt A wurde ich wütend auf Brian, zum Zeitpunkt B habe ich ihn getötet. Fall abgeschlossen.«

Draußen stand ein bewaffneter Wärter, der in den Besucherraum hineinsehen, die Unterhaltung durch das schalldichte Glas aber angeblich nicht mithören konnte.

»Das stimmt nicht«, sagte Terry. »Sie sollten die Geschworenen nicht unterschätzen; die erkennen den Unterschied zwischen einer grafischen Darstellung und einem Beweis.«

»Tatsächlich?«, sagte ich. »Dann werden sie sich wohl auf die Fingerabdrücke und das Blut an meinen Schuhen konzentrieren. Schuldig ohne jeden Zweifel.« Ich war nicht mehr in der Zelle, fühlte mich aber trotzdem hilflos. Ich konnte nicht das Geringste tun, um den Ausgang des Prozesses zu beeinflussen. Ich konnte nur ohnmächtig zusehen. »Irgendwann«, sagte ich, »werde ich aufstehen und diesen Haviland niederschlagen.«

»Sie wissen, dass Sie das nicht tun dürfen.« Terry sah auf die Uhr. Wir warteten nur und plauderten, aber natürlich rechnete er pro angefangener Viertelstunde ab.

»Das weiß ich, glauben Sie mir. Aber Sie müssen auch meinen Standpunkt verstehen. Es ist mir zuwider, einfach nur dazusitzen und dabei zuzusehen, wie andere Leute über mein Schicksal entscheiden.«

Der Wachmann öffnete die Tür, und Jean Massey trat schwer atmend ein. »Tut mir leid, die Verspätung«, sagte sie. »Einfach mörderisch, hier einen Parkplatz zu finden.« Sie kicherte verlegen und blickte mich nervös an. »Bildlich gesprochen.«

Jean war unsere sachverständige Zeugin. Aus offensichtlichen Gründen konnte ich diese Rolle nicht einnehmen, deshalb brauchten wir jemanden, der der Jury den wissenschaftlichen Hintergrund des Falles erklärte. Ich hatte Terry eine Liste mit den Namen von Arbeitskollegen vom NJSC gegeben, die in der Lage waren, die Quantentheorie zu erklären, doch Jean hatte sich als Einzige zur Aussage bereit erklärt. Sie war keine ideale Zeugin, denn wir waren befreundet, weshalb man sie als befangen ansehen konnte, doch sie war kooperativ und wusste, wovon sie redete, und das war entscheidend.

Wir waren ihre Aussage schon einmal durchgegangen, aber Terry vergaß immer wieder wesentliche wissenschaftliche Fakten oder gab sie aufgrund seines mangelnden Verständnisses unverständlich wieder. Das war nicht unbedingt schlecht – die Geschworenen würden im selben Boot sitzen, und wenn sie mitkriegten, dass auch er nicht alles begriff, würde es ihnen vielleicht leichter fallen, sich auf ihn und seine Fragen einzulassen. Aber er sollte wenigstens die richtigen Fragen stellen.

»Erzählen Sie mir noch mal von den Resonatoren«, sagte Terry. »Ich habe Mühe zu begreifen, weshalb ein rotierendes Dingsbums, das kleiner ist als ein Fingernagel, so wichtig sein soll.«

Die Frage entfachte Jeannies Begeisterung. »Das lässt sich mit einem Wort beantworten«, sagte sie. »Überlagerung. Ich will es mal demonstrieren. Haben Sie eine Münze?«

Terry wühlte in der Tasche. »Irgendwo muss ich noch eine haben, schätze ich.« Seit die Regierung die Münzen aus dem Verkehr gezogen hatte, war die Dollarnote das kleinste Zahlungsmittel, und Münzen waren kaum noch zu finden. Hätte ich meine Töchter gefragt, was ein Nickel oder ein Dime war, hätten sie es wohl kaum gewusst. Schließlich hielt Terry einen alten, geschwärzten Penny in der Hand. »Der bringt mir Glück«, sagte er.

Jean schnippte die Münze mit dem Daumen hoch, ließ sie auf die Tischplatte fallen und legte die Hand darauf. »Welche Seite ist oben?«

»Keine Ahnung«, antwortete Terry, sich auf das Spiel einlassend.

»Genau darum geht es. Die Münze kann sich in beiden Zuständen befinden, Kopf und Zahl, richtig?«

»Nein«, sagte Terry. »Es kommt nur ein Zustand infrage. Ich weiß bloß nicht, welcher es ist.«

Jean grinste. »So spricht ein wahrer Anwalt. Und was die

Münze betrifft, gehe ich mit Ihnen auch konform. Aber in der Quantenwelt – nehmen wir an, dies wäre ein Elektron mit zwei möglichen Spinzuständen – gilt das nicht mehr. Das Elektron befindet sich gleichzeitig in beiden Zuständen. Erst wenn man es ansieht …« – sie hob die Hand, und der Kopf Abraham Lincolns kam zum Vorschein, unter dem Schmutz kaum zu erkennen – »… entscheidet es sich für einen bestimmten Zustand.«

»Das ist unsinnig«, sagte Terry. »Wenn Sie es nicht sehen können, woher wollen Sie dann wissen, dass es nicht bereits einen der beiden Zustände eingenommen hat, genau wie die Münze?«

Jean und ich wechselten einen Blick. »Los geht's«, sagte ich.

Jean holte tief Luft. »Okay, nächstes Beispiel. Stellen Sie sich einen Tennisball vor, der zwischen zwei Wänden hin und her fliegt. Er wird nicht langsamer und fällt auch nicht herunter; er fliegt immerzu hin und her.«

»Okay«, sagte Terry.

»Wir schalten das Licht aus, und Sie holen Ihre Kamera hervor und machen eine Blitzlichtaufnahme. Was sehen Sie?«

»Einen grünen Punkt, irgendwo zwischen den beiden Wänden.«

»Ist ein Ort wahrscheinlicher als der andere?«

»Nicht, wenn sich der Ball mit konstanter Geschwindigkeit bewegt und beim Aufprall auf der Wand nicht langsamer wird.«

Terry stieg in meiner Achtung, je mehr Zeit ich mit ihm verbrachte. Seine Antworten waren präzise, und er war offenbar bereit, so lange hier sitzen zu bleiben, bis er begriffen hatte, worauf Jean hinauswollte. Er hätte einen guten Wissenschaftler abgegeben. Dann aber hätte er wohl kaum vierhundert Dollar die Stunde berechnen können.

»Nehmen wir an, Sie machen Tausende Fotos oder eine Million und setzen sie zusammen«, sagte Jean. »Was sehen Sie dann?«

»Eine Reihe grüner Bälle, die sich von einer Wand zur anderen zieht«, antwortete Terry. »Oder eine durchgehende grüne Linie, wenn ich genug Fotos mache.«

»Genau. Und jetzt treten wir in die Quantenwelt ein. Stellen wir uns ein Elektron anstatt eines Tennisballs vor, es könnte aber auch jedes andere Teilchen sein. Schaut man sich die eine Million Fotos an, würden wir ein Muster sehen, wo einige Bereiche die übliche Zahl grüner Punkte aufweisen, andere doppelt so viele und wiederum andere gar keine.«

Terry musterte sie skeptisch. »Überhaupt keine?«

»Keine.«

»Also könnte ich den Ball in diesen Bereichen nicht fotografieren, egal, wie viele Fotos ich mache?«

»Der Ball hält sich nicht an diesen Stellen auf.«

»Wie bewegt er sich dann von Wand zu Wand?«

Ich lachte; seine Fassungslosigkeit machte mir Spaß. Er glaubte anscheinend, irgendetwas sei ihm entgangen, doch das war nicht der Fall. In Wahrheit werden alle Menschen von der Quantenphysik verwirrt, ganz gleich, wie intensiv sie sich damit beschäftigt haben. Wir eignen uns die Begriffe an, und wir beherrschen die Mathematik, aber niemand versteht es wirklich, weil es dem gesunden Menschenverstand widerspricht. »Es wird noch doller«, sagte ich. »Noch viel doller, glauben Sie mir.«

»Nehmen wir an, Sie glauben nicht, dass so etwas möglich ist«, sagte Jean. »Deshalb weisen Sie einen Praktikanten an, einen Tennisschläger in die Flugbahn des Balls zu halten, genau an einer der leeren Stellen, wo er niemals auftaucht.«

»Im Dunkeln«, sagte Terry.

»Ja.«

»Und ich mache weitere Fotos. Lassen Sie mich raten: Der Ball fliegt zwischen den Wänden hin und her, als wäre der Tennisschläger gar nicht vorhanden.«

»Sie haben es begriffen.«

»Sie hätten Physiker werden sollen«, sagte ich.

»Okay, aber was passiert wirklich? Fliegt der Tennisball – das Elektron – geradewegs hindurch? Oder fliegt er drum herum? Da hakt's bei mir.«

Ich mischte mich ein. »Die Sache ist die, dass Elektronen, Protonen und Neutronen sich grundlegend anders verhalten als ein Tennisball. Das Elektron fliegt eigentlich gar nicht hin und her. Es befindet sich mit einer gewissen Wahrscheinlichkeit überall zwischen den beiden Barrieren. Das ist die Wahrscheinlichkeitswelle – die Wahrscheinlichkeit, dass es sich beim Hinsehen an einem bestimmten Ort aufhält. Auch der Tennisball hat eine Wahrscheinlichkeitswelle, bloß dass ihr Durchschnitt unserer Erfahrung entspricht. Die Wahrscheinlichkeitswelle des Elektrons entzieht sich dem Begreifen.«

»Das ist das Prinzip der Überlagerung«, sagte Jean. »Gleichzeitig an verschiedenen Orten sein oder unterschiedliche Zustände aufweisen. Man kann wie bei den sich überlagernden Kielwassern zweier Hochseeschiffe mehrere Wahrscheinlichkeitswellen mit diesem armen Elektron überlagern und damit die Wahrscheinlichkeit ändern, dass es sich an einem bestimmten Ort aufhält oder nicht.«

»Und die Münze?«, sagte Terry. »Sie wollten erklären, weshalb sie weder Kopf noch Zahl war, solange ich sie nicht angeschaut habe.«

»Richtig«, sagte Jean. »Es verhält sich damit wie mit dem Tennisball. Er befindet sich überall gleichzeitig entlang der Flugbahn, bis man eine Aufnahme macht. Dann holt das Universum zwei riesige Würfel hervor, und zack: der Tennisball ist *da*. Aber so funktioniert das nicht mit Tennisbällen. Tennisbälle befinden sich zu einem gegebenen Zeitpunkt tatsächlich an einem bestimmten Ort, ob man hinschaut oder nicht. Mit dem Elektron verhält es sich anders. Es ist mit einer bestimmten Wahrscheinlichkeit über den ganzen Bereich verschmiert. Auf die Münze bezogen heißt das, eine ihrer Eigenschaften – Kopf oder Zahl oder die Drehrichtung – ist verschmiert.«

Sie wartete. Terry nickte, doch ich war mir nicht sicher, ob er es wirklich verstanden hatte oder ob er das Handtuch warf.

»Jetzt zur Verschränkung«, sagte Jean und ließ die Fingerknöchel knacken. »Das haut uns wirklich um.«

Sie machte Anstalten, erneut die Münze in Drehung zu versetzen, als auf einmal unter dem Tisch eine blecherne Orchesterversion von »The Hall of The Mountain King« erklang. »Verzeihung«, sagte sie.

Sie hob ihre Handtasche hoch, ein geräumiges schwarzes Ding, in dem man ein faltbares Zelt hätte verstauen können und das noch Platz für den Schlafsack geboten hätte. Sie wühlte darin nach dem Urheber des Songs, der stetig lauter wurde. Schließlich zog sie das Handy hervor, blickte aufs

Display, klappte es auf und hielt es sich ans Ohr. »Ich bin beschäftigt, Nick.« Sie zog sich in eine Ecke des Raums zurück und wandte uns den Rücken zu.

»Ist das alles wahr?«, fragte Terry.

»So funktioniert die Welt«, sagte ich. »Alles, was wir täglich tun, wird von dieser Physik bestimmt. Sie betrifft uns nicht weiter, denn sie gilt nur in einem kleinen Maßstab, den wir nicht sehen können. Aber der Grund, weshalb Sie mich in diesem Moment sehen, ist, dass die Elektronen in meinem Gesicht Photonen absorbieren und Photonen emittieren, die Ihre Netzhaut absorbiert. In Ihren Zellen werden ständig Billionen von Teilchen ausgelöscht und erzeugt, was die für ihr Überleben nötige elektrische Wechselwirkung ermöglicht. Ja, es ist wahr.«

»Aber wie steht es mit der Münze, die gleichzeitig Kopf und Zahl ist, bis man nachschaut? Das klingt grotesk. Wieso kann der Vorgang des Nachschauens ihren Zustand beeinflussen?«

»In der Makrowelt eher weniger«, sagte ich. »Aber Sie müssen sich klarmachen, dass ein Photon in der Welt des Elektrons eine große Sache ist. Angeschaut zu werden bedeutet für ein Elektron, dass es von einem Photon getroffen wird. Im kleinen Maßstab beeinflusst das Anschauen das betreffende Objekt.«

»Ich kann im Moment nicht reden, hörst du?«, sagte Jean. »Ich komme, sobald ich fertig bin. Das hier ist wichtig.« Eine Pause. »Wenn das wahr wäre, würdest du mir das nicht antun. Ja, gut, bye.«

Sie klappte das Handy zu und warf es in ihre riesige Handtasche. »Tut mir leid«, sagte sie.

»Musst du weg?«, fragte ich. »Wir können auch später

weitermachen.« Terry verzog das Gesicht, doch ich achtete nicht auf ihn.

»Nein, ist schon in Ordnung«, sagte Jean gereizt. »Ich bleibe, so lange ich muss, und Nick kann sich das ... kann das einfach vergessen. Wieder an die Arbeit. Wo habe ich die Münze hingelegt?«

Sie entdeckte die Münze, schnippte sie auf den Tisch und legte die Hand darauf. »Okay. Das entspricht dem Spin eines Elektrons. Wie ich schon sagte, ist sie gleichzeitig Kopf und Zahl, da wir noch nicht nachgeschaut haben. Unbestimmt. Oder, im Falle des Elektrons, ist der Spin gleichzeitig im Up- und im Down-Modus. Können Sie mir so weit folgen?«

Terry nickte zaghaft.

»Nehmen wir an, ich mache einen Wachsabdruck von beiden Seiten der Münze, ohne nachzusehen. Den einen Abdruck gebe ich Jacob ...« – sie tat so, als reichte sie mir etwas, ohne es anzusehen –, »... den anderen stecke ich in die Tasche. Was habe ich nun in der Tasche, Kopf oder Zahl?«

»Beides gleichzeitig«, antwortete Terry. »Mit einer gewissen Wahrscheinlichkeit.«

»Was ist mit ihm?«

»Bei ihm ist es das Gleiche.«

»Ausgezeichnet! Sie lernen schnell.« Sie erhob sich und ging in die Ecke des Raums mit den durchsichtigen Wänden. »Ich nehme meinen Wachsabdruck mit nach Paris. Jacob nimmt seinen mit nach Seattle.«

»Wieso darf ich nicht nach Paris fliegen?«, fragte ich.

»Du kannst schon von Glück sagen, wenn du aus dem Gefängnis rauskommst«, erwiderte sie.

»Gutes Argument. Also Seattle.«

»Jetzt hole ich meinen Wachsabdruck hervor und schaue ihn an.« Sie sah auf ihre Hand. »Zahl. Die Wahrscheinlichkeitswelle bricht zusammen. Was ist mit der anderen Welle?«

Terry zuckte mit den Schultern. »Die bricht ebenfalls zusammen?«

»Genau. Dadurch, dass ich meinen Wachsabdruck anschaue, auf der anderen Seite der Welt. Ich habe von der anderen Seite der Welt aus dafür gesorgt, dass die Münze Kopf anzeigt. Die Information ist mit Überlichtgeschwindigkeit um die Welt gewandert.«

Terry schüttelte den Kopf. »Das ist grotesk«, sagte er. »Sie haben gar nichts verändert. Die Münze hat von Anfang an Kopf angezeigt.«

»Nein«, entgegnete Jean. »Denken Sie an den Tennisball. Das ist die Quantenwelt. Es geht um Teilchen, nicht um Münzen.«

Er schüttelte betrübt den Kopf. »Das mag schon sein. Aber ich weiß nicht, wie ich das der Jury klarmachen soll.«

Jean schnaubte. »Ich gebe mein Bestes. Tennisbälle, Münzen – das sind Alltagsgegenstände. Mit Beispielen aus dem subatomaren Bereich würde es noch schwieriger werden.«

»Sie müssen sich nur auf die Vorstellung einlassen, dass etwas zwei Zustände gleichzeitig einnehmen kann«, sagte ich. »Sie müssen es nicht vollständig begreifen, aber sie müssen glauben, dass dies eine gründlich überprüfte, unumstrittene Erkenntnis der modernen Wissenschaft ist. Also, wie stellen wir das an? Indem wir uns auf Einstein berufen? Mit Zitaten aus den Veröffentlichungen führender Wissenschaftler?«

»Das alles interessiert die Jury nicht«, sagte Terry. Er deutete auf Jean. »Sie schon. Wenn sie das verkaufen und verhindern kann, dass Haviland sie zu Abschweifungen verleitet oder ihre Glaubwürdigkeit aushöhlt, werden sie das vielleicht als gegeben hinnehmen. Also setzen wir das Rollenspiel fort. Ich spiele Haviland beim Kreuzverhör. Verhalten Sie sich natürlich, lassen Sie sich Zeit, versuchen Sie nicht, seine Fragen vorwegzunehmen, und vor allem – das ist besonders wichtig! – beantworten Sie nur die Frage, die ich gestellt habe.«

Jean fuhr sich durchs Haar und schnitt eine Grimasse. »Ich werde den ganzen Abend hier festsitzen, nicht wahr?«

»Wahrscheinlich«, sagte Terry.

11

Up-Spin

Marek schrie markerschütternd. Ich wollte wissen, was mit ihm passierte, doch als ich ihn sah, wäre es mir lieber gewesen, ich hätte nichts davon mitbekommen. Marek lag in Einzelteilen am Boden. Arme, Beine, Hände und Finger waren abgerissen. Erstaunlicherweise floss kein Blut. Es war wie in einem alten Sonntagmorgencartoon, wenn der glücklose Schurke von einem Propeller geschreddert oder von einer Dampfwalze plattgemacht wird, anschließend wieder aufsteht, sich schüttelt und weitermacht, als sei nichts geschehen.

Tatsächlich setzte der augenlose Mann Marek Stück für Stück wieder zusammen. Er ging dabei mit großer Sorgfalt vor, wie beim Zusammenbau eines Modellflugzeugs. Immer wieder hielt er inne und begutachtete – obwohl er keine Augen hatte – das Ergebnis. Es war beinahe so, als wollte er herausfinden, wie ein Mensch zusammengesetzt ist. Ich streckte vorsichtig die Hand aus und stellte fest, dass die Luft über den Kabeln nicht mehr elektrisch aufgeladen war. Vielleicht konnte das Wesen immer nur ein Wunder gleichzeitig bewirken – oder es war einfach bloß abgelenkt. Ich rührte mich trotzdem nicht vom Fleck, denn ich fürchtete, er könnte verschwinden und Marek in Einzelteilen auf dem Boden liegen lassen, obwohl ich keine Ahnung hatte, weshalb Marek die Begegnung überlebt hatte. Als der Mann das letzte Teil seines schauerlichen Puzzles einfügte, trat er zurück, als wollte er sein Werk begutachten. Marek schlug die Augen auf. Erstaunlicherweise wirkte er lebendig und unversehrt. Er betastete seinen Kopf, seine Arme und Beine. Er sagte etwas, das sich wie *Varcolac* anhörte, und bekreuzigte sich.

Der augenlose Mann stand zwischen uns und der Tür, durch die wir hereingekommen waren, doch es gab noch einen anderen Ausgang aus dem Bunker, einen Notausgang, von dem aus eine Treppe nach draußen führte. Alle Experimentierräume waren über Wartungszugänge entlang des Beschleunigerrings erreichbar, der tief unter den Pine Barrens lag. Ohne Zugangskarte oder Schlüssel kam man nicht hinein, doch im Notfall konnte man über diesen Weg flüchten.

»Kannst du laufen?«, fragte ich.

»Ich glaub schon«, antwortete Marek.

»Dann folge mir.«

Marek tat vorsichtig einen Schritt nach hinten. Der augenlose Mann schien ihn zu beobachten, rührte sich aber nicht vom Fleck. Marek tat noch einen Schritt.

»Jetzt!« Wir rannten zum Notausgang, ohne uns nach dem augenlosen Mann umzusehen. Es gab auch einen Wartungsaufzug, doch wir hatten keine Zeit, den Rufknopf zu drücken und zu warten.

Wir nahmen zwei Stufen auf einmal. Zwanzig Treppenabsätze weiter oben erreichten wir schwer atmend den Pinienwald. Ich wusste nicht, ob wir verfolgt wurden, doch wir hielten nicht an, um es herauszufinden. Nach einer kurzen Verschnaufpause liefen wir über den überwachsenen Weg zur Straße.

Dreißig Meter weiter erblickten wir einen hinter Büschen auf einem Feldweg abgestellten ramponierten Toyota Viva. Ich erkannte ihn auf der Stelle wieder.

»Das ist Brians Wagen«, sagte ich. »Er muss ihn hier abgestellt und sich heimlich durch den Wartungszugang in den Bunker geschlichen haben.«

»Wie ist er reingekommen?«, fragte Marek.

»Die Zugänge werden nicht überwacht«, sagte ich. »Die liegen ziemlich abgeschieden. Als ich hier noch gearbeitet habe, haben Brian und ich diesen Zugang hier manipuliert, damit wir reingehen konnten, ohne Alarm auszulösen.« Das war in der Zeit gewesen, als wir die Ausrüstung für CATHIE installiert hatten und uns auf ein langes und fruchtbares Experiment freuten. Manchmal wurden wir in dem unterirdischen Bunker klaustrophobisch, und es tat uns gut, hin und wieder an die nach Pinien duftende frische Luft zu kommen und je nach Wetterlage und Uhrzeit einen Blick auf den Sternenhimmel zu werfen.

Wir schauten in den Wagen hinein. Der Zündschlüssel steckte. Ich holte das Handy hervor, hatte aber noch immer keinen Empfang. »Sieht so aus, als müssten wir uns seinen Wagen borgen«, sagte ich.

Ich setzte mich auf den Fahrersitz, Marek nahm neben

mir Platz. Ich drehte den Zündschlüssel herum, der Motor sprang sofort an. Dann wendete ich den Wagen und fuhr über den mit Schlaglöchern übersäten Feldweg. Als wir, begleitet vom Knirschen von Kies, auf die Straße einbogen, entfuhr mir ein Seufzer der Erleichterung.

»Es hat überhaupt nicht wehgetan«, sagte Marek. Anscheinend machte es ihn verlegen, dass er die Nerven verloren hatte. »Ich war einfach nur …«

»Das war das Grauenvollste, was ich je gesehen habe«, sagte ich.

Marek hob die Hand und krümmte die Finger. Er sagte etwas auf Rumänisch, das sich anhörte wie ein Fluch.

»Was ist?«, fragte ich.

»Der Finger«, sagte er. »In meiner Jugend hatte ich einen Unfall. Ein schwerer Balken hat mir die Hand zerquetscht. Mehrere Knochen waren gebrochen, aber wir waren arm, und ich war stark und stolz. Ich ging nicht zum Arzt. Aber der Finger …«

Er krümmte ihn erneut, und jetzt erinnerte ich mich, dass er steif gewesen war, da die Knochen schief zusammengewachsen waren. Jetzt konnte er den Finger ebenso mühelos krümmen wie die anderen.

»Das ist unmöglich«, sagte Marek.

»Wir haben eben noch viel mehr unmögliche Dinge gesehen«, sagte ich. »Dieser Typ hat dich auseinandergenommen und wieder zusammengesetzt. Hast du wirklich nichts gespürt? Du markierst doch nicht etwa den harten Burschen?«

Marek musterte mich ernst. »Ich hab geschrien wie ein Baby.«

Er krümmte erneut den Finger. Es sah so aus, als habe

das Wesen Marek geheilt, doch ich wollte das nicht als Wunder gelten lassen. Ich war mir gar nicht sicher, dass Heilung seine Absicht gewesen war. Er hatte auf mich gewirkt wie ein Techniker, der eine Maschine auseinandernimmt, um zu erfahren, wie sie funktioniert, und sie anschließend wieder zusammensetzt.

»Versuch noch mal die Polizei zu erreichen«, sagte ich.

Marek tippte auf seinem Handy herum, dann schüttelte er den Kopf. »Keine Balken.«

Allzu sehr wundern tat mich das nicht. »Wir sind nicht sonderlich weit draußen«, sagte ich. »In ein paar Minuten sollten wir in den Bereich eines Funkmasts kommen.«

An beiden Seiten flitzten Pinien vorbei. Die Straße war schmal und gerade, es waren keine anderen Fahrzeuge unterwegs. Ich fuhr schneller und hielt im Rückspiegel unwillkürlich nach Polizeilichtern Ausschau, wenngleich mir in diesem Moment ein Cop ganz gelegen gekommen wäre. Dabei fiel mein Blick auf eine alte braune Decke, mit der etwas auf dem Rücksitz zugedeckt war. Die Decke bewegte sich plötzlich, richtete sich auf und füllte mein Blickfeld aus. Zum Vorschein kam ein Mann mit blinkenden Lichtern anstelle der Augen.

Marek schrie. Ich trat auf die Bremse, der Wagen schleuderte auf die Gegenfahrbahn. Ich riss das Steuer herum. Adrenalin pumpte durch meine Adern, doch wir waren zu schnell. Anstatt wieder in die Spur zu kommen, rutschte der Wagen seitwärts von der Straße und rammte einen Baum. Ich prallte mit dem Kopf aufs Steuer, doch der Aufprall war nicht stark genug, um die Airbags auszulösen.

Benommen tastete ich nach dem Gurtschloss. Ich wagte es nicht, mich umzuschauen, und rechnete damit, jeden

Moment von hinten gepackt zu werden. Mir zitterten die Hände; ich fand den Knopf nicht. Endlich fand ich ihn doch, und der Gurt löste sich. Ich drückte die Tür auf und stolperte nach draußen. Marek war bereits ausgestiegen, und wir liefen in den Wald.

Als ich den Kopf wandte, sah ich, dass der Mann ebenfalls ausstieg. Er benutzte die Tür. Ich hielt an. Der Mann, der da unbeholfen aus dem Wagen kletterte, war nicht das Wesen, das uns im Bunker angegriffen hatte. Die blinkenden Lichter waren Brillenreflexe gewesen. Seine Kleidung war zerknittert, sein Haar zerzaust, und er bewegte sich steif, als hätte er die ganze Nacht auf dem Rücksitz verbracht. Es war Brian Vanderhall.

Ich näherte mich ihm verwirrt und zornig. »Was geht hier vor?«, sagte ich. Ich war eher wütend als erstaunt. Das alles war ein Trick, irgendein kleinlicher, unreifer Trick, mit dem Brian sich aus einer misslichen Lage befreien wollte. Vermutlich ging es um eine Frau. Er hatte seinen eigenen Tod vorgetäuscht, doch der Trick war schiefgegangen, und jetzt mussten er und alle in seiner Umgebung die Suppe auslöffeln. Typisch Brian.

Brian hob abwehrend die Hände, dann erkannte er mich. »Jacob?« Er atmete erleichtert aus. »Ich dachte, ihr wärt Autodiebe. Was machst du hier?«

»Was *ich* hier mache?« Ich wusste gar nicht, wo ich anfangen sollte. »Ich dachte, du wärst tot!«

Marek trat hinter mich. »Ist das Brian?«, fragte er.

»Ja. Alles okay bei dir?« Mir klangen vom Aufprall die Ohren, und über dem Auge hatte ich eine Quetschung, aber keine ernsthaften Verletzungen.

»Glaub schon«, sagte Marek.

Brian trug noch die Shorts und das T-Shirt vom Vortag, und an der einen Seite des Gesichts hatte das Sitzpolster einen Abdruck hinterlassen. Er wirkte besorgt und verwirrt. »Wie habt ihr mich gefunden?«, fragte er.

»Indem wir die Treppe hochgerannt sind, um dem augenlosen Wesen zu entkommen, das uns beinahe getötet hätte, indem es unmögliche Dinge angestellt hat, die du mir hoffentlich jetzt erklären wirst.«

Brian riss die Augen auf, sein Blick wirkte auf einmal gehetzt. »Du warst dort unten? Ist es dir gefolgt?«

»Natürlich war ich dort unten! Ich wäre beinahe getötet worden!«

»Wir«, sagte Marek.

»Sag mir, dass du nicht den Strom eingeschaltet hast«, sagte Brian.

»Natürlich hab ich ihn eingeschaltet. Du wolltest doch, dass ich da runtergehe und mich umsehe. Also sag mir besser mal, was eigentlich los ist.«

»Ich weiß nicht, was los ist«, sagte Brian. »Ich hab dir gar nichts gesagt. Glaub mir, ich hätte dir bestimmt nicht geraten, da unten den Strom einzuschalten.«

»Ich vertraue dir ebenso wenig, wie ich zwei Quarks voneinander trennen kann«, sagte ich. »Erzähl mir, was du weißt.« Ich war so aufgebracht, dass ich bereit war, wieder in den Wagen zu steigen und ihn hier zurückzulassen. Ich hatte ihn im Bunker tot am Boden liegen sehen, und wenn das ein raffinierter Trick war, fand ich ihn nicht besonders komisch. Mir fiel ein, dass Brians Glock noch in meiner Tasche steckte, war aber noch nicht bereit, sie ihm zurückzugeben.

Ich untersuchte den Wagen. Das Bremsmanöver hatte

ihn stark verlangsamt, deshalb war die Motorhaube nur leicht eingedrückt, und die Scheibe war nicht zerbrochen.

Brian trat von einem Fuß auf den anderen. Er hatte eine Gänsehaut. Der Schnee war nicht liegen geblieben, doch es war ziemlich kalt. »Können wir wieder einsteigen?«, sagte er. »Ich friere.«

»Meinetwegen«, sagte ich widerwillig.

Er stieg wieder hinten ein und wickelte sich in die Decke. Marek nahm auf dem Beifahrersitz Platz, ich auf dem Fahrersitz. Ich drehte den Zündschlüssel im Schloss. Nichts. Ich versuchte es drei Mal, dann sprang der Motor endlich stotternd an. Die Reifen drehten durch, dann setzte ich zurück zur Straße und fuhr los. Ich fuhr Richtung Lakehurst, allerdings in einem weniger halsbrecherischen Tempo als zuvor. Ich probierte auch das Handy. Es hatte noch immer keinen Empfang, doch im Moment war auch überhaupt nicht klar, was ich der Polizei sagen sollte.

»Red schon«, sagte ich.

»Okay«, sagte Brian. »Du kennst doch das Konzept, wonach die Natur ein Computer ist, nicht wahr?«

Ich verdrehte die Augen. »Ja. Diese Unterhaltung haben wir bereits geführt.«

»Tatsächlich?«

Ich musterte ihn im Rückspiegel. Nur seine Augen schauten aus der Decke hervor. Er sah aus wie ein Höhlentier. »Ja. Bei mir zu Hause. War das Ding im Bunker eine der Quantenintelligenzen, von denen du gesprochen hast? Eine dieser freundlichen Feen, die dir ihre Technologie überlassen haben?«

Brian schaute verdutzt drein. »Wann war ich bei dir?«, fragte er.

Ich wurde immer gereizter. Ich war es leid, verarscht zu werden, und wollte endlich Antworten hören. »Du warst gestern Abend bei mir. Du hast auf meine Frau geschossen, und ich habe dich niedergeschlagen. Du erinnerst dich wirklich nicht mehr daran?«

Brian war fassungslos. »Ich war seit Jahren nicht mehr bei dir. Ich wollte dich besuchen und dir alles erzählen, aber ich hab's nicht getan.«

»Okay«, sagte ich. »Mit dir stimmt etwas nicht, das ist mal sicher.«

»Mit den Quantenintelligenzen hast du recht«, sagte Brian. »Obwohl mir schleierhaft ist, woher du das weißt. Sie werden gebildet aus den Interaktionen der subatomaren Welt – Leben, das aus Komplexität entspringt. Das habt ihr gesehen.«

»Ich weiß, was ich gesehen habe«, sagte Marek. »Das war ein Varcolac. Meine Großmutter hat einen gesehen, als sie noch ein Kind war.«

»Was ist ein Varcolac?«, sagte ich mit falscher Aussprache.

»Ein Dämon. Ein Monster. Sie leben auf der anderen Seite der Welt«, sagte Marek.

»Neuseeländer leben auf der anderen Seite der Welt«, meinte Brian.

»Nein, so meine ich das nicht. Sie leben in der anderen Welt, der Spiegelwelt, dem Gegenstück der unsrigen. Dort gibt es die *blajini*, ein sanftmütiges Volk. Sie fasten das ganze Jahr über und helfen den Menschen, aber sie verstehen uns nicht. Und dann gibt es noch die *varcolaci*, die uns verschlingen und töten.«

Ich hob die Brauen. »Glaubst du wirklich, das Wesen

im Bunker war ein Monster aus einem rumänischen Mythos?«

»Es heißt, das sind die Seelen ungetaufter Kinder«, fuhr Marek fort. »Andere Leute meinen, das wären die Geister der Menschen, die ertrunken sind, als Moses das Rote Meer wieder zurückfließen ließ. Jedenfalls gibt es sie.«

»Also, ägyptische Monster aus einem rumänischen Mythos, der sich auf eine jüdische Fabel bezieht«, sagte Brian. Er lachte spöttisch. »Glaub mir, das ist kein guter Zeitpunkt zum Märchenerzählen. Es geht hier um Intelligenzen, die in großem Maßstab aus der Komplexität der Teilcheninteraktionen erzeugt werden.«

Marek drehte sich zu Brian um. »Glaubst du, es ändert was, wenn du wissenschaftliche Begriffe benutzt?«

»Es geht hier um ein physikalisches Phänomen, nicht um Geister.«

»Schon klar. Du behauptest, wenn etwas nur kompliziert genug ist, bekommt es Bewusstsein«, sagte Marek.

»So in etwa«, sagte Brian. »Wenn es ein Netzwerk ist wie ein Gehirn oder ein Computer und Informationen weiterleiten kann. Menschen neigen dazu, das Bewusstsein zu romantisieren, als wäre das etwas Spirituelles. Dabei ist es nur ein Wort zur Beschreibung von Komplexität.«

Marek sah mich an. »Deshalb kann ich Wissenschaftler nicht ausstehen«, sagte er.

Ich grinste. »Ich bin auch Wissenschaftler.«

»Du bist anders. Weshalb soll *Quantenintelligenzen* ein besseres Wort sein als *varcolaci?*«

»Hör zu, ich erklär's dir«, sagte Brian. »Verfügt ein Toaster über Bewusstsein?«

»Nein«, antwortete Marek.

»Weshalb nicht?«

»Das ist eine Maschine. Sie tut das, wofür man sie gebaut hat.«

»Wie steht es mit automatischen Rasenmähern oder Staubsaugerrobotern? Wir sagen zum Beispiel: Der hat versucht, den Baum zu umkurven, ist aber durcheinandergekommen. Deutet das nicht auf Bewusstsein hin? Dass er das Bestreben hat, den Rasen zu mähen?«

»Es ist trotzdem immer noch eine Maschine, die ihrer Programmierung folgt«, entgegnete Marek.

»Und wie steht es mit dem Hund? Hat er Bewusstsein? Ist es seine *Absicht*, sich dem Rasenmäher in den Weg zu stellen, die Katze zu jagen oder den Teppich zu zerfetzen? Oder folgt auch er nur seiner Programmierung?«

»Hunde haben ein Bewusstsein«, sagte Marek.

»Oder sagen wir das nur deshalb, weil die Programmierung des Hundes so komplex ist, dass wir sein Verhalten nicht immer voraussagen können?«, fragte Brian. »Und wie steht es mit dir? Ich gestehe dir ein Bewusstsein zu, weil ich in deinem Verhalten Absicht und Unvorhersehbarkeit erkenne, aber wenn man's genau nimmt, folgst auch du lediglich deiner Programmierung. Bewusstsein entsteht dann, wenn die Programmierung so komplex wird, dass ihre Beschreibung bestimmte Begrifflichkeiten erfordert.«

Mareks Hand schoss nach hinten und packte Brian unmittelbar unter dem Kinn beim Hals. Ich bekam es im Rückspiegel mit, doch ich konnte nicht erkennen, ob Brian die Hand hatte kommen sehen. Sein Mund klappte zu, seine Augen quollen hervor.

»Liegt es nur an meiner Programmierung, wenn ich dir den Hals breche?«, fragte Marek.

Ich kannte Marek inzwischen gut genug, um zu wissen, dass er es nicht tun würde, doch Brian wusste es nicht. »Das bringt doch nichts«, krächzte ich.

Ein Laut kam aus Mareks Kehle, eine Art Glucksen. Er ließ Brian los und lachte herzhaft. Brian lachte ebenfalls, doch es klang weniger überzeugend. Er massierte sich den Hals.

»Der freie Wille ist eine Gegebenheit«, sagte Marek. »Wenn ich will, kann ich dir den Hals brechen.«

»Die Wissenschaft sieht das anders«, sagte Brian. »Alles, was du tust, ist das gemittelte Resultat einer Reihe von Wahrscheinlichkeitsprozessen.«

»Aber ich kann entscheiden. Ich habe mich noch nicht entschieden, und der Ausgang ist völlig offen«, sagte Marek.

Brian grinste herablassend. »Das funktioniert in beide Richtungen. Jede Entscheidung, die du triffst, fällt bei einer anderen Version deiner selbst in einem Paralleluniversum anders aus.«

»Das ist nicht bewiesen«, warf ich ein.

»Das ist elementare Mathematik«, sagte Brian, verärgert darüber, dass ich ihm keine Rückendeckung gab. »Nehmen wir an, die Zahl der Teilchen, aus denen die Erde und ihre Umgebung im Raum besteht, sei gleich N. Jedes Teilchen kann eine beschränkte Zahl an Werten annehmen – Position, Geschwindigkeit, Spin und so weiter –, deshalb ist die Zahl der möglichen Zustände, die ein Satz von N Teilchen einnehmen kann, ebenfalls eine Zahl, M. M ist unglaublich groß, aber endlich. In einem unendlichen Universum – auch das unsere ist unendlich, oder aber es ist so groß, dass der Unterschied unwesentlich ist – treten diese Zustände alle auf und wiederholen sich immer wieder. Ganz zu schweigen von anderen unendlich großen Blasenuniversen. Alles, was du tust, wird von jemandem, der dir exakt gleicht – von Millionen Versionen deiner selbst –, in unendlich kleinen Variationen wiederholt.«

Marek schaute angewidert drein. »Ein Mensch ist nicht das Gleiche wie ein Toaster. Wenn du das nicht weißt, taugt deine Wissenschaft nichts.«

Brian legte schützend die Hände an den Hals, redete aber unverdrossen weiter. »Wir möchten gern glauben, wir wären etwas Besonderes. Aber bislang hat noch jede große wissenschaftliche Entdeckung an der Vorstellung gekratzt, wir Menschen seien etwas Besonderes und grundsätzlich Verschiedenes. Kopernikus zwang uns, die Vorstellung aufzugeben, die Erde sei der Mittelpunkt des Universums. Darwin zwang uns, die Vorstellung aufzugeben, Menschen wären etwas anderes als Tiere. Einstein zwang uns die Erkenntnis auf, dass unsere Wahrnehmung der Zeit und des Raums keine absolute Gültigkeit hat.

Ich glaube, die Quantenmechanik setzt noch einen drauf. Sie höhlt unser Verständnis von Ursache und Wirkung aus. Sie besagt, dass alles auf Wahrscheinlichkeiten beruht, auf dem zufälligen Ausgang zahlloser Würfe von Partikelwürfeln. Jede Entscheidung, die man zu treffen meint, ist das Resultat eines riesigen Quantencomputers, der einen selbst und alles andere berechnet. Und schlimmer noch, vermutlich wird das Gegenteil jeder Entscheidung, die man trifft, von einem Doppelgänger in einem Paralleluniversum ausgeführt. Einstein wollte das auch nicht glauben, aber die Wissenschaft lügt nicht.«

»Wenn das dabei herauskommt, wozu taugt die Wissenschaft dann?«, fragte Marek. »Du kannst so geschwollen daherreden, wie du willst, aber das da im Bunker war ein Varcolac, und du hast ihn freigelassen.«

»Und außerdem wollte uns der Varcolac töten«, sagte ich.

»Das kann unmöglich dein Ernst sein«, entgegnete Brian. »Das sind keine Geister. Diese Wesen sind genauso körperlich wie wir, wenngleich ihr ›Körper‹ aus Photonen und anderen Teilchen besteht. Ich glaube, es gibt sie schon viel länger als uns, vielleicht sogar seit dem Urknall.«

»Wenn das so ist«, sagte ich bedächtig, »können wir sie mit Fug und Recht auch als Geister, Feen, Engel, Dämonen oder Varcolac bezeichnen. Die meisten primitiven Kulturen haben ein animistisches Weltbild. Vielleicht bezieht es sich ja auf etwas Wirkliches: auf Wesen, die im Gewebe des Universums leben.«

»Nenn sie, wie du willst«, sagte Brian. »Aber das sind Quantenintelligenzen. Und ich bezweifle, dass jemand sie zuvor gesehen hat. Ich glaube, bevor ich Kontakt mit ihnen aufgenommen habe, wussten sie von unserem Universum ebenso wenig wie wir von ihrem.«

»Woher wusstest du überhaupt, dass es sie gibt?«

»Das wusste ich nicht. Hast du die Resonatoren gesehen?« Als ich nickte, grinste Brian wie ein Junge, der stolz auf sein Modellflugzeug ist. »Damit fing es an. Das war der Auslöser. Normale menschliche Interaktionen können sie ebenso wenig wahrnehmen wie wir die Rotation der Erde. Sie kommunizieren über Verschränkung, Wahrscheinlichkeiten und schwache und starke Wechselwirkung. Als ich Quanteneffekte über eine größere Distanz kommuniziert habe – als ich sie mit einem Schalter an- und ausschalten und die Ergebnisse bewerten konnte –, war das so, als empfingen sie Radiowellen einer fernen Galaxis oder … oder eines Ufos, das auf ihrem Rasen gelandet ist. Plötzlich wussten sie, dass da draußen jemand war, ein intelligentes Wesen, mit dem man kommunizieren konnte.

Anfangs ergab das keinen Sinn. Ich lud den Resonator auf, und er drehte sich, manchmal in die eine, manchmal in die andere Richtung, manchmal schnell, dann wieder langsam. Das war eine komplexe Wahrscheinlichkeitswelle, doch mir lagen genug Beobachtungsergebnisse vor, um erkennen zu können, womit ich es zu tun hatte. Ich konnte nicht jede einzelne Messung vorhersagen, was dich nicht groß wundern dürfte, aber ich konnte die Verteilung von einigen Hundert vorhersagen. Dann kam es unerklärlicherweise zu Abweichungen.«

»Interferenz mit einem anderen Wellenmuster«, sagte ich.

»Ja, aber diesmal war das Muster nicht mehr vorhersehbar. Die Oszillationsfrequenz stieg an. Irgendwann sah ich mir die Werte an ...«

»Primzahlen«, mischte Marek sich wieder ein. »Sie ergaben eine Abfolge von Primzahlen.«

»Wie bist du darauf gekommen?«

Marek verdrehte die Augen. »Aliens senden immer Primzahlen, oder? In den Büchern und in den Filmen. Primzahlen kommen in der Natur nicht vor, und wenn man sie empfängt, heißt das, sie kommen von einem intelligenten Wesen.«

»Ich weiß nicht, ob die Absicht zu kommunizieren dahinterstand, aber jedenfalls lagen die Primzahlen vor. Ich gab sie wieder in das System ein – ich legte den Schalter zweimal um, dann dreimal, fünfmal und so weiter. Ich kam kaum noch aus dem Bunker heraus, weder zum Schlafen noch zum Essen. Nach den Primzahlen tauschten wir reelle

Zahlen wie Pi oder den Goldenen Schnitt aus, dann gingen wir zu komplexerer Mathematik über. Ich steuerte den Schalter über eine App, die ich für das Tablet programmierte, und bald darauf tauschten wir uns in einer Art Sprache aus, die vollständig auf Mathematik basierte. Ich berichtete ihnen von uns – von unserer chemischen Zusammensetzung, unseren Genen. Sie übermittelten Formeln – es war faszinierend! Schon bald übermittelten sie mir Formeln, die ich in den Metaschaltkreis meines Tablets implementierte, und dann ging es richtig los. Mittels der Resonatoren durchbrachen wir die Barriere zwischen Makro- und subatomarer Welt. Wenn wir davon träumen, in das Reich der Quanten vorzudringen, denken wir an schnellere Rechner für Videospiele, dabei ist so viel mehr möglich. Das wird unsere Selbstwahrnehmung und unser ganzes Menschsein revolutionieren. Für *sie* gibt es fast keine Einschränkungen.«

Ich dachte an das Wesen im Bunker, und ein Schauder lief mir über den Rücken. »Jetzt wissen sie, dass wir hier sind.«

Brian ging nicht auf meinen Einwand ein. »Es ist erstaunlich. Seit über hundert Jahren suchen wir nach Aliens in fernen Galaxien, dabei sind sie schon hier, direkt unter uns. Sogar *in* uns, in jedem einzelnen Molekül der Luft, der Nahrung und unseres Körpers. Eine zweite Zivilisation, die auf der Erde lebt – oder in der Erde, sollte man wohl besser sagen. Die Oberflächen der Dinge sind für sie weniger wichtig als für uns, und Phänomene wie die Gravitation oder die Elektrizität sind für sie nur eine spezielle Interaktion von Teilchen.«

Seine Augen funkelten. »Sie haben mir gesagt, sie könnten mich zu einem der Ihren machen. Dann würde ich ihre

Kräfte besitzen und in den Universen ein ewiges Leben führen …«

»Okay«, sagte Marek. »Wir haben's kapiert. Das sind richtig tolle Burschen. Praktisch Götter. Wie kommt es dann, dass du auf dem Rücksitz deines Wagens schläfst, während du gleichzeitig tot auf dem Boden des Bunkers liegst?«

»Wie bitte?«

»Als blutiger Leichnam mit einem Loch in der Brust«, sagte ich.

»Was redet ihr denn da?«, fragte Brian.

»Hör zu«, sagte ich. »Das ist kein Gedankenexperiment. Du hast mich da mit reingezogen, und ich will auf der Stelle wissen, was los ist.«

»Ich habe euch alles erzählt«, sagte Brian.

Ich trat auf die Bremse und fuhr von der Straße ab. Ich schob den Schalthebel in Parkposition, dann drehte ich mich um.

»Heißt das, du weißt nichts von der Leiche?«

»Welcher Leiche?«

»Oder dem Brief. In deinem Büro lag ein Brief, der an mich adressiert war.«

»Der Brief, denn ich dir geschickt habe?«, fragte er.

»Geschickt? Ich habe in deinem Büro in deiner Jackentasche einen Briefumschlag mit meiner Adresse drauf gefunden. Darin stand, ich solle im Bunker nachsehen.«

Brian schüttelte den Kopf. »Ich habe den Brief gestern losgeschickt«, sagte er.

Ich nahm den Brief aus der Tasche und wedelte damit vor seinem Gesicht herum. »Wenn du ihn gestern losgeschickt hast, wie kommt es dann, dass ich ihn heute in deiner Jackentasche gefunden habe?«

»Das weiß ich doch nicht! Von welchem Toten redet ihr da?«

»Während wir uns hier unterhalten, liegst du tot im CATHIE-Bunker, mit einem Einschussloch in der Brust«, sagte ich.

Brian erbleichte, und das Grauen kehrte in seinen Blick zurück.

»Erklär mir, wie das möglich ist«, sagte ich.

Brian starrte mich an, als hätte er mich nicht verstanden. Er schnappte nach Luft wie ein Fisch am Haken. Plötzlich stellte sich sein Blick, der eben noch in eine strahlende Zukunft gerichtet gewesen war, wieder scharf. Er begann heftig zu zittern. »Nein, das kann nicht sein«, sagte er.

»Was meinst du?«

»Gib mir den Brief«, sagte er. »Hast du die Passworte rausgekriegt?«

»Passworte, im Plural?«, sagte ich.

Brian schrieb mit dem Finger »137036« auf das Blatt Papier, dann erschienen die Buchstaben. »Ich habe dir geschrieben, du solltest Cathie von mir grüßen«, sagte Brian. »Das zweite Passwort ist der Tag, an dem man unser Programm gestoppt hat.« Er malte weiter Zahlen aufs Papier.

»Und da sollte ich dahinterkommen?«, sagte ich. »Ich dachte, du wolltest, dass ich in den Bunker komme.«

Brian zeigte mir das Papier. Jetzt war es mit kleinen gedruckten Schaltungen bedeckt, die durch farbige Linien miteinander verbunden waren. Wenn ich auf eines der Diagramme tippte, würde es sich ausdehnen und einen erweiterten Einblick ins Innere geben. Das Papier summte. Ich verspürte ein seltsames inwendiges Ziehen, so wie in dem Moment, als Brian das Gyroskop in Drehung versetzt hatte.

»Du hast das alles programmiert?«, fragte ich.

»Das meiste davon.«

»Wozu ist das gut?«

»Das ist ein Higgs-Projektor«, antwortete er. »Er verändert lokal das Higgs-Feld.«

»Ich bitte dich«, sagte ich.

»Das ist mein voller Ernst.«

»Soll das heißen, du kannst in deinem Labor mit einem Elektronikbaukasten und ein paar Zubehörteilen das Higgs-Feld isolieren? Ein solches Projekt würde Milliarden Dollar kosten, falls es überhaupt möglich ist.«

»Ich war das nicht. Das haben *sie* programmiert. Sie haben mir die Gleichungen für die Kernmodule übermittelt. Ich habe nur das Interface programmiert.«

»Was ist ein Higgs-Feld?«, fragte Marek.

»Das ist ein unsichtbares Feld, das den ganzen Kosmos durchdringt und dem Universum seine physikalischen Eigenschaften verleiht, unter anderem auch die Masse, die den Dingen eigen ist«, antwortete ich. »Man glaubt, beim Urknall sei nicht nur ein Universum entstanden, sondern viele, die sich wie Blasen aus dem Urschaum bildeten. Jedes dieser Universen könnte sein eigenes Higgs-Feld besitzen, stärker oder schwächer als unseres, und somit auch einen anderen Satz Naturkonstanten. Auch die Elementarteilchen wären verschieden, und jedes Universum hätte ein anderes Periodensystem und eine vollkommen andere Struktur.«

»Und das hat dir alles der Varcolac erzählt?«, fragte Marek.

»Die Quantenintelligenzen«, sagte Brian. »Vielleicht *sind* sie das Higgs-Feld, oder es ist ein Teil von ihnen. Sie …« Er verstummte und blickte mit geweiteten Augen hinter mich.

Ich drehte mich um. Ich sah ihn kommen. Der Varcolac ging durch die Bäume hindurch, als gäbe es sie nicht, und kam direkt auf uns zu.

Ich schaltete auf Rückwärtsfahrt und gab Gas. Der Wagen machte einen Satz und prallte gegen einen Baum. Ich kurbelte am Steuer, schaltete auf Vorwärtsfahrt, doch die Hinterräder drehten durch und wirbelten Erdreich hoch. Ich gab mehr Gas, doch es nutzte nichts. »Raus aus dem Wagen!«, rief ich. Marek war bereits draußen und rannte weg. Ich drückte die Tür auf und lief in die andere Richtung, ohne mich zu vergewissern, ob Brian mir folgte.

Ich war schnell und gut in Form; Brian war es nicht. Ich hörte ihn schreien, und obwohl ich mich am liebsten in Sicherheit gebracht hätte, machte ich kehrt. Er war hektisch mit dem Smartpaper zugange, als der Varcolac über ihn herfiel.

Ich hörte ein tiefes Brummen wie von einem Subwoofer, dann löste sich der Varcolac auf. Brian fiel schwer atmend auf die Knie. »Das war knapp.«

»Was hast du getan?«, fragte ich.

»Er ist mit dem Teilchenbeschleuniger verbunden«, sagte Brian. »Er ernährt sich von den exotischen Partikeln, die der Beschleunigerring produziert, und zieht eine gewaltige Energiemenge davon ab, um seine physikalische Form aufrechtzuerhalten. Ich habe das Higgs-Feld lokal geändert, um diese Partikel zu eliminieren.«

Brian tippte mehrfach aufs Papier. Das Brummen verstummte, das Ziehen in meiner Brust hörte auf.

»Solltest du das nicht besser anlassen?«, fragte ich.

»Er ist jetzt weg«, sagte Brian. »Er kommt nicht mehr zurück, es sei denn …« Er verstummte mit einem erstickten

Laut, als der Varcolac dicht vor ihm auftauchte. Mit einem Aufschrei fiel Brian auf die Knie. Mit zitternder Hand streckte er mir den Brief entgegen. »Nimm das!«, sagte er. »Nimm es einfach!«

Der Varcolac bückte sich und berührte Brian. Dessen Blick wurde unscharf, sein Körper begann zu leuchten. Kleine Partikel stiegen davon auf wie Sandkörner im Sturm und strömten in den Varcolac ein. Brian löste sich vollständig auf und ging in den Varcolac über. Dessen zusammengewürfelte Gesichtszüge nahmen ein wenig Brians Aussehen an. Der Varcolac hielt jetzt das Smartpaper in der Hand. Im nächsten Moment flammte es auf und verschwand.

Der Varcolac wandte sich mir zu. Ich stand da wie erstarrt und glotzte ihn an. Er tat einen Schritt auf mich zu, dann machte er auf der Stelle kehrt und verschwand. Aber er löste sich nicht einfach auf: Er änderte die Richtung, als biege er um eine Ecke und begebe sich in eine andere Raumdimension, die ich nicht wahrnehmen konnte. Vielleicht war er noch immer unsichtbar ganz in der Nähe und beobachtete mich, bereit, jeden Moment über mich herzufallen, doch wenn es so war, konnte ich nichts daran ändern. So weit ich erkennen konnte, war der Varcolac für den Augenblick verschwunden.

Marek kam herbeigeeilt. »Bist du unverletzt?«

»Ja.«

»Lass uns von hier verschwinden«, sagte ich. Ich lief zum Wagen und stieg ein.

Marek stieg ebenfalls ein, und ich fuhr los, noch ehe er die Tür geschlossen hatte.

»Wohin fahren wir?«, fragte er.

Ich gab Gas. »Es gibt zwei Briefe«, sagte ich.

»Was?«

»Es gab zwei Brians«, sagte ich. Mit quietschenden Reifen fuhr ich auf die Straße und lenkte den Wagen scharf herum, weg vom NJSC, zurück nach Hause. »Zwei Brians, zwei Briefe. Ich weiß nicht genau, wie das funktioniert, aber es ist so. Der Brian, den wir tot vorgefunden haben, war der, der mich zu Hause besucht und die Jacke mit dem Brief in der Tasche zurückgelassen hat. Der Brian, den wir eben gesehen haben, hat den gleichen Brief mit FedEx verschickt.«

»Das heißt ...?«, sagte Marek.

»Ich habe den Eindruck, der Varcolac hatte es auf den Brief abgesehen«, sagte ich. »Deswegen hat er Brian getötet. Die andere Version des Briefes aber wurde vermutlich heute von FedEx zugestellt.«

Marek sog scharf die Luft ein. »Wenn er auch den zweiten Brief haben will und weiß, wo er zu finden ist, müsste der Varcolac ...«

Ich trat das Gaspedal durch und überfuhr eine rote Ampel. »... zu mir nach Hause kommen.«

12

Down-Spin

David Haviland war anscheinend ein Morgenmensch. Er begrüßte die Richterin und die Jury mit einem gut gelaunten Lächeln. Ich hatte schlecht geschlafen, und Terry wirkte kaum weniger mitgenommen als ich. Er klammerte sich an seinem Kaffeebecher fest, als wäre er ein Rettungsfloß.

»Das Volk ruft Officer Brandon McBride in den Zeugenstand«, sagte Haviland.

McBride war ein großer, korpulenter Mann mit schütterem grauem Haar und einer Andeutung von Hängebacken. Seine Krawatte war zu eng gebunden für die Speckfalten an seinem Hals.

»Officer McBride«, sagte Haviland. »Wie lange arbeiten Sie schon bei der Media Police?«

»Seit siebenunddreißig Jahren.« McBride betonte jedes einzelne Wort, offenbar war er stolz auf seine lange Dienstzeit.

»Und welche Position nehmen Sie gegenwärtig ein?«

»Ich bin oberster Forensiktechniker.«

»Wie sieht Ihr Tätigkeitsfeld aus?«

»Wir erhalten Tausende von Beweismitteln, angefangen von Haarproben bis zu Fahrzeugen, und wir untersuchen und lagern sie und geben sie bei Bedarf frei. Meine Aufgabe besteht vor allem darin, darauf zu achten, dass die Beweiskette gesichert wird. Wir bewahren die Asservate auf und sorgen dafür, dass sie nicht manipuliert werden und dass ihr Verbleib vom Fundort bis zur Verwendung vor Gericht belegt ist.«

»Haben Sie am dritten Dezember eine Waffe in Verwahrung genommen, die Jacob Kelley bei seiner Festnahme abgenommen wurde?«

»Das ist richtig.«

»Woher wissen Sie das so genau?«, fragte Haviland.

»Ich habe mir die Akte heute Morgen angesehen, um mich auf meine Aussage vorzubereiten.«

Haviland blickte die Richterin an. »Darf ich mich dem Zeugen nähern, Euer Ehren?«

»Erlaubnis erteilt.«

Haviland reichte McBride einen Stapel Papiere, der von einer Heftklammer zusammengehalten wurde. »Fürs Protokoll: Dieses Dokument trägt die Bezeichnung Beweisstück A1. Officer, können Sie das Dokument für das Gericht identifizieren?«

»Dieses Beweisstück wurde am dritten Dezember registriert.«

»Ist das die Akte, die Sie zur Vorbereitung auf Ihre Aussage gelesen haben?«

»Ja.«

»Würden Sie bitte den Inhalt für das Gericht zusammenfassen?«

»Darin steht, dass im Haus der Familie Kelley um drei Uhr nachmittags eine Glock 46 Kaliber neun Millimeter konfisziert wurde.« McBride blätterte in der Akte. »Es sind Fotos von beiden Seiten der Waffe beigefügt.«

»Bekommen Sie viele Waffen herein?«

»Eine ganze Menge«, sagte McBride.

»Wie können Sie da sicher sein, dass diese spezielle Waffe aus dem Haus der Familie Kelley stammt?«

»Die Waffe ist mit der Beweisnummer gekennzeichnet und wurde sicher gelagert. Jeder, der ein Beweisstück entfernt oder zurücklegt, muss sich unter Aufsicht eines Beamten in eine Liste eintragen und sich den Eintrag mit Unterschrift bestätigen lassen.«

»Ist dieser Beleg in der Ihnen vorliegenden Akte enthalten?«, fragte Haviland.

»Ja.«

»Wurde die Waffe am dritten oder vierten Dezember registriert?«, fragte Haviland.

»Ich habe die Waffe am dritten Dezember eingetragen, nachdem ich sie von Officer Carter erhalten hatte, dann habe ich sie am vierten Dezember wieder ausgetragen.«

»Und weshalb haben Sie sie ausgetragen?«

»Unser Büro wurde von der New Jersey State Police benachrichtigt, dass Jacob Kelley wegen Mordes mit einer Schusswaffe gesucht werde.«

»Was haben Sie getan, nachdem Sie sie ausgetragen hatten?«

»Ich gab in New Jersey Bescheid, dann brachte ich die Waffe zur Ballistik, um sie dort abfeuern zu lassen.«

»Weshalb haben Sie das getan?«

McBride lächelte reuevoll. »Also, ich bin persönlich hingegangen, weil ich die Lorbeeren dafür einheimsen wollte, dass ich die Verbindung hergestellt habe. Dort kann man die abgefeuerte Testmunition mit der vom Tatort vergleichen und feststellen, ob beide Projektile aus derselben Waffe abgefeuert wurden.«

Haviland hob eine in Plastik eingeschweißte Waffe hoch, die ich als meine Glock wiedererkannte. »Die Anklage würde gern Beweisstück A2 vorlegen. Habe ich Ihre Erlaubnis?«

Die Richterin nickte.

»Officer McBride«, fuhr Haviland fort, »ist das die Waffe, die Sie zur Ballistik gebracht haben?«

McBride besah sie sich eingehend. »Ja, das ist sie.«

»Konnten Sie nachweisen, dass es sich um die Mordwaffe handelt?«

»Ja, Sir. Wir haben sie in unserem Forensiklabor abgefeuert und unter dem Vergleichsmikroskop festgestellt, dass die Drallspuren identisch sind.« Er wandte sich an die Jury. »Der Lauf der Feuerwaffe ist für die Drallspuren am Projektil verantwortlich. Jedes dieser Rillenmuster ist ebenso einzigartig wie ein Fingerabdruck. Zwei Projektile aus derselben Waffe weisen stets die gleichen Drallspuren auf.«

»Dann ist die Waffe, die die Polizei am dritten Dezember in Mr. Kelleys Haus gefunden hat, also dieselbe, mit der Brian Vanderhall ermordet wurde?«

»Ganz eindeutig.«

»Könnte es sich auch um einen Irrtum handeln? Könnte es sein, dass die Waffe mit einer anderen vertauscht wurde?«

McBride reagierte empört. »Das ist mein Job«, sagte er.

»Ich mache das jeden Tag. Die Beweiskette wurde ordnungsgemäß dokumentiert, und die Waffe wurde von dem Moment der Sicherstellung an in meiner Obhut verwahrt. Es besteht nicht der geringste Zweifel.«

Haviland holte einen zweiten Plastikbeutel hervor, gab die Beweismittelnummer zu Protokoll und zeigte den Beutel McBride. »Können Sie erkennen, was das ist, Officer?«

»Das sind Mr. Kelleys Schuhe, die von Officer Carter, der Mr. Kelley festgenommen hat, sichergestellt und an mich übergeben wurden.«

»Würden Sie uns bitte sagen, was Sie an den Schuhen entdeckt haben?«, fragte Haviland.

»An den Schuhsohlen haftete menschliches Blut«, sagte McBride.

»Haben Sie auch in Bezug auf dieses Beweisstück mit der New Jersey Police zusammengearbeitet?«

»Ja. Man hat uns Fotos der Fußabdrücke vom Tatort übermittelt, und wir konnten sie den Schuhen zuordnen. Die DNA-Analyse der Blutspuren bestätigte ebenfalls, dass sie von Brian Vanderhall stammen.«

»Wurden noch weitere Untersuchungen mit sichergestellten Beweismitteln durchgeführt?«, fragte Haviland.

»Ja, wir haben Mr. Kelleys Hände auf Schmauchspuren untersucht«, antwortete McBride. Er wandte sich wieder der Jury zu, offenbar hatte er diese Methode in seinen siebenunddreißig Berufsjahren schon vielen Geschworenen erklärt. »Damit werden kleine, verbrannte Partikel nachgewiesen, die beim Abfeuern einer Waffe freigesetzt werden und an Objekten in einem Abstand von bis zu drei Metern haften. Je geringer der Abstand zur Waffe, desto mehr Schmauchspuren. Der Schütze weist eine höhere Konzentration an der Hand und am Ärmel auf und hat weniger Schmauchspuren im Gesicht und an der Kleidung.

Wird ein Tatverdächtiger festgenommen, sichert ein Beamter mit kleinen haftbeschichteten Metallscheiben die Schmauchspuren. Er drückt sie dem Verdächtigen auf die Hände und verschließt die Scheiben in beschrifteten Plastikröhrchen. Im Labor untersuchen wir die an den Scheiben haftenden Partikel unter dem Elektronenmikroskop.«

»Zu welchem Ergebnis hat die Untersuchung der Proben von Mr. Kelley geführt?«, fragte Haviland.

»Wir fanden an beiden Händen hohe Konzentrationen von Blei, Barium und Antimon, wie es nach dem Abfeuern einer Waffe zu erwarten ist«, sagte McBride.

»Können die Rückstände auch dadurch an die Hände gelangt sein, dass er sich in der Nähe des Schützen befunden hat?«

»Nein. Dafür waren die Konzentrationen zu hoch. Mr. Kelley hat die Waffe gehalten und abgefeuert, wahrscheinlich mehrmals.«

Haviland neigte leicht den Kopf. »Keine weiteren Fragen, Euer Ehren.«

13

Up-Spin

Wir überquerten die Brücke nach Pennsylvania. Ich überfuhr auf dem Weg nach Media ein Dutzend rote Ampeln, die eine Hand hatte ich am Lenker, mit der anderen wählte ich auf dem Handy immer wieder Elenas Nummer, doch sie ging nicht ran. Ich bog viel zu schnell in die Auffahrt ein. Die Haustür stand offen. Mit klopfendem Herzen sprang ich aus dem Wagen und stürmte ins Haus, doch da wusste ich bereits, dass ich zu spät gekommen war.

Ich sah Elena sofort. Sie lag gleich hinter der Tür, den leeren Blick an die Decke gerichtet. Sie trug den braunen Wildledermantel, als hätte sie gerade nach draußen gehen wollen. Die Handtasche hing ihr noch über der Schulter, und neben ihrer ausgestreckten Hand lag der Schlüsselbund.

Mit einem erstickten Laut warf ich mich auf sie und fasste in ihr Haar. Sie hatte wundervolles Haar, dicht und schwarz und leicht gekräuselt. In meinem Kopf hallte ein

Schrei wider, ein gedehnter, hoher Laut wie von kochendem Wasser, der Gedanken und Vernunft verjagte. Ich schüttelte sie. Ich wollte sie aufwecken. Ich fasste sie bei den Schultern, dann merkte ich, dass ich selbst den pfeifenden Laut von mir gab, während ich immer wieder ihren Oberkörper hochriss.

Kräftige Hände packten mich bei den Handgelenken. Ich wollte mich wehren, doch Marek zog mich hoch, und ich ließ ihn gewähren.

»Sie wollte sich mit mir treffen«, sagte ich. »Sie wollte nach New Jersey kommen, um bei mir zu sein.« Plötzlich wurde mir trotz des Nebels in meinem Kopf bewusst, dass Elena nicht die Einzige war, die hier lebte. Wo waren die Kinder?

Wir durchsuchten das Haus, die Angst schnürte mir die Kehle zu. Ich hatte das Gefühl, ich müsste mich übergeben. Es kam mir falsch vor, Elena in der Diele liegen zu lassen. In Gedanken legte ich mir Gründe zurecht, weshalb ich bei ihr bleiben oder das Haus verlassen sollte, anstatt Zimmer für Zimmer nach meinen Kindern zu durchsuchen.

Ich fand Claire in unserem Schlafzimmer, sitzend im Bett, die Kissen hinter den Rücken gestopft. Es lief eine Fernsehsendung, ein Film über eine Schauspielerin, doch ich nahm sie kaum wahr. Claires Gesicht war vor Grauen verzerrt, als hätte sie den Tod kommen sehen, bevor er tatsächlich eingetreten war.

Als Marek meinen Namen rief, ging ich in Seans Zimmer. Er lag neben einem halb vollendeten Lego-Raumschiff, den längeren Arm verdreht unter sich. Hunderte Legosteine umringten ihn wie ein auf dem Teppich ausgebreitetes Leichenhemd, und vor meinem inneren Auge blitzte die Erinnerung daran auf, wie ich ihm beim Bau einer Legoversion des NJSC geholfen hatte.

Irgendetwas stimmte nicht mit seinem Körper. Alles wirkte falsch – geradezu widernatürlich –, und ich überlegte, ob das vielleicht nicht nur eine Täuschung sei. Ich hatte den Eindruck, die Wände wölbten sich hervor und wichen wieder zurück, sodass die Gegenstände anschwollen und wieder schrumpften, als sei dies die Geschichte eines anderen in einer traurigen Dokumentation. Ein vernünftiger Teil meines benommenen Gehirns aber sagte mir, dass mit seinem Körper tatsächlich etwas nicht stimmte.

Ich trat einen Schritt näher. Legosteine knirschten unter meinen Schuhen. Ich musterte ihn. Irgendetwas war mit seinem Gesicht. Das war Sean, mein Sohn, aber ... was stimmte nicht? Lag es daran, dass sein Gesicht im Tod fremd wirkte? Schließlich bemerkte ich das Offensichtliche. Der längere Arm saß an der falschen Seite. Der Arm, auf dem er lag, war der *linke* Arm, und sein *rechter* Arm war jetzt der kürzere und zeichnete sich unter dem Ärmel ab, den Elena bei seinen Wintersachen gekürzt hatte. Jetzt bemerkte ich auch noch andere Unstimmigkeiten; das Mal am Hals, der Scheitel.

»Er ist spiegelverkehrt«, sagte ich.

Marek fasste mich beim Oberarm, vermutlich in Erwartung eines Gefühlsausbruchs.

»Sieh ihn dir an«, sagte ich. »Er ist spiegelverkehrt. Der kurze Arm befindet sich an der falschen Seite.«

Marek legte die Stirn in Falten und beugte sich vor. »Saß der links?«, fragte er. Offenbar erinnerte er sich nicht mehr, und auch mir kamen allmählich Zweifel. Ich wusste, dass er sich links befunden hatte, wusste es mit derselben Gewissheit, mit der ich meinen Namen kannte, aber alles war so unwirklich, dass es mich nicht gewundert hätte, wenn ich mich geirrt hätte.

Ich löste mich von Marek und lief zurück ins Schlafzimmer. Als ich meine reizende Claire tot da liegen sah, verschwamm mir die Sicht, und der Magen drehte sich mir um, doch ich zwang mich, genau hinzusehen. Wundervolles blondes Haar floss über ihre Schultern. Ihr anmutiger junger Körper hatte gerade begonnen, sich zur Frau zu entwickeln. Alle Erfahrungen, die sie niemals machen, all die Freuden, die sie niemals kennenlernen würde, stürzten auf mich ein, sodass ich nicht mehr denken und kaum den Mageninhalt schlucken konnte, der mir im Schlund hochstieg. Trotzdem sah ich hin. Auf ihr T-Shirt war ein weiblicher Popstar auf einer Bühne aufgedruckt, umgeben von Scheinwerfern und den Bandmitgliedern. Darunter stand der Name der Sängerin, Delia Sharp. Die Buchstaben waren spiegelverkehrt.

Marek bemerkte es ebenfalls. »Das war nicht immer so?«

»Nein.«

»Was hat das zu bedeuten?«

»Ich weiß es nicht.«

Unten ertönte ein Krachen, dann schrie ein Mädchen. Ich hatte nur noch eine Tochter, die am Leben war. Alessandra.

Ich stürmte die Treppe hinunter, und da sah ich sie. Sie war tatsächlich noch am Leben, doch sie war nicht allein. Neben ihr stand der Varcolac und hielt ungerührt ihr Handgelenk umklammert. Sie wehrte und wand sich, doch er hielt sie so mühelos fest, als wäre er aus Stahl gemacht. In der Hand hielt sie einen Brief. Selbst auf die Entfernung hin erkannte ich Brians Handschrift auf dem Umschlag.

Der Varcolac nahm ihr den Brief aus der Hand. Er wandte den Kopf zu uns herum, das Gesicht vollkommen falsch, als wären die Knochen gebrochen. Mit vollkommen leerem, aber auch gierigem Gesichtsausdruck schaute er mich an. Er stand über Elenas Leichnam, und schon allein deswegen hätte ich ihn mit Freuden in Fetzen gerissen. Der Brief in seiner Hand loderte kurz auf und verschwand. Mit der anderen Hand hielt er Alessandra fest.

»Lass sie los«, sagte ich.

Der Varcolac sah mich gelassen an. In seinem Blick zeigte sich Intelligenz, aber keinerlei Gefühlsregung, wie bei einem Auktionator, der Objekte für eine Versteigerung taxiert.

»Alessandra«, sagte ich. »Ich lenke ihn ab. Wenn du kannst, reiß dich von ihm los.« Sie nickte mit angstvoll geweiteten Augen.

Ich nahm die Schlüssel aus der Tasche, holte aus und schleuderte sie dem Varcolac ins Gesicht. Er verschwamm wie schon einmal, eine Wellengestalt, bestehend aus Wahrscheinlichkeiten, und baute sich einen halben Meter zur Rechten neu auf. In der Hand, mit der er eben noch Alessandra festgehalten hatte, hielt er jetzt die Schlüssel. Er öffnete die Hand ein wenig und betrachtete sie ohne Augen, den Kopf schief gelegt wie ein Vogel. Zufrieden mit dem, was er sah, zerquetschte er die Schlüssel zu Staub, dann öffnete er die Hand wieder und ließ die Stahlpartikel auf den Boden rieseln.

»Schön langsam«, sagte ich zu Alessandra. »Geh weg, aber nicht zu schnell.« Ohne den Varcolac aus den Augen zu lassen, nahm ich zwei gläserne Kerzenhalter vom Kaminsims und wog den einen in der Hand. Ich brauchte das Wesen nicht zu verletzen; ich musste es nur lange genug ablenken. »Wenn es geht, lauf auf die Straße und renn, so schnell du kannst. Sieh dich nicht um. Wir finden dich schon.«

Sie tat noch einen Schritt, der Kopf des Varcolac schwenkte zu ihr herum. »Hey!«, sagte ich und schleuderte die beiden Kerzenhalter in rascher Folge. Der Varcolac fing sie beide auf, doch diesmal schleuderte er sie ungeschickt zurück, anstatt sie zu zerstören. Sie krachten rechts und links von mir gegen die Wand.

Alessandra wich rückwärts gehend zur Küche zurück. Marek winkte sie zu sich und streckte die Hand aus. Ich hielt Ausschau nach einem weiteren Wurfgegenstand. Mein Blick fiel auf den Schürhaken und die Schaufel. Der Kamin wurde mit Gas betrieben, und die beiden Gegenstände dienten nur als Dekoration, doch sie kamen mir gerade recht. Ich nahm sie in die Hand.

»Bring sie raus!«, rief ich Marek zu. »Los, lauft!«

Marek packte Alessandra beim Arm, dann rannten sie um die Ecke und in den Garten. Ich schleuderte den Schürhaken wie einen Speer. Ich bin kräftig, und er flog wie an einer Schnur gezogen, doch der Varcolac fing ihn trotzdem mühelos auf.

Besonders anmutig wirkte das nicht. Er wurde von der Wucht des fliegenden Hakens nach hinten gedrückt, und zunächst ragte der Haken zur Hälfte aus seiner Brust. Ich meinte schon, ich hätte ihn durchbohrt. Zu früh gefreut. Er ruckte mit der Hand, zerbrach den Schürhaken wie einen Stock und zog sich die verbliebene Hälfte unbeschadet aus der Brust. Die beiden Hälften fielen klirrend zu Boden.

Meine Gedanken überschlugen sich. Das Wesen hatte Elena, Claire, Sean und Brian getötet und würde auch uns noch umbringen, wenn ich mir nicht irgendetwas einfallen ließ. Wenn Brian recht gehabt hatte, besaß das Wesen jedoch keinen richtigen Körper, sondern war nichts weiter als ein Bewusstsein, gebildet aus komplexen Teilchenwechselwirkungen. Der Körper, den ich sah, ahmte irgendwie unsere Erscheinung nach. Ich wusste nicht, ob das Ding sterben konnte. Ich wusste nicht einmal, was es wollte.

Während mir das durch den Kopf ging, kam der Varcolac näher. Ich nahm den gleichen Weg wie Marek und Alessandra und stürmte aus der Hintertür ins Freie. Ich hörte eine Polizeisirene, ein Streifenwagen hielt am Bordstein. An dieser Seite des Hauses waren keine Büsche, und die Insassen konnten mich sehen. Zwei Polizisten sprangen aus dem Wagen und riefen mir zu, ich solle stehen bleiben. Ich lief weiter.

Ich kletterte über den Zaun in den Nachbargarten und durchs nächste Tor auf die Straße, doch ein zweiter Streifenwagen mit blitzenden Warnlichtern blockierte mir den Weg. Als ich mich umdrehte, kletterten gerade die ersten beiden Cops über den Zaun und kamen mir nach, die Hand aufs Holster gelegt.

»Rühren Sie sich nicht von der Stelle. Legen Sie die Hände auf den Kopf!«, rief einer der beiden.

Alessandra wäre nicht geholfen gewesen, wenn ich mich hätte erschießen lassen. Ich legte die Hände auf den Kopf, verschränkte aber nicht die Finger. Ich nahm eine lockere Haltung ein, um jederzeit wegrennen zu können.

Einer der Cops löste seine Handschellen vom Gürtel. Er war ein hellhäutiger Afroamerikaner mit einer bleichen Narbe an der Stelle, wo sich ein Ohr hätte befinden müssen. »Jacob Kelley?«, sagte er.

»Ja.«

»Ich nehme Sie fest wegen des Verdachts, Brian Vanderhall ermordet zu haben. Alles, was Sie sagen, kann gegen Sie verwendet werden ...« Er ratterte meine Rechte herunter.

Mir schwirrte der Kopf. Mord? Offenbar hatte man Brians Leiche gefunden. Mir wurde sogleich bewusst, wie schlecht es um mich stand – ich hatte den Leichnam im Bunker liegen gelassen und mich vom Tatort entfernt. In meiner Tasche steckte Brians Pistole, und Brians Wagen stand in meiner Einfahrt. Im Haus würde man die Leichen meiner Frau und meiner Kinder finden, wofür ich ebenfalls keine Erklärung hatte. Meine Version der Ereignisse würde niemanden überzeugen. Noch vor ein paar Tagen hätte ich mich nicht einmal selbst davon überzeugen können.

Der Zeitablauf verlangsamte sich, als befände ich mich unter Wasser. Meine Muskeln spannten sich an, und ich verspürte das wohlvertraute Summen, das vor einem Boxkampf einsetzt, wenn man nicht so recht glauben mag, dass man tatsächlich in den Ring steigen wird, um sich von einem sehr kräftigen, sehr schnellen Mann zu Brei schlagen zu lassen, während man ihm das Gleiche antun will. Ich durfte nicht zulassen, dass man mich verhaftete. Ich musste Alessandra finden und mich vergewissern, dass sie wohlauf war.

Mein Handy klingelte. Die Cops zuckten zusammen, und ich nutzte den Moment, da sie abgelenkt waren. Ich warf mich dem näheren der beiden entgegen, der etwa drei Schritte entfernt stand, und streckte ihn mit einem Doppelschlag ins Gesicht nieder. Er sah meine Fäuste nicht einmal kommen. Beim Boxen lernt man, dass man keinen Treffer erzielt, wenn man seine Schläge vorher ankündigt. Man muss aus dem Stand volle Beschleunigung erzielen, sodass der Gegner nicht ausweichen kann. Der andere Cop versuchte die Waffe zu ziehen, doch der einzige Vorteil einer Pistole besteht darin, dass man damit auf Leute schießen kann, die sich außer Reichweite befinden. Dieser Mann war mir zu nah, und ich schlug ihn mit einem einzigen Hieb nieder, ehe er die Waffe ziehen konnte.

In dem anderen Wagen waren natürlich auch zwei Cops. Der eine zielte mit seiner Waffe auf mich und rief, ich solle stehen bleiben. Als ich mich umdrehte und losrennen wollte, feuerte er. Ich hatte mit weiteren Warnungen gerechnet, denn das war immerhin eine ruhige Vorstadtgegend. Ich warf mich zu Boden. Ich hörte Geschrei und einen weiteren Schuss und hob ein wenig den Kopf.

Der Varcolac nahm den Streifenwagen auseinander. Die Cops feuerten auf ihn, und der Varcolac spaltete sich erst in zwei, dann drei und schließlich vier Versionen seiner selbst auf, die zusammengestoppelt wirkten, als wären sie nach einer Gebrauchsanleitung von jemandem zusammengesetzt worden, der das Original nie zu Gesicht bekommen hatte. Sie zerrissen die Karosserie, als bestünde sie aus Papier. Die Schüsse der Cops zeigten keine Wirkung.

Ich sprang hoch und lief zu meinem Haus zurück, kletterte über den Zaun und rannte durch den Garten. Ich stieg in Brians Wagen, ließ den Motor an und fuhr über den Rasen meines Nachbarn auf die Straße. Ich hatte ein schlechtes Gewissen, weil ich die beiden Polizisten ihrem Schicksal überließ, aber was hätte ich schon für sie tun können? Flucht war die beste Option. Meine einzige Hoffnung bestand darin, herauszufinden, was hier vorging, und zu verhindern, dass noch mehr Menschen ums Leben kamen.

Als ich einen Straßenblock entfernt war, holte ich das Handy hervor und sah nach, wer mich im unpassenden Moment angerufen hatte. Auf dem Display wurde Elenas Nummer angezeigt. Ich bekam einen Adrenalinkick, dann fiel mir ein, dass Alessandra wohl ihr Handy an sich genommen hatte und mir mitteilen wollte, wo sie war. Ich wollte die Nummer zurückrufen, doch da sah ich sie und Marek nicht weit voraus. Sie stiegen bei mir ein. Panik lag in Alessandras Blick.

Ich schaute sie an, und auf einmal stürzte das ganze Grauen der vergangenen halben Stunde auf mich ein. Elena, Claire, Sean, alle tot. Ich ergriff ihre Hand und drückte sie fest. Sie brach in Tränen aus.

»Wir bringen dich an einen sicheren Ort«, sagte ich. »Ich lass dich nicht allein. Versprochen.«

Wir fuhren los. Nach zehn Minuten ohne Blaulicht im Rückspiegel beruhigte sich mein Herzschlag. Ich nahm an, dass der Varcolac und dessen Kopien die Cops getötet hatten. Froh war ich nicht darüber, doch so bot sich uns eine Gelegenheit zur Flucht.

Obwohl es mir widerstrebte, gab es jetzt nur noch einen Menschen, an den ich mich wenden konnte: meinen Onkel Colin. Ich fuhr über Nebenstraßen und hielt mich von Highways fern. Ich handelte wie ein Automat und kochte innerlich vor Wut. Die leblosen Gesichter meiner Frau und meiner Kinder standen mir vor Augen. Wäre Brian noch am Leben gewesen, hätte ich ihn mit Freuden umgebracht. Ich wollte ihn töten, wollte ihm den Brief und seinen selbstsüchtigen Leichtsinn in den Hals stopfen, bis er daran erstickte.

Ich wollte ihm die ganze Schuld zuschieben, konnte aber

nicht leugnen, dass auch ich einen Teil der Verantwortung trug. Ich hatte sie im Stich gelassen. Ich hätte bei ihnen sein sollen. Ich hätte zu Hause bleiben und sie beschützen sollen, anstatt Brian hinterherzujagen. Nach einer Weile wollte ich mich nicht mehr damit beschäftigen, wollte überhaupt nicht mehr denken. Wir näherten uns einer Überführung, und ich überlegte, wie es wohl wäre, einfach Gas zu geben und gegen die Betonwand zu rasen.

Doch das brachte ich nicht über mich. Ich hatte immer noch eine Tochter, um die ich mich kümmern musste. Sie würde meinen Trost brauchen, aber erst einmal musste ich sie in Sicherheit bringen. Ich musterte Alessandra im Rückspiegel. Sie hatte sich in die braune Decke gehüllt und blickte schweigend aus dem Fenster. Sie war jetzt alles, was ich noch hatte.

14

Down-Spin

»Das Volk ruft Officer Moses Carter in den Zeugenstand«, sagte Haviland. Carter war ein hellhäutiger Mann mit afroamerikanischen Gesichtszügen. Ihm fehlte ein Ohr, und er war vermutlich in den Vierzigern. Er näherte sich dem Zeugenstand mit langsamen, bedächtigen Bewegungen. Ich hatte den Eindruck, dass dies nicht an einer Krankheit oder einer alten Verletzung lag; er hatte einfach keine Eile.

»Officer Carter, würden Sie dem Gericht bitte schildern, was Sie gesehen haben, als Sie am dritten Dezember am Haus Nummer 58 in der Woodview Lane eingetroffen sind?«, fragte Haviland.

Carter hatte eine tiefe Stimme. »Ich habe Mr. Kelley aus dem Haus laufen sehen.«

»Fürs Protokoll: Befindet Mr. Kelley sich heute im Gerichtssaal?«

Er nickte zu mir hin. »Das ist der Mann dort am Tisch.«

»Der Zeuge hat den Angeklagten Jacob Kelley also identifiziert. Officer Carter, wie ging es dann weiter?«

»Ich habe mit dem Streifenwagen vor der Einfahrt gehalten, damit die Autos nicht rauskonnten. Mein Partner und ich sind ausgestiegen und haben uns Mr. Kelley genähert.«

»Mit gezogener Waffe?«

»Nein, Sir, aber wir waren darauf vorbereitet, sie notfalls zu ziehen.«

»Weshalb?«

»Um ihn wegen Mordes festzunehmen«, antwortete Carter so bedächtig wie zuvor. »Er kommt aus dem Haus gelaufen, macht einen verwirrten Eindruck, da ist man natürlich auf alles gefasst.«

»Was geschah dann?«

»Wir haben ihm gesagt, er soll die Hände auf den Kopf legen, was er auch getan hat. Mein Partner passt mit gezogener Waffe auf, ich löse die Handschellen vom Gürtel. Ich sage ihm, dass er festgenommen ist, und nenne ihm seine Rechte, und er lässt sich die Handschellen ohne Probleme anlegen. In der Tasche hat er eine Waffe, und er redet wirres Zeug, von wegen, seine Frau und seine Kinder wären tot. Wir glauben, er hat den Burschen in New Jersey erschossen, und jetzt hat er auch noch seine Familie umgelegt. Mein Partner hält ihn also fest, und ich gehe rein und sehe nach.«

»Und was haben Sie vorgefunden?«

Carter zuckte mit den Achseln. »Nichts. Keine Toten, kein Blut. Ich ging wieder raus und fragte ihn, wo er die Leichen versteckt hat, und er sagt, seine Frau liegt gleich hinter der Haustür, wie ich sie nur hätte übersehen können. Er ist anscheinend durchgedreht, deshalb nehmen wir ihn mit.«

Ich hörte mir das teilnahmslos an und versuchte mir meine Verärgerung nicht anmerken zu lassen. Wäre ich vor dem Varcolac durch die Hintertür geflüchtet, wäre ich davongekommen. Dann säße ich nicht hier und müsste mir Tag für Tag anhören, wie die Leute mir etwas vorwerfen, was ich nicht getan habe.

»Hat er im Wagen auf dem Weg zur Polizeiwache etwas gesagt?«, fragte Haviland.

Carter nickte. »Ja, hat er.«

»Und haben Sie ihm geraten, in Abwesenheit eines Anwalts nichts zu sagen, da es vor Gericht gegen ihn verwendet werden könnte?«

»Das habe ich.«

»Und hat er trotzdem geredet?«

»Ja.«

»Was hat er gesagt?«

»Er sagte: Das ist alles Brians Schuld.«

»Hat er zum Ausdruck gebracht, ob er Brian Vanderhall oder einen anderen Brian meint?«

»Nein, Sir, hat er nicht.«

15

Up-Spin

Colins Leben hatte sich nach Onkel Seans gewaltsamem Tod ebenso grundlegend verändert wie meins, jedoch in ganz anderer Hinsicht. Anstatt aufs College zu gehen, wurde Colin nur noch rücksichtsloser und aggressiver, jederzeit bereit, einen am Boden liegenden Gegner zu treten. Der Schläger, der Onkel Sean im Ring getötet hatte, wurde irgendwann tot in einer Gasse gefunden. Colin sagte mir, er habe nichts damit zu tun, doch bis heute glaube ich ihm das nicht. Drei Tage, nachdem ich mein Studium begonnen hatte, wurde er wegen illegalen Waffenbesitzes eingebuchtet und verbrachte ein Jahr hinter Gittern.

Am Tag seiner Entlassung bekam er eine Kugel ins Knie, und damit war seine Boxerlaufbahn beendet. Die genauen Umstände wurden nie geklärt. Er rief mich am MIT an und sagte mir, er habe zu Jesus gefunden, wolle sein Leben umkrempeln und mit dem Boxen aufhören. Ich fragte ihn, wie das sein könne, denn ich wusste, dass die illegalen Boxringe ihre Boxer nicht so einfach ziehen ließen, und da berichtete er mir die Sache mit dem Knie. Das war zwanzig Jahre her, und ich wusste noch immer nicht, ob er den Abzug gedrückt hatte.

Colin war nie aus South Philadelphia herausgekommen. Ich fuhr über die Passyunk Avenue zu seinem Haus, vorbei an Striplokalen und Pornoshops, die im hellen Tageslicht leer und dunkel wirkten. Vor Kurzem hatte ich einen Artikel gelesen, wonach die sexuelle Ausbeutungsindustrie mehr Umsatz mache als die Öl- und Gasindustrie. In diesem Stadtteil mochte man das auch glauben, wenngleich die meisten Umsätze natürlich im Netz erzielt wurden und Männer aller sozialen Schichten als Käufer auftraten. Hier auf der Straße trat das alles offen zutage.

Die wachsende Bevölkerung Philadelphias saß in der Falle: Center City im Norden, der Flughafen im Süden und der Fluss und die Feuchtgebiete im Osten und Westen. Die Stadt hatte keinen Platz, sich auszudehnen, kein Land, das sich in Beschlag nehmen ließ, und nichts schob neue Entwicklungen oder neue Jobs an. Die armen Viertel meiner Jugend waren in der Zwischenzeit noch weiter abgerutscht.

Colin hatte ein paar Blocks von meinem ehemaligen Elternhaus entfernt eine christliche Sozialeinrichtung gegründet. Er hatte eine alte, aus Stein errichtete Kirche, von denen es viele in Philadelphia gab, und die beiden dahinter liegenden Reihenhäuser erworben, die angrenzenden Wände durchbrochen und die drei Gebäude in ein Labyrinth von Gängen und Räumen verwandelt.

Der meiste Raum wurde von einer kleinen christlichen Schule beansprucht, die der unterprivilegierten Jugend die frohe Botschaft nahebringen wollte. Besucht wurde sie von insgesamt etwa vierzig Kindern, angefangen vom Kindergartenalter bis zur zwölften Klasse. Außer der Schule gab es noch eine Schwangerschaftsberatung, eine Suppenküche und eine evangelikale Kapelle mit täglichem Gottesdienst. Die Schule nahm Schulgeld von den Schülern – wenn sie es sich leisten konnten –, was aber nicht annähernd die laufenden Ausgaben und Gehälter deckte, und auch keiner der anderen Dienste brachte Geld ein. Mein Onkel und dessen Mitarbeiter waren vollständig von Spenden abhängig. Ich traf mich so selten wie möglich mit Colin, aber ich schickte ihm jedes Jahr eine Spende. Eine Art Schuldopfer, nehme ich an.

Er geleitete Marek, Alessandra und mich in sein kleines Büro, schüttelte Marek die Hand und umarmte mich. Er war noch immer kräftig, wenngleich seine Muskeln weniger ausgeprägt waren als früher und seine Haut ein ledriges Grau angenommen hatte. Die Tattoos hatten sich gedehnt und waren verblasst. Anstatt Alessandra zu umarmen, bückte er sich und sah ihr ins Gesicht. Sie schaute teilnahmslos zu Boden. »Was ist denn passiert?«

Ich erzählte ihm die ganze Geschichte. Er sagte den Unterricht ab und schickte alle freiwilligen Helfer weg, die sich mit Fragen oder Problemen an ihn wenden wollten. Er enthielt sich jeden Kommentars, bis ich ihm alles erzählt hatte, soweit ich es überhaupt verstanden hatte.

»Die Polizei hat im Bunker anscheinend Brians Leiche gefunden«, sagte ich. »Sie glauben, ich hätte ihn ermordet.«

»Dann wirst du also von der Polizei und diesem Dämon gejagt«, stellte Colin fest.

»Mach dich nicht über mich lustig«, sagte ich. »Das ist alles real.«

»Ich mache mich nicht lustig«, sagte Colin. »Ich glaube dir. Aber ihr könnt hier nicht bleiben.«

»Du schmeißt uns raus?«

»Würde ich nicht so ausdrücken. Aber ich bin dein einziger lebender Verwandter. Die Cops werden hierherkommen und alles auseinandernehmen. Aber mach dir keine Sorgen; ich habe einen geheimen Unterschlupf. Dort werden wir euch verstecken.«

»Ein Unterschlupf? Was bist du eigentlich, ein Drogendealer?« Ich wusste, das war unhöflich, aber es widerstrebte mir hierherzukommen, und es ging mir gegen den Strich, Colin mein Versagen einzugestehen. Das war nicht Colins Schuld, doch ich wollte mich trotzdem an ihm schadlos halten.

Colin lächelte gezwungen. »Das hier ist ein heiliger Ort. Du bist nicht der Erste, der wegen eines Verbrechens hierherkommt, sei er nun unschuldig oder schuldig. Wir wandeln auf einem schmalen Grat, aber wir brauchen das Vertrauen der Straße, sonst können wir niemandem helfen.«

Wie sich herausstellte, war der geheime Unterschlupf ein Kellerraum unter einer anderen Kirche. »Meistens bringe ich hier Frauen unter, die sich von ihrem Freund oder Ehemann trennen wollen«, erklärte Colin. »Hin und wieder auch jemanden, der sich von den falschen Leuten Geld geliehen hat und einen Aufschub braucht, um es zurückzuzahlen.«

Es war nach Mitternacht, als wir dort ankamen. In dem Raum gab es zwei Einzelbetten, eine ramponierte Kommode und einen industriegrauen Teppich mit zahlreichen Flecken. Alessandra legte sich auf das eine Bett und drehte sich zur Wand. Colin deckte sie mit einer Decke zu, die einmal blau oder grün gewesen war, was man aufgrund ihres Alters aber nicht mehr erkennen konnte. Marek, Colin und ich stiegen die Treppe hinauf in die Kirche, die ebenfalls alt war. Die Polster auf den zerkratzten Bänken waren zerschlissen, die Buntglasfenster mochten einmal prachtvoll gewesen sein, bevor man sie zum Schutz vor Einbrechern mit Brettern zugenagelt hatte.

»Alessandra hat kein Wort gesagt«, sinnierte ich und ließ mich auf eine Bank fallen. »Sie will nicht mit mir reden, beantwortet keine Fragen. Sie war da, als ...« Ich schluckte. »Als es geschah. Vielleicht gibt sie mir die Schuld. Weil ich es nicht verhindern konnte.«

»Dräng sie nicht«, sagte Colin. »Das Trauern braucht Zeit. Manchmal sehr viel Zeit. Dir die Schuld zu geben, falls sie das überhaupt tut, ist ganz natürlich. So wie Selbstvorwürfe.«

»Danke für den Hinweis, Hochwürden«, entfuhr es mir. Colins Äußerungen kamen mir immer verlogen vor. Ich erinnerte mich an jede einzelne Grausamkeit, die er begangen, an jeden, den er zusammengeschlagen, an die Art und Weise, wie er seine Freundinnen behandelt, und an jedes böse Wort, das er mir an den Kopf geworfen hatte, deshalb fiel es mir schwer, ihm das fromme Getue abzukaufen. Er kam mir vor wie ein Heuchler, obwohl ich genau wusste, dass er das nicht war, weshalb ich mich noch mieser fühlte und das Gefühl hatte, er blicke von seiner heiligen Warte auf mich herab.

»Ihr könnt hier bleiben, so lange ihr wollt«, sagte er, ohne auf meine Bemerkung einzugehen. »Bis sich alles geklärt hat.«

Ich war noch immer streitlustig. »Hast du mir die Geschichte geglaubt, die ich dir erzählt habe?«

»Jedes einzelne Wort. Ist sie wahr?«

»Natürlich ist sie das. Aber real? Soll das heißen, du hast mir auch die Geschichte über das fremde Wesen abgekauft?«

»Ja, ich glaube dir.«

»Stellt die Existenz fremder Intelligenzen nicht deinen Glauben infrage?«

Colin setzte sich auf die Bank vor mir und stellte die Füße hoch. »Nicht im Geringsten.«

»Ich dachte, die Menschheit wäre für euch etwas Einzigartiges. Geschaffen nach dem Ebenbild Gottes.«

Colin hob die Schultern. »Ich nehme an, viele Leute würden damit ein Problem haben, aber es gibt einen Präzedenzfall.«

»Einen Präzedenzfall? Für Aliens?«

»Genau genommen nicht für Aliens, aber die Engel in der Bibel sind auch Intelligenzen, die ganz anders sind als wir Menschen. Sie sind keine körperlichen Wesen, aber können unterschiedliche Gestalt annehmen, sprechen und eigene Entscheidungen treffen. Einige entscheiden sich dafür, Gott zu folgen, während andere – die, welche wir als Dämonen bezeichnen – ihn ablehnen. Aber beide gehören derselben Art an. Derselben Spezies, wenn man so will. Im Unterschied zu uns Menschen bekommen sie jedoch keine zweite Chance. Für sie gibt es keine Erlösung, kein Opfer, das ihre Sünden sühnt. Keinen Christus, der ihre gerechte Strafe auf sich nimmt.«

Ich musterte verstohlen Marek, der auf und ab ging und die Buntglasbilder betrachtete. »Dann glaubst du also, die Quantenintelligenzen wären Dämonen?«, fragte ich.

»Nicht unbedingt. Ich weiß nicht, was sie sind. Ich sage bloß, es gibt einen Präzedenzfall für fremde Intelligenzen, die Gott anders behandelt als uns.«

»Das ist lächerlich.« Ich umklammerte die Rückenlehne der vor mir befindlichen Bank und wünschte, ich hätte sie losreißen und durch den Raum schleudern können. Ich hob die Stimme. »Du bist lächerlich. Das ist alles bloß ein verrückter Trick. Wenn es einen Gott gibt, kriegt er sich im Moment vermutlich nicht ein vor Lachen.«

Colin legte seine Hand auf meine. Ich schüttelte sie ab und schob ihn weg. »Und spar dir dein scheinheiliges Gerede von wegen, die Wege des Herrn wären unergründlich. Wenn das hier die reale Welt ist und nicht ein verunglückter Witz, dann wurde sie von einem Sadisten erschaffen.«

Während ich redete, trat Marek hinter mich und legte mir seine kräftige Hand auf die Schulter. Mehr brauchte es nicht. Ich fuhr herum und schlug ihm ins Gesicht. Er war darauf gefasst und wich aus, fing den Hieb mit der Schulter ab und schlang mir die Arme um den Oberkörper. Ich rang brüllend mit ihm, und wir stürzten beide zu Boden. Wir wälzten uns umher und schlugen aus nächster Nähe aufeinander ein, während Colin tatenlos dasaß, bis ich schließlich japsend auf dem Rücken lag und in Tränen ausbrach. Von Schluchzern geschüttelt, lag ich da und ließ den Tränen freien Lauf. Als sie schließlich versiegten, reichte Marek mir die Hand und zog mich auf die Beine.

Schwer atmend ließ ich mich auf die Bank fallen und blickte Marek und Colin an. Beide schwiegen.

»Was soll ich jetzt machen?«, fragte ich. »Meine Frau und meine Kinder sind tot. Ich kann nicht nach Hause gehen. Ich kann nicht zur Arbeit. Wenn ich mich stelle, könnte ich der Polizei mein Verhalten niemals erklären.«

»Nicht alle deine Kinder sind tot«, sagte Colin.

Bevor ich etwas erwidern konnte, ertönte im Keller ein Schrei.

Ich sprang so ungestüm auf, dass ich mit der Hüfte gegen die vordere Sitzbank stieß, erreichte die Treppe aber trotzdem vor Colin. Alessandra saß aufrecht im Bett und hielt sich die alte Decke an die Brust. Sie war kalkweiß im Gesicht.

»Was ist passiert? Was hast du gesehen?«

»Ein Gesicht«, sagte sie. »Im Spiegel.«

Ich fuhr herum und erblickte einen schmutzigen Rasierspiegel, der an einem Nagel an der Wand hing. »Wessen Gesicht?«

»Das war er. Der Mann.«

»Der Mann ohne Augen?«, fragte ich.

Sie nickte. Ich nahm sie in den Arm und spürte, wie angespannt sie war.

»Alles gut«, sagte ich, obwohl ich wusste, dass es nicht stimmte.

»Miss Alessandra«, sagte Colin förmlich. »Soll ich dir eine Coke holen?«

»Nein.«

Marek drehte den Spiegel stillschweigend um.

»Kannst du uns sagen, was du im Haus gesehen hast?«, fragte Colin.

Alessandra zog die Knie ans Kinn.

»Ich weiß, du hast gesehen, wie deine Mutter, deine Schwester und dein Bruder gestorben sind«, fuhr er fort. »Es ist schwer, darüber zu sprechen. Aber wir möchten dich schützen und auch uns selbst, und das geht am besten, wenn wir wissen, was passiert ist.«

Sie gab keine Antwort.

»Lass gut sein«, sagte ich.

Colin zuckte mit den Achseln. »Es gibt zwei Sorten von Menschen. Die, die aufstehen und kämpfen, und die, die sich einfach hinlegen und in ihr Schicksal fügen.«

Ich stand auf, um ihn zu schlagen, doch Colin hob beschwichtigend die Hand und schüttelte den Kopf.

Alessandra funkelte ihn an. »Ich hab gehört, was du gesagt hast.«

»Und weiter?«, sagte Colin. »Du willst nichts unternehmen. Du bist das Kind, das sich hinlegt; das sehe ich.«

»Meine Mutter ist heute gestorben. Du solltest nett zu mir sein.«

»Wieso?«

Sie schnaubte. »Ich dachte, du wärst Priester.«

»Das bin ich nicht. Ich nehme keine Beichte ab, und ich halte keine Predigten. Ich bin eher ein Missionar meines eigenen Stammes.«

»Ich brauche deine Hilfe nicht.«

Colin setzte sich aufs Fußende des Betts. »Wenn meine Mutter ermordet worden wäre, wäre ich wütend. Ich würde dafür sorgen, dass der Täter nicht ungeschoren davonkommt. Ich würde ihn finden und ...« Er verstummte und sah sie erwartungsvoll an.

Sie konnte nicht an sich halten. »Was dann?«

»Ich würde ihn vermutlich der Polizei übergeben. Oder ihn töten, ich weiß es nicht. Aber ich würde es nicht auf sich beruhen lassen. Ich würde nicht sagen, hey, ist doch eh egal, so was kommt vor. Ich würde etwas unternehmen.«

»Ich bin vierzehn!«

Colin verschränkte die Hände im Schoß. »Zum ersten Mal habe ich einen Menschen getötet, als ich vierzehn war.«

Sie machte große Augen. Ich auch. Davon hatte ich noch nie gehört. Stimmte das? Oder sagte er das nur, um sie zu provozieren?

»Das ist nicht wahr«, sagte Alessandra.

»Doch.« Colin lächelte traurig. »Es war grauenhaft. Aber hör zu.« Sein Lächeln verflüchtigte sich, und er durchbohrte sie mit seinen klaren blauen Augen. »Du bist nur dann ein Opfer, wenn du dich selbst dafür hältst. Mit vierzehn kannst du alles Mögliche tun.«

»Woher willst du das wissen?«, schrie sie ihn an. Sie trat nach ihm, drückte ihn auf die Seite. »Sei still, sei still!«

»Ich weiß, dass du deinem Vater erzählen kannst, was du gesehen hast. Ich weiß, dass du dich genau erinnerst, wie sich das Wesen bewegt und verhalten hat. Du weißt, was es gesagt hat und wie es hinterher gewirkt hat, was es tun konnte und was nicht, und du kannst es deinem Vater erzählen, damit er sich ein Bild von dem Wesen machen und verhindern kann, dass es noch jemanden umbringt. Ich weiß, du kannst das.«

Zitternd vor Wut stand sie auf und biss sich auf die Unterlippe. »Woher willst du das wissen? Du kennst mich nicht.«

»Weil du eine Kämpferin bist. Anders als deine Schwester Claire, die immer alles hatte, was sie wollte, musstest du deinen Willen durchsetzen. Du kämpfst, genau wie dein Vater und ich. Das sehe ich in deinen Augen. Also sag uns, was passiert ist.«

»Ich bin weggelaufen«, sagte sie, mit den Tränen kämpfend. »Ich bin weggelaufen und hab sie im Stich gelassen, okay? Sie haben mich gebraucht, und ich habe nur an mich gedacht.« Sie biss sich auf die Unterlippe.

»Red weiter«, sagte Colin. »Wohin bist du gelaufen? Was hast du gesehen? Erzähl es uns, du schaffst das.«

»So geht es besser«, sagte sie. Sie riss ihr Handy aus der Hosentasche und schleuderte es mir entgegen. Ich fing es reflexhaft auf, bevor es mich im Gesicht traf. »Da ist alles drin«, sagte sie und begann zu weinen. »Alles.«

Zu meiner Überraschung trug Colin Eyejacklinsen. Er nahm sie heraus, wusch sie und reichte sie mir. Ich hatte damit keine Erfahrung, und mir tränten davon die Augen, doch nach ausgiebigem Geblinzel gelang es mir, mich umzuschauen. Nach einigem Gefummel schaffte ich es sogar, die Linsen mit Alessandras Handy zu verbinden. Ein Menü tauchte vor mir auf, eine Art Schriftrolle, die sich einen halben Meter vor mir entrollte. Als ich mich umdrehte, schwenkte auch das Menü herum, was ein wenig unheimlich war, da nicht zu erkennen war, dass es sich um kein reales, physisches Objekt handelte. Als ich die Hand danach ausstreckte, erwartete ich unwillkürlich, richtiges Papier zu berühren, doch ich griff hindurch.

»Wenn du dich hinsetzt, ist es einfacher«, sagte Colin.

Ich setzte mich, und auf einmal wurde mir bewusst, wie benommen ich war. Teenager hielten mit dieser Technologie Verbindung mit ihren Freunden, aber sie wurde auch bei virtuellen Meetings verwendet. Die Linsen projizierten das Bild eines Mitarbeiters oder Kunden auf einen leeren Stuhl, sodass der Betrachter den Eindruck hatte, die betreffende Person sei leibhaftig anwesend, während sie sich in

Wirklichkeit in San Francisco, Seoul oder Jakarta aufhielt. Bei meinem Handy waren auch zwei Linsen dabei gewesen, doch ich hatte sie nur einmal ausprobiert. Etwas zu sehen, was nicht wirklich da war, fand ich unheimlich.

Nach ein wenig Übung gelang es mir, mittels Fokussierung und Blinzeln durchs Menü zu navigieren, wenngleich ich immer wieder unabsichtlich zwinkerte und die falsche Option wählte. Ich rief Alessandras Videochronik auf – darin waren viele Dateien gespeichert, doch sie hatte sie gut geordnet, und ich scrollte durch die Videos, bis ich den fraglichen Zeitpunkt gefunden hatte. Zunächst sah ich ein zweidimensionales Rechteck in einem halben Meter Abstand, wie bei einem Stream. Ich wählte den Vollbildmodus aus, dann war ich auf einmal mittendrin.

Ich befand mich wieder in meinem Haus, im Wohnzimmer, und blickte auf ein Modemagazin. Es war anders als bei einem Film oder einem Stream. Das Bild ruckte, wenn Alessandra die Augen bewegte. Unwillkürlich wollte ich den Kopf wenden und mich umschauen, aber davon wurde mir nur schwindelig. Es war nur das aufgezeichnet worden, was Alessandra gesehen hatte. Ich konnte den Blickwinkel nicht verändern. Colin setzte mir Kopfhörer auf, und auf einmal konnte ich auch hören.

»Alessandra! Leg das weg, und sag deiner Schwester und deinem Bruder, sie sollen Schuhe und Jacke anziehen.« Es war Elenas Stimme.

Das Bild veränderte sich, als Alessandra hochschaute, und auf einmal stand Elena vor mir, quicklebendig und wunderschön. Sie trug einen grünen Pullover und zog gerade die braune Wildlederjacke an. Die Stirn hatte sie gestresst in Falten gelegt. Ich wollte sie bei der Hand nehmen, sie wegzerren und beschützen. Ich hatte einen Kloß im Hals, und mir brannten die Augen. Ich hustete heftig und schüttelte den Kopf.

»Wohin fahren wir?«, fragte Alessandra.

»Du erinnerst dich doch an den Mann, der gestern Abend hier war? Gerade eben hat die Polizei angerufen und gemeint, man habe ihn tot im NJSC gefunden.«

»Wow. Wurde er ermordet?«

»Die Polizei geht davon aus«, sagte Elena gepresst.

»Hat die Polizei deshalb angerufen? Weil sie wissen will, wo Dad sich aufhält?«

»Alessandra, bitte! Hol Claire und Sean.«

»Wieso soll ich mitkommen?«, fragte Alessandra.

»Weil ich dich nicht hierlasse, solange ich nicht weiß, was los ist und wie lange wir wegbleiben. Wir sollten besser zusammenbleiben.«

»Wieso rufst du ihn nicht einfach an?«

»Das habe ich getan, aber er ist nicht drangegangen. Ich habe im NJSC angerufen, aber dort weiß man auch nicht, wo er ist. Ich will hier nicht rumsitzen und Däumchen drehen. Wir fahren.«

»Wird man Dad einsperren?«, fragte Alessandra. »Hat Dad den Mann umgebracht?«

»Alessandra!«

»Ja oder nein?«

»Natürlich nicht«, sagte Elena. Sie nahm ihre Handtasche vom Stuhl und kramte darin. »Und jetzt hol Claire und Sean und sag ihnen, sie sollen zum Wagen rauskommen.« Elena nahm den Autoschlüssel heraus, schulterte die Tasche und legte die Hand auf die Klinke der Haustür. Ich wollte etwas rufen, sie warnen, aber natürlich konnte sie mich nicht hören. Ich war nicht da. Ich beobachtete schweigend, wie sie die Tür aufschwang. Vor ihr stand der Varcolac.

Elena war nicht der Typ, der schrie. Sie wich zurück und versuchte die Tür wieder zu schließen, doch der Varcolac trat hindurch, als bestünde sie aus Luft. Ihm folgten hellere, noch schattenhaftere Versionen seiner selbst. Sie glichen dem Interferenzmuster, das wir gesehen hatten, vereinigten sich aber gleich wieder zu einer Gestalt.

»Alessandra, ruf die 911 an«, sagte Elena mit scharfer Stimme. Sie zeigte eine bemerkenswerte Selbstbeherrschung. »Sofort.«

Die Perspektive änderte sich, als Alessandra aufsprang. Eine Optionsleiste wurde angezeigt. Viel schneller, als ich es vermocht hätte, rief sie ihr Handy auf und wählte den Notruf.

Elena wich noch einen Schritt zurück. »Verschwinden Sie, oder ich rufe meinen Mann.«

Der Varcolac legte den Kopf schief, streckte die Hände aus und griff durch Elenas Brust hindurch. Sie schnappte kurz nach Luft, ihre Augen weiteten sich, dann erschlaffte ihr Gesicht, und sie brach zusammen. Alessandra schrie. Ich rief etwas und sprang hoch, wäre beinahe über den Stuhl gestolpert. Colin stützte mich.

Der Varcolac beugte sich über Elena, betrachtete sie und schnupperte. Alessandra schrie erneut. Der Varcolac sah sie an, drehte den Kopf so ruckartig wie ein Vogel. Mit einem Blick über die Schulter vergewisserte sie sich, dass er ihr nicht folgte, dann lief sie durch den Garten und kletterte über den Zaun aufs Nachbargrundstück. Ich hatte angenommen, dass der Varcolac anschließend nach oben gegangen war und Claire und Sean getötet hatte und dass Alessandra irgendwann zurückgekommen war, meinen Wagen gesehen hatte und wieder ins Haus gegangen war, worauf der Varcolac sie gepackt hatte. Doch das passierte nicht. Sie lief weinend durch die Straßen, bis sie Marek neben sich herlaufen sah, und dann hielt ich mit dem Wagen, und sie stiegen beide ein.

Mir war übel. Ich blinzelte das Display weg, drängte mich an Colin vorbei und stürzte ins Bad, wo ich mich in die Toilettenschüssel übergab. Ich hatte den Tag über kaum etwas gegessen, deshalb kam nicht viel, doch mir brannte der Schlund. Ich merkte, dass ich zitterte.

Colin trat hinter mich und half mir auf die Beine. Er reichte mir ein Papierhandtuch, und ich wischte mir den Mund, dann ließ ich mich in den Kellerraum zurückführen. Alessandra lag auf dem Bett und blickte an die Decke.

»Jetzt weißt du Bescheid«, sagte sie. »Ich bin weggelaufen und habe sie sterben lassen.«

»Du konntest sie nicht retten«, sagte ich. »Du hast dich richtig verhalten. Aber eins muss ich wissen; bist du überhaupt zum Haus zurückgekehrt?«

Sie musterte mich misstrauisch. »Du weißt doch, dass ich das nicht bin. Ich habe gesehen, wie Mom zusammengebrochen ist, dann bin ich weggelaufen. Ich wusste nicht, ob sie tot war; ich bin einfach nur gerannt.«

»Aber ich habe dich im Haus gesehen. Nachdem Marek und ich Claire und Sean gefunden hatten, sind wir nach unten gegangen und haben dich vorgefunden.« Ich blickte Marek flehentlich an, der daraufhin nickte.

»Das stimmt«, sagte er zu Alessandra. »Du warst da.«

Sie setzte sich auf. »Lebendig?«

Ich nickte. »Lebendig. Das Wesen, das Mom getötet hat,

hielt dich umklammert, und als ich es abgelenkt habe, bist du weggerannt.«

Colin musterte mich besorgter denn je. »Und das hast du eben gesehen? In dem Video?«

Ich schüttelte den Kopf. »Nein. Und das war nicht die einzige Merkwürdigkeit. Alessandra, noch eine Frage – bist du Links- oder Rechtshänderin?«

Sie sah mich an, als hätte ich den Verstand verloren, und ich konnte es ihr nicht verdenken. »Ich bin Rechtshänderin, das weißt du doch.«

»Heb mal die rechte Hand.«

»Was ist los mit dir?«

»Bitte, Alessandra. Heb die rechte Hand.«

Langsam und misstrauisch hob sie die linke Hand.

»Du verarscht mich doch nicht, oder? Das ist deine rechte Hand?«

Colin mischte sich ein. »Was soll das, Jacob?«

»Hebt alle mal die rechte Hand«, sagte ich. Wir vier bildeten einen Kreis; die drei Männer standen, Alessandra saß auf dem Bett.

Marek, Colin und ich hoben die Rechte, Alessandra die Linke.

Wir musterten uns gegenseitig.

»Was geht hier vor?«, fragte Colin.

»Der Rest der Familie«, sagte ich mit bebender Stimme. »Elena, Claire und Sean. Es könnte sein, dass sie noch am Leben sind.«

Wir unterhielten uns stundenlang über die Ereignisse, gelangten aber zu keinem klaren Ergebnis. Alessandra schlief auf dem Bett ein, in die blaugrüne Decke gewickelt.

»Einer von euch muss sich irren«, sagte Colin. »Sie kann nicht gleichzeitig ins Haus zurückgekehrt und *nicht* zurückgekehrt sein. Entweder, ihr beide habt nicht gesehen, was ihr zu sehen gemeint habt, oder sie hat die Erinnerung daran verdrängt.«

»Das Video stützt ihre Version«, erklärte Marek.

»Richtig«, sagte ich. »Aber vielleicht liegst du ja falsch. Vielleicht ist beides richtig.«

Colin hob eine Braue, um anzuzeigen, was er von meiner Bemerkung hielt. »Wir wollen unsere Überlegungen doch auf das physikalisch Mögliche beschränken, okay?«

Ich konnte mir eine Entgegnung nicht verkneifen. »Seltsam, dass ausgerechnet du das sagst.«

»Nur weil ich an die Wunder glaube, heißt das nicht …«

Ich winkte ab. »Das ist physikalisch durchaus möglich. Wir haben bereits gesehen, dass der augenlose Mann Wahrscheinlichkeitswellen aufweist. Was wäre, wenn Alessandra von einer Wahrscheinlichkeitswelle erfasst wurde? Wenn es zu einer kurzen Überlagerung gekommen wäre wie bei einem subatomaren Teilchen, das keine singuläre Realität darstellt, sondern einen Satz von Möglichkeiten aufweist? Sie war verängstigt, wollte aber auch ihre Geschwister beschützen. Deshalb lief sie gleichzeitig weg und blieb im Haus. Für beide Möglichkeiten gibt es Belege.«

Colin musterte mich skeptisch über seine Brille hinweg. »Belege. Du willst mir weismachen, dass es zwei Alessandras gibt, von denen die eine im Haus blieb, während die andere durch die Gegend lief.«

»Nicht unbedingt zwei Mädchen«, sagte ich. »Zwei Möglichkeiten mit vorübergehender Unbestimmtheit. Wir sagen, das Elektron kreise um den Atomkern wie die Erde um die Sonne, aber das stimmt eigentlich nicht. Es ist eine Wellenfront, eine Wolke, die mit einer bestimmten Wahrscheinlichkeit jeden Ort um den Kern herum abdeckt. Desgleichen kann ein Teilchen einen Up- oder einen Down-Spin besitzen, aber so lange, bis die Unbestimmtheit aufgehoben wird, besitzt es beide – es befindet sich im Quantenraum und hat gleichzeitig beide Spins. Ich glaube, bei Alessandra hat sich die Welle aufgelöst, als sie in den Wagen eingestiegen ist, vielleicht auch kurz vorher. Die beiden Versionen haben keine großen Abweichungen aufgewiesen.«

»So etwas Lächerliches habe ich noch nie gehört«, sagte Colin.

»Moment«, sagte ich. »Jetzt kommt das Entscheidende. Wenn Alessandra sich aufteilen konnte, weshalb dann nicht auch Elena, Claire und Sean? Sie wollten das Haus verlassen. Was wäre, wenn die eine Version von ihnen das Haus *vor* dem Auftauchen des Varcolac verlassen hat und deshalb nicht getötet wurde?«

»Das ist Wunschdenken«, sagte Colin. »Tu dir das nicht an.«

»Es macht Sinn«, sagte ich. »Der Varcolac taucht nicht wie wir an einem bestimmten, unverrückbaren Zeitpunkt und Ort auf. Die Wahrscheinlichkeit seines Erscheinens ist über Zeit und Raum verschmiert.«

»Da komme ich nicht mit«, sagte Colin.

»Ich auch nicht«, sagte Marek.

Ich knurrte vor Zorn. Weshalb verstanden sie mich nicht? »Wenn man irgendwo hingeht, trifft man zu einem bestimmten Zeitpunkt am Ziel ein«, sagte ich. »Nehmen wir an, um fünf Uhr. Beim Varcolac ist das anders. Er erreicht das Ziel um 4.45 Uhr, 4.46 Uhr, 4.47 Uhr und so weiter bis 5.15 Uhr, was am Ende auf eine bestimmte Ankunftszeit hinauslaufen mag, wenngleich einige Zeitpunkte eine höhere Wahrscheinlichkeit als andere haben. Das heißt, er trifft ein, bevor *und* nachdem sie das Haus verlassen haben. Sie geraten unter den Einfluss seiner Wahrscheinlichkeitswelle und teilen sich auf. Die eine Version von ihnen fährt mit dem Wagen zum NJSC, während die anderen Versionen getötet werden.«

Schweigen.

»Was haltet ihr davon?«, sagte ich.

»Heute sind eine Menge verrückter Dinge passiert«, meinte Marek. »Klar. Ich glaube dir.«

Colin gähnte. »Es ist halb drei«, sagte er. »Wie wär's, wenn wir erst morgen versuchen, herauszufinden, in welchem Universum wir leben?«

Ich entschuldigte mich und stimmte zu. Doch ich war mir nicht sicher, ob ich Schlaf finden würde. Mir schwirrte der Kopf. Sie waren irgendwo da draußen. Morgen würde ich sie finden.

Colin verabschiedete sich mit dem Versprechen, uns am nächsten Tag Frühstück zu bringen. Ich versuchte Marek dazu zu überreden, das zweite Bett zu nehmen, doch er legte sich auf den Boden. Die alten Bettfedern quietschten laut, doch kaum dass ich mich hingelegt hatte, gewann meine Erschöpfung die Oberhand, und auf einmal wusste ich, dass ich einschlafen würde. Nach einem letzten nervösen Blick zum umgedrehten Spiegel schloss ich die Augen. Ich träumte von einem endlosen Saal voller Spiegel und von Elena, die ich aber immer nur gespiegelt sah. Wenn ich mich umdrehte, war sie wieder verschwunden.

Ich erwachte, als Colin mich schüttelte. Ich riss die Augen auf. »Jacob! Jacob! Das musst du dir ansehen.«

Ächzend setzte ich mich auf, registrierte die fremde Umgebung und erinnerte mich an das Grauen des Vortags. »Wieso hast du mich nicht schlafen lassen?«

»Guck dir das mal an.« Er drückte mir ein Smartpaper in die Hand. Ein Newsfeed wurde angezeigt, und ich las die Schlagzeile.

PROFESSOR DES SWARTHMORE COLLEGE WEGEN MORDES FESTGENOMMEN

Ich überflog den Artikel und stieß auf meinen Namen und ein altes Foto von mir. Dem Artikel zufolge war ich wegen Mordes an Brian Vanderhall festgenommen worden, den man erschossen in seinem Labor am New Jersey Super Collider gefunden habe. Über die Toten meiner Familie stand da nichts, es wurde nur berichtet, man habe mich zu Hause angetroffen, und die Polizei wolle keinen weiteren Kommentar abgeben.

»Weshalb lügen sie?«, fragte ich. »Man sollte doch eigentlich meinen, sie wollten, dass die Leute wissen, dass man nach mir sucht.«

»Vielleicht tun sie das gar nicht.«

»Wie meinst du das? Ich werde des Mordes verdächtigt; natürlich suchen sie nach mir.«

Colin versetzte mir eine leichte Kopfnuss. »Wach auf. Du hast gestern selbst davon geredet, dass jemand an zwei Orten gleichzeitig sein kann. Weshalb sollte es bei dir anders sein?«

16

Down-Spin

»Das Volk ruft Sheila Singer in den Zeugenstand«, sagte Haviland.

Terry fluchte und kramte in seinen Papieren, was nicht besonders vertrauenerweckend wirkte. »Euer Ehren«, sagte er, unverdrossen weiterwühlend. »Ich habe keine Kenntnis von dieser Zeugin.«

Havilands Lächeln vertiefte sich. »Der Name der Zeugin wurde der Verteidigung im Zuge der Offenlegung schon vor Wochen mitgeteilt. Sie arbeitet am New Jersey Super Collider.«

Vermutlich zwanzig Prozent der dreitausend Angestellten des NJSC hatten auf der Liste der möglichen Zeugen gestanden, welche die Anklage vorgelegt hatte. Terry hatte mich die Namen durchsehen und die Personen markieren lassen, die ich kannte, mit denen ich zusammengearbeitet oder die ich im Verlauf der Ereignisse vom letzten Dezember getroffen hatte. Das war offenbar ein typischer Anwaltstrick, dazu gedacht, den Prozessgegner mit irrelevanten Namensnennungen zu überhäufen, um von den wirklich wichtigen Zeugen abzulenken.

»In welcher Beziehung steht Ms. Singer zu diesem Fall?«, fauchte Terry.

»Ich hoffe, das wird durch ihre Aussage klar werden.« Haviland strahlte jetzt regelrecht.

»Das hat durchaus seine Ordnung, Mr. Sheppard«, sagte Richterin Roswell. »Der Name steht auf der Liste. Sie dürfen fortfahren, Mr. Haviland.«

Terry funkelte mich an, doch ich zuckte mit den Achseln. Ich hatte keine Ahnung, wer Sheila Singer war, und als sie in den Zeugenstand trat, nahm meine Verwirrung noch weiter zu. Sie war in den Zwanzigern, schlank, trug eine tief ausgeschnittene türkisfarbene Bluse und einen kurzen schwarzen Rock, aus dem endlos lange Beine hervorschauten. Hätte ich sie schon mal gesehen, hätte ich mich garantiert an sie erinnert. Sie schenkte den Geschworenen ein strahlendes Lächeln.

»Ms. Singer, bitte nennen Sie fürs Protokoll Ihren Namen.« Das tat sie, worauf Haviland sie bat, dem Gericht zu erklären, welche Aufgabe sie am NJSC habe.

»Ich bin Empfangsdame und führe Gäste herum«, sagte sie. »Ich begrüße Besucher und zeige ihnen manchmal die Teile der Anlage, die für Touristen zugänglich sind.«

»Kommen viele Touristen zu Ihnen?«

»Natürlich. Das ist schließlich die größte wissenschaftliche Forschungsanlage, die je errichtet wurde.« Ein durchtriebenes Lächeln in Richtung Jury. »Manche Leute glauben, je größer, desto besser.«

Ich hustete. Haviland wirkte leicht verärgert. »Haben Sie am dritten Dezember dort gearbeitet?«

»Ja«, antwortete Singer. »Ich war am Empfangstresen im Feynman Center. Dort arbeite ich, wenn ich keine Führung habe. Ich beantworte Fragen, verteile Lagepläne, solche Dinge eben.«

»Dann ist Ihr Tresen also das Erste, was Besucher beim Hereinkommen sehen? Die Anlaufstelle, wenn sie Fragen haben?«

»Ja.«

Ich konnte erkennen, dass Terry kaum an sich halten konnte und am liebsten Einspruch erhoben und gefragt hätte, welchen Sinn die Fragen hatten, doch er hielt sich zurück. Vermutlich wartete Haviland nur auf eine solche Reaktion.

»Kennen Sie den Angeklagten Jacob Kelley ?«, fragte Haviland.

»Nein – ich glaube nicht, dass ich ihm schon mal begegnet bin«, sagte Singer.

»Aber am dritten Dezember haben Sie seinen Namen gehört, ist das richtig?«

»Ja. Eine Frau hat sich nach ihm erkundigt. Sie machte einen ziemlich aufgeregten Eindruck.«

»Hat die Frau ihren Namen genannt?«

»Nein. Sie hatte drei Kinder dabei, zwei Mädchen und einen Jungen, und sie sagte, sie suche ihren Mann. Sie hat mich gefragt, wo sie ihn erreichen könne.«

Ich erhob mich langsam und starrte sie an.

»Um wie viel Uhr war das?«, fragte Haviland.

»Kurz vor fünf.«

»Weshalb sind Sie sich da so sicher, Ms. Singer?«

»Die Besuchszeit endet um fünf. Es war gegen Ende meines Arbeitstages.«

Haviland drückte einen Knopf auf einer Fernbedienung. Auf einem großen Display wurde ein Foto meiner geliebten Elena angezeigt. »Ist das die Frau?«

Ich hatte einen Kloß im Hals. Unsere letzte Begegnung war so lange her. Es kam mir so vor, als hätte sie in einem anderen Leben stattgefunden. Mir blieb die Luft weg, und ich hatte Angst, hier im Gerichtssaal in Tränen auszubrechen. Sie waren dort gewesen, im NJSC. Sie hatten sich tatsächlich aufgeteilt, als der Varcolac an unserem Haus aufgetaucht war, und das war der Beweis.

Ich merkte, dass alle mich ansahen und dass Terry hektisch an meinem Ärmel zerrte. Richterin Roswell funkelte mich an. »Mr. Kelley, setzen Sie sich.«

Ich gehorchte. »Es tut mir leid, Euer Ehren.«

Haviland lächelte wie ein Raubtier und wandte sich wieder der Zeugin zu. »Ms. Singer, um es auf den Punkt zu bringen. Mr. Kelley behauptet, er habe seine Frau und seine Kinder eine Stunde bevor Sie sie angeblich gesehen haben, tot in seinem Haus in Pennsylvania vorgefunden. Waren sie tot, als Sie sie sahen?«

»Nein, Sir.«

»Ms. Singer, wie lange arbeiten Sie schon am NJSC?«

Sie blinzelte, verwirrt vom plötzlichen Themenwechsel. »Etwas länger als ein Jahr.«

»Wie viele Besucher haben Sie in der Zeit gesehen?«

»Oh, Hunderte. Ach was, eher Tausende.«

»Haben Sie die Frau, die sich nach Mr. Kelley erkundigt hat, vor dem dritten Dezember schon einmal gesehen?«

»Nein, nur dieses eine Mal.«

»Sind Sie sicher, dass es Jacob Kelleys Frau war?«

Sie schürzte anmutig den Mund. »Vollkommen sicher.«

»Ich möchte Sie daran erinnern, dass Sie unter Eid stehen, Ms. Singer.«

»Sie hat mir ihren Namen nicht gesagt, aber sie sah genauso aus wie auf dem Foto«, sagte Singer. »Wenn sie es nicht war, muss sie eine Zwillingsschwester haben.«

Mit zitternden Händen ergriff ich einen von Terrys Notizblöcken und kritzelte etwas darauf.

Terry las es, sah mich an und schrieb: *Warum?*

Ich schrieb: *Bitte fragen Sie.*

Kopfschüttelnd klemmte er sich den Notizblock unter den Arm.

»Und was haben Sie zu Mrs. Kelley gesagt?«, fragte Haviland.

»Na ja, sie tat mir leid, verstehen Sie?«, sagte Singer. »Sie hatte gehofft, ihr Mann wäre bei Mr. Vanderhall, deshalb habe ich im Gebäude nachgeschaut und ihr gesagt, er sei nicht da.« Sie legte die Hand an die Wange. »Ich hatte ja keine Ahnung, dass ihr Mann Mr. Vanderhall getötet hatte. Die arme Frau.«

»Einspruch«, sagte Terry, doch die Richterin nickte bereits.

»Ms. Singer«, sagte sie. »Ob Mr. Kelley Brian Vanderhall getötet hat, ist noch nicht bewiesen. Bitte beschränken Sie Ihre Antworten auf die gestellten Fragen.«

»Selbstverständlich. Ich bitte um Verzeihung.«

Terry erhob sich und trat ans Pult. Er blätterte im Notizbuch, als sammle er seine Gedanken. Offenbar hatte er nicht vorgehabt, die Frau zu befragen, weshalb er auch nicht vorbereitet war. Dem alten Sprichwort gemäß, wonach man keine Frage stellen soll, deren Antwort man nicht bereits kennt, hätte er sich wieder setzen müssen. Stirnrunzelnd sah er auf seinen Notizblock. Anscheinend überlegte er, ob er die Frage stellen sollte, die ich ihm notiert hatte.

»Mr. Sheppard?«, sagte die Richterin.

Er riss sich zusammen. »Nur noch einige wenige Fragen, Euer Ehren. Ms. Singer, haben Sie zufällig bemerkt, ob die Frau einen Ehering trug?«

Singers Miene hellte sich wieder auf. »Ja, das hat sie. So was fällt mir immer auf. Es war kein teurer Ring, wissen Sie, aber manchmal bedeutet so einer mehr als ein großer Diamant. Vielleicht hat der Mann nicht so viel Geld, dafür ist es aber wahre Liebe, verstehen Sie, was ich meine?«

»Ist Ihnen zufällig aufgefallen ...« Terry hielt inne. »Haben Sie bemerkt, an welcher Hand sie den Ring trug?«

»Ja, natürlich«, sagte Singer. »Sie trug ihn links. Ich habe ja schon gesagt, dass es ein Ehering war; wo hätte sie ihn sonst tragen sollen?«

Mir war klar, dass die Jury nicht verstehen würde, weshalb ich lächelte, doch ich konnte nicht anders. Mindestens vier Stunden nachdem ich sie tot aufgefunden hatte, war meine Familie noch am Leben gewesen. Singer hatte *meine* Elena gesehen, nicht die zurückgebliebene Version aus unserem Haus. Das bedeutete, dass meine Familie irgendwo dort draußen lebte oder jedenfalls vor zwei Monaten noch am Leben gewesen war. Aber wenn das stimmte, was war dann mit ihnen geschehen? Weshalb hatte sie seitdem niemand mehr gesehen?

»Mr. Kelley«, sagte Richterin Roswell mit ernster Stimme. Ihr Gesicht war zu freundlich, als dass sie ihre Rolle hätte durchhalten können, und sie wirkte eher wie eine tadelnde

Großmutter als wie eine Furcht einflößende Autoritätsperson, doch ich wusste, dass ihre einnehmende Erscheinung sie nicht davon abhalten würde, mich wegen Missachtung des Gerichts zu rügen, weshalb ich mich rasch wieder setzte.

»Ich bitte um Verzeihung, Euer Ehren«, sagte ich.

»Mr. Sheppard, verfolgen Sie mit Ihren Fragen eine bestimmte Absicht?«

Terry funkelte mich böse an. »Ich bitte um Entschuldigung, Euer Ehren. Keine weiteren Fragen mehr.«

17

Up-Spin

Ich brauchte Hilfe. Colin hatte uns zumindest vorübergehend einen Unterschlupf verschafft, doch ich wollte wissen, was vor sich ging. Ich musste herausfinden, ob eine andere Version meiner Familie vielleicht noch am Leben war, und wenn ja, wo sie sich aufhielt. Marek war selbstständig und deshalb flexibel, doch er war durch Verträge gebunden und konnte nicht ständig bei mir bleiben. Ava – seine Frau und Elenas Schwester – war nicht erfreut darüber gewesen, dass er ohne anzurufen die ganze Nacht weg gewesen war, und dass er sich bei mir aufhielt, gefiel ihr auch nicht. Sie hatte ebenfalls die Schlagzeilen gelesen. Ich hörte nur die eine Seite der Unterhaltung, doch Marek klang erregt und zornig.

Ich ließ Alessandra in Colins Unterschlupf zurück und borgte mir seinen Wagen. Jean Massey lebte in einer Maisonettewohnung in Princeton, nicht weit vom College entfernt. Sie verstand den physikalischen Hintergrund und arbeitete am NJSC. Ich konnte nicht gut auf dem Gelände herumspazieren und die Leute fragen, ob sie meine Frau und meine Kinder gesehen hätten. Die Polizei war bestimmt vor Ort, und ich wurde des Mordes verdächtigt. Jean aber könnte sich ohne Weiteres umhören, wenn sie denn bereit dazu wäre.

Sie öffnete die Tür und machte große Augen, als sie mich sah. »Jacob? Bist du's wirklich?«

Sie hielt ein Smartpaper in der Hand, und ich konnte die Schlagzeile des Newsfeeds sehen. Sie wusste, dass man mich festgenommen hatte. »Ich kann dir das erklären«, sagte ich. »Darf ich reinkommen?«

»Natürlich.« Sie hielt mir die Tür auf und vergewisserte sich rasch, dass mich niemand gesehen hatte. »Was geht hier vor, Jacob? Gestern hat es von Polizisten nur so gewimmelt. Sie haben nach dir gesucht, und heute Morgen steht in der Zeitung, du wärst festgenommen worden und deine Familie werde vermisst.«

»Das ist eine lange Geschichte«, sagte ich.

Sie forderte mich mit einer Handbewegung auf, im Wohnzimmer Platz zu nehmen, und bot mir Kaffee an. Der Raum war nüchtern eingerichtet, dekoriert mit ein paar billigen Drucken und ein wenig Nippes. In der Ecke stand eine Wiege, und auf dem Tisch lag ein kleiner Schnuller neben einem Stapel Windeln und verschiedenen Physikzeitschriften.

»Seit du in Brians Büro gegangen bist, habe ich nichts mehr von dir gehört«, sagte Jean. »Dann kam die Polizei und sagte, Brian sei tot. Sie haben alle möglichen Fragen gestellt, und dann das …« Sie hielt den Zeitungsartikel hoch. »Wieso bist du nicht im Gefängnis? Hat man dich auf Kaution freigelassen?«

Ich erklärte ihr alles, so gut ich es vermochte. Ich schilderte ihr, wie ich Brian im Bunker gefunden hatte, erzählte ihr vom Varcolac und dem zweiten Brian und berichtete ihr, was er mir gesagt hatte. Ich erzählte ihr, dass ich zu Hause meine Familie tot vorgefunden hatte und wie ich dem Varcolac und der Polizei entwischt war.

Sie hatte viele Fragen, stellte aber den Wahrheitsgehalt meiner Schilderungen kein einziges Mal infrage. Anscheinend fiel es ihr nicht schwer zu akzeptieren, dass es mich zweimal gab. Vermutlich hatte sie so lange über Quantenphysik nachgedacht, dass sie ihr normaler vorkam als die Alltagswelt.

»Das mit deiner Familie tut mir leid«, sagte sie. »Unendlich leid.«

Ich wollte nicht darüber nachdenken. Ich musste ein Quantenpuzzle lösen, und es bestand die reale Möglichkeit, dass meine Familie gar nicht tot war. Ich musste weitermachen, sonst würde ich den Verstand verlieren. »Der Varcolac ist ein Wahrscheinlichkeitswesen so wie ein Teilchen«, sagte ich. »Ich glaube, der Kontakt mit ihm führt zu Aufspaltungen, sodass eine Zeit lang mehrere mögliche Pfade existieren.«

Jean überlegte. »Wie viele Aufspaltungen hat es gegeben?«, fragte sie.

Ich zählte sie an den Fingern ab. »Brian war der Erste«, sagte ich. »Eine Version von ihm wurde im Bunker gefunden, der anderen bin ich im Wald begegnet. Beide Versionen sind jetzt tot, und der zweite Leichnam ist verschwunden, woraus ich schließe, dass die Aufspaltung rückgängig gemacht wurde. Wenn meine Theorie stimmt, muss sich auch meine Familie aufgespalten haben. Die eine Version hat das Haus vor Eintreffen des Varcolac verlassen, während die andere Version …« Es fiel mir noch immer schwer, es laut auszusprechen. »Die andere Version wurde vom Varcolac getötet. Wir wissen nicht, ob diese Aufspaltung aufgehoben wurde. Und ich befinde mich gleichzeitig hier und im Gefängnis, was bedeutet, dass diese Aufspaltung nach wie vor besteht.«

»Aber das bedeutet, dass Alessandra sich zweimal aufgespalten hat«, erklärte Jean.

Ich dachte darüber nach. »Du hast recht. Das erste Mal hat sie sich zusammen mit dem Rest der Familie aufgespalten. Die eine Version hat sich entfernt, die andere ist zu Hause geblieben. Dann hat sie sich erneut aufgespalten, und die eine Version ist gleich weggelaufen, die zweite erst später, nachdem ich sie gesehen hatte.«

»Und die zweite Aufspaltung wurde bereits aufgehoben«, sagte Jean.

Ich trank einen Schluck Kaffee. Er war frisch gebrüht, Markenware, und schmeckte gut. »Ich glaube, die Aufspaltungen werden aufgehoben, wenn die beiden Pfade sich treffen – oder sich wieder angleichen«, sagte ich. »Beide Versionen von ihr waren auf der Straße und entfernten sich vom Haus, deshalb verschmolzen sie miteinander. Die beiden Versionen von mir sind weiter voneinander entfernt, deshalb wurde die Aufspaltung noch nicht aufgehoben.«

»Ich verstehe das noch immer nicht«, sagte Jean. »Vor der Aufhebung der Unbestimmtheit existiert ein Teilchen an vielen Orten und Zeiten, nicht an jeweils zwei. Wenn das tatsächlich möglich ist, weshalb spalten Menschen sich dann nicht ständig in Millionen Versionen ihrer selbst auf?«

»Vielleicht tun sie das ja«, sagte ich. Ich hatte auf der Herfahrt darüber nachgedacht. »Ich glaube, immer dann, wenn jemand mit dem Varcolac in Kontakt kommt, spalten sich eine Million mögliche Pfade ab. Die meisten davon werden allerdings augenblicklich wieder aufgehoben, weil sie einander zu sehr ähneln, weshalb man nichts davon merkt. Nur wenn die Pfade sich stark unterscheiden – zum Beispiel wenn die eine Version meiner Familie dem Varcolac begegnet, während eine andere vor seinem Eintreffen das Haus verlässt –, haben die Pfade Bestand.«

»Dann wurden eine halbe Million Unbestimmtheiten dahin gehend aufgehoben, dass deine Angehörigen entkommen sind, und die andere halbe Million dahin gehend, dass sie nicht weggekommen sind, wodurch zwei verschiedene Pfade entstanden sind.«

»Ich glaube, so ist es. Ich bin vor dem Varcolac durch die Hintertür geflüchtet«, sagte ich. »Hätte er sich mir mehr von rechts genähert, wäre ich vorne rausgelaufen. Das machte den Unterschied zwischen Festnahme und erfolgreicher Flucht vor der Polizei aus.« Oben weinte ein Kind. »Ist das deine Tochter?«, fragte ich.

»Ja. Nick kümmert sich um sie. Deine Argumentation erscheint mir stichhaltig«, sagte sie. »Verrückt, aber überzeugend.«

»Wirklich? Du glaubst mir also?«

Sie zuckte mit den Achseln. »Ich kenne dich schon seit Jahren, Jacob. Wenn du sagst, dass es so war, dann glaube ich dir.«

Schritte näherten sich über die Treppe, dann tauchte

Nick Massey auf, auf dem Arm ein kleines Mädchen im rosa Baumwollkleidchen. Ich erhob mich und schüttelte ihm die Hand. Ich war ihm ein paarmal begegnet, kannte ihn aber nicht gut.

»Das ist also Chance«, sagte ich. Ich betrachtete sie und runzelte die Stirn. Sie hatte ein sehr rundliches Gesicht, ein kleines Kinn, nahezu mandelförmige Augen und eine große Zunge. Ich war mir ziemlich sicher, dass Chance das Downsyndrom hatte. Ich schaute Jean an. »Sie ist sehr hübsch«, sagte ich.

Bevor Jean den Blick abwandte, sah ich den Schmerz in ihren Augen. Sie nahm meinen leeren Becher in die Hand. »Möchtest du noch Kaffee?«, fragte sie.

»Gern ... danke«, sagte ich.

Als sie hinausging, schüttelte Nick den Kopf. »Jean hat dir nichts gesagt, oder?«

»Sie hat es nicht erwähnt«, sagte ich. Ich erinnerte mich, dass Jean nur widerwillig von ihrer Tochter erzählt hatte, als sie mich in Brians Büro eingelassen hatte.

»Sie hat dir auch kein Foto gezeigt, hab ich recht?«

»Nein«, sagte ich.

»Das tut sie nie. Das hat sie schwer getroffen.«

»Tut mir leid«, sagte ich.

»Das muss es nicht.« Nick steckte Chance den Schnuller in den Mund. »Sie ist ein wunderschönes Mädchen. Für mich ist ein Wunsch in Erfüllung gegangen, aber nicht für Jean. Sie wollte ein kluges Kind. Einen Wissenschaftler. Jemanden wie sie. Sie dachte, mit einer Quantenphysikerin und einem Genetiker als Eltern wäre das eine ausgemachte Sache. Als ob die Biologie vorhersagbar wäre.«

Jean kam mit einem vollen Kaffeebecher ins Zimmer.

»Also, hat mich gefreut, dich zu sehen«, sagte Nick und verließ mit Chance zusammen den Raum.

»Mich auch«, sagte ich.

»Der entscheidende Punkt ist«, sagte Jean, »dass deine Familie vielleicht noch am Leben ist. Sie wollten zum NJSC, deshalb musst du dort mit der Suche anfangen.«

Ich zuckte mit den Achseln. »Deshalb bin ich hier. Ich kann mich nicht in der Öffentlichkeit zeigen.«

»Ist schon klar«, sagte Jean. »Ich höre mich um. Wenn Elena und die Kinder dort waren, finden wir sie.«

»Ich mache mir Sorgen«, sagte ich. »Ich muss glauben, dass sie irgendwo da draußen sind, aber wo? Sie müssten inzwischen doch die Nachrichten gesehen haben; warum haben sie noch nicht mit der Polizei gesprochen.«

»Vielleicht haben sie das ja getan«, meinte Jean. »Vielleicht sind sie gerade im Gefängnis und sprechen mit der zweiten Version von dir.«

»Ich fürchte, die Aufspaltung wurde aufgehoben, und die toten Versionen sind übrig geblieben«, sagte ich. »Ich will gar nicht dran denken, aber ich habe trotzdem Angst davor.«

Jean schüttelte den Kopf. »Nein, das kann nicht sein. Die Toten sind verschwunden.«

»Was?«

»In dem Artikel steht nichts davon, dass deine Familie tot ist, nur Brian's Leiche wird erwähnt. Man hat deine Familie nicht gefunden. Wenn sie zu den toten Versionen verschmolzen wären, hätte man sie gefunden, genau wie Brian.«

Ich lachte. »Du hast recht!«

»So, jetzt höre ich mich mal um. Wenn sie da draußen sind, muss jemand sie gesehen haben. Was machst du?«

»Ich weiß nicht. Was steht noch an?«

»Ich finde, du solltest dich mit deinem Doppelgänger treffen. Dich vergewissern, ob tatsächlich eine zweite Version von dir im Gefängnis sitzt.«

»Ich kann nicht einfach ins Gefängnis spazieren und die Polizei bitten, mich hinter Gitter zu bringen.«

»Nein.« Jean hielt das Smartpaper hoch, das noch den Artikel anzeigte. »Aber da steht der Name seines Pflichtverteidigers. Mit ihm könntest du sprechen.«

Ich überlegte. »Das könnte funktionieren«, sagte ich. »Jedenfalls wird er mich wohl nicht gleich der Polizei übergeben.«

»Noch was, Jacob.«

»Ja?«

»Sag deinem Doppelgänger, wenn er bei der Verhandlung einen sachkundigen Zeugen braucht, kann er auf mich zählen.«

18

Down-Spin

Die Zeugenvernehmung der Anklage näherte sich dem Höhepunkt. Haviland rief seinen DNA-Spezialisten in den Zeugenstand, der den Geschworenen zwei Stunden lang eine Einführung in die DNA-Analyse gab, um sicherzustellen, dass sie die Beweise als unumstößlich anerkannten. Ohne begründeten Zweifel. Terry stellte kaum Fragen; es gab nichts dazu zu sagen.

Havilands letzter Zeuge war Officer Emilio Morales von der New Jersey State Police, der die Ermittlungen geleitet hatte. Haviland fragte ihn nach den Gründen, die ihn veranlasst hatten, mich zu verdächtigen, sodass die Jury eine Zusammenfassung der gegen mich vorliegenden Beweise zu hören bekam, vorgetragen von einem sprachgewandten, aufrichtig wirkenden Cop.

Die Beweise umfassten das Tatmotiv – Brian hatte aus kurzer Distanz auf meine Frau geschossen – sowie alle physischen Spuren, die mich mit dem Verbrechen in Verbindung brachten.

»Konnte Mr. Kelley für den dritten Dezember, vier Uhr morgens, den Zeitpunkt, da Brian Vanderhall ermordet wurde, ein Alibi vorbringen?«, fragte Haviland.

»Nein. Er behauptete, er habe zu der Zeit geschlafen, doch das konnte niemand bestätigen«, antwortete Morales.

»Gab es noch weitere Beweise, die dafür sprechen, dass Mr. Kelley Mr. Vanderhall ermordet hat?«

»Wir haben Mr. Kelleys Finger- und Schuhabdrücke am Tatort gefunden«, sagte Morales und zählte die Beweise an den Fingern ab. »Als Mr. Kelley festgenommen wurde, befand sich die Mordwaffe in seinem Besitz, er hatte Schmauchspuren an den Händen, Blut an den Schuhen und fuhr den Wagen des Mordopfers. Reicht das nicht aus?«

Haviland hatte keine weiteren Fragen mehr und setzte sich. Terry räusperte sich und trat ans Pult, um das Kreuzverhör fortzusetzen.

»Mr. Morales, mein Mandant lebt mit vier Personen zusammen: mit seiner Frau Elena und seinen Kindern Claire, Alessandra und Sean. Warum war keiner von ihnen in der Lage, sein Alibi zu bestätigen?«

»Mr. Kelleys Familie wurde seit seiner Festnahme nicht mehr gesehen.«

Terry tat erstaunt. »Haben Sie nach ihnen gesucht?«

»Natürlich haben wir nach ihnen gesucht«, blaffte Morales. »Nach Kelleys Festnahme hieß es, seine Familie sei tot. Wir glaubten, sie wären vielleicht ebenfalls ermordet worden.«

»Dann haben Sie Familienangehörige befragt?«

»Wir haben Familienangehörige, Mitarbeiter, Nachbarn

und Freunde vernommen. Wir haben eine Vermisstenmeldung herausgegeben. Entweder sie haben die Identität gewechselt, oder sie befinden sich an einem weit entfernten Ort, oder sie sind tot. Ich persönlich würde von Letzterem ausgehen.«

»Aber Sie haben die Leichen nicht gefunden.«

»Nein.«

»Ist Ihnen schon mal der Gedanke gekommen, dass mein Mandant die Wahrheit gesagt haben könnte?«

»Sie meinen, dass er die Toten im Haus gefunden hat und dass sie sich in Luft aufgelöst haben, bevor wir sie gesehen haben? Ich weiß nicht, wo Sie leben, Sir, aber auf diesem Planeten verschwinden Leichen nicht einfach so.«

»Das wird sich zeigen«, sagte Terry. »Keine weiteren Fragen.«

»Mr. Haviland?«, sagte die Richterin.

»Euer Ehren, ich habe ebenfalls keine Fragen mehr an den Zeugen«, sagte Haviland mit selbstgefälligem Lächeln. »Ich habe auch keine weiteren Zeugen mehr. Die Beweisführung der Anklage ist abgeschlossen.«

19

Up-Spin

Terrys Büro lag ein paar Straßenblocks vom Gericht entfernt in einem von mehreren Wohnhäusern, die fast ausschließlich von Anwaltsbüros belegt waren. Man konnte kaum die Straße entlanggehen, ohne auf ein Kanzleischild zu stoßen. Ich fragte mich, wie man aus dieser Masse von Anwälten einen bestimmten auswählen sollte. Ich hatte damit kein Problem, denn offenbar war meine Entscheidung bereits gefallen. Ich war Terry Sheppard noch nie begegnet, doch wenn ich den Nachrichten glauben konnte, war er mein Anwalt.

Mehrere Büros teilten sich eine Sekretärin, eine untersetzte Frau mit lockigem grauem Haar und einer großen Blumenbrosche. Ich sagte ihr, ich habe keinen Termin, glaube aber, dass Mr. Sheppard mich unverzüglich empfangen werde. Kurz darauf trat ein Mann mit großem Schnäuzer und besorgter Miene aus einer Tür.

»Jacob?«

Ich erhob mich. »Mr. Sheppard.«

»Was zum Teufel ... Sie sollten eigentlich im Gefängnis sein. Gibt es ... eine neue Entwicklung? Hat man Sie entlassen?«

»Nein«, sagte ich.

Er schaute sich misstrauisch um und bedeutete mir, ihm zu folgen. Sein Büro war hübsch eingerichtet, mit Ledersesseln und Kirschholzregalen voller Fachbücher. Eine naiv bemalte Porzellanmaus, die auf dem Schreibtisch halb versteckt war, gab dem ansonsten sachlichen Raum einen persönlichen Anstrich. Ein gerahmtes Foto zeigte eine rundliche, lächelnde Frau und ein etwa sechsjähriges Mädchen, das vermutlich die Maus bemalt hatte.

»Wie sind Sie aus dem Gefängnis herausgekommen?«, fragte er.

»Ich war nie dort.«

Er kniff die Augen zusammen. »Ich bin Ihnen gestern zum ersten Mal begegnet. Sie haben mir einen Vorschuss gezahlt und mich als Verteidiger angeheuert. Diese Aufgabe zu erfüllen dürfte mir schwerfallen, wenn Sie unbemerkt entwischt sein sollten.«

Ich ließ mich in einem Ledersessel nieder. Er tat mir leid. »Stellen Sie sich vor, ich wäre Jacobs Zwillingsbruder. Das trifft es nicht ganz, aber einstweilen sollte es genügen.«

Sheppards Blick huschte von rechts nach links, und er blinzelte mehrmals hintereinander. Offenbar trug er Eyejacklinsen oder hatte Probleme mit den Augen. Nach einer Weile sagte er: »Jacob Kelley hat keine Geschwister, soweit ich weiß. Die Eltern sind verstorben, der engste Verwandte ist ein Onkel, der in Philadelphia lebt.« Er fasste wieder mich in den Blick. »Kein Zwillingsbruder. Ich glaube, ich mache besser mal einen Anruf.«

Er blinzelte noch ein paarmal, dann sagte er: »Ja, hier ist Tom Sheppard. Ich habe eine Frage zum Status eines Insassen. Ja. Würden Sie mich bitte mit dem für den Trakt verantwortlichen Beamten verbinden? Danke.« Er wartete und trommelte mit den Fingern auf den Schreibtisch. »Ja, danke. Mir wurde berichtet, mein Mandant Jacob Kelley habe bei einer tätlichen Auseinandersetzung auf dem Hof ein blaues Auge abbekommen, und ich habe Sorge, dies könnte Auswirkungen auf den anberaumten Gerichtstermin haben. Sehen Sie ihn gerade und können Sie mir sagen, ob er Verletzungen im Gesicht hat? Nein? Freut mich zu hören. Ich danke Ihnen, Officer. Sehr freundlich von Ihnen, dass Sie sich Zeit genommen haben.«

Sheppard musterte mich verkniffen und streichelte sich den Schnäuzer.

»Clever«, sagte ich. »Sie haben sie veranlasst, nach ihm zu sehen, ohne zu erwähnen, dass er entkommen sein könnte.«

»Wenn der Wachmann nicht blind ist oder lügt, befindet Jacob Kelley sich noch in Haft. Das bedeutet, dass Sie dem Augenschein zum Trotz nicht Jacob Kelley sind.«

»Ganz im Gegenteil«, sagte ich. »Ich bin Jacob Kelley.«

»Ich lasse mich nicht gern verarschen«, sagte Sheppard. »Was wollen Sie?«

»Ich möchte mich mit ihm treffen. Ich möchte mit dem anderen Jacob reden.«

Sheppard nahm die Gläser aus einer alten Brille und lieh mir eine Baseballkappe der New York Yankees. Ich machte mir keine sonderlich großen Sorgen – ich nahm an, dass die Gefängniswärter sich die Gesichter der Besucher nicht so genau ansahen –, doch Sheppard wirkte aufgeregt. Ich sagte ihm, er solle sich entspannen. Die Polizei könne Jacob Kelley nicht festnehmen, wenn Jacob Kelley bereits hinter Gittern saß.

In Wahrheit war auch ich vor der Begegnung mit meinem Doppelgänger nervös. Ich war mit der Vorstellung, dass es mich zweimal gab, seit mehreren Tagen vertraut, dennoch würde es ein Schock für mich werden. Ich wusste nicht, wie ich auf mein zweites Ich reagieren würde. Würde ich mich überhaupt mögen?

Die Version meiner selbst, der ich bald begegnen würde, hatte den augenlosen Mann im CATHIE-Bunker gesehen, hatte wie ich Elena, Claire und Sean tot aufgefunden und mit dem Mann im Wohnzimmer gekämpft, war aber nicht vor der Polizei weggelaufen. Er hatte Colin nicht getroffen und wusste vermutlich nicht, dass es uns zweimal gab.

Die Wärter machten keine Bemerkung zu meinem Aussehen und geleiteten uns in einen Plexiglaskäfig mit einem Edelstahltisch und sechs gelben Stühlen. Nach minutenlangem Fingergetrommel und Fußwippen wurde ein Mann in Handschellen, orangefarbenem Overall und müdem Blick hereingeführt.

Der Wärter schloss die Handschellen auf, ging hinaus und schloss hinter sich die Tür. Der andere Jacob starrte mich mit offenem Mund an.

»Kennen Sie den Mann?«, fragte Sheppard.

»Sieht aus, als wäre er mein Zwillingsbruder«, sagte Jacob.

»Du wurdest von der Wahrscheinlichkeitswelle des Varcolac erfasst«, sagte ich. »Genau wie Brian.«

Sein Mund klappte noch weiter auf. »Überlagerung«, sagte er. »Genau wie bei Brian.«

Ich nickte und hob die linke Hand. »Siehst du den Ehering?«

»Weshalb trägst du ihn an der rechten Hand?«

»Tu ich nicht«, sagte ich.

»Wir befinden uns auf entgegengesetzten Seiten einer Bloch-Kugel.«

»Genau«, sagte ich.

»Das ist merkwürdig.«

»Das kann man wohl sagen.«

Wir lachten beide, ein unheimlicher Gleichklang.

»Würde mir bitte jemand sagen, was hier vorgeht?«, bat Sheppard.

»Die Bloch-Kugel ist ein Konzept der Quantenmechanik«, sagte Jacob. »Sie ist eine geometrische Darstellung des unbestimmten Zustands eines Teilchens – etwa eines Elektrons –, dessen Spin gleichzeitig beide möglichen Werte aufweist, nämlich up und down.«

»Was heißt das?«, fragte Sheppard.

»Das beruht auf der Dreifingerregel«, erklärte Jacob. »Nehmen Sie die rechte Hand, und krümmen Sie sie in die Richtung des Spins.« Er streckte die Hand aus, mit dem Daumen nach oben. »Dann gibt der Daumen die Richtung des Spinvektors an.«

»Sein Spin aber ist aus meiner Perspektive entgegengesetzt, denn für mich ist das hier seine linke Hand«, sagte ich, hielt die Rechte hoch und krümmte die Finger, wobei mein Daumen nach unten wies. »Sehen Sie? Wir befinden uns gleichzeitig in beiden Zuständen.«

»Welcher von Ihnen ist der Echte?«, fragte Terry.

»Keiner«, antwortete ich.

»Jedenfalls noch nicht«, setzte Jacob hinzu.

Ich musterte ihn forschend und ertappte ihn dabei, dass er meinen Blick erwiderte. Es war ein eigenartiges Gefühl, einer anderen Person gegenüberzusitzen, die mich auf der Stelle vollständig verstand. Das Problem war nur, dass es keine andere Person war. Er war ich, und wenn das alles vorbei wäre, würde nur eine Version meiner selbst übrig bleiben. War es auch Brian so ergangen? Hatte er sich selbst getötet, um sicherzustellen, dass seine Version überlebte?«

»Das ergibt keinen Sinn«, sagte Jacob, als könnte er meine Gedanken lesen. »Die beiden Versionen stellen die Endpunkte einer Wahrscheinlichkeitswelle dar – der reale Jacob existiert mit unterschiedlichen Wahrscheinlichkeiten in allen möglichen Zwischenzuständen. Die Welle wird irgendwann zusammenbrechen, und dann läuft es auf dich oder mich oder einen Mittelwert hinaus. Wenn der Up-Brian den Down-Brian getötet hat, hieße das nicht, dass der Up-Brian die finale Version darstellt. Damit hätte er nur die Wahrscheinlichkeit erhöht, dass die finale Version tot ist.«

»Vielleicht war das Brian nicht klar«, sagte ich.

Sheppard hielt die Hände hoch. »Worüber reden Sie da eigentlich?«

»Okay, ich erklär's Ihnen. Alle Materie und auch jede Form von Energie im Universum, ganz gleich, ob es sich um einen Lichtstrahl, einen Kometen oder einen Bacon-Cheeseburger handelt, besteht aus winzigen Teilchen«, sagte ich.

»Genau genommen sind es keine Teilchen«, sagte Jacob. »Sie werden abgelenkt und interferieren miteinander, weil es sich um Wellen handelt. Sie besitzen eine im Allgemeinen sehr kleine Wellenlänge, die ihr Verhalten bestimmt.«

»Unterbrich mich nicht«, sagte ich. »Es bringt nicht viel, sich die Teilchen als Wellen vorzustellen, ähnlich den Kräuselungen in einem Teich. Man kann sie zählen. Man kann sie auch isolieren. Sie besitzen ein paar seltsame Welleneigenschaften, aber es handelt sich eindeutig um Teilchen.«

Jacob achtete nicht mehr auf Sheppard. »Wie kannst du sie als Teilchen bezeichnen? Sie unterliegen nicht der Newton'schen Physik; Ort und Geschwindigkeit sind unbestimmt. Das Teilchenkonzept ist lediglich eine Krücke für Menschen mit eingeschränkter Vorstellungskraft.« Er wandte sich wieder an Sheppard. »Was wir als Materie und Energie bezeichnen, sind in Wahrheit nur Wellenfunktionen. Dass manche Leute Schwierigkeiten haben, das zu akzeptieren, hat rein psychologische Gründe.«

»Wellen von was?«, fragte ich.

»Wie bitte?«, sagte Jacob.

»Eine Welle ist eine Fluktuation eines Mediums. Die Wellen, von denen du sprichst – was erzeugt sie?«

»Das quantenmechanische Substrat.«

Ich riss abwehrend die Arme hoch. »Und was ist das? Das ist doch nur ein Wort, mit dem du die Leerstellen deiner Argumentation auffüllst.«

»Es sind Wellen«, sagte Jacob.

»Teilchen.«

»Wellen!«

Sheppard ging dazwischen und hob die Hände. »Schluss damit«, sagte er. »Das ist verrückt. Was soll das alles? Was bezwecken Sie damit?«

Ich atmete tief durch. Vielleicht war es doch keine so

gute Idee gewesen, hierherzukommen. »Wann beginnt die Verhandlung?«, fragte ich.

»Schwer zu sagen. Der NJSC ist politisch umstritten, deshalb stürzen sich die Medien auf den Fall und graben nach politischen Motiven für den Mord. Das wird das Verfahren wohl beschleunigen, aber es dürfte trotzdem Monate bis zur Verhandlung dauern.«

»Dann bleibt uns eine Menge Zeit für die Vorbereitung«, sagte Jacob.

»Das Wichtigste ist, dass der finale Jacob ...«

»... wer immer das sein mag ...«, warf Jacob ein.

»... in allen Anklagepunkten freigesprochen wird.«

20

Down-Spin

Nachdem Officer Morales ausgesagt hatte, hatten die Geschworenen anderthalb Stunden Zeit, sich die Beine zu vertreten, ein Restaurant aufzusuchen oder, wenn sie tapfer waren, in der Gerichtscafeteria zu speisen. Meine Mahlzeit, bestehend aus einem Roastbeefsandwich und einer Coke, nahm ich in einem kleinen Besprechungsraum unter dem grimmigen Blick eines bewaffneten Wärters ein. Als ich fertig war, hatte ich nichts weiter zu tun, als die Wände anzustarren und an Elena und die Kinder zu denken.

Nach der Mittagspause trat die Verhandlung in eine neue Phase ein. Jetzt oblag es der Verteidigung, Zeugen aufzurufen. Terry erhob sich und musterte den Gerichtssaal wie ein König, der sein neues Reich in Augenschein nimmt, die Hände am Revers. Bislang hatte Haviland gepunktet, und Terry hatte lediglich Schadensbegrenzung betrieben. Jetzt war er am Drücker. Die Beweise gegen mich würden sich schwer entkräften lassen, doch er hatte ein paar Asse im Ärmel. Und eine große Überraschung, doch die würde er erst ganz zum Schluss präsentieren, wenn ich meine Aussage gemacht hatte.

Jean schlug sich im Zeugenstand hervorragend. Dem Anlass entsprechend war sie in einem eleganten Hosenanzug und High Heels erschienen. Ich kannte sie nur in Jeans und Sweatshirt. Sie und Terry warfen sich den Ball zu wie Profitennisspieler, während die Geschworenen wie Comicfiguren zwischen den beiden hin und her sahen. Sie war unterhaltsam, ungezwungen und vor allem verständlich. Terry war der perfekte Antagonist und schützte Unwissenheit vor, während er ihr die entscheidenden Fragen stellte.

»Dr. Massey, wir haben in der Schule etwas über Atome gelernt«, sagte er. »Wir bestehen daraus. Aber bitte sagen Sie der Jury – wie klein sind diese Atome eigentlich?«

Sie lächelte. »Seidenpapier ist etwa hunderttausend Atome dick.«

Terry tat verblüfft. »Tatsächlich? Aber in unserem Fall geht es um Dinge, die noch kleiner sind als Atome – um subatomare Teilchen, nicht wahr? Wie groß ist beispielsweise ein Proton im Verhältnis zum Atom?«

»Etwa hunderttausendmal kleiner.«

Erneute Verblüffung. »Dann ist Seidenpapier also hunderttausend Atome dick, und ein Proton ist hunderttausendmal kleiner? Wie steht es mit dem Elektron?«

»Ein Elektron hat überhaupt keine Größe.«

»Wie kann etwas keine Größe haben? Bedeutet das nicht, dass es nicht existiert?«

»Es besitzt Masse«, sagte sie. »Und einen Spin, ob Sie's glauben oder nicht, und natürlich negative elektrische

Ladung. Aber nein, es ist kein Punktteilchen mit eindeutig bestimmbarer Größe.«

»Und es gibt noch mehr solche Teilchen?«

»Sicher. Neutronen, Myonen, Tauone, Neutrinos, Quarks, Photonen ...«

»Photonen? Besteht daraus nicht das Licht?«

So ging es weiter. Die Jury bekam einen Crashkurs in Elementarteilchenphysik. Terry hatte seinen Neffen gebeten, einige von Jeans Illustrationen in Grafiken zu verwandeln, die er der Jury auf dem alten Plasmabildschirm zeigte.

»Wenn die Atome aus winzigen Protonen und Elektronen zusammengesetzt sind, die überhaupt keine Größe haben, dann bestehen sie wohl überwiegend aus leerem Raum, ist das richtig? Aber wenn ich aus leerem Raum bestehe, wieso falle ich dann nicht durch den Tisch, wenn ich mich dagegenlehne?« Er lehnte sich demonstrativ an.

»Das kommt vom Elektronenfeld, das die Atome umgibt«, antwortete Jean. »Das verhindert, dass die Atome sich gegenseitig durchdringen.«

Sie beschrieb das Doppelspaltexperiment, das beweist, dass subatomare Teilchen im Grunde keine Teilchen, aber auch keine richtigen Nichtteilchen sind. Haviland erhob mehrmals Einspruch gegen die Fragen, doch Richterin Roswell ließ sie unter Berufung auf die Einzigartigkeit des Falls und die Komplexität des wissenschaftlichen Hintergrunds zu. Nach mehreren Illustrationen mit Münzen und Tennisbällen, die die Phänomene der Überlagerung und der Verschränkung demonstrieren sollten, gelangten sie schließlich zum Kern des Ganzen.

»Dann wollen Sie damit also sagen, Mr. Vanderhall könnte sich theoretisch selbst getötet haben, obwohl dreimal aus einer Entfernung von weniger als zwei Metern auf ihn geschossen wurde und man keine Waffe im Raum gefunden hat«, sagte Terry.

Jean nickte. »Er könnte eine Verschränkung mit sich selbst hervorgerufen haben. Für einen kurzen Moment hätte er sich an zwei Orten gleichzeitig befinden können und hätte ausreichend Zeit gehabt, sich zu erschießen und die Waffe zu entsorgen, ehe die Wahrscheinlichkeitswelle zusammenbrach und die Verschränkung zugunsten des toten Brian aufgehoben wurde. Interessanterweise hätte es auch auf den lebenden Brian hinauslaufen können – der Ausgang war nicht vorherzusehen.«

»Ist das nicht eine schrecklich komplizierte Methode, Selbstmord zu begehen? Ich meine, weshalb hat er sich nicht einfach die Waffe in den Mund gesteckt und abgedrückt?«

Ich glaubte schon, Haviland werde mit dem Einwand, Jean könne keine Aussage über Brians Beweggründe machen, Einspruch erheben, doch er schwieg. Vielleicht fürchtete er, der Argumentation dadurch erst Glaubwürdigkeit zu verleihen.

»Ich weiß nicht, was Brian gedacht hat oder ob er sich tatsächlich selbst umgebracht hat«, sagte Jean, ihrem Skript folgend. »Ich kann nur sagen, dass es möglich ist. In Anbetracht der Technologie, an der Brian geforscht hat, könnte es so gewesen sein. Selbstmord ist eine plausible Erklärung für seinen Tod.«

»Ist das Ihre professionelle Meinung?«, fragte Terry.

»Ja.«

Terry ließ es dabei bewenden. Haviland trat mit kaum verhohlener Skepsis ans Pult.

»Mrs. Massey …«

»Dr. Massey«, verbesserte ihn Jean.

»Ah, ja. Doktor. Natürlich. Erwarten Sie wirklich, dass die Jury Ihnen glaubt, Mr. Vanderhall habe eine Kopie von sich erschaffen, die ihn erschossen und sich anschließend in Luft aufgelöst hat?«

»Ich habe nicht gesagt, dass er das getan hat. Ich sage nur, dass es wissenschaftlich möglich ist.«

»Haben Sie schon einmal eine Kopie von sich erzeugt, Doktor?«

»Nein.«

»Kennen Sie jemandem, der das getan hat?«

»Nein.«

»Haben Sie in einer wissenschaftlichen Zeitschrift gelesen, dass ein solches Experiment durchgeführt oder vorbereitet worden wäre?«

»Nicht mit Menschen, nein.« Das war eine wunderbare Antwort, wenngleich irreführend, denn sie implizierte, dass ein solches Experiment mit einem Tier durchgeführt worden war. Natürlich hatte man nichts dergleichen getan, doch das wusste Haviland nicht. Nachfragen konnte er nicht, denn dann hätte er ihr freie Hand gelassen, das Konzept auf wissenschaftlicher Grundlage zu verteidigen.

Nach kurzem Zögern sagte Haviland: »Bedenken Sie, dass Sie unter Eid stehen, Dr. Massey, und dass es hier um die reale Welt geht und nicht um Science-Fiction. Haben Sie Kenntnis von einer begutachteten Veröffentlichung in einem anerkannten Wissenschaftsjournal, wonach ein Mensch mittels Quantenüberlagerung kopiert wurde?«

»Nein«, antwortete Jean.

Haviland hob die Arme, ließ sie wieder herabfallen und

schüttelte den Kopf, als wäre dies alles eine grausame Zeitverschwendung. »Keine weiteren Fragen, Euer Ehren.«

Jean stieg das Treppchen herunter und bedachte mich mit einem aufmunternden Lächeln. Ich nickte ihr zu und versuchte, ein dankbares Gesicht zu machen. Nicht alle meine Kollegen wären bereit gewesen, für mich auszusagen und ihre Karriere aufgrund des zu erwartenden Medienechos zu gefährden, ganz zu schweigen davon, dass man sie – je nachdem, wie das Urteil ausfiel – mit einem Mörder in Verbindung bringen würde.

21

Up-Spin

Niemand am NJSC hatte Elena, Claire oder Sean gesehen. Jean meinte, sie habe alle gefragt, die ihr einfielen, und keiner habe meine Familie gesehen. Die Polizei hatte ebenfalls Nachforschungen angestellt, aber natürlich konnte ich nicht fragen, was man herausgefunden hatte. Allmählich fiel es mir schwer, optimistisch zu bleiben.

Weihnachten war unerträglich. Drei Wochen waren vergangen ohne dass ich etwas von Elena und den Kindern gehört hatte. Meine Theorie, sie könnten noch am Leben sein, erschien mir allmählich selbst absurd. Marek sagte mir, Ava sei überzeugt, dass ich meine Familie ermordet und ihre Leichen versteckt habe, und ihre anderen Schwestern seien geneigt, ihr zuzustimmen. Das war eine Belastung für ihre Ehe, und er besuchte mich nur noch selten.

Die meiste Zeit verbrachte ich in Colins Unterschlupf, obwohl die Kirche Gottesdienste abhielt und Veranstaltungen durchführte und ich mich der Weihnachtsmusik und dem Ferientrubel nicht gänzlich entziehen konnte. Ich wusste nicht, was ich Alessandra sagen sollte, deshalb erzählte ich ihr nur wenig. Sie begann in der Kirche auszuhelfen: bereitete Veranstaltungen vor, wusch das Geschirr ab und wischte den Boden, nur um etwas zu tun zu haben. Sie hätte mich jederzeit verlassen können. Sie hätte zur Polizei gehen, sich stellen und dann bei Elenas Schwestern leben können, doch das tat sie nicht. Auch dann nicht, als ich zu trinken anfing, und zwar heftiger als je zuvor. Ich war am College kein Trinker gewesen – dort gab es zu viel zu lernen und zu tun. Jetzt hatte ich nichts zu tun, und wenn ich nicht nachzudenken brauchte, umso besser.

Es würde Monate dauern, bis die Verhandlung begann. Zuvor würde es zahlreiche Anhörungen und die Vorverhandlung geben, das Tatsachenermittlungsverfahren und zahllose Winkelzüge beider Prozessparteien. Jacobs ersten Auftritt vor Gericht, zwei Tage nach seiner Festnahme, bei dem es um die Anklageverlesung und die Freilassung auf Kaution ging, hatte ich verpasst. Bei einer Mordanklage war es ohnehin aussichtslos, auf seine Freilassung zu hoffen. Die erste Anhörung war für Anfang Januar angesetzt. Beim Telefonat mit Terry bestand ich darauf, ebenfalls zu erscheinen, doch das wollte er nicht.

»Sie sind die Trumpfkarte«, sagte er. »Die Anklage hat keine Ahnung, dass wir sie im Ärmel haben, und wenn wir sie jetzt ausspielen, hat sie zwei Monate lang Zeit, Sie zu diskreditieren und womöglich von der Verhandlung auszuschließen zu lassen.«

»Wie sollte sie das anstellen?«

»Ich bin Ihr Anwalt, erinnern Sie sich? Glauben Sie mir,

je länger die Stattsanwaltschaft im Ungewissen bleibt, desto besser unsere Aussichten, den Prozess zu gewinnen. Die Vorverhandlung ist die Show der Anklage – Haviland muss die Richterin davon überzeugen, dass die vorliegenden Beweise ausreichen, um den Prozess fortzusetzen. Wir müssen nicht aufdecken, was wir vorhaben, es sei denn, ich entscheide mich dafür, weil ich ein Beweisstück ablehnen will. Gedulden Sie sich. Halten Sie die Füße still, und lassen Sie mich meine Arbeit tun.«

Also hielt ich die Füße still. Ich hatte meinem Doppelgänger versprochen, seine Unschuld zu beweisen, doch ich war kein Anwalt; ich konnte auf dem Gebiet nichts beitragen. Ich wusste nicht, was ich tun sollte, um meine Familie zu finden, oder wie ich mir Gewissheit über ihren Tod hätte verschaffen sollen. Deshalb trank ich und schlief und tat so, als wäre alles mit mir in Ordnung, und sagte Alessandra, morgen würden wir sie bestimmt finden.

»Ich weiß, was du durchmachst«, sagte Marek bei einem seiner seltenen Besuche. »Als ich meine Frau verloren habe, war mir jeder Atemzug zu viel.«

»Deine Frau lebt«, sagte ich. »Deine beiden Frauen leben noch.«

»Ich hatte geglaubt, sie werde irgendwann in die Vereinigten Staaten nachkommen«, sagte Marek, ohne auf meine Bemerkung einzugehen. »Ich habe für sie gearbeitet, habe ihr Geld geschickt, habe versucht, so viel wie möglich zu sparen. Aber sie hat mich verlassen.«

»Was willst du mir damit sagen?«, fragte ich. »Dass der Schmerz irgendwann vergeht und dass ich jemand anderen finde werde?«

»Ich sage nur, ich weiß, wie das ist«, erwiderte Marek.

»Es ist schwer. Es tut weh. Es wird eine ganze Weile wehtun. Aber lass dich davon nicht unterkriegen. Geh nach draußen. Such dir eine Beschäftigung.«

»Wohin soll ich gehen?«

Er zuckte mit den Achseln. »Du hast eine Tochter. Geh mit ihr ins Kino. Geh mit ihr Eis essen. Was auch immer.«

»Du glaubst, ich trinke zu viel, ist es das?«

»Das wird besser«, meinte Marek.

»Das will ich gar nicht«, sagte ich.

Der Januar war noch schlimmer als der Dezember. Ich erfuhr, dass mein Lehrstuhl am College neu besetzt worden war. Ich erfuhr, dass Elenas Eltern meinen Doppelgänger einige Male im Gefängnis besucht hatten, aber ansonsten hielt meine Verwandtschaft eher Abstand. Natürlich hielten alle mich für den Mörder. Von der Familie waren mir nur Colin und Alessandra geblieben.

»Claire hätte jetzt wohl angefangen, sich nach einem College umzuschauen«, sagte ich eines Tages zu Alessandra. Ich saß auf dem Bett und sah mir Fotos auf dem Handy an.

»Wen interessiert's?«, sagte sie.

»Was?«

»Wen interessiert's? Claire ist tot. Jeder außer dir weiß das.«

Ich legte das Handy weg. »Sag das nicht.«

»Wenn sie nicht tot sind, wo sind sie dann?«

»Ich weiß nicht, wo sie sind. Vielleicht sind sie tot. Aber das heißt nicht, dass wir aufhören sollten, an sie zu denken. Claire war deine Schwester. Sie war hübsch, klug und freundlich, und jetzt ist sie nicht mehr da. Vielleicht ist sie tot, vielleicht nicht, aber sie war etwas Besonderes, und sie fehlt mir.«

»Claire?«, rief Alessandra. Tränen liefen ihr übers Gesicht. »Du redest ständig von Claire und Sean und Mom. Was ist mit mir? Ich *lebe*. Ich bin *hier.«*

»Ich weiß«, sagte ich, verwirrt von ihrem Gefühlsausbruch. »Aber ich vermisse sie. Verstehst du das nicht?«

Sie wandte sich ab. »Doch, versteh ich.«

»Alessandra«, sagte ich.

Sie stapfte die Treppe hoch. »Ich weiß. Vergiss es.«

Ich wusste, ich hätte ihr nachgehen sollen. Das hätte ein guter Vater getan, aber ich hatte nicht die Kraft dazu und wusste nicht, was ich hätte sagen sollen. Mir pochte der Schädel. Ich nahm das Handy in die Hand und rief das nächste Foto von Elena auf.

Schließlich sagte mir Colin, wir müssten den Unterschlupf verlassen. »Zu viele Leute haben euch hier gesehen«, sagte er. »Der Kirchenvorstand wird allmählich unruhig.«

»Wohin soll ich gehen?«, fragte ich.

»Ich kenne eine Menge Leute«, sagte Colin. »Ich kann euch beiden eine neue Identität verschaffen. Geh an die Westküste, such dir einen ruhigen Ort, besorg dir einen Job und fang neu an. Hier gibt es nichts mehr für dich zu tun.«

»Das kann ich nicht. Was ist mit der Verhandlung?«, sagte ich.

»Was soll damit sein?«

»Ich kann hier nicht weg.«

»Doch, kannst du. Wenn du gebraucht wirst, kommst du für ein paar Tage her. In der Zwischenzeit solltest du dir ein neues Leben aufbauen.«

Alessandra kam herüber und tippte mir auf den Arm. Ich

sah, dass sie bereits eine Tasche mit den Sachen gepackt hatte, die Marek uns von zu Hause mitgebracht hatte.

»Ich bin noch nicht so weit«, sagte ich.

»Doch, bist du«, sagte Colin. »Es ist Zeit. Du musst unter Menschen. Das Leben geht weiter.«

Ich stand auf und wandte beiden den Rücken zu. »Wieso wollen alle, dass ich fortgehe? Soll ich meine Frau und meine Kinder vergessen? So tun, als hätte es sie nie gegeben?«

»Du hast eine Tochter«, sagte Colin. »Sie braucht dich.«

Ich schüttelte den Kopf. »Ich kann nicht.«

»Was sollen wir dann tun?«, fragte Alessandra mit brechender Stimme. »Für immer in diesem Keller leben? Mom, Claire und Sean haben es nicht geschafft, wir aber schon. Wir leben. Du lebst. Also lebe auch.«

Ich drehte mich zu ihr um, so erschöpft wie noch nie zuvor in meinem Leben. »Ich kann das nicht tun, Alessandra.«

»Aber was dann?«, entgegnete sie. »Was soll das heißen, du kannst das nicht? Willst du dich umbringen? Wenn ja, dann bring's hinter dich. Ich bin es leid.«

»Rede nicht so mit mir«, sagte ich.

»Sonst was? Willst du mir Hausarrest erteilen? Mir das Taschengeld sperren? Du kommst doch kaum noch aus dem Bett. Ich hasse dich.«

Mir stieg die Hitze zu Kopf. »Pass auf, was du sagst. Was würde Mom denken, wenn sie dich so reden hörte?«

»Ich hasse dich«, wiederholte sie. »Du hast mich nie geliebt. Es ging immer nur um Claire, Claire, Claire.«

»Das ist verrückt. Natürlich liebe ich dich.«

»Dann beweis es mir«, sagte sie. »Bring mich von hier weg.«

Ich setzte zu einer Entgegnung an, doch etwas lähmte

mir die Zunge, und ehe ich michs versah, brach ich in Tränen aus. Es fing als eine Art Schluckauf an, dann brachen erstickte Schluchzer aus mir hervor. Ich schämte mich und fühlte mich schwach und lächerlich, und ich wusste, dass es teilweise vom Alkohol kam, doch ich konnte nichts dagegen tun. Colin und Alessandra standen stumm nur da und schauten mich an, bis ich die Selbstbeherrschung zurückerlangt hatte.

»Ich kann nicht«, sagte ich schließlich. »Siehst du das nicht? Ich kann nicht weg. Es könnte sein, dass sie noch da sind. Es klingt verrückt, aber es ist möglich. Ich kann doch nicht an die Westküste gehen, wenn sie vielleicht noch am Leben sind.«

Alessandra starrte mich an, nicht voller Hass, wie ich es befürchtet hatte, sondern mitleidig. Sie nickte leicht, doch in ihrem Blick lag Entschlossenheit. »Dann find's heraus«, sagte sie. »Löse das Rätsel. Du bist doch angeblich so schlau. Finde heraus, was mit Mom, Claire und Sean passiert ist. Oder spür den Varcolac auf, und wir töten ihn. Aber geh endlich aus dem Keller raus, und *tu* etwas.«

Ich holte tief Luft. »Okay«, sagte ich.

»Okay?«

»Du hast recht«, sagte ich. »Das machen wir.«

22

Down-Spin

»Die Verteidigung ruft Marek Svoboda in den Zeugenstand«, sagte Terry.

Ich hatte Marek noch nie mit Krawatte und Anzug gesehen. Er nannte seinen Namen, schwor auf die Bibel und nahm Platz.

»In welcher Beziehung stehen Sie zu meinem Mandanten?«, fragte Terry.

Marek erklärte, er sei mit Elenas Schwester Ava verheiratet, und beantwortete ein paar Fragen zu seinem Umfeld.

»Wann haben Sie sich am Morgen des dritten Dezember mit Mr. Kelley getroffen?«

»Das war gegen neun«, antwortete Marek.

»Und was hatten Sie vor?«

»Sein Freund Brian war am Vorabend zu ihm gekommen. Er hatte ein paar merkwürdige Dinge gesagt und getan und schließlich auf Elena geschossen. Jacob wollte zum NJSC, um herauszufinden, was mit Brian los war.«

»Hat er gesagt, er wolle Mr. Vanderhall töten?«

»Nein.«

»Wollte er ihn zusammenschlagen oder es ihm sonst wie heimzahlen?«

»Nein.«

»Dann haben Sie ihn also um neun Uhr morgens getroffen«, sagte Terry. »Am dritten Dezember. Fünf Stunden, nachdem Mr. Vanderhall getötet worden war.«

»Das ist richtig«, sagte Marek.

»Wenn mein Mandant Mr. Vanderhall getötet hat, hätte er von New Jersey nach Hause fahren müssen, um sich um neun Uhr mit Ihnen zu treffen und dann gleich wieder nach New Jersey zurückzufahren. Weshalb hätte er das tun sollen?«

»Wenn er der Mörder war, hatte er keinen Grund dazu«, sagte Marek.

»Einspruch.« Haviland erhob sich. »Mutmaßung.«

»Stattgegeben und gestrichen«, sagte Richterin Roswell.

Terry nickte. »Als er sich mit Ihnen um neun Uhr in den Wagen setzte, war da Blut an seinen Schuhen?«

»Nein.«

»Hatte er eine Waffe in der Tasche, soweit Sie das erkennen konnten?«

»Nein.«

»Haben Sie das der Polizei gesagt, Mr. Svoboda?«

»Ja.«

»Hat man Ihnen geglaubt?«

Haviland erhob sich. »Abermals Mutmaßung, Euer Ehren.«

»Stattgegeben«, sagte die Richterin. »Mr. Sheppard, bitte halten Sie sich an den Kenntnisstand des Zeugen.«

»Verzeihung, Euer Ehren. Ich formuliere die Frage um«, sagte Terry. »Hat man Ihnen bei der Vernehmung gesagt, ob man Ihnen glaubt oder nicht?«

»Sie sagten, sie würden mir nicht glauben«, antwortete Marek. »Sie haben mich bedrängt, haben ständig die gleichen Fragen gestellt, haben mich gefragt, ob ich Jacobs Komplize sei.«

»Und ... waren Sie das?«

»Was meinen Sie?«

»Waren Sie Mr. Kelleys Komplize? Haben Sie Ihrem Schwager geholfen, Mr. Vanderhall zu töten oder die Tat zu vertuschen?«

»Nein.«

»Na schön, Mr. Svoboda. Als Sie am NJSC eingetroffen sind, wohin gingen Sie da als Erstes?«

»In Mr. Vanderhalls Büro.«

»Weshalb haben Sie das Büro aufgesucht? Da die Polizei nach ihm suchte, haben Sie doch wohl kaum erwartet, ihn dort anzutreffen.«

»Jacob wollte herausfinden, woran Brian geforscht hat«, antwortete Marek. »Er suchte nach Hinweisen, die Brians Verhalten bei ihm zu Hause hätten erklären können.«

»Hat er etwas gefunden?«

»Ja. Er fand einen Abschiedsbrief.«

Im Gerichtssaal wurde getuschelt. Haviland sprang auf und legte lautstark Einspruch ein.

»Euer Ehren, ich höre zum ersten Mal von einem solchen Dokument«, sagte Haviland.

»Ich kann kein Dokument als Beweismittel vorlegen«,

entgegnete Terry ruhig. »Ich habe den Zeugen lediglich gebeten, die Ereignisse dieses Tages wiederzugeben.«

»Dann ist das Hörensagen«, sagte Haviland, doch die Richterin hob die Hand, bevor Terry etwas erwidern konnte.

»Wir lassen das zu, Mr. Sheppard«, sagte sie. »Aber Sie bewegen sich auf einem schmalen Grat.«

»Danke, Euer Ehren«, sagte Terry.

Haviland sah aus, als habe er in eine Zitrone gebissen. Damit hatte er nicht gerechnet. Ich hatte niemandem von Brians Brief erzählt, und er befand sich auch nicht mehr in meinem Besitz, denn der Varcolac hatte ihn vernichtet.

»Ein Abschiedsbrief?«, sagte Terry. »Können Sie den Brief beschreiben?«

»Ja, Sir. Auf dem Umschlag stand Jacobs Name, deshalb hielt er es für sein gutes Recht, ihn zu öffnen.«

»Wissen Sie noch, was in dem Brief stand?«, fragte Terry.

»Ja, ganz genau«, antwortete Marek.

»Dann geben Sie den Inhalt bitte so wieder, wie Sie ihn in Erinnerung haben.«

»Darin stand: ›Ich wollte Dir alles persönlich berichten, brachte es aber nicht über mich. Ich glaube, so ist es am besten. Du bist schlau; Du wirst es herausfinden. Grüß Cathie von mir. Brian.‹«

Ich bemerkte, dass Marek die Zeile mit »vielleicht wirst Du Dich mir eines Tages anschließen«, die wir damals nicht verstanden hatten, ausgelassen hatte. Inzwischen glaubte ich zu wissen, was er damit gemeint hatte. Als Brian den Brief schrieb, glaubte er noch, der Varcolac würde ihn zu einem Gott machen, unsterblich und mit ungeahnten Kräften ausgestattet. Er ging davon aus, dass er als vermisst gelten würde, und glaubte, ich würde die Notizen auf seinem

Smartpad lesen, auf diese Weise herausfinden, wohin er verschwunden sei, und vielleicht sogar Kontakt mit dem Varcolac aufnehmen und ihm folgen. Dass man ihn tot auffinden würde, konnte er nicht ahnen.

»Haben Sie den Brief selbst gelesen, oder hat Mr. Kelley Ihnen erzählt, was drin stand?«

»Ich habe ihn selbst gelesen«, sagte Marek. »Er war handgeschrieben auf passwortgeschütztem Smartpaper.«

»Und Jacob kannte das Passwort?«

»Er hat es herausgefunden. Es handelte sich um eine Zahl aus der Quantenphysik.«

»Dann wollte Mr. Vanderhall also, dass Mr. Kelley den Brief bekam?«

Haviland sprang auf. »Einspruch. Der Zeuge hat keine Kenntnis von den Absichten des Opfers. Er kann nicht einmal wissen, ob Mr. Vanderhall den Brief selbst geschrieben hat.«

»Stattgegeben«, sagte Roswell.

»An wen war der Brief adressiert?«, fragte Terry.

»An Jacob Kelley.«

»Danke. Übrigens, wer ist Cathie?«

»CATHIE ist ein Ort, keine Person«, antwortete Marek. »Das ist die Bezeichnung des Bunkers, in dem Mr. Vanderhalls Leichnam gefunden wurde.«

»Daher wusste Mr. Kelley also, dass er dorthin fahren sollte?«

»Ja. Jacob verstand den Brief so, dass wir den CATHIE-Bunker aufsuchen sollten.«

»Hatten Sie den Eindruck, Mr. Kelley wusste, was Sie dort vorfinden würden?«

»Nein, das wusste er nicht.«

Terry ließ Marek berichten, wie wir Brian gefunden hatten und dass wir die Polizei deshalb nicht gerufen hatten, weil wir keinen Handyempfang hatten. Terry und ich hatten überlegt, ob Marek den Varcolac erwähnen sollte, hatten uns aber dagegen entschieden. Beide Varianten hatten ihre Nachteile. Ohne den Varcolac war die Geschichte nicht besonders schlüssig, aber was würde die Jury denken, wenn er ihnen erzählte, er sei von einem Dämon angegriffen worden?

Auch so verlangten wir den Geschworenen schon eine Menge ab. Um einen begründeten Zweifel an meiner Schuld zu wecken, musste die Verteidigung einen anderen möglichen Tathergang präsentieren. Ob wahr oder nicht; wenn unsere Version der Ereignisse ebenso überzeugend ausfiel wie die der Anklage, würde die Jury Bedenken haben, mich wegen Mordes zu verurteilen. Wie Jean in ihrer Aussage bereits angedeutet hatte, zielte auch Terry darauf ab, dass eine der beiden Versionen Brians die andere getötet habe. Das alleine war schon schwer zu begreifen, deshalb wollte Terry keine fremden Intelligenzen einführen, die die Geschworenen nur noch mehr verwirrt hätten.

Marek erzählte der Jury, nach dem Tod meines Freundes sei ich dermaßen durcheinander gewesen, dass ich die Treppe hochgestürmt sei. Er beschrieb meinen Gefühlszustand als eine Art Klaustrophobie, und es klang glaubhaft. Marek war mir demnach gefolgt, um mir zu helfen und um zu sehen, ob er draußen Empfang hätte, doch das sei nicht der Fall gewesen. Dann hätten wir Brians Wagen mit dem Schlüssel im Zündschloss gefunden und wären damit weggefahren.

Das Problem bei der Geschichte war, dass sie nur zum

größten Teil stimmte. Alles in allem hielt ich sie für die beste Option, fragte mich aber, ob es vor Gericht tatsächlich darum ging, die Wahrheit herauszufinden oder nicht vielmehr um einen Wettstreit der Prozessgegner, der sich darum drehte, welche Version glaubhafter erschien.

Dann ließ Terry ohne Ankündigung die Bombe platzen.

»Als Sie in den Wagen stiegen, stellten Sie fest, dass Sie nicht allein waren, nicht wahr?«

»Ja«, sagte Marek. »Auf dem Rücksitz schlief Brian Vanderhall.«

Im Gerichtssaal wurde es laut, und Richterin Roswell musste das Publikum mit einem Hammerschlag zur Ruhe auffordern.

Terry gab sich verwirrt. »Helfen Sie mir, das zu verstehen«, sagte er. »Sie haben eben berichtet, Sie hätten Mr. Vanderhalls Leiche im Bunker gefunden, und jetzt behaupten Sie, er habe auf dem Rücksitz seines Wagens geschlafen. Welche Version ist nun richtig, Mr. Svoboda?«

»Beide. Wir haben ihn an beiden Orten angetroffen. Es gab zwei Brians. Der eine war tot, der andere war lebendig.«

Haviland erhob abermals Einspruch. »Euer Ehren, das ist absurd. Mr. Sheppard verwandelt den Gerichtssaal in einen Zirkus für die Medien. Ich beantrage, dass Mr. Svoboda wegen Missachtung des Gerichts verwarnt wird und …«

»Das reicht, Mr. Haviland«, sagte Roswell. »Mr. Sheppard?«

»Das ist die Version der Verteidigung, Euer Ehren«, sagte Terry. »Wie die Zeugin Dr. Massey bereits ausgeführt hat, ist dies ein wissenschaftlich plausibles Szenario. Es ist nicht nur plausibel, sondern wir wollen auch beweisen, dass es sich tatsächlich so verhielt.«

»Na schön«, sagte Roswell. »Einspruch abgelehnt.«

»Ich beantrage eine vertrauliche Unterredung«, sagte Haviland.

Roswell seufzte und bedeutete den Anwälten vorzutreten. Sie schaltete ein Geräuschunterdrückungssystem ein, um zu verhindern, dass jemand die Unterhaltung mithörte. Haviland gestikulierte und verdrehte die Augen. Nach einer Weile setzte sich Roswell wieder, und die Anwälte kehrten an ihre Plätze zurück. Terry wirkte zufrieden, Haviland verärgert.

»Der Einspruch ist weiterhin abgelehnt«, sagte Roswell. »Mr. Sheppard, bitte fahren Sie fort.«

Haviland nahm Platz, und Terry setzte Mareks Befragung fort. An diesem Punkt wurde es ein wenig heikel, denn jetzt, da Brians Doppelgänger erwähnt worden war, musste auch sein Verschwinden erklärt werden. Marek sprach nicht über den Higgs-Projektor und auch nicht über Brians Versuch, ihn und mich damit vor dem Varcolac zu schützen. Er erklärte lediglich, nachdem Brian seine Quantenexperimente erklärt habe, sei er verschwunden.

»Verschwunden?«, sagte Terry. »Hat er sich in Luft aufgelöst?«

»Ja, Sir. Jacob hat mir erklärt, das käme vom Zusammenbruch einer Wahrscheinlichkeitswelle, aber ich weiß nur, dass er verschwunden ist.«

»Keine weiteren Fragen«, sagte Terry.

Haviland erhob sich und schüttelte demonstrativ den Kopf, um sein Erstaunen darüber kundzutun, dass das Gericht einen so offenkundigen Unsinn zuließ. »Mr. Svoboda«, sagte er. »Ich möchte Sie nach dem Abschiedsbrief fragen, den Mr. Kelley angeblich gefunden hat. Haben Sie den Brief gesehen, bevor Mr. Kelley ihn in die Hand genommen hat?«

Ich hatte schon überlegt, ob Haviland Fragen zum Brief stellen oder ihn ignorieren würde. Eine Katastrophe war der Brief für ihn nicht – seine Zeugen hatten Selbstmord als Todesursache bereits ausgeschlossen. Wenn er jedoch nicht nachfragte, würde der Brief unwidersprochen im Raum stehen bleiben. Offenbar hatte Haviland sich fürs Nachfragen entschieden.

»Nein«, antwortete Marek. »Jacob hat den Brief gefunden und ihn mir gezeigt.«

»Sind Sie sicher, dass er den Brief nicht zu Hause verfasst und dann so getan hat, er habe ihn gefunden, um den Verdacht von sich abzulenken?«

»Wenn er den Verdacht ablenken wollte, hätte er den Brief ins Büro gelegt und gewartet, bis ihn jemand finden würde, anstatt ihn mir unter vier Augen zu zeigen«, antwortete Marek. Das war ein gutes Argument, und ich bemerkte, dass Haviland zusammenzuckte.

»Ich möchte die Frage anders formulieren. Wissen Sie unabhängig von dem, was Mr. Kelley Ihnen gesagt hat, dass der Brief aus Mr. Vanderhalls Büro stammte?«

»Nein.«

»Wo befindet er sich jetzt?«

»Das weiß ich nicht.«

Eigentlich war das gut für uns. Wenn sich ein physischer Beweis, der mit dem Verbrechen in Verbindung stand, in unserem Besitz befunden hätte, hätte Terry ihn der Polizei übergeben müssen, wenn er sich keinen Ärger einhandeln wollte. Für die Kenntnis von einem solchen Beweisstück aber traf das nicht zu.

Haviland war seine Verachtung deutlich anzumerken. »Dann gibt es also keinen anderen Beweis als Ihre Aussage, dass der angebliche Abschiedsbrief tatsächlich existiert hat, dass er sich im Büro befand und von Mr. Vanderhall verfasst worden ist.«

»Wenn Sie mir nicht glauben«, brauste Marek auf, »dann stellen Sie mir keine Fragen mehr.«

»Vielleicht doch noch ein paar«, sagte Haviland. »Sie sagen, als Sie Mr. Vanderhalls Leichnam gefunden haben, hätten Sie deshalb nicht die Polizei gerufen, weil Sie keinen Handyempfang hatten. Ist das richtig?«

»Ja.«

»Aber bei der Polizei ist überhaupt kein Anruf von Ihnen oder Mr. Kelley eingegangen, weder zu dem von Ihnen genannten Zeitpunkt noch später. Heißt das, Sie haben den ganzen Tag über keinen Empfang gehabt?«

»Wir haben später nicht mehr angerufen, weil wir dem lebendigen Brian begegnet sind«, antwortete Marek.

»Ah ja, ich verstehe. Bevor er auf wundersame Weise verschwunden ist, nicht wahr?«

»Ja.«

»Wie war das, als Sie Mr. Vanderhalls Wagen gestohlen haben und nach Pennsylvania gefahren sind? Hatten Sie dort auch keinen Empfang?«

»Wir haben den Wagen nicht gestohlen«, sagte Marek.

»Ach nein? Gehörte Ihnen der Wagen?«

»Nein«, antwortete Marek. Ich bemerkte, dass er allmählich zornig wurde, doch er beherrschte sich.

»Hat Ihnen der Besitzer erlaubt, den Wagen zu benutzen?«

»Der Besitzer saß mit uns im Wagen.«

»Also, das verstehe ich nicht ganz«, sagte Haviland. »Sie haben ausgesagt, Mr. Vanderhall sei im Wald verschwunden. Saß er während der ganzen Fahrt nach Pennsylvania bei Ihnen im Wagen?«

»Nein.«

»Weshalb sind Sie nach Pennsylvania gefahren?«

»Weil Jacob dort wohnt«, antwortete Marek.

»Moment. Sie haben Mr. Vanderhall tot im Bunker aufgefunden und laut Ihrer Aussage haben Sie deshalb nicht die Polizei gerufen, weil Sie keinen Handyempfang hatten. Anstatt zum NJSC zurückzufahren oder bei der örtlichen Polizeistation Meldung zu erstatten, haben Sie kehrtgemacht und sind im Wagen des Opfers nach Pennsylvania gefahren. Weshalb haben Sie das getan?«

»Jacob fürchtete, seine Familie könnte in Gefahr sein.«

»In Gefahr!« Haviland lachte ungläubig auf und hob die Hände. »Von wem hätte Mr. Kelleys Familie Gefahr drohen sollen, wenn nicht von ihm selbst?«

»Brian hat uns gewarnt«, sagte Marek. Es war eine schwache Erklärung, und das war auch Haviland bewusst. Er setzte ihm nach wie ein Hai, der Blut wittert. »Und auf der Fahrt nach Pennsylvania hatten Sie noch immer keinen Handyempfang?«

»Doch, aber wie ich bereits sagte, haben wir Brian lebend gesehen. Außerdem hat Jacob versucht, Elena zu erreichen, um sie zu warnen.«

»Ist es nicht eher so, dass Sie gar nicht die Absicht hatten, die Polizei anzurufen?«

»Nein, wir haben es mehrmals versucht«, sagte Marek.

»Sind Sie nicht vielmehr vor der Polizei geflüchtet?«

»Nein.«

»Waren Sie am zweiten Dezember an Mr. Kelleys Seite, als er Mr. Vanderhall getötet hat?«

»Nein. Außerdem hat Jacob niemanden getötet.«

»Weshalb sind Sie am nächsten Tag zum Bunker zurückgekehrt? Wollten Sie Spuren beseitigen? Oder hatten Sie ein belastendes Beweisstück liegen gelassen? Wie zum Beispiel die Tatwaffe?«

»Ich habe den Bunker zum ersten Mal gesehen, als wir Brians Leiche gefunden haben.«

»Bei seiner Festnahme hatte Mr. Kelley Schmauchspuren an den Händen. Woher kamen die, wenn Sie den Leichnam nur gefunden haben? Hat Mr. Kelley die Waffe in die Hand genommen und nur zum Spaß mehrmals abgefeuert?«

Marek zögerte. Auf diese Frage gab es keine überzeugende Antwort. »Wir glaubten, etwas gesehen zu haben«, sagte er.

»Und da hat Mr. Kelley die Waffe abgefeuert?«

»Ja. Es war dunkel, Brian war tot, und wir hatten Angst.«

»Angst? Wovor?«

»Wir glaubten, der Mörder könnte noch in der Nähe sein«, antwortete Marek ein wenig lahm.

»Ich verstehe«, sagte Haviland mit ungläubiger Miene.

Das lief gar nicht gut. Marek machte den Eindruck, als dächte er sich seine Antworten aus, und in gewisser Weise traf das auch zu. Vielleicht hätten wir reinen Tisch machen und der Jury die ganze Geschichte erzählen sollen, Varcolac hin oder her. Allerdings konnte ich mir nicht vorstellen, dass wir dann besser dastünden.

»Dann hat Mr. Kelley die Waffe im Bunker also abgefeuert, hat aber niemanden getroffen. Anschließend sind Sie die Treppe hochgelaufen, aber vor niemandem geflüchtet. Wie viele Absätze sind es bis nach oben?«

»Zwanzig, glaube ich.«

»Und Sie sind gelaufen?«

»Na ja, als wir oben ankamen, sind wir eher gegangen.«

»Wie sind Sie überhaupt zum Bunker gelangt?«

»Wir sind mit einem Golfwagen durch den Beschleunigerring gefahren.«

»Weshalb sind Sie nicht auf demselben Weg zurückgekehrt?«

»Ich habe Ihnen bereits gesagt, dass wir Angst hatten und dass es dort unten klaustrophobisch eng war. Wir brauchten frische Luft.«

»Sie wollen dem Gericht weismachen, Sie wären zwanzig Treppenabsätze hochgestürmt, um frische Luft zu schnappen?«

»Ja, so war es«, blaffte Marek, mit seiner Geduld am Ende.

»Trifft es zu, dass Sie die Treppe nur deshalb benutzt haben, weil Sie wussten, dass Mr. Vanderhalls Wagen in der Nähe abgestellt war?«

»Nein, das ist nicht richtig.«

»Ist die Annahme, dass Sie vom Tatort geflüchtet sind, nicht vernünftiger?«

»Nein, so war es nicht.«

»Ich verstehe. Stattdessen wollen Sie uns glauben machen, Sie hätten Mr. Vanderhall dort oben getroffen, lebendig und wohlbehalten, und er habe sie aufgefordert, seinen Wagen zu entwenden und damit zu flüchten?«

»So war es! Abgesehen davon, dass wir seinen Wagen nicht ...«

»Waren Sie schon mal wegen Alkoholmissbrauchs in Behandlung?«, fragte Haviland.

Marek zögerte, vom plötzlichen Themenwechsel in Verwirrung gestürzt. »Ich bin seit vier Jahren trocken«, sagte er abwehrend.

»Bitte beantworten Sie meine Frage.«

»Ja. Als meine Frau mich verlassen hat, habe ich …«

»Und haben Sie sich einer psychiatrischen Behandlung unterzogen?«

»Ja, um die gleiche Zeit herum. Das war eine schwere Zeit für mich.«

»Danke, Mr. Svoboda. Keine weiteren Fragen.«

Terry trat wieder ans Pult und versuchte, die Dinge zu bereinigen. Er stellte die wichtigen Punkte heraus, doch das half nicht viel. Er sah so häufig auf die Uhr, dass ich mich schon fragte, ob er die Befragung absichtlich in die Länge zog, weil er erst morgen mit meiner Aussage beginnen wollte.

Schließlich sagte er: »Euer Ehren, ich gehe davon aus, dass die Befragung des nächsten Zeugen zeitaufwendig sein wird. Ich möchte deshalb vorschlagen, die Verhandlung zu vertagen und erst morgen fortzusetzen.«

Roswell war einverstanden, und alle erhoben sich. Die Geschworenen streckten sich und wechselten in Erwartung des Abendessens oder eines Aufenthalts im Stream erleichterte Blicke. Für sie war dieser Fall ein interessantes Streiflicht, eine aufregende Abwechslung in ihrem eintönigen Alltag, vielleicht auch eine lästige Pflicht, die sie Verkaufsprovisionen oder dringend benötigte Trinkgelder kostete. Es ging nicht um ihr Leben. War diese Regelung wirklich die beste Lösung für Strafverfahren? Ich forschte in ihren Gesichtern nach einem Hinweis auf ihre Einstellung, wurde aber nicht fündig. Ich bezweifelte, dass sie von meiner Unschuld überzeugt waren.

Ich schüttelte den Kopf. Darauf kam es auch nicht an. Morgen würde es eine Überraschung für sie geben.

23

Up-Spin

Alessandra und ich durften unter der Bedingung in Colins Haus bleiben, dass wir uns täglich nicht länger als zehn Stunden dort aufhielten. Das hieß, ich durfte dort schlafen, sollte aber nicht herumhängen und trinken. Ich ließ mich auf seine Bedingungen ein. Einen Plan hatte ich noch immer nicht, aber wenigstens war ich wieder auf den Beinen. Deshalb tat ich das Naheliegende. Ich rief Jean Massey an und fragte, ob sie mit uns essen wolle.

Wir nahmen Colins Wagen. Zunächst zögerte er, ihn uns zu leihen, doch Alessandra erinnerte ihn daran, dass er doch wollte, dass ich etwas unternähme, und ohne Wagen sei das schlecht möglich. Ich fuhr vorsichtig und hielt mich an die Geschwindigkeitsbegrenzungen, denn ich wollte nicht auffallen oder angehalten werden.

Als wir über die Brücke nach New Jersey fuhren, sagte Alessandra: »Übrigens hasse ich dich nicht.«

Ich drückte ihr die Hand. »Ich weiß.«

»Ich hätte nur keine weitere Nacht im Keller ertragen.«

»Es tut mir leid«, sagte ich. »Ich schätze, ich bin im Moment ziemlich fertig. Ich war dir keine große Hilfe.« Wir schwiegen eine Weile, dann fügte ich hinzu: »Und ich liebe Claire nicht mehr als dich.«

Alessandra gab keine Antwort.

»Sie ist wie deine Mom«, sagte ich. »Sie ist hübsch, sie hält sich an die Regeln, sie lernt gut. Die Leute mögen sie. Ich weiß, was ich von ihr zu erwarten habe, und ich bin stolz auf sie. Du hingegen ...« Sie schaute mich besorgt an, doch ich redete weiter. »Du bist eher wie ich. Es reicht dir nicht, das zu tun, was andere Leute dir sagen. Du stellst die Regeln infrage. Manchmal verlierst du die Geduld. Claire lässt sich von anderen herumschubsen und schikanieren, aber du stehst für dich ein. Deshalb geraten wir hin und wieder aneinander. Aber das heißt nicht, dass ich dich weniger lieb habe.«

Sie überlegte einen Moment. »Okay«, sagte sie dann.

»Okay? Das ist alles?«

»Ich liebe Mom auch nicht mehr als dich«, sagte sie. Als ich ihr einen Seitenblick zuwarf, sah ich, dass sie lächelte. »Alles in Ordnung, Dad. Danke.«

Wir trafen uns mit Jean im *Einstein's Brain*, einem klassischen amerikanischen Restaurant in der Nähe des NJSC, wo es preiswertes Essen, Stühle mit rotem PVC-Bezug, Fotos des großen Physikers und allerlei Memorabilien gab, wie es sie nicht einmal im Einstein Museum in der Nassau Street zu sehen gab. Das Restaurant besaß gar kein Stück von Einsteins Gehirn, doch ich wusste, dass eines im Mütter Museum in Philadelphia ausgestellt war, etwa zehn Straßenblocks von dem Gerichtsgebäude entfernt, in dem die Verhandlung stattfand.

Jean hatte dunkle Augenringe, und ihr Haar war ungekämmt, doch sie legte mir die Hand auf die Schulter und schenkte mir ein mitfühlendes Lächeln.

»Wie läuft's bei euch?«, fragte sie.

Ich zuckte mit den Schultern. »Wir kommen zurecht. Wie geht es dir? Du siehst müde aus.«

»Ich war lange mit deiner Verhandlung beschäftigt«, sagte sie.

»Danke«, sagte ich. »Ich hoffe, das beeinträchtigt dein Familienleben nicht.«

Sie schnitt eine Grimasse. »Ehrlich gesagt, läuft es nicht so gut mit Nick.«

»Ach, Jean. Tut mir leid, das zu hören«, sagte ich. »Hoffentlich liegt es nicht an der Verhandlung.«

»Nein, ganz und gar nicht. Wir sehen einander bloß nicht mehr so oft.« Sie winkte ab. »Das ist eine alte Geschichte. Aber wen haben wir denn da!« Sie umarmte Alessandra und ließ sich darüber aus, wie groß sie geworden sei. »Hoffentlich wird meine Tochter auch mal so hübsch wie du«, sagte sie.

Ich dachte an Chance und an Nicks Bemerkungen und fragte mich, ob die Spannungen zwischen Jean und Nick mit ihrer Tochter zu tun hatten. »Ganz bestimmt«, sagte ich.

Wir setzten uns an einen Tisch. Jean bestellte ein Relativitätssandwich, Alessandra und ich wählten beide den Burger Schwarzes Loch.

»Wie läuft die Verhandlung?«, fragte ich. »Welche Strategie hast du mit meinem Doppelgänger geplant?«

Jean schien erleichtert über den Themenwechsel. Sie berichtete, wie schwierig es war, einem Anwalt Quantenphysik zu erklären und zeigte sich skeptisch, dass es ihr gelingen werde, sich den Geschworenen verständlich zu machen, geschweige denn, sie zu überzeugen.

»Du musst sie dazu bringen, dir zu glauben«, sagte ich. »Was ist mit dem Material von Alessandras Viewfeed, das ich Sheppard geschickt habe? Wird er es verwenden?«

Jean schüttelte den Kopf. »Nein, das hat er nicht vor.«

Alessandra sah von ihrem Burger auf. »Warum nicht? Dann würden sie den Varcolac endlich mit eigenen Augen sehen; sie würden wissen, dass Dads Geschichte wahr ist.«

»Sheppard will den Varcolac überhaupt nicht erwähnen. Er findet die Geschworenen haben an der wissentschaftlichen Erklärung genug zu knabbern.«

»Aber das ist Teil des Tathergangs.«

»Es hat nichts mit Brians Tod zu tun beziehungsweise mit dem, was wir davon wissen«, erklärte Jean. »Außerdem befürchtet Terry, wir würden die Jury endgültig verlieren, wenn wir das zeigen. Die Geschworenen würden sich womöglich einfach weigern, es zu glauben, und alles verwerfen, was die Verteidigung anschließend vorbringt. Das ist wie mit den selbst gedrehten Videos von Entführungen durch Aliens. Würdest du so was glauben, wenn du Geschworener wärst?«

»Aber wie sieht dann die Strategie aus?«, fragte ich.

»Terry meint, unsere Chancen sind am größten, wenn wir eine andere Theorie präsentieren. Wenn wir der Jury vor Augen führen, dass die von der Anklage vorgelegten Beweise auch die Möglichkeit zulassen, dass jemand anders die Tat begangen hat. Wenn das gelingt, *muss* die Jury einen begründeten Zweifel an deiner Schuld haben.«

»Und wer ist die andere Person?«, fragte ich.

»Brian selbst.«

Ich schnitt eine Grimasse. »Er hat nicht Selbstmord begangen«, sagte ich.

»Also, ich glaube, das ist die beste Erklärung«, sagte Jean. »Es gab zwei Versionen von Brian. Er war schon immer ziemlich egozentrisch. Einer von beiden ist zu dem Schluss gelangt, dass er sein Überleben nur dadurch gewährleisten kann, indem er den anderen tötet.«

Ich blieb skeptisch. Die Version von Brian, die in meinem Wagen gesessen hatte, war vom Tod seines Doppelgängers aufrichtig überrascht gewesen. Allerdings war Brian ein versierter Lügner – das hatte er in den Jahren gelernt, als er mehrere Beziehungen gleichzeitig gemanagt hatte –, deshalb war ich mir in der Hinsicht nicht sicher.

»Hör zu«, sagte Jean. »Ich habe Brian recht gut gekannt. Er war egozentrisch, ichbezogen, eitel. Er war selbstverliebt.« Ich fand das Urteil ein wenig hart, ließ es aber unwidersprochen. »Er hätte alles getan, um sich zu retten«, fuhr sie fort. »Er hätte auch jemanden niedergeschossen. Auch wenn er selbst das Opfer gewesen wäre.«

»Dann glaubst du also, jemand könnte sich vor sich selbst hinstellen – vor das Gesicht, das er jeden Tag im Spiegel sieht – und den Abzug drücken?«

»Das ist durchaus plausibel. Glaub mir, die Menschen tun alles Mögliche, um ihr Leben oder das einer geliebten Person zu retten. Auch Dinge, die sie gar nicht tun wollen, die sie normalerweise nicht tun würden. Sie tun, was nötig ist.«

Alessandra stand so heftig auf, dass ihr Stuhl über den Boden schrammte. Sie hatte rote Flecken im Gesicht.

»Was ist?«, fragte ich.

»Ich gehe auf die Toilette«, sagte Alessandra.

»Alessandra, sie wollte damit nicht sagen, ich …«

Sie ging weg, ohne mir zuzuhören. Als sie außer Hörweite war, sagte Jean: »Ist alles okay mit ihr? Habe ich etwas Falsches gesagt?«

Ich seufzte. »Alessandra hat mit angesehen, wie der Varcolac ihre Mutter getötet hat, und sie ist aus dem Haus gelaufen, ohne Claire oder Sean zu warnen«, antwortete ich. »Sie hält sich für einen Feigling. Wahrscheinlich hat ihre Flucht ihr das Leben gerettet, aber sie hat deswegen Schuldgefühle.«

Jean wirkte betroffen. »Tut mir leid. Ich wollte nicht …«

»Schon gut. Du hast ja nicht mal von ihr gesprochen.«

Ich verzehrte den Rest meines Burgers, der eigentlich ganz gut war, Schwarzes Loch hin oder her. Auf einem Werbeposter für Kaffee wurde die Brown'sche Molekularbewegung erklärt. Ich hatte den Kaffee im *Einstein's Brain* schon probiert und verzichtete deshalb auf eine Bestellung.

»Es gibt noch eine dritte Möglichkeit, die wir bisher außer Acht gelassen haben«, sagte Jean.

»Wer ist dabei der Mörder?«

Jean zuckte mit den Achseln. »Du.«

Fast hätte ich mein Mineralwasser verschüttet. »Was?«

»Überleg mal«, sagte sie. »Es geht um den begründeten Zweifel. Wenn du Brian getötet hast, kann die angeklagte Version von dir es nicht getan haben. Wie sollte die Anklage beweisen, wer von euch beiden es gewesen ist?«

»Aber wir sind ein und dieselbe Person«, wandte ich ein.

»Wir werden wieder ein und dieselbe Person sein. Außerdem war ich es nicht.«

»Wann, glaubst du, hat die Aufspaltung stattgefunden?«, fragte Jean.

»Das bringt nichts«, wandte ich ein. »Das war am Tag nach Brians Tod. Nachdem meine Familie getötet wurde.«

Jean vermutete, dass ich Brian *tatsächlich* getötet haben könnte – dass die Aufspaltung viel früher stattgefunden hatte, als ich glaubte, und dass mein Doppelgänger Brian getötet hatte, während ich bei meiner Familie gewesen war. Diese Möglichkeit schloss ich jedoch aus. Welches Motiv hätte meine zweite Version haben sollen?

»Die Frage ist doch, was kann ich tun?«, sagte ich resigniert. »Ich möchte verstehen, was passiert ist, weiß aber nicht, wo ich anfangen soll. Hast du dir Brians Forschungsunterlagen angeschaut? Bist du auf Informationen zum Varcolac gestoßen? Hast du herausgefunden, was Brian vor seinem Tod entdeckt hat?«

Jean schüttelte den Kopf. »Ich habe alles durchgesehen«, antwortete sie. »Terry wollte, dass Brians Smartpads im Zuge der Beweisaufnahme von der Polizei zum Gericht gebracht werden, und ich bin alles sehr sorgfältig durchgegangen. Da war nichts Wichtiges dabei. Wir brauchen den Higgs-Projektor. Brians Brief mit der programmierten Schaltung.«

»Beide Briefe wurden zerstört«, sagte ich. »Der Varcolac hat die eine Version Brian abgenommen und die andere Alessandra. Anschließend hat er sie vernichtet. Aber …« Ein Gedanke durchzuckte mich wie ein Adrenalinstoß.

»Was, aber?«, fragte Alessandra, als sie sich wieder setzte. Ihre Augen waren gerötet. Vermutlich hatte sie auf der Toilette geweint.

»Der Brief«, sagte ich sanft. »An dem Tag, als der Varcolac auftauchte, wurde ein Brief von Brian zugestellt. Als ich dort war, habe ich gesehen, wie der Varcolac ihn dir abgenommen und zerstört hat. In deinem Viewfeed war er aber nicht zu sehen.«

»Worauf willst du hinaus?«, fragte Jean.

»Alessandra hat sich kurzzeitig aufgespalten«, antwortete ich. »Die eine Version hat das Haus verlassen, die andere ist geblieben. Ich bin der Version begegnet, die geblieben ist, und habe gesehen, wie der Varcolac ihr den Brief abgenommen hat. Aber diese Alessandra hier war gar nicht dort.« Ich wandte mich meiner Tochter zu und bemühte mich, ruhig weiterzureden. »Was ist aus dem Brief geworden? Hast du ihn mitgenommen, als du das Haus verlassen hast?«

»Du meinst, nachdem das Ding Mom getötet hat und ich weggelaufen bin?«

»Ich mache dir deshalb keine Vorwürfe«, sagte ich. »Aber ich muss wissen, was aus dem Brief geworden ist.«

Alessandra überlegte. »Er lag auf dem Beistelltisch, und ich hab ihn aufgemacht. Niemand hat mir irgendwas erklärt, und ich wollte wissen, was los ist. Als Mom hereinkam und sagte, wir müssten aufbrechen, hab ich den Brief eingesteckt und so getan, als würde ich in einem Modemagazin lesen.«

»Und als der Varcolac auftauchte ...«

»... war der Brief immer noch in meiner Tasche«, sagte sie. »Ich hab nicht gewusst, dass er wichtig ist.«

Ich hatte Herzklopfen. »Dann hat er sich zusammen mit dir aufgespalten«, sagte ich. »Das bedeutet, es gab eine dritte Version.«

»Einen Moment«, sagte Jean. »Wenn der Varcolac den

Brief meilenweit gewittert und sich zu deinem Haus teleportiert hat, um ihn zu vernichten, wie konnte er dann die dritte Version übersehen?«

»Ich glaube, er hat sie nicht wahrgenommen«, sagte ich. »Als er Brian getötet hat, hat er ihn assimiliert. Er hat ihn in sich aufgenommen, und anschließend ähnelte sein Gesicht dem von Brian, so als hätte er ihn sich einverleibt. Vielleicht verfügte er auch über Brians Erinnerungen. Brian wusste, dass ich eine Kopie des Briefes bekommen hatte, und er kannte meine Adresse, deshalb wusste das auch der Varcolac. Aber er wusste nicht alles.«

»Und was ist aus der dritten Version geworden?«, fragte Jean. Sie beugte sich vor. »Wo ist sie jetzt?«

Alessandra zuckte mit den Achseln. »Das weiß ich nicht. Als mir der Brief wieder eingefallen ist und ich nachsehen wollte, war er weg.«

Enttäuscht ließ ich den Atem entweichen. »Er hat sich aufgelöst«, sagte ich. »Er hat sich aufgespalten und dann aufgelöst.«

Jean schüttelte den Kopf. »Das glaube ich nicht. Alessandra hat sich zusammen mit der anderen Version aufgelöst, weil sich ihre Wege wieder gekreuzt haben. Die Briefe aber haben unterschiedliche Wege genommen. Der eine ist verbrannt, der andere hat überdauert. Er ist immer noch irgendwo da draußen.«

»Du glaubst, er ist ihr einfach nur aus der Tasche gerutscht? Das wäre genauso schlimm. Wenn der Brief vor anderthalb Monaten irgendwo in der Gegend verloren wurde, ist er unwiderruflich weg.«

»Wer suchet, der findet«, sagte Jean.

Seit dem Tag, an dem ich Elena, Claire und Sean tot aufgefunden hatte, war ich nicht mehr in meinem Haus gewesen, und als ich – wie schon tausendmal zuvor – in die Einfahrt einbog, kam mir das alles sehr unwirklich vor. Was ich im Begriff war zu tun, war nicht ungefährlich. Wir kannten unsere Nachbarn nicht besonders gut, doch wenn mich jemand sah und erkannte, könnte es Schwierigkeiten geben. Ich hätte auch Jean bitten können, den Brief zu suchen, doch ich war wieder aktiv; ich wollte nicht tatenlos zusehen, wie jemand an meiner Stelle tätig wurde.

Als ich über die Schwelle trat, hatte ich das Gefühl, mich am falschen Ort zu befinden. Hier hatte Elena gelegen, tot und entstellt, jetzt aber war sie verschwunden. Ich schritt benommen durchs Haus. Die vertrauten Gegenstände kamen mir fremd vor, und ich dachte an das Lachen und das Leben und die stille Agonie des Todes. Was davon war wahr? Wenn dies alles vorbei war, was würde dann bleiben?

Wo wir schon mal hier waren, wollte ich ein paar Sachen von oben mitnehmen. Ich streifte durch die Räume, die so unaufgeräumt und normal aussahen, als wären wir nie fort gewesen. Alessandra ging in ihr Zimmer und kehrte mit einem zerschlissenen Stoffkaninchen zurück, das wir ihr am Tag ihrer Geburt geschenkt hatten. In Seans Zimmer musste ich beim Anblick der herumliegenden Legosteine und des halb fertigen Raumschiffs an seinen zu kurz geratenen Arm denken, der sich an der falschen Seite befunden hatte.

In unserem Schlafzimmer stand das Bett, in dem Elena und ich geschlafen und uns geliebt hatten, und ich dachte an Claire, die mit ihrem spiegelverkehrten T-Shirt am Boden gelegen hatte. Waren meine Kinder wirklich tot? Oder waren sie Gefangene des Varcolac? Worin bestand der Unterschied? Ich kramte in der Kommode, fand aber nur schmerzhafte Erinnerungen an unser früheres Leben.

Wieder unten traf ich auf Alessandra und Jean. »Also, wo sollen wir suchen?«, fragte ich.

»Wie wär's, wenn wir systematisch vorgehen?«, schlug Jean vor.

Wir gingen die Ereignisse des Tages aus Alessandras Sicht durch, rekonstruierten ihr Verhalten von dem Moment an, da sie Brians Brief gefunden hatte. Wir gingen vom Wohnzimmer in die Küche. Ich dachte daran, wie ich hier mit Elena zusammen Brians Kreisel zugeschaut hatte. Die Polizei hatte bestimmt schon alles durchsucht, aber wir sahen uns trotzdem um. Der Mülleimer war leer. Ich fuhr mit der Hand über die Ablagen und schaute halbherzig in den Schränken nach. Die Konservendosen, Frühstücksflocken und Snacks erweckten den Eindruck, dass meine Familie nur kurz weggegangen wäre und gleich wieder käme.

»Wohin jetzt?«, fragte Jean.

»Nach draußen«, sagte Alessandra. Ihr Tonfall veranlasste mich, nach ihr zu sehen. Sie hatte die Zähne zusammengebissen.

»Du hast dich richtig verhalten«, sagte ich. »Du hättest nichts ausrichten können, wenn du geblieben wärst.«

Sie entspannte sich ein wenig. »Das weißt du nicht«, sagte sie.

»Eigentlich schon. Weil die andere Version von dir geblieben ist und dem Varcolac den Brief gegeben hat. Nur weil du weggelaufen bist, haben wir jetzt diese Chance.« Ich öffnete die Hintertür und hielt sie ihr auf. »Geh du voran.«

Alessandra trat nach draußen, Jean und ich folgten ihr.

Wir verteilten uns im Garten und suchten den Boden ab. An dem fraglichen Tag hatte Schnee gelegen, doch jetzt war der Boden trocken und braun. Wenn sie den Brief hier verloren hatte, war er längst fortgeweht worden.

Wir gelangten zum Zaun. »Bist du hier drübergeklettert?«, fragte ich.

Alessandra nickte. Ich musterte den Boden vor dem Zaun. Davor stand ein gestutzter Busch, ein paar Äste waren durch den Maschendraht gewachsen. Unter dem Busch fiel mir ein heller Fleck ins Auge. Ein Stück Smartpaper, verdreckt und halb vergraben. Mein Name war darauf geschrieben.

»Das ist er«, sagte ich. Der Brief lag jedoch schon seit Wochen hier, hatte sich mit Wasser vollgesogen und war in der Sonne getrocknet. »Keine Ahnung, ob er noch funktioniert.«

Wir gingen wieder hinein und setzten uns an den Küchentisch. Ein wenig Wasser konnte Smartpaper im Allgemeinen nichts anhaben, aber der Brief war wochenlang Wind und Wetter ausgesetzt gewesen. Ich glättete ihn auf dem Tisch und gab das Passwort ein. Der Brief war noch lesbar, wenngleich sich entlang der Faltstellen, an denen das Papier besonders stark beschädigt war, dunkle Linien abzeichneten. Ich gab auch das zweite Passwort ein, woraufhin die programmierten Schaltungen angezeigt wurden.

Ich brauchte eine Weile, um mich damit vertraut zu machen, und Jean half mir mit Vorschlägen und Fragen. Alessandra, die keine Ahnung von Programmierung hatte, verlor das Interesse und suchte in den Schränken nach etwas Essbarem. In der Schaltung entdeckte ich bekannte Module, die die Gleichungen repräsentieren mussten, die

Brian vom Varcolac bekommen hatte. Der Code im Umkreis der Module war für mich jedoch größtenteils unverständlich; vermutlich hatte ihn Brian hinzugefügt, um mit den Kernmodulen zu interagieren und sie zu steuern.

Nach einer Weile war ich schlauer. »Sieh mal, diese Subroutinen sind für bestimmte Wirkungen zuständig«, sagte ich. Die Subroutinen trugen Bezeichnungen wie *GrundzustandsSpin*, *MakroDiffraktion*, *StarkeWechselwirkung* und *TunnelEffekt*. Es gab verschiedene Versionen davon, und außerdem waren da noch optionale Schaltungen, die vom System abgetrennt waren und weitere Optionen boten. »Er hat herumexperimentiert«, sagte ich. »Hat mit den Modulen auf unterschiedliche Weise interagiert, um herauszufinden, was damit möglich ist.«

Es gab sogar eine Subroutine mit der Bezeichnung *TeleportExperiment*, der verblüffende Kommentar dazu lautete: »Vor Verwendung erst Lokalisierungsbug beseitigen!«

Als ich auf Grafikmodule stieß, begriff ich, dass der Code auf die Verwendung mit Eyejacklinsen ausgelegt war. Ich ging nach oben, wühlte in einer Schublade nach den Linsen, die bei meinem Handy dabei gewesen waren, und nahm sie mit nach unten.

»Lass mich das ausprobieren«, sagte Jean. »Ich will nicht, dass du dich umbringst.«

»Du bist unsere wichtigste Zeugin«, entgegnete ich. »Außerdem gibt es mich zweimal. Ich mach's.«

»Du hast eine Tochter.«

Ich sah sie an. »Du auch.«

Jean hob resigniert die Hände, und ich setzte mir die Linsen ein. Brians Smartpaper wurde gleich erkannt und die Verbindung hergestellt. Ich startete das Hauptprogramm und verspürte das inzwischen wohlvertraute Ziehen in der Brust, wie von einer Basstrommel mit unhörbar tiefer Frequenz. In meinem Gesichtsfeld erschien ein einfaches Menü mit den Bezeichnungen von Subroutinen. Ich scrollte und wählte die Option GrundzustandsSpin aus, da ich ahnte, wofür sie gut war.

Ich erblickte einen gebogenen, zweiköpfigen Pfeil. Wenn ich einen Gegenstand fixierte, wurde er vom Pfeil überlagert, und der Gegenstand wurde hervorgehoben. Ich wählte den Wasserkessel auf der Arbeitsfläche aus und blinzelte. Er begann zu rotieren genau wie der Kreisel, und die Tülle drehte sich im Kreis wie ein Junge auf einem Karussell.

Es war unglaublich. Ich war in der Lage, Gegenstände mit reiner Willenskraft zu bewegen. Jean und Alessandra schauten fasziniert zu. Ich hielt den Wasserkessel wieder an und versetzte die Mehldose in Drehung. Das Beste daran war, dass die Rotationsenergie vom Grundzustand der Teilchen herrührte. Generatoren auf Grundlage dieser Technologie könnten den Energiebedarf der ganzen Welt decken.

Wozu waren die anderen Subroutinen gut? Ich nahm mir wieder die Liste vor und wählte den Tunneleffekt. Ich hatte noch immer die Porzellandose ausgewählt, und nun wurde ein Kegel angezeigt, der aus der Mitte der Dose in den Raum wies. Ich konnte den Kegel um die Dose rotieren lassen und seine Länge verändern. Hinter der Küche lag das Wohnzimmer, und an der Wand stand ein Tischchen. Ich zielte mit dem Kegel durch die Wand und blinzelte.

Die Mehldose verschwand. Es knallte, als wäre eine Pistole abgefeuert worden. Das Geräusch war so laut, dass es nicht allein von der Dose herrühren konnte. Ich lief ins Wohnzimmer, Jean und Alessandra stürmten mir nach. Das

Tischchen war zersplittert, die Überreste lagen am Boden. Splitter und Porzellanscherben steckten in der Wand.

Hastig schloss ich das Programm und schob den Higgs-Projektor in die Tasche. Das tiefe Summen hörte auf.

»Was sollte das?«, fragte Alessandra.

»Ich habe versucht, die Dose durch die Wand zu bugsieren und auf dem Tisch zu platzieren«, antwortete ich. »Ich vermute, dass sie sich *im* Tisch materialisiert hat, sodass er aufgrund der Spannung explodiert ist.«

»Offenbar müssen wir vorsichtiger sein«, sagte Jean. Sie streckte die Hand aus. »Darf ich mal?«

»Wir sollten damit noch warten«, sagte ich. »Ich möchte das Programm erst ein wenig studieren und mir ein Bild von der Funktionsweise der Module machen. Ich weiß auch nicht, wie gründlich Brian die Software getestet hat. Ich möchte keinen Stadtteil in die Luft jagen, nur weil ich versehentlich amerikanische Einheiten anstelle der metrischen verwendet habe.« Ich blickte mich in dem Zimmer um, in dem Elena gestorben war. »Ich will hier weg«, sagte ich.

Auf dem Rückweg fragte Alessandra: »Weshalb wollte der Varcolac den Brief überhaupt an sich nehmen? Er kann die ganze Zauberei doch auch ohne das Programm ausführen.«

Ich zuckte mit den Achseln. »Das können wir nicht wissen. Das war eine Begegnung von Aliens, die sich gegenseitig nicht verstehen. Die Varcolac haben Brian die Gleichungen für die Module vermutlich in guter Absicht zur Verfügung gestellt, aber wir wissen nicht, was diese Information für sie bedeutet. Vielleicht ist das einfach nur ein Lehrbuch, das erklären soll, wer sie sind und wie sie beschaffen sind. Aber als Brian das hier zusammengebastelt hat ...« – ich deutete auf das Smartpaper –, »... hatte das Auswirkungen, die ihnen nicht gefielen, deshalb wollten sie den Brief wiederhaben. Wer weiß schon, welche Auswirkungen dieses Programm auf ihre Welt hat? Es könnte eine Störung verursachen oder sie sogar umbringen – wir wissen es einfach nicht.«

»Es geht um das Wesen, das Mom, Claire und Sean getötet hat, und nicht bloß um ein Missverständnis«, sagte Alessandra. »Es ist ein Mörder.«

»Ich bin mir da nicht so sicher«, erwiderte ich. »Vielleicht hast du recht – es könnte aus Zorn oder Lust am Töten gehandelt haben, ich weiß es nicht. Aber denk mal dran, wie es Marek auseinandergenommen und wieder zusammengesetzt hat. Der Varcolac sieht aus, als habe man ihn aus unterschiedlichen Teilen zusammengestoppelt. Er versucht uns zu verstehen, doch es gelingt ihm nicht so recht. Ich bezweifle, dass Leben und Tod für ihn die gleiche Bedeutung haben wie für uns. Die Vorstellung, dass ein Wesen auf ein Stück Materie beschränkt ist, ist ihm vielleicht vollkommen fremd.«

»Dann war das alles also bloß ein kosmischer Unfall?«, sagte Alessandra mit mühsam gebändigtem Zorn.

»Wenn jemand schuld ist, dann Brian«, sagte ich. »Er hat geglaubt, er könnte mit einer uns völlig fremden Intelligenz zu seinem Vorteil Geschäfte machen. Er war gierig und dumm. Der Varcolac ... seine Beweggründe sind uns verschlossen. Wir wissen bloß, dass er Brians Kopien des Programms in seinen Besitz bringen wollte.«

»Und dass er Menschen getötet hat, um sein Ziel zu erreichen.«

»Ja«, sagte ich. »Das hat er getan.«

»Ist das Programm eine Gefahr für ihn?«, fragte Alessandra. »Könnte man ihm damit schaden?«

Ich dachte daran, wie Brian den Varcolac zumindest vorübergehend aufgelöst hatte. »Schon möglich«, sagte ich. »Brian glaubte, dass der Varcolac seine Energie von aus dem Teilchenbeschleuniger austretenden exotischen Teilchen bezieht, und als er sie mit seiner Schaltung eliminiert hatte, hat der Varcolac seine Gestalt verloren. Deshalb glaube ich, das Programm könnte eine Bedrohung für ihn darstellen, wenn wir mehr darüber herausfinden, wie es funktioniert.«

»Na schön«, sagte Jean. »Dann an die Arbeit.«

24

Down-Spin

»Das war eine Katastrophe«, sagte ich. Terry stattete mir einen Besuch ab. Er saß auf einem der gelben Stühle im Besuchsraum des Gefängnisses und sah müde aus. Ich wanderte auf und ab. »Marek hat den Eindruck gemacht, er würde lügen, weil er die Hälfte der Zeit über tatsächlich gelogen hat.«

»So schlimm war es nicht«, entgegnete Terry.

»Es ist mir peinlich, dass ich ihn in diese Lage gebracht habe«, sagte ich. »Er ist einer meiner besten Freunde, und es geht mir gegen den Strich, dass er meinetwegen einen Meineid leisten musste.«

»An den wichtigsten Stellen hat er die Wahrheit gesagt«, meinte Terry. »Er hat ausgesagt, dass er Vanderhall lebend gesehen hat. Das ist von entscheidender Bedeutung für Ihren Fall, und es war wichtig, dass die Jury das aus seinem Mund gehört hat.«

Ich seufzte und warf mich auf einen Stuhl. »Das ist nur deshalb wichtig, weil wir beweisen wollen, dass Brian sich selbst getötet hat. Und daran glaube ich nicht eine Sekunde. Der Brian, den ich im Wald getroffen habe, wusste nicht, dass sein Doppelgänger tot im Bunker lag.«

»Vielleicht wollte er Ihnen das nicht sagen ...«

»Nein. Er wusste es nicht. Da bin ich mir sicher.«

»Aber das ist unwichtig«, sagte Terry.

Ich hob eine Braue. »Die Wahrheit ist unwichtig?«

»Hören Sie«, sagte Terry und fuhr sich mit der Hand durchs Haar. »Den größten Teil meines Berufslebens war ich Strafverteidiger. Die Leute hassen mich. Sie glauben, ich pfeife auf die Wahrheit und versuche Kriminelle für gutes Geld freizubekommen. Aber wenn ich sage, die Wahrheit ist für meine Arbeit unwichtig, gilt das Gleiche auch für die Staatsanwaltschaft. Meine Aufgabe ist es, alle Fakten und Argumente darzulegen, die für Ihre Unschuld sprechen. Der Staatsanwalt hat die Aufgabe, alle Fakten und Argumente darzulegen, die für Ihre Schuld sprechen. Der Richter sorgt dafür, dass die Verhandlung fair verläuft. Aber letztlich entscheidet die *Jury* darüber, was wirklich geschah.

Mir ist es egal, ob Sie Brian Vanderhall getötet haben oder nicht. Ebenso egal ist mir, ob er sich selbst getötet hat. Aber die Tatsache, dass es eine andere zu den Fakten passende Erklärung gibt, ist von Bedeutung. Vielleicht haben Sie ihn getötet. Vielleicht hat es jemand anders getan. Der Punkt ist: Es gibt mehr als eine schlüssige Erklärung, und das heißt, Ihre Schuld lässt sich nicht eindeutig beweisen. Das heißt nicht, dass Sie unschuldig sind, aber es bedeutet, dass man Sie im Rahmen unserer Gesetze nicht verurteilen kann.«

Ich ließ mir das durch den Kopf gehen. »Ich verstehe. Trotzdem kommt es mir falsch vor, die Jury von etwas zu überzeugen, das nicht der Wahrheit entspricht.«

»Ich versuche, Sie aus dem Gefängnis herauszubekommen«, sagte Terry genervt. »Zu diesem Zweck ist mir jedes Mittel recht.«

»Wie wär's, wenn Sie meinen Doppelgänger als Sündenbock nehmen würden?«, sagte ich. »Präsentieren Sie ihn der Jury, nehmen Sie seine Fingerabdrücke, legen Sie dar, dass die Tatsachenbeweise, die auf mich passen, auch auf ihn passen.«

»Das funktioniert nicht«, sagte Terry.

»Weshalb nicht?«

»Zum einen, weil Sie ein und dieselbe Person sind. Wenn ich das alles richtig verstanden habe, folgen Sie nur vorübergehend unterschiedlichen Pfaden. Sie sind keine Zwillinge. Er ist mit Ihnen identisch.«

»Aber wie sieht es aus, wenn er jemanden getötet hat und ich nicht? Kann man mich dann dafür zur Verantwortung ziehen?«

»Und zweitens«, fuhr Terry unbeirrt fort, »werden Sie irgendwann wieder zu einer einzigen Person verschmelzen, hab ich recht? Was dann?«

»Wir sollten ihn wenigstens rausholen«, sagte ich. »Zeigen Sie den Leuten, dass es mich zweimal gibt. Dann wären Jeans und Mareks Aussagen glaubwürdiger.«

»Wir holen ihn heraus. Vertrauen Sie mir«, sagte Terry. »Zeugenaussagen gleichen einem Feuerwerk. Man darf seine Munition nicht gleich zu Anfang verschießen. Man muss das Ganze orchestrieren, es langsam Fahrt aufnehmen lassen, bis sich zum großen Finale alle gesammelten Punkte addieren. Die größte Überraschung muss man sich für den Schluss aufheben. So hat die Gegenseite weniger Gelegenheit, Ihre Argumente zu widerlegen oder die Jury abzulenken. Wir rufen Ihren Doppelgänger in den Zeugenstand, aber erst ganz zum Schluss. Vorher kommen Sie, erzählen Ihre Version, und wir geben Haviland einen Strohhalm in die Hand, an den er sich klammern kann. Dann präsentieren wir Ihren Doppelgänger, der beweist, dass Jean und Marek die Wahrheit sagen.«

»Vorausgesetzt, dass meine Wahrscheinlichkeitswelle nicht vorher kollabiert.«

Terry gähnte herzhaft. »Sehr richtig«, sagte er. »Wenn das passiert, kann ich nichts mehr für Sie tun.«

25

Up-Spin

»Das Volk gegen Jacob Kelley, die ehrenwerte Ann Roswell führt den Vorsitz!«, brüllte der Gerichtsdiener.

Alessandra und ich saßen in Colins Haus und schauten uns die Übertragung des Prozesses an. Ich hatte Sheppard angefleht, an der Verhandlung teilnehmen zu dürfen, doch er hatte sich strikt geweigert. Ich hatte ihm angeboten, mich zu verkleiden, doch davon wollte er nichts wissen. Ich bräuchte nur von einer einzigen Person erkannt zu werden, und die Maskerade wäre aufgeflogen. Ich entgegnete, wir sollten die Öffentlichkeit auf der Stelle einweihen – eine Pressekonferenz abhalten und die Wahrheit verkünden –, doch Sheppard meinte, dann werde ich die Verhandlung mit Sicherheit verlieren. Roswell konnte es nicht ausstehen, wenn der Verlauf ihrer Verhandlungen von den Medien manipuliert wurde, und würde die Jury vermutlich isolieren und mich aus dem Gerichtssaal verbannen.

Und so saß ich da, sah fern und versuchte mich nicht über die Quasselköpfe aufzuregen. Alle schienen von meiner Schuld überzeugt und schwelgten in dem blutigen Drama des Mannes, der seinen Freund ermordet hatte. Sie stellten auch endlose Spekulationen über meine verschwundene Familie an, die meistens darauf hinausliefen, dass ich die Leichen verscharrt hätte. Die Kameras zoomten auf meinen Doppelgänger, der am Verteidigertisch saß und eisern schwieg.

Wir hörten die Eröffnungsplädoyers, dann schilderte Officer Peyton seine Eindrücke von dem Abend, an dem Brian auf Elena geschossen hatte. Als ich die Aufzeichnung von Elenas Anruf bei der Polizei hörte, krallte ich die Hände so fest in die Armlehnen, dass ich sie beinahe zerbrochen hätte. Das rief die unwillkommene Erinnerung daran wach, wie es sich angefühlt hatte, sie bis zum Eintreffen der Polizei im Arm zu halten. Ich dachte an ihren Duft. Ich wusste nicht, ob ich mir das wirklich ansehen sollte, musste aber daran denken, dass der andere Jacob auch keine Wahl hatte. Wenn er das konnte, würde auch ich es schaffen. Ich blieb sitzen.

Um mich abzulenken, beschäftigte ich mich mit Brians Programmcode. Eigentlich war es unglaublich, dass er das alles selbst programmiert hatte, doch ich nahm an, dass er Tag und Nacht daran gearbeitet hatte, nachdem ihm das Potenzial der Software bewusst geworden war. Der Varcolac hatte die anderen Versionen, von denen ich wusste, zerstört, und da man in Brians Büro nichts Vergleichbares gefunden hatte, hielt ich vermutlich die einzige noch vorhandene Version in Händen. Zur Sicherheit kopierte ich alles auf ein zweites Smartpaper.

Als der erste Verhandlungstag vorbei war, gingen Alessandra und ich ins Kino und sahen uns zwei Filme hintereinander an. Wir bekämpften den Stress mit Riesencokes und eimerweise fettigem Popcorn. Ich schlief unruhig, träumte von Havilands Zeigefinger und von einer gnadenlosen Jury, die mich schuldig sprach. Am nächsten Morgen war ich erschöpft, doch wir schalteten die Übertragung trotzdem wieder ein und hörten, wie Officer McBride aussagte, die im Bunker abgefeuerten Kugeln stammten aus meiner Waffe.

Trotz der Bedeutung des Prozesses langweilte ich mich und ertappte mich einige Male dabei, dass ich innerlich abschweifte. Das heißt, bis zur Aussage von Sheila Singer.

Die Kamera fing die Bestürzung meines Doppelgängers ein. Ich fühlte mich wie er. Singer hatte Elena und die Kinder lebend gesehen – drei Kinder, also auch Alessandra! Nach all der Sucherei und dem vielen Kopfzerbrechen war dies der Beweis, dass sie sich tatsächlich aufgespalten hatten. Etwa eine Stunde nachdem ich sie tot aufgefunden hatte, hatte jemand sie gesehen.

Alessandra ergriff meine Hand.

»Das muss nichts bedeuten«, sagte ich, obwohl ich Herzklopfen hatte. »Sie werden seit Monaten vermisst. Vielleicht haben sie sich aufgelöst, kurz nachdem die Frau sie gesehen hat.« Als ich das ausgesprochen hatte, verflüchtigte sich meine Erregung. Natürlich, sie hatten sich aufgelöst. Es war ausgeschlossen, dass sie monatelang in New Jersey umhergefahren waren und nach mir gesucht hatten. Ihre Wahrscheinlichkeitswelle war kollabiert. Von Alessandra war die neben mir sitzende Version übrig geblieben, von den anderen die Leichen.

»Das ergibt keinen Sinn«, sagte Alessandra, als ich meinen Zweifel äußerte. »Die Toten sind verschwunden. Sie können nicht zurückgeblieben sein.«

»Aber wo sind sie dann?«, fragte ich.

Sie suchte meinen Blick, forschte nach Hoffnung. »Das weiß ich nicht. Aber ausgeschlossen ist es nicht, oder?«

Ich erhob mich. »Komm mit.«

»Wohin fahren wir?«

»Zum NJSC. Wir müssen uns Gewissheit verschaffen.«

Als ich über die Brücke nach New Jersey fuhr, sagte Alessandra: »Selbst wenn sie noch am Leben sind, sind sie doch nicht *meine* Familie, oder? Sie sind *ihre*. Die meiner Doppelgängerin.«

»So funktioniert das nicht«, entgegnete ich. »Deine Doppelgängerin ist mit dir identisch. Du bist sie. Wenn sie wirklich irgendwo da draußen ist, wird die Wahrscheinlichkeitswelle irgendwann zusammenbrechen, und du verschmilzt wieder zu einer Person.«

»Die weder ich noch sie ist.«

»Nein, mathematisch gesprochen schließt die Wahrscheinlichkeitswelle alle Möglichkeiten zwischen dir und ihr mit ein. Die beiden Versionen deiner Person stellen die einander gegenüberliegenden Vektoren der Bloch-Kugel dar, die Ränder des Spektrums. Also könntest du zu einer Mischung von euch beiden verschmelzen. Eigentlich ist das sogar wahrscheinlich.«

»Und woran wird sich die andere Version von mir erinnern?«

»Das ist keine Version deiner selbst. Das bist du. Ich weiß nicht, woran du dich erinnern wirst, aber diese Person wirst du sein. Das ist so, als hättest du dich entscheiden müssen, ob du das rote oder das schwarze Kleid kaufen sollst, und dir vorgestellt, wie es dir stehen würde. Wenn du dich schließlich entscheidest, geht nichts von dir verloren, nur weil du den Pfad der Wahl beschreitest und fortan das schwarze Kleid trägst. Hier ist es das Gleiche. Der Pfad, der sich als Realität herausstellt, ändert nichts daran, wer du bist.«

»Doch, das tut es, wenn ich mich nicht an diesen Pfad erinnere. Wenn ich mich nicht an mich erinnere, an die Person, die ich im Moment bin, ändert das eine ganze Menge.«

Ich konnte ihr ihre Sorge nicht verdenken – ich hatte ganz ähnliche Befürchtungen. Die Zeit im Gefängnis hatte den anderen Jacob verändert, hatte ihn zu einem anderen Menschen gemacht. Wie viel von *mir* würde übrig bleiben, wenn wir uns wieder vereinigten? War ich definiert durch meine Erinnerungen oder durch etwas anderes?

In gewisser Weise waren wir alle nicht mehr die Person, die wir von einem Jahr oder einer Stunde gewesen waren. Wir glichen eher einer langen Kette unterschiedlicher Personen, die durch unsere Erinnerung an das Vergangene und die Erwartungen an das Zukünftige miteinander verbunden waren. Was machte Jacob Kelley aus, wenn nicht die Verbindung zu den früheren Versionen meiner selbst, die durch meine Erinnerung hergestellt wurde? Wenn jemand meine Erinnerungen vollständig gegen die einer anderen Person austauschte, wäre ich dann immer noch ich selbst? Oder wäre ich jemand anders?

Verstörende Gedanken, die sich aber nicht so einfach abschütteln ließen in Anbetracht der Tatsache, dass sich meine Persönlichkeit und meine Erinnerungen ebenso wie mein Körper aufgespalten hatten. Wenn ich mich in diesem Moment erneut aufspaltete, und die eine Version wandte sich nach links und die andere nach rechts, welchen Weg würde dann *ich* einschlagen? Beide würden sich daran erinnern, diese Überlegungen angestellt zu haben, aber wir konnten nicht beide Jacob Kelley sein, oder doch? Es war ein Dilemma, und eine Lösung war nicht in Sicht. Ich wollte meine Tochter beruhigen, war selbst aber mutlos.

»Es tut mir leid«, sagte ich. »Ich fürchte mich vor dem, was mit mir geschehen wird. Ich kenne auch nicht alle Antworten.« Hilflos zuckte ich mit den Achseln. »Eigentlich weiß ich überhaupt keine.«

Ihre Miene wurde weicher, und sie neigte sich vor und gab mir einen Kuss auf die Wange. »Jetzt bist du wenigstens ehrlich«, sagte sie. »Wie sieht dein Plan aus?«

»Ich will herausfinden, was mit ihnen passiert ist. Wie es dann weitergeht, wer weiß das schon?«

Die Tage waren jetzt wärmer. Die Bäume trugen wieder Blätter, Blumen blühten, doch während der langen Fahrt durch die Jersey Pine Barrens musste ich an den Morgen denken, an dem ich mit Marek diese Strecke gefahren war und Brian tot auf dem Boden des Bunkers gefunden hatte. Meine Gedanken kreisten um den Kollaps der Wellengleichung und dessen Folgen sowie um die Möglichkeit, dass Elena, Sean und Claire noch irgendwo am Leben sein könnten. Gleichzeitig bemühte ich mich, meine Hoffnung zu dämpfen.

Am NJSC angelangt, stellte ich den Wagen auf dem Besucherparkplatz ab. Sheila Singer sagte in Philadelphia vor Gericht aus, deshalb konnten wir sie nicht fragen. Das war auch gut so, denn vermutlich hätte sie mich als den Angeklagten erkannt und die Polizei gerufen. Jetzt konnten wir nur hoffen, dass mich sonst niemand erkannte, wenngleich ich davon ausging, dass die Gefahr im Besucherzentrum ziemlich gering war. Die Wissenschaftler kamen nur selten hierher.

Die Vorhalle des Besucherzentrums war so groß wie eine Kathedrale, mit hohen Glasfenstern und einem Modell des Super Colliders, das von der Decke hing. An den Wänden standen Infotafeln mit Überschriften wie *Die Suche nach Vereinheitlichung* und *Kleine Schwarze Löcher*, interaktive Modelle von Atomen und Touchscreens. Die junge Asiatin hinter dem Empfangstresen wirkte mit ihrem Pagenschnitt, der großen Brille und dem Männerhemd mit Button-down-Kragen auf eine strenge Art attraktiv. Ich ging zu ihr, während Alessandra sich ein wenig umsah.

»Hallo«, sagte die Empfangsdame mit freundlichem Lächeln. »Womit kann ich Ihnen helfen?«

»Kennen Sie zufällig Sheila Singer?«

»Ja, sicher.« Das Lächeln verflüchtigte sich. »Aber die ist heute nicht da. Ich bedaure, aber ...«

»Nein, das weiß ich. Arbeiten Sie häufig mit ihr zusammen?«

»An den meisten Tagen. Wir werfen Münzen, wer die Führung machen darf, denn ehrlich gesagt ...« – sie senkte die Stimme – »... ist es langweilig, den ganzen Tag am Schreibtisch zu sitzen.«

Ich schlug einen lockeren Gesprächston an. »Das glaube ich Ihnen gern. Seit wann arbeiten Sie hier?«

»Seit neun.«

»Nein, ich meine ...«

»Oh, tut mir leid. Seit etwas über einem Jahr.« Sie legte die Stirn in Falten. »Weshalb fragen Sie?«

»Ich arbeite im Büro des Distriktstaatsanwalts«, sagte ich. »Ms. Singer sagt heute wegen eines Ereignisses, das einige Monate zurückliegt, vor Gericht aus, und wir würden gern die Fakten überprüfen.« Das klang wenig überzeugend in meinen Ohren, doch ich hoffte trotzdem, dass sie es schlucken würde.

»Ach, es geht um das Verfahren!«, sagte sie. »Ich war schon neidisch, dass Sheila aussagen darf und ich nicht. Das ist ja so aufregend.«

»Heißt das, Sie waren an dem Tag hier? Als diese Frau sich nach Jacob Kelley erkundigt hat?«

»Ja, sicher. Ich war bis Dienstschluss hier, und die Frau wirkte aufgeregt, und das ältere Mädchen sah aus, als hätte es geweint.« Sie verschränkte die Arme. »Aber es war Sheila, die mit ihnen geredet hat, deshalb darf sie vor Gericht aussagen und den Reportern Interviews geben.«

»Hat Sheila der Frau gesagt, wo sie Jacob Kelley eventuell finden könnte?«

»Das wusste sie nicht, verstehen Sie? Ich glaube, sie hat ihr angeboten, den Manager zu rufen. Dann erkundigte sich die Frau nach Dr. Vanderhall, und den kannte Sheila natürlich gut.«

»Tatsächlich?«

»Ja, sicher. Sie hatten mal was miteinander. Dr. Vanderhall hat einen gewissen Ruf – ich meine, er *hatte* einen gewissen Ruf. Eigentlich sollte ich so was nicht sagen, aber ich hab Sheila schon damals gesagt, dass es nicht gut ausgehen würde, und so ist es auch gekommen.«

»Was hat Sheila zu der Frau gesagt?«

»Sie hat ihr erklärt, wo Dr. Vanderhalls Büro liegt, und die hat sich bedankt und ist mit den Kindern gegangen.«

»Wissen Sie, wohin?«

Die Empfangsdame zuckte auf eine merkwürdige Weise mit den Schultern und blickte nach draußen. »Na ja, ich nehme an, dass sie sich auf den Weg zu Dr. Vanderhalls Büro gemacht haben. Wohin hätten sie sonst gehen sollen?«

»Das war der Tag, an dem Dr. Vanderhall tot aufgefunden wurde«, sagte ich.

»Na ja, ich glaub schon, oder? Und ihr Mann war der Mörder«, sagte sie, ohne mir in die Augen zu sehen.

»Der mutmaßliche Mörder«, sagte ich.

»Wie bitte?«

»Er wurde noch nicht verurteilt. Es könnte sein, dass er unschuldig ist.«

»Ja.« Sie schwenkte verächtlich die Hand. »Aber wenn er's nicht war, hätte man ihn bestimmt nicht festgenommen.«

»Ich verstehe, was Sie meinen. Danke, dass Sie sich Zeit für mich genommen haben.«

Alessandra saß in der Nähe auf einer Bank, vor einer Tafel mit der Überschrift *Die aufregende Geschichte von der Entdeckung der flüchtigsten Teilchen des Universums*. Ihr leerer Blick verriet, dass ihre Eyejacklinsen aktiv waren. »Was schaust du dir an?«, fragte ich.

»Sheila Singers alten Viewfeed.«

»Tatsächlich? Das ist möglich?«, fragte ich.

»Das war nicht schwer. Ich bin den Freundschaftslinks gefolgt, bis ich eine Gruppe gefunden habe, in der sie Mitglied ist. Die meisten Leute achten nicht auf Datensicherheit, oder es ist ihnen egal, wer ihr Zeug sieht. Die lassen die Privatsphäreeinstellungen unverändert, damit ihre Freunde auf die Daten zugreifen können. Jemand, der den gleichen Arbeitsplatz hat wie früher mein Vater, ist da nur ein paar Klicks weit entfernt.«

»Und was hast du herausgefunden? Kannst du die Aufzeichnung vom dritten Dezember sehen?«

»Da sind Tausende Stunden Viewfeed gespeichert. Offenbar ist sie ein Lifer.«

»Was ist das denn?«

Alessandra verdrehte die Augen. »Ein Life Logger. Sie lässt die Eyejacks ständig aufzeichnen, deshalb gibt es einen vollständigen Feed ihres Lebens. Aber die Aufzeichnungen sind ungeordnet und unvollständig betitelt.« Sie hielt inne, ihr Blick huschte hin und her. »Wow. Ich wüsste gern, ob sie weiß, dass auch *dieser* Viewfeed öffentlich zugänglich ist.« Alessandra legte den Kopf schief und blinzelte. »Erstaunlich, wie manche Leute sich verbiegen können.«

Ich räusperte mich vernehmlich.

»Das ist ein Aerobikkurs, Dad.«

»Schon gut«, sagte ich. »Mach weiter.«

»Es könnte eine Weile dauern, bis ich alles durchhabe«, sagte Alessandra.

»Vielleicht kannst du das Zeitfenster eingrenzen«, meinte ich. »Sie hat gesagt, sie habe Elena am dritten Dezember kurz vor fünf gesehen.«

»Das Problem ist, es gibt keinen Zeitindex.«

»Okay, hab verstanden. Ich lass dich in Ruhe.«

Ich ließ sie in Ruhe suchen und schlenderte an den Infotafeln entlang. Die meisten übertrieben die Errungenschaften des NJSC in schwülstiger, irreführender Sprache. Bisweilen wurden Dinge behauptet, die ich für regelrecht falsch hielt. Vermutlich handelte es sich um den Versuch, die Wahrheit in so einfacher Sprache auszudrücken, dass der Durchschnittstourist sie verstehen konnte. Immer wieder sah ich mich um, aus Angst, jemand könnte mich erkennen, und schließlich schlug ich Alessandra vor, zu Mittag zu essen, und sagte ihr, sie könne ihre Suche dabei fortsetzen. Wir gingen zu einem Laden, wo es Suppen und Sandwiches gab. Ich war schon häufiger dort gewesen, doch zum Glück bemerkte ich meinen Fehler, bevor wir hineingingen. Ich würde mit Sicherheit erkannt werden, wenn nicht von den Angestellten, dann von ehemaligen Mitarbeitern, die Mittagspause hatten. Ich entschied mich stattdessen für ein Diner und bestellte für uns beide Geflügelsandwiches.

Als das Essen gebracht wurde, hatte Alessandra den gesuchten Viewfeed in Sheilas Bibliothek gefunden. Ich trug noch immer die Linsen, deshalb stellte ich eine Verbindung zu Alessandras Handy her, und wir schauten uns das Material gemeinsam an.

Wir sahen die Eingangshalle aus der Perspektive des Empfangstresens. Und wie Sheila geschildert hatte, waren da Elena, Claire, Alessandra und Sean, besorgt und aufgeregt. Ich hörte, wie Alessandra – die neben mir sitzende Alessandra – scharf einatmete, als sie sich sah. Es war eine Sache, zu wissen, dass man einen Doppelgänger hatte, aber eine ganz andere, ihn leibhaftig vor sich zu sehen. Ich hatte nur Augen für Elena. Im gleichen Moment, in dem ich sie tot im Wohnzimmer gefunden hatte, war sie noch am Leben gewesen und hatte nach mir gesucht.

Elena sah mir in die Augen – genau genommen, in Sheilas Augen – und sagte: »Ich suche meinen Mann, Jacob Kelley. Wissen Sie, wo er ist?«

Sheila sah auf den Monitor. »Tut mir leid, ich weiß nicht,

wer das ist«, antwortete sie. »Kelley? Arbeitet er hier, oder ist er ein Besucher?«

»Er hat vor ein paar Jahren hier gearbeitet«, sagte Elena.

»Tut mir leid«, wiederholte Sheila. »Ich weiß nicht, wo er sein könnte. Soll ich meinen Vorgesetzten rufen?«

»Nein«, sagte Elena. »Er wollte zu Brian Vanderhalls Büro. Können Sie mir sagen, wo das liegt?«

»Selbstverständlich. Den kennen wir.« Die Perspektive veränderte sich, und Sheila wechselte einen Blick mit der anderen Empfangsdame – der jungen Asiatin, mit der ich gerade eben im NJSC gesprochen hatte. Mir wurde bewusst, dass ich sie nicht nach ihrem Namen gefragt hatte. »Sein Büro liegt im Dirac Building. Gehen Sie durch diese Tür und dann nach rechts ...«

»Ich bringe sie hin«, sagte die Asiatin.

»Ach, wirklich? Ich dachte, du wolltest ihn nie wiedersehen«, sagte Sheila.

»Ich zeige ihnen nur den Weg. Dann habe ich einen Grund, ein paar Minuten früher zu gehen.«

»Dann überlässt du das Aufräumen also mir«, meinte Sheila.

»So hab ich mir das vorgestellt«, entgegnete die andere. Sie zwinkerte. »Kommen Sie«, sagte sie zu Elena. »Ich bringe Sie hin.«

Als sie hinausgingen, wählte Elena eine Telefonnummer und lauschte. Diesmal war ich schockiert. Sie hatte *mich* angerufen. Der Anruf, der den Polizisten abgelenkt hatte, sodass ich ihn hatte niederschlagen können, war nicht von Alessandra gekommen, die mich mit Elenas Handy angerufen hatte. Das war *Elena* gewesen, die mich fragen wollte, wo ich war. Hätte sie fünf Minuten früher oder später angerufen, hätte ich den Anruf entgegengenommen. Ich hätte mit ihr *gesprochen*. Ich hätte von Anfang an gewusst, dass sie noch am Leben war.

Wir sahen durch Sheilas Augen, wie sie nach draußen gingen, die Asiatin vorneweg, gefolgt von Elena und den Kindern. Als sie nicht mehr zu sehen waren, schaltete ich den Viewfeed mit heftigem Geblinzel aus.

Das Geflügelsandwich auf meinem Teller war kalt geworden. Es dauerte einen Moment, bis ich wieder wusste, wo ich war.

»Sie hat gelogen«, sagte ich. »Sie haben beide gelogen. Sheila hat ihre Kollegin in ihrer Aussage nicht erwähnt, und beide haben behauptet, Sheila habe den anderen gesagt, wo Brian zu finden sei. Dass man sie zu Brians Büro geführt hat, haben beide nicht erwähnt.« Ich schlug auf den Tisch. »Ich weiß nicht mal, wie diese zweite Empfangsdame heißt.«

»Das ist doch keine große Sache«, meinte Alessandra. »Was ändert das schon?«

»Sheila hat zu ihrer Kollegin gesagt: ›Ich dachte, du wolltest ihn nie wiedersehen‹. Das deutet auf eine Beziehung zwischen Brian und der Asiatin hin, und in Anbetracht von Brians Ruf kann man wohl von einer Liebesbeziehung ausgehen.«

»Na und? Vermutlich gibt es eine ganze Menge junge Frauen, die mal eine Liebesbeziehung mit ihm hatten.«

»Die Frage ist nur, warum lügen alle? Was haben sie zu verbergen?«

Auf der Rückfahrt vom NJSC loggte Alessandra sich erneut in Sheilas Viewfeed ein, um den Namen der Frau herauszufinden, die uns belogen hatte. Sie brauchte nicht lange.

»Lily Lin«, sagte sie. »Wird in Sheilas Freundesliste geführt.«

»Lin?«

»So steht's da. Sie arbeitet im Besucherzentrum und wohnt in der Nähe. Sieht so aus, als wären eine Menge Leute aus ihrer Familie bei der Polizei.«

»Hat nicht eine Polizistin namens Lin im Prozess ausgesagt?«

»Brittany Lin. Ist anscheinend ihre Schwester.«

»Du machst Witze. Brittany könnte also die Beweise manipuliert haben, um ihre Schwester zu schützen. Ein Verschleierungsversuch der Polizei?«

»Sieht so aus.«

»Gut gemacht, Alessandra.«

Sie lächelte erfreut. »Alex«, sagte sie.

»Was?«

»Ich weiß, du und Mom, ihr benutzt gern meinen vollständigen Namen, aber nenn mich Alex. Alle meine Freunde nennen mich so.«

Mir lag die Bemerkung auf der Zunge, ich hätte gar nicht gewusst, dass sie Freunde hatte, doch ich biss mir gerade noch rechtzeitig auf die Zunge. Ich wusste, sie meinte ihre Online-Freunde. »Alex«, sagte ich. Ich lauschte dem Wort hinterher. Es gefiel mir nicht. Der ganze Zauber ihres altitalienischen Namens ging dabei verloren. Aber es bedeutete, dass sie mich in ihren Freundeskreis einbezog. Ich entschied mich, nichts zu sagen. »Also, Alex. Meinst du, du kommst an Lilys Viewfeed von dem Tag heran?«

»Mal sehen. Mit Sheila hatten wir Glück. Aber nicht jeder ist ein Lifer, weißt du.«

»Ich kann mir nicht vorstellen, warum jemand so was

überhaupt macht«, sagte ich. »Welchen Sinn hat es, sein ganzes Leben aufzuzeichnen? Das meiste davon ist doch ziemlich banal. Besondere Anlässe, okay, das kann ich nachvollziehen, aber …«

»Manche Lifer sind extrem beliebt«, sagte Alessandra. »Tausende Menschen schauen ihnen ständig zu.«

»Dann verbringen Menschen ohne ein eigenes Leben also ihre Zeit damit, in das Leben eines anderen einzutauchen? Das ist wirklich traurig …«

»Ich zeichne seit über einem Jahr auf.« Alessandras Tonfall war herausfordernd, angriffslustig.

Ich klappte den Mund zu. Seit einem Jahr? Alles, was sie bei uns zu Hause gesehen hatte, war online? Beinahe hätte ich eine scharfe Bemerkung dazu gemacht, dass sie die schmutzige Wäsche unserer Familie in der Öffentlichkeit wusch, beherrschte mich aber. Sie hatte freiwillig etwas von sich preisgegeben, und es wäre töricht gewesen, sie deswegen zu rügen.

Stattdessen fragte ich: »Warum?«

Sie verdrehte die Augen. »Willkommen im einundzwanzigsten Jahrhundert, Dad.«

»Ganz ehrlich«, sagte ich. »Ich versteh's nicht. Weshalb teilt man einen Videofeed mit Wildfremden?«

Offenbar war ich zu ihr durchgedrungen, denn sie gab mir eine ernsthafte Antwort. »Ich fühle mich dadurch mit anderen verbunden. Die Leute kommentieren mein Leben, manchmal Menschen in aller Welt. Sie teilen meine Gefühle, freuen sich mit mir, geben mir Ratschläge. Es sind nicht viele. Ich habe keine große Anhängerschaft.«

»Aber … wo bleibt da die Privatsphäre?«

Sie zuckte kaum merklich mit den Schultern. »Das ist

keine große Sache, Dad. Vielleicht für deine Generation. Für mich nicht.«

»Schaust du auch anderen Leuten zu?«

»Klar. Hin und wieder meinen Freunden. Meistens aber Fremden. Ich suche mir Leute aus, die mir gefallen, und folge ihnen eine Weile.«

»Aber ... warum? Ist es nicht langweilig, das Leben einer anderen Person zu verfolgen? Ich meine, das ist doch kein Film. Meistens passiert nichts Interessantes.«

Sie seufzte, als müsste sie einem Idioten eine Selbstverständlichkeit erklären. »Es gibt Apps, die ungewöhnliche Muster erkennen, erhobene Stimmen, schnelle Augenbewegungen – so was halt. Wenn man nur die Highlights sehen möchte, geht das. Aber manchmal ist es auch ziemlich interessant, dem Dauerfeed zu folgen.«

»Tatsächlich? Menschen beobachten dich dabei, wie du deine Hausaufgaben machst oder zu Mittag isst?«

Alessandra – Alex – hob die Hände. »Hast du schon mal einen Blog gelesen?«

»Klar, aber ...« Ich hielt inne. Allmählich dämmerte es mir. »Du sagst, der Reiz ist der gleiche wie bei einem persönlichen Blog. Jemand berichtet von den Höhen und Tiefen seines Lebens; andere lassen sich auf das Drama ein.«

»Genau. Die Viewer geben Kommentare ab, regen sich auf, streiten miteinander. Die Beliebtesten werden Superstars. Sie leben ihr ganzes Leben vor den Augen von Millionen von Menschen.«

Ich schwieg und ließ mir das durch den Kopf gehen. Nadelbäume zogen vorbei. Als ich noch jung war, hatte meine Mutter Bedenken wegen meines Facebook-Accounts gehabt und nicht gewusst, wie weit verbreitet dieses Phänomen gewesen war. Mir wurde klar, dass die Zeiten sich geändert hatten und dass das, was ich fälschlicherweise für ein Teenagerspiel gehalten hatte, zu einem ernst zu nehmenden kulturellen Phänomen geworden war.

Ich schaute sie von der Seite an. »Möchtest du das sein? Ein Superstar?«

Ein weiteres winziges Achselzucken. Sie schaute aus dem Beifahrerfenster und schwieg. Ich fasste das als Ja auf, begriff aber auch, dass meine Tochter sich keinem Spott aussetzen und auch nicht zugeben wollte, dass sie diesem merkwürdigen Starruhm hinterherlief. Mir fielen auf Anhieb ein Dutzend Gründe ein, weshalb es eine furchtbare Idee war, sein Leben mit Millionen Menschen zu teilen. Es wirkte sich zerstörerisch auf Beziehungen aus und führte zu Identitätskrisen, doch andererseits musste ich anerkennen, dass die Beziehung zu meiner Tochter an einem Wendepunkt angelangt war. Entweder ich sprach aus, was mir durch den Kopf ging und sie würde nie wieder ihre Gedanken mit mir teilen, oder ich hörte ihr vorurteilsfrei zu – was ich bei Alex möglicherweise noch nie getan hatte.

»Das wäre richtig cool«, sagte ich. »Einen Star in der Familie zu haben.«

Sie sah mich rasch an; offenbar fürchtete sie, ich mache mich über sie lustig. Dann grinste sie. »Richtig *cool?*«

»Sagt man etwa nicht mehr cool?«

»Schon seit Jahren nicht mehr.«

Alex fand heraus, dass es tatsächlich einen Viewfeed gab, auf dem zu sehen war, wie Lily Lin Elena und die Kinder zu Brians Büro begleitete, doch die Datei war passwortgeschützt und nicht öffentlich zugänglich. Mit lockerer Auslegung der Geschwindigkeitsbegrenzung erreichten Alex und ich das Feynman Center, bevor es schloss. Lily Lin stand nicht mehr am Tresen. Ihren Platz hatte ein finster blickender Mann mit buschigem Schnäuzer eingenommen.

»Entschuldigen Sie«, sagte ich. »Wir würden gern mit Lily Lin sprechen.«

»Die suche ich auch«, erwiderte der Mann gereizt. Er klang ein wenig wie Marek, deshalb nahm ich an, dass er aus Osteuropa stammte. »Sie ist vor einer Dreiviertelstunde verschwunden, ohne sich abzumelden.«

»O nein«, sagte Alex. »Sie ist weggelaufen. Du hast ihr gesagt, du wärst an den Ermittlungen beteiligt. Da ist sie in Panik geraten.«

»Ist sie schon früher einmal nach Hause gegangen, ohne Ihnen Bescheid zu geben?«, fragte ich.

Der Mann schüttelte den Kopf und bleckte die Zähne wie ein Hund mit einem Fleischbrocken. »Nein, das ist noch nie vorgekommen.« *Vorgekommen* hörte sich bei ihm an wie *forrkomm*. Ein Russe?

»Sie hat ihn ermordet!«, sagte Alex.

»Ermordet? Wen?«, fragte der potenzielle Russe.

Ich seufzte. »Ich untersuche den Mord, der sich hier im Dezember ereignet hat.«

»Und Sie glauben ... es war Lily?«

»Ich möchte bloß mit ihr sprechen.«

»Sie hat ihre Handtasche mitgenommen«, sagte der Manager. »Den Rechner hat sie angelassen.«

»Dann war sie in Eile. Gibt es hier Überwachungskameras?«, fragte ich.

»Selbstverständlich. Wir können ... Lily!«

Ich folgte dem Blick des Managers mit den Augen und

erblickte Lily, die sich uns mit der Tasche in der Hand näherte. Ihre Augen und ihre Nase waren gerötet, ihr Make-up verschmiert.

»Es tut mir leid, Mr. Egorov«, sagte sie.

»Sie waren eine Dreiviertelstunde weg!«

»Ich weiß. Ich bitte um Verzeihung.«

»Wo waren Sie?«

»Auf der Toilette.«

»Eine Dreiviertelstunde lang?«

»Sie hat geweint«, sagte Alex.

»Sie wissen etwas, nicht wahr?«, sagte ich. »Entweder Sie haben der Polizei nicht die Wahrheit gesagt, oder Ihre Schwester deckt Sie.«

Lily wischte sich die Augen. »Ich weiß nicht, wovon Sie reden.«

»O doch«, sagte ich. »An dem Tag, als die Frau mit ihren Kindern hier war, hat nicht Sheila sie zu Brian Vanderhalls Büro gebracht. Das waren Sie.«

»Wer sind Sie?«, fragte Lin.

»Ich untersuche Mr. Vanderhalls Tod. Wir wissen, dass Sie einen Viewfeed von diesem Tag haben. Den würden wir gern sehen.«

Sie wich einen Schritt zurück. »Nein«, sagte sie und schüttelte den Kopf. »Nein, das geht nicht.«

»Sie müssen aussagen«, sagte ich. »Wir wollen wissen, wie es wirklich gewesen ist.«

»Gehen Sie weg. Ich weiß nichts.«

»Sie haben ihn erschossen, oder?«, sagte ich. »Ihre Schwester ist bei der Polizei; sie deckt Ihre Tat. Wir wissen, dass Sie sich mit Brian getroffen haben. Als er Schluss gemacht hat, haben Sie …«

»Er *wollte*, dass ich auf ihn schieße«, sagte sie. »Er hat mich dazu gezwungen. Er hat gesagt, es würde ihn nicht verletzen.«

»Dann war es also ein Unfall«, sagte ich.

»Nein! Das heißt, ja, ich habe auf ihn geschossen, aber er wurde dabei nicht verletzt«, sagte Lily. »Es hat funktioniert, wie er gesagt hat. Die Kugel ging durch ihn hindurch.«

»Wie ist er dann umgekommen?«

»Liegt das nicht auf der Hand? Wahrscheinlich hat er damit herumgespielt und sich selbst erschossen, oder aber er hat seine neue Freundin dazu gebracht, auf ihn zu schießen, bloß hat es nicht funktioniert, und sie hat ihm das Hirn weggepustet. Geschieht ihr recht. Hoffentlich hat sie alles mit angesehen und wurde mit Gehirnmasse bespritzt.«

»Seine neue Freundin? Wer genau ist das?«

»Ihren Namen kenne ich nicht. Es gab immer eine Neue, aber nie für längere Zeit.« Sie wischte sich die Augen und schniefte. »Ich habe wirklich geglaubt, er würde mich heiraten. Können Sie sich das vorstellen?«

»Wieso hat die Polizei das nicht herausgefunden?«, fragte Alex.

»Lassen Sie mich raten«, sagte ich. »Ihre Schwester hat darüber hinweggesehen, dass Sie die Geliebte des Opfers waren und daher zum Kreis der Verdächtigen gehören.«

»Nein, Brittany hat mich vernommen«, sagte Lily. »Sie wusste, dass ich verdächtig war. Aber ich hatte ein Alibi. Ich war an dem Abend bei meinem Bruder und meiner Schwägerin. Sie *wusste*, dass ich es nicht gewesen bin.«

»Aber was verbergen Sie?«

»Gar nichts«, entgegnete sie, sah aber zur Tür, als ziehe sie eine Flucht in Betracht.

»Der Viewfeed«, sagte ich. »Dürfen wir ihn sehen?«

»Nein. Wer sind Sie eigentlich? Sie haben mir noch nicht einmal Ihren Ausweis gezeigt.«

»Bitte. Es könnte uns dabei helfen, die Kelleys zu finden«, sagte ich.

Lily schnappte nach Luft. Sie zeigte auf mein Gesicht. »Du meine Güte!«, rief sie. »Sie sind Jacob Kelley! Sie haben Brian getötet!«

»Ich habe ihn nicht getötet«, sagte ich. »Sie haben eben selbst gesagt, dass Sie an einen Unfall glauben.«

»Sie sollten im Gefängnis sein!«

»Zeit zu verschwinden«, sagte ich zu Alex. Wir wandten uns zum Ausgang.

»Mr. Egorov, schnell! Rufen Sie die Polizei!«, rief Lily.

Wir drängten durch die Doppeltür nach draußen. »Eine lächerliche Frau«, sagte ich.

»Sie ist aufgebracht«, meinte Alex.

»Sie weiß vielleicht, wo die anderen sind, will es uns aber nicht sagen«, mutmaßte ich. »Unter diesen Umständen sehe ich keinen Anlass, nachsichtig zu sein.«

Wir sprangen in den Wagen. Ich versuchte Terry anzurufen, doch ich erreichte nur die Mailbox, die mir mitteilte, Terry sei im Gericht und werde so bald wie möglich zurückrufen.

»Hoffentlich hält die Polizei Lily Lin für eine Verrückte, wenn sie dort anruft«, meinte ich. »Da ich im Moment vor Gericht stehe, kann ich unmöglich in New Jersey herumkurven.«

Das Handy klingelte. »Terry?«, sagte ich.

»Nein, hier ist Nick Massey«, sagte eine aufgebrachte Stimme. »Ich suche nach meiner Frau.«

Es dauerte einen Moment, bis ich begriff. »Moment, wer spricht da?«

»Nick Massey.« Er betonte jede einzelne Silbe, als hätte er es mit einem Schwachsinnigen zu tun.

»Du suchst nach Jean?«

»Das habe ich doch gerade gesagt.«

»Ich habe sie nicht gesehen.«

»Hör zu, Arschloch«, sagte er. »Ich muss euch nicht zusammen im Bett erwischen, um zu wissen, was los ist. Sie war in den vergangenen Wochen kaum zu Hause, und jetzt geht sie nicht mal mehr ans Telefon, wenn ich sie anrufe. Wenn sie mich verlassen will, in Ordnung, aber ich will den Grund wissen, und wir müssen das vor Gericht regeln. Wenn sie Chance und mich verlassen will, sollte sie wenigstens den Anstand haben, uns das ins Gesicht zu sagen.«

Ich öffnete den Mund und klappte ihn wieder zu, denn ich wusste nicht, was ich darauf antworten sollte. Das kam völlig unerwartet, und ich konnte keine neuen Probleme gebrauchen. »Du irrst dich«, sagte ich. »Ich schlafe nicht mit Jean. Sie hilft mir beim Gerichtsverfahren. Sie ist eine wichtige Zeugin.«

»Hol sie ans Telefon.«

»Sie ist nicht bei mir. Ich habe sie getroffen, aber nicht heute. Ich weiß nicht, wo sie ist, aber ich vermute, dass sie am Gericht in Philadelphia ist.«

»Ein Ehemann merkt so was, Jacob. Sie ist nicht bloß mit einem Gerichtsverfahren beschäftigt. Sie ist seit Wochen emotional ein Totalausfall, und jetzt kenne ich auch den Grund. Sie schläft mit dir und hat Chance und mich im Stich gelassen.«

»Hör mal, Nick, das tut mir wirklich leid, aber ich habe

keine Ahnung, was bei euch los ist«, sagte ich. »Wenn ich Jean sehe, sag ich ihr, sie soll dich anrufen.«

»Tu das. Und überleg dir gut, ob du dich mit einer Frau einlassen willst, die ihr eigenes Kind im Stich lässt.«

»Ich schlafe nicht mit Jean, Nick.«

»Also, wenn das stimmt, entschuldige ich mich. Aber ich bin mir ziemlich sicher, dass es da jemanden gibt.«

In dem Moment, als ich die Verbindung unterbrach, klingelte das Handy in meiner Hand erneut. Diesmal war Terry dran. »Jacob, wo stecken Sie? Sie treten heute Nachmittag in den Zeugenstand.«

»Was? Heute?«

»Aber ja! Hören Sie, wenn Sie nicht in einer knappen Stunde hier sind, verpassen Sie Ihre große Chance. Alles hängt von Ihrer Anwesenheit ab.«

»Es gibt neue Beweise«, sagte ich und erzählte ihm, was wir herausgefunden hatten. »Wir haben eine Augenzeugin, eine Exfreundin von Brian, die uns gesagt hat, dass Brian mit der Pistole gefährliche Selbstversuche durchgeführt hat. Er hat seine Exfreundin dazu überredet, auf ihn zu schießen, und vielleicht war sie nicht die Einzige.«

»Das ist nicht viel«, meinte Terry.

»Was soll das heißen? Das ist doch wirklich mal eine neue Version.«

»Wir haben bereits eine Alternativversion. Es ist zu spät, um daran was zu ändern. Außerdem würde die Richterin misstrauisch werden, wenn jetzt noch neue Beweise auftauchen. Würde diese Frau aussagen?«

»Äh, vermutlich nicht. Jedenfalls nicht freiwillig.«

»Das klappt nie. Zu viele verzweifelte Anwälte werfen gegen Ende des Verfahrens Rauchbomben. Der Staatsanwalt würde Foul reklamieren, und die Richterin würde ihm beipflichten.«

»Und wegen mir werden sie nicht Foul reklamieren?«

»Sicher doch. Aber das ist das Ass in unserem Ärmel, und ich glaube, sie werden nichts dagegen unternehmen können. Es ist das Risiko wert.«

»Diese Frau ist eine glaubwürdigere Zeugin als ich. Sie dürfte zumindest einen begründeten Zweifel wecken.«

»Vor einem Monat vielleicht. Aber heute müssen wir uns an das halten, was wir haben. Kommen Sie sofort her, sonst haben wir gar nichts.«

26

Down-Spin

Terry erhob sich und rief den nächsten und letzten Zeugen auf. Mich. Alle Augen richteten sich auf mich, als ich in den Zeugenstand trat. Aus dieser Perspektive sah der Gerichtssaal verändert aus. Ich spürte, dass die Geschworenen mich beobachteten, und erwiderte ihre Blicke so aufrichtig, wie ich es vermochte, genau wie Terry es mit mir geübt hatte. Er hatte gesagt, die Geschworenen mochten es, wenn der Angeklagte aussagte. Dies bot ihnen Gelegenheit, sich mit der Sichtweise des Angeklagten vertraut zu machen, die bei den meisten Verhandlungen zu kurz kam. Trotzdem sagten die Angeklagten nur selten aus, und das aus gutem Grund. Traten sie in den Zeugenstand, hatte die Staatswanwaltschaft die Gelegenheit, harte Fragen zu stellen und Dinge ins Protokoll aufzunehmen, die ansonsten unerwähnt geblieben wären, wie zum Beispiel eine kriminelle Vorgeschichte oder belastende Aussagen aus der Vergangenheit. Ein schuldiger

Angeklagter war zudem gezwungen, das Gericht anzulügen und dabei überzeugend zu wirken. Dieses Risiko gingen nicht viele Anwälte ein.

Terry glaubte, dass in diesem Fall die Vorteile die Nachteile überwogen. Meine Geschichte war so bizarr, dass sie durch meine Aussage nur an Glaubwürdigkeit gewinnen konnte. Jean hatte die wissenschaftlichen Grundlagen beigesteuert, und Marek hatte seinen Augenzeugenbericht vorgetragen; jetzt musste ich die Ereignisse aus meiner Perspektive schildern. Wir waren darauf vorbereitet, dass Haviland meine Aussage ins Lächerliche ziehen würde, doch wir hatten ihm eine Falle gestellt, die eine Wende im Verfahren herbeiführen würde, wenn sie funktionierte.

Terry hatte mir eingebläut, wie ich mich zu verhalten hatte. Nicht lächeln. Nicht die Arme vor der Brust verschränken. Nicht die Hand vor den Mund halten. Niemals sagen: Soweit ich weiß. Nicht murmeln. Selbstbewusst formulieren. Gerade sitzen. Ich war dermaßen damit beschäftigt, seine Anweisungen zu befolgen, dass ich kaum Zeit hatte, mir Gedanken darüber zu machen, was ich sagen sollte. Vielleicht hatte er es genau darauf angelegt.

Terry wühlte in seinen Papieren und ließ sich dabei Zeit. Vermutlich wollte er die Spannung steigern und das Gefühl wecken, dass dies die entscheidende Phase des Prozesses sei. Ich konnte nur hoffen, dass er Recht hatte.

»Mr. Kelley«, sagte er. »Haben Sie Brian Vanderhall ermordet?«

Ich wartete einen Moment, wie er es mir empfohlen hatte, dann neigte ich mich zum Mikrofon vor. »Nein, das habe ich nicht getan.«

»Haben Sie seinen Tod auf andere Weise verursacht?«

»Nein.«

»Wann haben Sie Mr. Vanderhall zum letzten Mal lebend gesehen?«

»Am Nachmittag des dritten Dezember.«

Terry legte eine Kunstpause ein. »Andere Zeugen haben ausgesagt, Sie hätten Brian am Vormittag des dritten Dezember tot aufgefunden.«

»Ja, das ist richtig«, sagte ich klar und vernehmlich. »Ich habe Brian am Vormittag tot im Bunker gefunden. Und ich habe ihn am Nachmittag lebend gesehen.«

Obwohl Marek im Wesentlichen das Gleiche ausgesagt hatte, begannen die Geschworenen zu tuscheln. Die Kamera flitzte vor meinem Gesicht herum. Haviland lachte auf und klatschte; offenbar glaubte er, das Verfahren so gut wie gewonnen zu haben. Ich zuckte mit keiner Wimper, lächelte nicht und zeigte auch sonst keine Reaktion.

Richterin Roswell klopfte mit dem Hammer – ich fragte mich, wie oft sie dazu wohl Gelegenheit hatte –, worauf es im Saal still wurde.

Terry tat so, als habe ihn meine Erklärung überrascht. »Wollen Sie damit sagen, Brian Vanderhall sei von den Toten auferstanden? Hat er einen Zwilling, den seine Eltern von Geburt an versteckt haben? Oder handelt es sich vielleicht um eine Zeitreise?«

»Nichts von alledem«, sagte ich. »Dieser zugegeben ungewöhnliche Vorfall war unmittelbare Folge von Brians Quantenexperimenten.«

Terry führte mich Schritt für Schritt durch die Argumentation. Wir hätten auch einen anderen Weg einschlagen, Brian ganz herauslassen und meine Version den normalen Gegebenheiten anpassen oder sie ganz weglassen können.

Aber ich hatte der Polizei bei der Befragung die Wahrheit gesagt, und das bedeutete, die ganze Geschichte war aktenkundig. Wenn ich die unglaubwürdigen Teile wegließ, könnte Haviland darauf herumreiten und mich trotzdem lächerlich machen.

Es war besser, wenn ich selbst damit herausrückte und das Ganze ernstzunehmend behandelte, in der Hoffnung, dass die Jury es genauso halten würde. Jean hatte bereits die wissenschaftlichen Grundlagen dafür geliefert, dass sich Brian vorübergehend an zwei Orten gleichzeitig aufgehalten hatte. Ich wiederholte Mareks Aussage zu Brians Nachricht, die uns zum CATHIE-Bunker geführt hatte. Ich beschrieb die beiden Resonatoren, die ich dort vorgefunden hatte, und erklärte, welche Bedeutung sie für die makroskopische Realisierung von Quanteneffekten hatten. Die rotierenden Objekte, den augenlosen Mann und dass Marek in Einzelteile zerlegt worden war, ließ ich unerwähnt. Ich ging gleich zu dem Moment über, als wir Brian auf dem Rücksitz seines Wagens entdeckt hatten.

An dieser Stelle unterbrach mich Terry. »Sind Sie sicher, dass es Brian Vanderhall war?«

»Vollkommen sicher.«

»Warum?«

»Ich kannte Brian seit über zehn Jahren. Der Mann hatte sein Gesicht, sein Haar, seine Stimme, seine Gestik und seine Ausdrucksweise. Er sprach mit mir über die Resonatoren, von denen außer Brian und mir niemand wusste, geschweige denn, dass jemand sie versteht. Er war Brian Vanderhall, das steht außer Zweifel.«

»Was geschah mit ihm? Wo befindet er sich jetzt?«

»Die Quantenwelle ist kollabiert.«

»Was heißt das?«

»Das heißt, die beiden Brians – der, der tot im Bunker lag, und der, der auf dem Rücksitz seines Wagens schlief – haben sich wiedervereint. Die Wahrscheinlichkeit, dass dies auf den lebenden Brian hinauslief, war genauso groß, aber zu seinem Pech blieb der tote übrig.«

»Dann ist es gleichwohl wahr, dass Brian von der Waffe im Bunker getötet wurde?«

»Ja. Man könnte sagen, dass anschließend eine Zeit lang eine Schattengestalt seiner selbst existiert hat – wenn man so will, ein anderer möglicher Brian.«

»Könnte die Schattenversion die erste Version in einer bizarren Variante eines Selbstmords getötet haben?«

»Wie Dr. Massey bereits erklärt hat, ist das physikalisch möglich. Aufgrund meiner Sachkenntnis stimme ich mit ihrer Einschätzung überein.«

»Wissen Sie, wer Mr. Vanderhall getötet hat?«, fragte Terry.

»Nein.«

»Waren Sie dabei, als er starb?«, fragte Terry.

»Nein, ich war zu Hause im Bett.«

»Waren Sie eng miteinander befreundet?«

»Ja. Ich würde sagen, er war mein bester Freund. Er war sogar mein Trauzeuge.«

»Und jetzt wirft man Ihnen vor, Brian Vanderhall getötet zu haben. Wurden Sie schon einmal wegen eines Vergehens verurteilt?«

»Höchstens ein Bußgeldbescheid wegen Geschwindigkeitsübertretung.«

»Keine Straftatbestände? Kein Fahren unter Alkoholeinfluss?«

»Nein.«

»Erzählen Sie uns bitte, welche Auswirkungen die Mordanklage auf Ihr Leben hatte.«

Terry walzte das Thema eine Weile aus und zeichnete das Bild eines anständigen Bürgers, um die Geschworenen für mich einzunehmen. Es wäre leichter gewesen, wenn Elena und die Kinder hier gewesen wären, dann hätte er auf die betrübte Familie verweisen können. Mir kam das alles hohl vor, obwohl es der Wahrheit entsprach, aber ich verstand, dass es wichtig war, das Mitgefühl der Jury zu wecken. Schließlich nahm Terry sich die Fakten vor und ließ mich berichten, wie ich in den Besitz der Glock gelangt war und woher das Blut an meinen Schuhen stammte. Zuletzt fragte er mich noch einmal, ob ich Brian Vanderhall getötet oder seinen Tod auf andere Weise verschuldet hatte.

»Nein, das habe ich nicht getan«, antwortete ich.

»Danke, keine weiteren Fragen.« Terry setzte sich.

Es war gut gelaufen. Ich hatte meine Geschichte vorgebracht und bei den Geschworenen hoffentlich die Saat des Zweifels gesät. Haviland erhob sich und trat ans Pult. Er gluckste geradezu vor Genugtuung, rieb sich die Hände und vermochte sich ein Grinsen kaum zu verkneifen. Offenbar hatte er vor, mich fertigzumachen.

»Nur, um das klarzustellen«, sagte er. »Sie behaupten, Sie hätten Brian Vanderhall nach seinem Tod lebend gesehen.«

»Ja.«

»Und Sie erwarten, dass das Gericht glaubt ...« – er hielt sich demonstrativ ein Dokument vors Gesicht, als läse er aus einer Akte vor –, »... dies sei wissenschaftlich möglich.«

»Ja.«

Terry hatte mir eingeschärft, ich solle mich von Havilands Sticheleien nicht aus der Ruhe bringen lassen. Er würde versuchen, mich zu provozieren und in die Defensive zu drängen, doch ich war entschlossen, die Fassung zu bewahren. Entscheidend war, auf seine Fragen zu antworten, nicht auf seinen Ton.

»Mr. Kelley, befindet sich Ihre Frau heute im Gerichtssaal?«

»Nein.«

»Weshalb nicht? Unterstützt Sie sie nicht in dieser schweren Zeit?«

»Meine Frau ist tot«, sagte ich.

»Ach ja? Haben Sie sie ebenfalls getötet?«

Terry schnellte hoch. »Einspruch. Schikane des Zeugen.«

»Abgelehnt«, sagte Richterin Roswell. »Mr. Kelley, Sie dürfen die Frage beantworten.«

»Ich habe meine Frau nicht getötet«, sagte ich. »Ich habe niemanden getötet.«

»Sie haben gesagt, Ihre Frau sei tot. Wie ist sie ums Leben gekommen?«

»Das weiß ich nicht«, sagte ich. Das war nicht ganz richtig, doch die Wahrheit hätte meiner Aussage widersprochen, und niemand hätte sie mir geglaubt.

»Sie wissen es nicht?«, sagte Haviland. »Haben Sie der Polizei nicht gesagt, ein seltsamer Mann sei in Ihr Haus eingedrungen und habe sie getötet? Sind das Ihre Worte, Mr. Kelley?«

»Ja, so habe ich mich dem Polizisten gegenüber geäußert.«

»Widerrufen Sie Ihre Aussage?«

»Nein. Da war ein Mann, und ich glaube, er hat sie getötet, aber ich weiß es nicht mit letzter Gewissheit.«

»War der Mann Brian Vanderhall?«

»Nein. Das war, nachdem Brians Wahrscheinlichkeitswelle kollabiert ist.«

Haviland musterte mich ungläubig. »Ich möchte das nur klarstellen. Sie wollen uns also weismachen, dass es zwei verschwundene Magier gibt. Der eine ist von den Toten auferstanden, der andere hat Ihre Familie getötet. Ist das richtig?«

»Einspruch«, sagte Terry.

»Stattgegeben«, sagte Roswell. »Mr. Haviland, bitte formulieren Sie die Frage um.«

»Haben Sie den Mann, der Ihre Familie umgebracht hat, erkannt?«, fragte Haviland.

Ich wurde allmählich zornig. »Nein. Ich sagte bereits, dass ich nicht weiß, wer das war. Ich war nicht dabei, als es geschah. Als ich das Haus betreten habe, war dort ein Mann, und ich glaube, er hat meine Familie umgebracht.«

»Hat die Polizei diesen Mann festgenommen?«

»Nein.«

»Haben Sie der Polizei bei Ihrer Festnahme nicht gesagt, die Leichen Ihrer Frau und Ihrer beiden Kinder lägen im Haus?«

»Ja, das ist richtig.«

»Hat die Polizei die Toten gefunden?«

»Nein.«

»Wäre es dann nicht zutreffender zu sagen, dass Ihre Familie vermisst wird, Mr. Kelley? Schließlich ist das jetzt Monate her, und weder Ihre Angehörigen noch deren Leichen wurden gefunden. Ist das korrekt?«

»Sie als vermisst zu bezeichnen ist durchaus zutreffend«, sagte ich.

»Haben Sie und Ihre Frau sich gestritten, bevor sie verschwunden ist?«, fragte Haviland.

»Nein!«

»Haben Sie sie geschlagen?«

»Nein. Ich habe meine Frau niemals geschlagen.«

Haviland blätterte in seinen Notizen. Ich hatte den Eindruck, er wolle der Jury Gelegenheit geben, darüber nachzudenken, welche Gründe eine Frau haben könnte, spurlos zu verschwinden und ihre Kinder mitzunehmen.

»Ich verstehe«, sagte Haviland schließlich.

»Haben Sie schon mal eine andere Person im Zorn geschlagen?« Ich wusste genau, auf welchen Vorfall er anspielte, und hatte nicht die geringste Lust, darüber zu sprechen.

»Bitte beantworten Sie meine Frage«, sagte Haviland. »Haben Sie schon mal ...«

»Ich habe meine Frau beschützt.«

»Ich frage noch einmal. Haben Sie ...«

»Ja. Wir waren im Fitnesscenter, und so ein Kerl hat sie belästigt ...«

»Ja oder nein reicht aus.« Haviland lächelte herablassend. »Wer war der Mann, den Sie geschlagen haben?«

»Martin Slosser.«

»Wo hat sich der Vorfall zugetragen?«

»Im Granite Run Health and Fitness Club.«

»Wie oft haben Sie ihn geschlagen?«

»Das kann ich nicht sagen.«

»Vier-, fünfmal?«

»Das wäre möglich. Ich bin mir nicht sicher.«

»Sie haben nicht mitgezählt?«

»Natürlich nicht.«

»Würden Sie sagen, dass Sie die Selbstbeherrschung verloren haben, Mr. Kelley?«

»Er hat meine Frau belästigt!«

»Hat er sie körperlich angegriffen?«

»Nicht direkt. Er hat unflätige Bemerkungen gemacht, sexuelle Anzüglichkeiten, und er hat sie bedroht.«

»Und da haben Sie ihm klargemacht, womit er zu rechnen hat, wenn er Ihrer Frau zu nahetritt.«

»Ich war wütend. Ich habe ihn geschlagen.«

»Nur ein bisschen? Sie haben ihm eine dicke Lippe verpasst und ihn dann laufen lassen?«

»Ich verstehe Ihre Frage nicht.«

»Welche Verletzungen hat der Mann erlitten, Mr. Kelley?«

»Er war kurzzeitig bewusstlos.«

»Wurde er nicht mit dem Krankenwagen ins Riddle Hospital gebracht und wegen Gehirnerschütterung und Gehirnprellung behandelt?«

»Er wurde ins Krankenhaus gebracht. Weswegen er dort behandelt wurde, weiß ich nicht.«

»Gerade eben haben Sie der Jury gesagt, Sie hätten noch nie eine Straftat begangen. Muss man diesen Vorfall nicht als Körperverletzung bezeichnen?«

»Es wurde keine Anzeige erstattet«, antwortete ich. »Ich weiß nicht, wie der Vorfall eingestuft worden wäre.«

»Dann haben Sie also einen Mann bewusstlos geschlagen, weil er Ihre Frau angemacht hat. Was hätten Sie getan, wenn er Ihre Frau tatsächlich angefasst hätte?«

»Ich weiß nicht, was dann passiert wäre.«

»Kann man davon ausgehen, dass Sie noch heftiger reagiert hätten?«

»Das weiß ich nicht. Ich habe ...«

»Was wäre gewesen, wenn er Ihre Frau mit geladener Waffe bedroht hätte? Wenn er auf sie geschossen hätte?«

Ich setzte zu einer zornigen Erwiderung an, beherrschte mich aber rechtzeitig. Terry schüttelte am Verteidigertisch hektisch den Kopf. Er hatte mir ein Dutzend Mal gesagt, ich solle mich nicht auf den Rhythmus des Staatsanwalts einlassen. *Lassen Sie sich Zeit. Atmen Sie gleichmäßig. Antworten Sie in Ihrem eigenen Tempo.*

Ich atmete tief durch. Zählte bis fünf. »Ihre Fragen sind hypothetisch«, sagte ich ruhig. »Ich kann unmöglich sagen, was ich in einer Situation getan hätte, die ich nie erlebt habe.«

»Ich habe noch eine Frage an Sie. Denken Sie an Ihre Zeit als Preisboxer in Philadelphia. Erinnern Sie sich an einen Mann namens Vinny Russo?«

Ich spannte die Muskeln an. Ich wusste, dass er mich zu einer unbeherrschten Reaktion verleiten wollte. »Ich erinnere mich«, sagte ich mit zusammengebissenen Zähnen. »Aber das ist lange her.«

»Hatte er eine intime Beziehung zu Ihrer Mutter?«

»Ja.«

»Dem Polizeibericht zufolge haben Sie ihn bei sich zu Hause in South Philadelphia bei sexuellen Aktivitäten mit Ihrer Mutter überrascht.«

»Ja.«

»Sie haben die Wohnung betreten, als die beiden auf dem Sofa kopulierten?«

»Ja.«

»Haben Sie Mr. Russo verletzt?«

Er hatte den Polizeibericht. Es war zwecklos, die Wahrheit beschönigen zu wollen. »Ich habe ihn so fest geschlagen, wie ich konnte.«

»Was bei einem Preisboxer so viel bedeutet wie mit großer Wucht.«

»Ja.«

»Haben Sie ihn nur einmal geschlagen?«

»Er kam wieder hoch, da habe ich erneut zugeschlagen.«

»Dem Polizeibericht zufolge haben Sie ihm die Nase gebrochen und drei Zähne ausgeschlagen.«

»Das wird wohl stimmen.«

»Außerdem steht im Bericht, Mr. Russo sei dermaßen um seine Sicherheit besorgt gewesen, dass er unbekleidet auf die Straße gelaufen ist.«

Ich verkniff mir ein Lächeln. »Das ist richtig.«

»Sie aber haben behauptet, Sie hätten noch nie eine Straftat begangen.«

»Ich wurde noch nie verurteilt, das stimmt.«

»Das ist nicht unbedingt das Gleiche, nicht wahr, Mr. Kelley?«

»Wenn es darauf ankommt, schütze ich meine Familie. Das ist nicht das Gleiche wie ein Gewaltverbrechen.«

»War Ihre Mutter erfreut über Ihr Eingreifen? Wollte sie, dass Sie sie vor dem Mann beschützen?«, fragte Haviland.

»Wir alle kannten Vinny«, antwortete ich. »Er war ein Idiot. Er hat sie ausgenutzt. Hätte einer ihrer Brüder ihn an meiner Stelle so vorgefunden, wäre es weniger glimpflich ausgegangen.«

»Aber es trifft zu, dass Sie zu Gewaltausbrüchen neigen, wenn es darum geht, die Frauen in Ihrem Leben zu schützen.«

»Was soll das heißen?«

»Wenn Sie den Eindruck haben, Ihre Mutter, Ihre Frau oder Ihre Töchter würden belästigt, schlagen Sie zu.«

»Es ist kein Verbrechen, die Menschen zu schützen, die man liebt«, sagte ich. »Das heißt nicht, dass ich jemanden getötet habe.«

»Wie würden Sie Mr. Vanderhalls romantische Beziehungen beschreiben?«

Der Themenwechsel warf mich aus der Bahn. »Verzeihung?«

»Seine Beziehungen zu Frauen. Sein Liebesleben, wenn Sie so wollen. Wie würden sie das charakterisieren?«

»Als vielfältig und kurzlebig. Er war immer mit einer Frau zusammen, manchmal mit mehr als einer. Er mochte den Reiz der Verführung, hatte aber nicht die Geduld für eine echte Beziehung. Trotzdem fühlten sich die Frauen irgendwie zu ihm hingezogen.«

»Unterhielt er auch Beziehungen zu verheirateten Frauen?«

»Das kam vor.«

»Wussten die Ehemänner von diesen Beziehungen?«

»Für gewöhnlich zu Anfang nicht. Später schon. Deshalb geriet er öfters in Schwierigkeiten.«

»Wussten Sie immer Bescheid über seine Beziehungen?«

»Nein. Nicht zu der Zeit, als wir Kollegen waren, und in den vergangenen Jahren erst recht nicht.«

»Dann hätten Sie wohl auch nicht unbedingt Bescheid gewusst, wenn Mr. Vanderhall eine Affäre mit einer Ihnen bekannten Person gehabt hätte. Zum Beispiel mit Ihrer Frau Elena.«

Ich hätte es kommen sehen müssen, doch er hatte mich völlig unvorbereitet erwischt, und ich schnellte wutschäumend von meinem Stuhl hoch.

»Mr. Kelley, bitte setzen Sie sich«, sagte Richterin Roswell ernst.

Es dauerte einen Moment, bis ich reagierte. Ich wurde überschwemmt von Zorn, der sich nicht nur gegen Haviland richtete, sondern gegen die ganze groteske Situation: gegen Brian Vanderhall, gegen das Justizsystem, gegen den anderen Jacob, gegen die unvernünftige Absurdität der Quantenphysik, sogar gegen mich selbst. Der Zorn durchströmte mich, machte mich blind, toste in meinen Ohren. Schließlich erlangte ich die Selbstbeherrschung zurück und setzte mich.

Terry hatte lautstark Einspruch erhoben, und jetzt, da ich wieder saß, gab die Richterin seinem Einwand, die Anklage schikaniere den Zeugen, statt. »Solange Sie nicht beweisen können, dass Mrs. Kelley mit dem Opfer intim war, müssen Sie auf diese Argumentation verzichten, Mr. Haviland. In meinem Gerichtssaal wird nicht im Trüben gefischt.«

Haviland entschuldigte sich, doch leidtat es ihm anscheinend nicht. Er hatte die gewünschte Reaktion erzielt; ich hatte die Fassung verloren. »Haben Sie jemals professionelle Hilfe in Anspruch genommen, um Ihre gewalttätigen Neigungen in den Griff zu bekommen, Mr. Kelley?«

»Ich habe keine gewalttätigen Neigungen.«

»Bitte beantworten Sie die Frage. Oder soll ich sie wiederholen?«

»Nein«, sagte ich.

»Heißt das, ich brauche die Frage nicht zu wiederholen, oder ...«

»Nein, ich war nie wegen Gewalttätigkeit beim Seelenklempner«, knurrte ich. Er reizte mich in voller Absicht, und das war mir bewusst, doch ich ärgerte mich trotzdem. Er spielte mit meinem Leben, und das gefiel mir nicht.

»Nur damit ich Sie richtig verstehe, Mr. Kelley«, sagte Haviland. »Sie behaupten, Sie hätten nichts mit Mr. Vanderhalls Tod zu tun, obwohl Sie die einzige Person sind, die sein Labor betreten und wieder verlassen konnte, und obwohl man die Tatwaffe in Ihrem Besitz gefunden und sein Blut an Ihren Schuhen entdeckt hat?«

Ich legte so viel Aufrichtigkeit in meine Stimme, wie ich vermochte. »Ja. Ich habe ihn nicht getötet.«

»Und Sie erwarten, dass die Jury Ihnen diese fantastische Geschichte von fotokopierten Physikern glaubt?«

»Das ist die Wahrheit.«

»Dass Mr. Vanderhall gleichzeitig tot und lebendig war?«

»Ja.«

»Nun, vielleicht wissen Sie, wovon Sie reden – schließlich sind Sie Wissenschaftler.« Damit erntete er ein paar Lacher. »Bitte beantworten Sie mir eine Frage aus Ihrer persönlichen Erfahrung: Waren Sie schon einmal tot und sind am nächsten Tag wieder quicklebendig herumgelaufen?«

»Nein.«

»Ist Ihnen eine wissenschaftliche Veröffentlichung bekannt, die die Möglichkeit dieses Phänomens erwähnt?«

»Nein.«

»Waren Sie schon einmal an zwei Orten gleichzeitig?«

»Ja.«

»Verfügen Sie über irgendeinen Beleg, wonach … Was haben Sie gesagt?«

Ich lächelte. »Ja, ich war schon einmal an zwei Orten gleichzeitig.«

Haviland sah zur Richterin und blickte dann wieder mich

an. Offenbar war er unsicher, wie er fortfahren sollte. »Mr. Kelley«, setzte Richterin Roswell in ernstem Ton an, doch ich fiel ihr ins Wort.

»Euer Ehren«, sagte ich so laut, dass alle Anwesenden mich hören konnten. »Das versuche ich die ganze Zeit klarzumachen. Es ist nicht nur möglich, dass eine Person sich an zwei Orten gleichzeitig befindet, sondern ich tue das in diesem Moment.« Ich blickte Terry an, der mir zunickte. Es war so weit. Ich zeigte zur Tür des Gerichtssaals, die in diesem Moment geöffnet wurde. Ein Mann trat herein, wie ich mit schwarzem Anzug und Krawatte bekleidet. Der andere Jacob, mein Doppelgänger. »Da bin ich«, sagte ich.

Stühle wurden geräuschvoll gerückt, als sich alle Anwesenden umwandten. Die Blicke wanderten hin und her, als sie Jacob mit mir verglichen. Ich setzte mich gerade hin, damit alle mein Gesicht sehen konnten. Mein Doppelgänger trat selbstbewusst vor den Richtertisch.

Die Vorstellung war riskant, doch ich war mir der Aufmerksamkeit aller gewiss und wusste, dass dieser Moment in Feeds im ganzen Land laufen würde. Haviland war fassungslos. Er starrte Jacob an und dann wieder mich, dieses eine Mal um Worte verlegen. Die Köpfe der Geschworenen ruckten hin und her wie bei einem Tennismatch.

Richterin Roswell erhob sich, ihr freundliches Gesicht war vor Empörung verzerrt. »Mr. Sheppard!«, fauchte sie. Terry erhob sich, beinahe hätte er Haltung angenommen. »Haben Sie vor, meinen Gerichtssaal in ein Tollhaus zu verwandeln?«

»Nein, Euer Ehren. Ich entschuldige mich.«

»Gerichtsdiener, bitte entfernen Sie diesen Mann aus dem Gericht.«

»Aber Euer Ehren, das ist einer meiner Zeugen«, wandte Terry ein.

Roswell kniff die Augen zusammen. »Sie haben Jacob Kelley als Ihren letzten Zeugen angegeben.«

»Ja. Das ist Jacob Kelley.«

»Welcher, Mr. Sheppard?«

»Beide, Euer Ehren. Darauf fußen die Verteidigung und Mr. Kelleys Aussage. Das ist kein Zirkustrick und auch kein eineiiger Zwilling – Mr. Kelley hat keine Geschwister. Mr. Jacob Kelley befindet sich an zwei Orten gleichzeitig, genau wie Brian Vanderhall in der Nacht seines Todes.«

»Euer Ehren, das ist grotesk«, sagte Haviland. Sein Gesicht war gerötet, und er schnaufte. »Ich mache einen Verfahrensfehler geltend.«

Richterin Roswell benutzte zum zweiten Mal an diesem Tag ihren Hammer. »Die Jury begibt sich in den Beratungsraum und wartet auf Anweisungen«, übertönte sie das Raunen im Gerichtssaal. »Mr. Sheppard, Mr. Haviland, Mr. Kelley und ... der andere Mr. Kelley. Folgen Sie mir sofort in mein Büro.«

Mit wehender schwarzer Robe trat sie vom Podium ab. Wir folgten ihr widerspruchslos in ein holzgetäfeltes Büro mit den obligatorischen Regalen voller juristischer Zeitschriften und Mahagonimöbel. Vor dem Tisch standen nur zwei Stühle. Die Anwälte nahmen darauf Platz, Jacob und ich blieben stehen.

Roswell seufzte erschöpft. »Terry, was ist in Sie gefahren?«, fragte sie unter Verzicht auf die im Gerichtssaal vorgeschriebene Förmlichkeit. »Der Fall verlangt uns allen viel ab, aber so verzweifelt können Sie gar nicht sein. Ich überlege ernsthaft, das Verfahren für ungültig zu erklären und

Sie wegen Irreführung des Gerichts mit einer Geldstrafe zu belegen.«

Terry legte ein Dokument auf den Tisch, ein paar in der Mitte gefaltete Seiten mit einem hervorgehobenen Abschnitt. »Es ist alles wahr, Ann. Das hier sind die Ergebnisse der DNA-Untersuchung. Die beiden sind ein und dieselbe Person.«

Roswell sah sich das Dokument nicht einmal an. »Blödsinn. Eineiige Zwillinge haben die gleiche DNA; das dürfte Ihnen bekannt sein.«

»Schauen Sie sich die beiden an. Sehen Sie genau hin.«

Jacob und ich nahmen Schulter an Schulter Aufstellung und strafften uns. Sie betrachtete uns. Das Erstaunlichste an uns war nicht unser identisches Aussehen, sondern der Umstand, dass wir Spiegelbilder waren. Nicht einmal Zwillinge wiesen eine solche Symmetrie auf wie unsere Gesichter, und auch mit noch so raffiniertem Make-up ließ sich diese Wirkung nicht erzielen. Roswell musterte uns aufmerksam, ließ sich aber nicht anmerken, was in ihr vorging.

»David?«, sagte sie schließlich.

»Das ist natürlich alles Unfug«, sagte Haviland.

»Nicht reden«, sagte Richterin Roswell. »Schauen Sie.«

Er wandte sich auf dem Stuhl herum und musterte uns ausgiebig. »Sie wollen mich verarschen«, sagte er. »Echt?«

Wir nickten simultan. »Echt.«

27

Up-Spin

Ich hatte geglaubt, Jacob würde freikommen, sobald wir Richterin Roswell überzeugt hatten, doch so einfach war es nicht. Sie glaubte uns, dass wir die waren, die zu sein wir behaupteten, war aber immer noch nicht zufrieden. Vor allem Terry Sheppard bekam ihre Verärgerung zu spüren.

»Das ist Irreführung der Justiz«, sagte sie.

»Weshalb?«, fragte ich. »Wir sind unschuldig.«

Ihr Blick schwenkte zu mir herum wie ein Repetiergeschütz auf der Suche nach einem Ziel. »Wer garantiert mir das? Wenn es Sie zweimal gibt, hatten Sie auch zweimal Gelegenheit, Brian Vanderhall zu töten. Ich weiß nur, dass dies chaotische Folgen für das Gerichtssystem haben wird. Der Feed Ihres Auftritts wurde im ganzen Land gestreamt. Das heißt, spätestens morgen wird jeder Knastbruder seinen Anwalt beauftragen, Berufung einzulegen mit der Begründung, nicht er habe die Tat begangen, sondern ein Typ, der genauso aussieht wie er. Wie soll man einem Angeklagten eine Straftat nachweisen, wenn auch ein Doppelgänger sie begangen haben kann? Das ist eine Katastrophe.«

»Aber wir sind ein und dieselbe Person«, sagte Jacob. »Wir haben denselben Pass, denselben Führerschein und dieselbe Sozialversicherungsnummer. Wenn wir ein Verbrechen begangen hätten, wären wir beide schuldig. Irgendwann wird die Wahrscheinlichkeitswelle kollabieren, dann bleibt nur eine Person übrig.«

Die Richterin durchbohrte Jacob mit ihrem Blick, dann wandte sie sich Sheppard zu. »Eine Katastrophe«, wiederholte sie. »Terry, ich habe Sie eigentlich für klüger gehalten.«

»Ich kann nichts dafür, wenn dies einen Präzedenzfall schafft«, sagte er. »Es ist die Wahrheit. Diese beiden Männer sind ein und dieselbe Person. Und wenn sie ein und dieselbe Person sind, dann ist es auch möglich, dass Brian Vanderhall sich aufgespalten hat.«

»Ersparen Sie mir Ihre Rechtfertigungen. Ich will nichts davon hören.« Richterin Roswell zeigte auf Sheppard wie eine Mutter auf ihr ungezogenes Kind. »Sie haben mir und der Staatsanwaltschaft die Wahrheit vorenthalten, um sich einen Vorteil zu verschaffen. Sie haben eine gigantische Nebelwand errichtet, die von der alles entscheidenden Frage ablenken wird, nämlich, ob Ihr Klient Brian Vanderhall getötet hat. Noch nie war ich von einem ehemaligen Mitarbeiter so enttäuscht wie von Ihnen. Als ich Sie eingestellt habe, hatten Sie Prinzipien. Sie waren ein vielversprechender junger Mann. Ich hätte nie gedacht, dass Sie zu so billigen Tricks greifen würden, um einen Fall zu gewinnen.«

»Das sind keine billigen Tricks«, beharrte Terry. »Das beweist nur, dass es im Bereich des Möglichen liegt, dass Brian Vanderhall sich selbst erschossen hat.«

»Diese Varietėnummer hat schwerwiegende Folgen für das Justizsystem, wie Sie sich eigentlich hätten denken können. Das widerspricht dem Geist der Wahrheitsfindung, wenn nicht gar dessen Buchstaben. Das war Täuschung, Terry.«

»Aber, Ann ...«

»Sie nennen mich Euer Ehren!«, fauchte Roswell. »Oder besser noch, sagen Sie einfach gar nichts. Sie hätten mich schon vor Wochen einweihen können. Die gegnerischen Seiten hätten sich besprechen können, und wir hätten entscheiden können, wie der Prozess fair fortgeführt werden kann. Jetzt kann von einer fairen Anhörung nicht mehr die Rede sein. Ich würde das Verfahren liebend gern für ungültig erklären, aber dank Ihnen sehe ich nicht, wie wir eine Jury auswählen könnten, die weniger voreingenommen ist als die jetzige.« Sie überlegte einen Moment. »Ich werde die Geschworenen anweisen, die vorgelegten Beweise ohne Bezugnahme auf die Person zu würdigen, die sie durch die Tür haben eintreten sehen oder auch nicht. Der andere Mr. Kelley wird nicht aussagen. Mr. Haviland, Sie werden das Kreuzverhör abschließen, und dann gehen wir zu den Schlussplädoyers über. Sie beide werden nicht wieder auf diesen Vorfall zu sprechen kommen.«

»Euer Ehren, Mr. Sheppard hat Sie und das Gericht mit dieser Scharade verspottet. Er sollte vom Verfahren ausgeschlossen werden«, sagte Haviland.

Richterin Roswell kniff die Augen zusammen. Offenbar fand sie, Haviland sei mit seiner Forderung zu weit gegangen. »Das ist unnötig«, sagte sie. »Aber ...« – und jetzt sah sie mich an – »... wenn ich Sie, Mr. Kelley, noch einmal im Umkreis von hundert Metern um den Gerichtssaal antreffe, oder wenn Sie vor Abschluss des Verfahrens in den Nachrichten erscheinen, lasse ich Sie ebenfalls wegen Mordes festnehmen. Glauben Sie ja nicht, das könnte ich nicht. Haben Sie mich alle verstanden?«

Wir nickten mürrisch, ausgenommen David Haviland, der förmlich feixte.

Eine Katastrophe. Der Plan hatte so gut ausgesehen, aber jetzt ging er den Bach runter. Die Geschworenen hatten mich kurz gesehen, deshalb würde mein Erscheinen trotz Roswells Anweisungen ihr Urteil vielleicht beeinflussen, doch wie die Richterin erklärt hatte, war unsere Doppelexistenz kein Beweis dafür, dass ich den Mord nicht begangen hatte. Wenn sie die Geschworenen anwies, die Tatsache, dass sie mich gesehen hatten, außer Acht zu lassen, würden sie annehmen, es habe sich um einen Trick gehandelt – das zu glauben fiele ihnen leichter, als mir meine Geschichte abzunehmen. Und da waren immer noch die Fingerabdrücke, die Waffe und die blutigen Schuhe. Mein Doppelgänger musste den Rest des Kreuzverhörs überstehen, und die Richterin würde Haviland bei seinen Fragen großen Spielraum lassen. Es lief gar nicht gut.

Roswell bat den Gerichtsdiener, mich aus dem Gebäude zu geleiten, und dann stand ich auf dem Gehsteig, während die Verhandlung ohne mich weiterging. Ich stand vor dem Justizgebäude und wusste nicht, was ich jetzt tun sollte. Alex war drinnen, doch ich konnte nicht hineingehen und ihr sagen, wo ich war. Sie hatte nur mitbekommen, dass ich im

Büro der Richterin verschwunden und nicht wieder herausgekommen war.

Ich blickte mich um und sah jemanden auf mich zueilen. »Jean!«, sagte ich.

»Wie ist es gelaufen?«, fragte sie.

»Die Richterin war verärgert über unsere Vorstellung. Ich wurde des Gerichts verwiesen. Könntest du mir einen Gefallen tun?«

»Klar.«

»Würdest du Alex sagen, dass ich hier draußen bin?«

»Mach ich.«

Jean eilte die Eingangstreppe hoch. Zwei Minuten später kam sie mit Alex und Marek heraus. Marek hatte der Verhandlung ebenfalls beigewohnt. Wir gingen in die Tiefgarage und stiegen in Colins Wagen; Alex setzte sich auf den Beifahrersitz, Jean und Marek nahmen hinten Platz. Ich setzte mich hinters Lenkrad und schloss die Tür. Den Motor ließ ich nicht an, denn ich wusste nicht, wohin ich fahren sollte.

»Die Sache ist die«, sagte ich und drehte mich um. »Ich weiß nicht, wie viel Zeit mir noch bleibt. Ich weiß nicht, ob die Jury mich freisprechen oder verurteilen wird, und ich weiß nicht, wann oder wie meine Wahrscheinlichkeitswelle kollabieren wird. Ich glaube, es ist zu spät, als dass irgendjemand den Ausgang des Verfahrens noch beeinflussen kann. Deshalb will ich die mir verbliebene Zeit dazu nutzen, herauszufinden, was mit dem Rest meiner Familie geschehen ist.«

»Auf mich kannst du dabei zählen«, sagte Jean. Ich dachte an Nicks Anruf und beschloss, ihr nichts davon zu erzählen. Das ging mich nichts an, und ungeachtet ihrer Probleme hatte Jean stets zu mir gehalten. Ihre familiären Schwierigkeiten musste sie selber lösen, und wenn sie sich mir nicht anvertrauen wollte, würde ich mich nicht einmischen.

Alex drückte meine Hand. »Auf mich auch«, sagte sie. Ich lächelte sie dankbar an. Wir sprachen nicht darüber, dass wir ebenfalls nicht wussten, wie viel Zeit ihr noch blieb oder auf welche Version es bei ihr hinauslaufen würde.

Marek schwieg, doch ich wusste auch so, dass er mit von der Partie war. In den vergangenen Monaten hatte er sich als guter Freund erwiesen. Ein besserer Freund als Brian Vanderhall. Wir redeten nicht viel, und er wurde nicht sentimental, doch er würde bei mir bleiben, bis es vorbei war, so oder so.

Ich checkte das Handy und sah, dass ich eine Nachricht von Lily Lin bekommen hatte. »Einen Moment«, sagte ich. »Das könnte wichtig sein.«

Die Nachricht war kurz, enthielt aber einen Link zu einem Viewfeed. Also hatte sie sich doch noch entschlossen, mir die Aufzeichnung zu zeigen.

Ich erklärte Jean und Marek rasch, was Alex und ich über Lily herausgefunden hatten. »Sie war die letzte Person, die Elena gesehen hat«, sagte ich. »Vielleicht hilft uns das weiter.«

Mit klopfendem Herzen wartete ich darauf, dass die anderen ihre Augenlinsen mit meinem Handy synchronisierten. Als alle bereit waren, spielte ich den Feed ab.

Der Anfang war bekannt – wir hatten ihn bereits aus Sheilas Perspektive gesehen. Elena erkundigte sich nach mir, und Lily erbot sich, sie und die Kinder zu Brians Büro zu bringen. Diesmal aber sahen wir, was dann passiert war. Lily und meine Familie traten aus dem Feynman Center ins Freie und gingen über den Kiesweg zum Dirac Building. Es war Dezember, der Himmel war bereits dunkel. Über dem Horizont hing die Mondsichel. Lily trug einen Pullover, aber keine Jacke, und sie schlang die Arme um den Oberkörper.

Plötzlich tauchte vor ihnen ein Mann auf. Er kam nicht aus einem Gebäude und trat nicht hinter einem Baum hervor; er war plötzlich da. Selbst aus dieser Entfernung war zu erkennen, dass mit seinem Gesicht etwas nicht stimmte und dass Ellbogen und Knie falsch gebogen waren.

Lily wich einen Schritt zurück, und ich sah Verwirrung und Angst in Elenas Blick. Der Varcolac näherte sich, ohne von seinem eigenartigen Körper behindert zu werden. Lily wich ihm schreiend aus. Der Varcolac beachtete sie nicht.

Elena stellte sich schützend vor die Kinder. »Wer bist du?«, fragte sie. »Was willst du?«

Als der Varcolac die Hand ausstreckte, fuhr ich zusammen, denn ich erwartete eine Wiederholung der Tötungsszene aus dem Haus. Stattdessen rotierte ein Teil des Raums wie an unsichtbaren Angeln, und mehrere weitere Varcolaci tauchten auf, identische Kopien des ersten, welche die kleine Gruppe auf dem Rasen umringten. Die Kinder drängten sich schreiend zusammen, während die Varcolaci vorrückten. Als sie einen engen Kreis gebildet hatten, rotierte der Raum um sie herum erneut wie eine dreidimensionale Falltür, und als er wieder die Ursprungslage einnahm, waren Elena, die Kinder und die Varcolaci verschwunden. Nur Lily war noch da, ihre Sicht von Tränen getrübt.

Der Viewfeed endete. Das also hatte Lily uns verschwiegen. Es war grauenhaft und grotesk – wer hätte ihr das geglaubt? Kein Wunder, dass sie mehr als froh gewesen war, nicht vor Gericht aussagen zu müssen.

Jetzt aber war ich der Auflösung des Rätsels um den Verbleib meiner Familie einen Schritt näher gekommen. Es war möglich, vielleicht sogar wahrscheinlich, dass die Varcolaci sie getötet hatten – aber sicher war es nicht. Obwohl ich meine Familie seit Monaten nicht mehr gesehen hatte, war nicht ausgeschlossen, dass ihre Wahrscheinlichkeitswellen *nicht* kollabiert waren. Es ließ sich nicht sagen, wohin die Varcolaci sie gebracht hatten oder ob man im herkömmlichen Sinn überhaupt von einem *Ort* sprechen konnte, doch es war möglich – jedenfalls nicht ausgeschlossen –, dass meine Liebsten noch am Leben waren.

Ich drehte mich zu den anderen um. »Sie hatten wahrscheinlich eine Version des Briefes mit dem Higgs-Projektor«, sagte ich. »Der Varcolac hat mitbekommen, dass es zwei Versionen des Briefes gab, und nachdem er die Version zerstört hat, die sich in Alessandras Besitz befand, begab er sich zum NJSC, um die zweite Version zu zerstören.«

»Moment«, sagte Alex. »Da komme ich nicht mit. Wie viele Versionen des Briefes gab es eigentlich?«

»Meiner Zählung nach vier«, antwortete ich. »Brian hatte den Originalbrief und hat sich aufgespalten, das ergibt zwei Briefe. Der eine wurde im Wald zerstört; der andere wurde an mich geschickt. Diese Version hat sich zweimal aufgespalten, beide Male zusammen mit Alex. Die eine Version ging zum NJSC, die andere blieb im Haus und wurde vom Varcolac zerstört, und die dritte hat Alex am Zaun fallen gelassen, wo wir sie gefunden haben. Soweit wir wissen, besitze ich das einzige noch vorhandene Exemplar.«

»Was sollen wir jetzt tun?«, fragte Jean. »Lily suchen? Vielleicht weiß sie ja mehr.«

»Nein«, sagte Alex. »Wir müssen Mr. Vanderhalls neue Freundin finden.«

»Genau!« Ich schnippte mit den Fingern. »Brian hatte vor seinem Tod bereits mit Lily Schluss gemacht, aber sie hat eine neue Freundin erwähnt, wegen der Brian sie angeblich verlassen und die ihm bei seinen Experimenten geholfen hat.«

»Und wer war das?«, fragte Jean.

»Das wusste sie nicht.«

»Scheint mir kein guter Hinweis zu sein.«

»Aber wenn wir Brians neue Freundin finden, kann sie uns vielleicht sagen, wie Brian ums Leben gekommen ist. Vielleicht ist sie sogar die Mörderin. Sie könnte, wie Lily vermutet hat, auf Brians Bitte abgedrückt haben, aber das Experiment ist schiefgegangen. Oder sie war wütend auf ihn, und die geladene Waffe befand sich in Reichweite, und sie hat sie genommen und auf ihn geschossen«, sagte ich.

»Brians Leiche wurde in einem mit Fingerabdruckscanner gesicherten Raum gefunden, und außer dir und Brian hatte niemand Zutritt«, sagte Jean.

»Es sei denn, jemand hat das Schloss umprogrammiert.«

»Die Polizei hat das längst überprüft. Der Code ist seit Jahren nicht verändert worden«, sagte Jean.

»Okay, dann hat eben jemand das Schloss umprogrammiert und die Logdateien manipuliert.«

»Das klingt nicht nach einer der Frauen, mit denen Brian herumgevögelt hat«, meinte Jean.

»Aber irgendjemand hat ihn getötet. Ich war's nicht. Der Varcolac kann vermutlich keine Waffe bedienen. Daher kommt nur eine andere Person infrage. Irgendjemand muss das Schloss geöffnet haben«, sagte ich.

Jean schnaubte frustriert. »Diese Unterhaltung haben wir schon öfters geführt. Die einzige Person, die das Schloss öffnen und den Raum verlassen konnte, war logischerweise Brian. Die andere Version seiner selbst.«

Ich sackte im Sitz zusammen. Ich glaubte noch immer nicht, dass Brian sich selbst getötet hatte, doch Jean hatte recht, dass wir so nicht weiterkamen. Es war zu spät. Jetzt wollte ich nur noch meine Familie finden.

»Wir müssen zum NJSC zurück«, sagte Jean.

»Wir waren in dieser Woche schon dreimal dort«, sagte Alex. »Was sollen wir dort noch finden?«

Jean beugte sich vor. »Wir müssen herausfinden, was der Varcolac will. Wenn wir rauskriegen wollen, wohin er eure Familie gebracht hat, müssen wir wissen, wo er ist. Wir müssen den Varcolac finden. Und das geht nur, wenn wir wieder zum CATHIE-Bunker hinuntersteigen.«

Ich schüttelte den Kopf. »Das ist keine gute Idee. Du hast ihn noch nicht gesehen, Jean, nicht mit eigenen Augen. Er hätte uns fast umgebracht.«

Jean verschränkte die Arme. »Wenn du deine Familie finden willst, müssen wir zurück zum Bunker. Dort warten die Antworten.«

Als am Fenster geklopft wurde, zuckte ich zusammen. Ein Journalist blickte zu mir herein. »Mr. Kelley? Dürfte ich Ihnen ein paar Fragen stellen?«

»Zeit zu verschwinden«, sagte ich, ließ den Motor an und legte den Gang ein.

Der Journalist klopfte erneut. »Mr. Kelley?«

Ich fuhr das Fenster einen Fingerbreit herunter. »Ich bin unschuldig«, sagte ich. »Mehr habe ich nicht zu sagen.« Ich setzte rückwärts aus der Parklücke. Er folgte mir und trat vor den Wagen, verstellte mir den Weg. Ich fuhr trotzdem auf ihn zu.

»Warten Sie«, sagte er, hatte aber nicht den Mut, vor dem Wagen stehen zu bleiben. Ich hielt nicht an, und im letzten Moment sprang er beiseite. »Hey!«

Als wir die Straße erreichten, sah mich eine andere Journalistin und kam auf uns zugelaufen. »Die Verhandlung ist wohl zu Ende«, meinte ich. »Wir hätten eher losfahren sollen.« Immer mehr Journalisten tauchten auf, wie Möwen bei der Fütterung. Ich drückte auf die Hupe und fuhr los, die Journalisten riefen uns vom Bordsteinrand aus hinterher.

»Wo fahren wir hin?«, fragte Jean.

»Was glaubst du?«, entgegnete ich. Ich gestand mir nur ungern ein, dass sie recht hatte. Es führte kein Weg daran vorbei. Der Teilchenbeschleuniger war der Hort des Varcolac, und wenn wir Antworten wollten, mussten wir dort nachforschen.

28

Down-Spin

Auf das Urteil der Geschworenen zu warten war äußerst quälend. Die Sekunden dehnten sich endlos, und jede einzelne Minute hatte zu viele davon. Hin und wieder, wenn ich auf die Uhr sah, hätte ich schwören können, dass sie rückwärts lief. Nicht dass Zeit wirklich wichtig gewesen wäre. Es gab keine Deadline. Die Jury konnte sich für die Entscheidung auch die ganze Woche Zeit nehmen, wenn sie es für nötig hielt.

Havilands abschließende Befragung war grausam und unerbittlich gewesen. Er hatte mich durch die ganze Geschichte geschleift und mich Detail für Detail mehrfach wiederholen lassen, bis alles so hohl und grotesk klang wie ein Märchen. Zwischendurch fragte er mich, ob ich an Wichtel, Bigfoot oder das Ungeheuer von Loch Ness glaube oder ob ich von Aliens entführt worden sei, und zuckte entschuldigend mit den Schultern, als wären diese Nachfragen in Anbetracht meiner Geschichte vollkommen vernünftig. Terry starrte mit unbewegter Miene ins Leere, ohne einen Hinweis zu geben, dass er die Schläge spürte, die wir einsteckten.

Als Haviland endlich mit mir fertig war, hielten die Anwälte ihre Schlussplädoyers. Terry legte sich mächtig ins Zeug und erinnerte die Geschworenen daran, dass der einzige von der Anklage vorgelegte Tatsachenbeweis lediglich belege, dass ich am Tatort gewesen sei, was ich freimütig eingeräumt habe. Das beweise noch lange nicht, dass ich auch den Abzug betätigt hatte. Es gebe keine Zeugen, die mich zur Tatzeit am Tatort gesehen hätten. Die Anklage habe, abgesehen von der Behauptung, ich sei ein gewalttätiger Mensch, kein Motiv für den Mord an Brian vorgebracht. Auf dem wissenschaftlichen Aspekt ritt er nicht herum, sondern erklärte nur, es seien überzeugende Argumente vorgebracht worden, die die Annahme eines anderen Tathergangs stützten. Roswell runzelte leicht die Stirn, als wolle sie ihn unterbrechen, ließ es ihm dann aber doch durchgehen. Zum Schluss erinnerte er die Geschworenen daran, dass sie die Alternativversion nicht vollständig glauben müssten. Es reiche aus, wenn sie sich klarmachten, dass die Tat auch auf andere Weise hätte begangen werden können und meine Schuld somit nicht zweifelsfrei bewiesen sei.

Haviland hingegen trat beim Schlussplädoyer triumphierend, geradezu hämisch auf. Er machte sich über meine »Pseudowissenschaft« lustig und brachte die Jury sogar zum Lachen. Dann wurde er ernst und ließ sich über das Übel der Tötung eines Menschen, die Notwendigkeit, die Gesellschaft zu schützen, und die Verantwortung der Geschworenen gegenüber ihren Mitbürgern aus. Er fasste die

Beweise im Schnelldurchgang zusammen und tat die Versuche der Verteidigung, einen alternativen Tathergang darzulegen, als »versponnen« und »verzweifelt« ab. Über das fehlende Mordmotiv ging er flüchtig hinweg, führte stattdessen das Thema des begründeten Zweifels aus, das er bereits in seiner Eröffnungsrede angesprochen hatte, und behauptete, kein vernünftiger Mensch könne ernsthaft bezweifeln, wer Brian Vanderhall getötet habe.

Als beide Anwälte geendet hatten, wandte sich Richterin Roswell an die Jury. Sie schärfte den Geschworenen ein, allein die Beweise in Betracht zu ziehen, nicht die Fragen oder Erklärungen der Anwälte und auch »nichts, was Sie möglicherweise gesehen haben«. Nur die offiziell vor Gericht vorgelegten Beweise sollten berücksichtigt werden.

»Noch ein Letztes«, sagte Richterin Roswell. »Ich muss leider darauf bestehen, dass die Jury bis zur Urteilsverkündung abgeschirmt wird. Sollten Sie bis heute Abend zu einem Ergebnis gelangen, bleiben Ihnen jegliche Unannehmlichkeiten erspart. Andernfalls dürfen Sie so lange nicht nach Hause zurückkehren, bis das Verfahren abgeschlossen ist. Man wird Sie verpflegen und Ihnen Unterkünfte besorgen.«

Als die Geschworenen murrten und Blicke wechselten, wurde mir erneut bewusst, wie unbedeutend mein Schicksal für das Leben dieser Männer und Frauen war. Selbst wenn sie verantwortungsbewusste Mitbürger waren – und ich hatte keinen Grund, daran zu zweifeln –, würde dies alles in ein, zwei Tagen für sie vorbei sein. Sie würden zu ihren Familien zurückkehren und ihr Leben fortsetzen, und nachdem sie ihre Freunde eine Woche lang mit Erzählungen aus dem Gerichtssaal unterhalten hatten, würden sie alles vergessen. Wichtiger als der Ausgang des Verfahrens war für sie vermutlich, ob in dem Hotelzimmer, in dem man sie unterbringen würde, der Bezahlsender HBO zu empfangen war. Vielleicht war ich zu zynisch, doch aus meiner Position heraus hatte ich nicht allzu viel Vertrauen in das Rechtssystem.

Roswell fixierte die Geschworenen missbilligend, wohl weil auch sie die Reaktionen bemerkt hatte. »Meine Damen und Herren, lassen Sie sich von Ihrem Wunsch, nach Hause zu kommen, nicht davon abhalten, dem Fall Ihre ganze Aufmerksamkeit zu schenken. Es geht um das Leben eines Mannes. Sollten Sie eine Ihre Meinung für sich behalten und darauf verzichten, das Wort zu ergreifen, könnte dies zur Bestrafung eines Unschuldigen führen oder die Freisprechung eines Schuldigen bewirken. Unser Justizsystem erlegt Ihnen diese Verantwortung auf, weil man darauf vertraut, dass Sie die Frage der Schuld oder Unschuld dieses Mannes mit dem gleichen Ernst behandeln, als ginge es um Sie selbst.«

Die Geschworenen erhoben sich mit undurchdringlicher Miene und gingen hinaus. Ich blieb auf dem Stuhl sitzen, den ich die ganze nicht enden wollende Woche über gewärmt hatte, und wartete. Bei einer Verhandlung gab es eine Menge Leerlauf, deshalb hatte ich in diesem Saal bereits viel Zeit mit Warten verbracht – Warten auf das Eintreffen der Geschworenen, Warten darauf, dass die Anwälte eine Unterredung mit der Richterin beendeten oder dass eines der zahllosen geheimnisvollen Rituale endete, welche die Richterin in gedämpftem Ton mit ihren Helfern, dem Protokollführer, den Ordnungskräften, dem Gerichtsdiener oder einer der anderen namenlosen Personen vollführte, die kamen und gingen und den Fluss der Verhandlung störten. Ich hatte das elegante Kranzprofil des Saals, die nichtssagenden Ölgemälde und die mächtigen Kronleuchter ausgiebig studiert. Es gab nichts, was mich von meinen bitteren Gedanken abgelenkt hätte.

Jemand anders lebte mein Leben. Dass der andere praktisch mit mir identisch war, machte es nicht leichter. *Er* lief frei herum, konnte kommen und gehen, wie es ihm beliebte, mit Freunden ausgehen, in Restaurants speisen und Zeit mit meiner Tochter verbringen, während *ich* allabendlich in meine Gefängniszelle gebracht wurde und vermutlich wegen Mordes verurteilt werden würde. Die Vorstellung, dass unsere Wahrscheinlichkeitswelle irgendwann kollabieren würde, war mir kein Trost; je mehr es auf *ihn* hinausliefe, desto mehr würde *ich* aufhören zu existieren. Wenn es auf *mich* hinausliefe, würde ich vermutlich den Rest meines Lebens im Gefängnis verbringen. Ich war ohnmächtig, während der Mann, der mein Leben lebte, ohne mich Nachforschungen anstellte. Was wäre, wenn es ihm gelänge, die Wahrscheinlichkeitswelle auf eine bestimmte Weise kollabieren zu lassen? Es lag auf der Hand, wie seine Entscheidung ausfallen würde, und ich konnte es ihm kaum verdenken.

Es war eigenartig, dass ich begonnen hatte, in der dritten Person von meinem zweiten Ich zu denken. Jacob war im Prinzip ich, doch ich hatte den Eindruck, dass dies umso weniger zutraf, je stärker unsere Erfahrungen divergierten. An dem Tag, als Brian gestorben war, waren wir ein und dieselbe Person gewesen, aber galt das noch immer? Es war schwer zu sagen.

Und die Geschworenen kamen einfach nicht. Jedes Mal,

wenn jemand hustete oder sich eine Tür öffnete oder schloss, verkrampften sich vor Panik meine Bauchmuskeln, da ich glaubte, die Jury kehre zurück. Das Warten machte mich fertig. Ich bat, die Toilette benutzen zu dürfen, obwohl eigentlich keine Notwendigkeit bestand. Ich wollte einfach nur aufstehen und mich ein wenig bewegen.

Der Gerichtsdiener brachte mich zu einer der Öffentlichkeit nicht zugänglichen Toilette. Als ich in der Kabine saß und zu dem schmalen, vergitterten Fenster hochschaute, dachte ich an Selbstmord. Ich wusste nicht, wie ich es anstellen sollte – sollte ich mich mit einem am Gitter befestigten Schnürsenkel erhängen? Mir mit einer Glasscherbe die Pulsadern aufschneiden? Ich wäre ja nicht richtig tot – der andere Jacob Kelley würde weiterleben. Irgendwann würde es sowieso nur noch einen von uns beiden geben, und es wäre besser, wenn er das sein würde. Aber mir fiel keine praktikable Methode ein, jedenfalls keine, die mit den verfügbaren primitiven und riskanten Mitteln zu bewerkstelligen gewesen wäre. Das waren einfach nur die Gedanken eines Mannes, der sich um sein Leben betrogen fühlte.

Fünfzehn Minuten nachdem ich in den Gerichtssaal zurückgeschlurft war, kamen die Geschworenen. Sie wurden begrüßt vom Stühlerücken und Papiergeraschel, mit dem der Gerichtssaal wieder zum Leben erwachte. Die Mienen der Geschworenen waren ernst und ließen keinen Rückschluss auf das Urteil zu. Sie traten zögerlich ein, und einige schauten die Stühle an, als wüssten sie nicht, wo sie Platz nehmen sollten. Nach ein paar Anläufen saßen endlich alle.

»Mein Damen und Herren Geschworenen, sind Sie zu einem Urteil gelangt?«, fragte Richterin Roswell.

Die Sprecherin erhob sich. »Nein, Euer Ehren.« Sie wirkte verlegen. »Wir hatten nicht genug Zeit, um alles zu besprechen, aber der Beamte hat uns aufgefordert, in den Saal zurückzugehen.«

Ich sah auf die Uhr. Es war fünf nach acht.

Roswell wirkte nicht überrascht. Vermutlich hatte sie sie holen lassen, weil das Gericht bereits geschlossen hatte, und ihre Frage war daher reine Formsache. »Glauben Sie, dass Sie zu einem Urteil gelangen werden, wenn Ihnen mehr Zeit zur Verfügung steht?«

»Ja, Euer Ehren.« Die Antwort erfolgte ohne Zögern, deshalb nahm ich an, dass die Frage bereits gestellt worden war und jetzt nur noch fürs Protokoll wiederholt wurde.

»Na schön«, sagte Roswell. »Das Verfahren wird auf morgen acht Uhr vertagt, dann werden Sie die Beratungen fortsetzen. Die Gerichtsdiener werden Sie zum Hotel bringen und Ihre Fragen beantworten.«

»Wie bekommen wir frische Wäsche für morgen?«, platzte einer der Geschworenen heraus.

»Sie werden Gelegenheit bekommen, ein Familienmitglied oder einen Freund anzurufen und sich das Benötigte bringen zu lassen. Bitte richten Sie alle weiteren Fragen an die Gerichtsdiener. Die Verhandlung ist vertagt.«

Auf der engen Galerie wurde es laut. Terry schob mir einen dicken Stapel Papiere zu. »Falls Sie sich einen Überblick über die relevanten Berichte verschaffen möchten«, sagte er.

Ich musterte ihn fragend.

»Ihr Doppelgänger hat mich gebeten, Ihnen das zu geben«, sagte er. »Er sagte, Sie sollen das aufmerksam lesen.«

Ich nickte und klemmte mir den Papierstapel unter den Arm. Ich erhob mich, ohne jemanden anzusehen, und ließ mich vom Gerichtsdiener hinausbegleiten.

Ich war erst fünf Minuten in meiner Zelle, als ein Wärter mir einen Besucher meldete. Ich hatte eben mit Terry gesprochen, also konnte es nur der andere Jacob sein, der sich entweder entschuldigen oder mich bemitleiden wollte. Ich hatte nicht die geringste Lust, mich an das Leben erinnern zu lassen, das mir vorenthalten war.

»Richten Sie ihm aus, ich will niemanden sprechen«, sagte ich.

Der gelangweilte Wärter hob fragend eine Braue. »Sie wollen Ihren Besuch nicht sehen?« Ihm war es egal, doch die meisten Insassen hätten sich mit jedem, sogar mit einem Cop getroffen, um der Langeweile in ihrer Zelle zu entgehen. Ich stellte mir die Alternative vor: eine weitere Phase endlosen Wartens und der Grübelei. »Ich warte nicht den ganzen Tag«, sagte der Wärter.

»Gut, ich komme mit«, sagte ich.

»Dann bewegen Sie Ihren Arsch.«

Wir gingen zurück zu den futuristischen Besuchsräumen mit den transparenten Wänden und den fixierten gelben Stühlen, wo mich jemand erwartete. Jacob war es nicht. Es war ein uniformierter Cop, ein großer Bursche mit blondem Bürstenschnitt und roten Flecken im blassen Gesicht. Officer Peyton, der Mann, der nach Elenas Anruf zu uns gekommen war.

Ich setzte mich ihm gegenüber. »Bringen Sie meine Kaution?«, fragte ich sarkastisch.

»Nein.«

»Sind nur zehn Millionen Dollar. Ein hübsche runde Summe.«

»Mr. Kelley, ich war bei der Verhandlung.«

»Ja, ich weiß. Als Zeuge der Anklage. Sie haben der Jury alles über mein Mordmotiv erzählt.«

Peytons Gesichtsflecken traten noch deutlicher hervor. »Das tut mir leid.«

»Glaube ich Ihnen aufs Wort.«

»Ich habe gesehen, was heute im Gerichtssaal passiert ist.« Das sagte er ganz leise, beinahe im Flüsterton, als fiele ihm das Sprechen schwer. »Es gab Sie doppelt, genau wie Sie gesagt haben. Ich habe Sie beide ebenso deutlich gesehen, wie ich Sie jetzt vor mir sehe. Wenn es keinen Zwillingsbruder gibt, der nirgendwo registriert ist, sagen Sie die Wahrheit.«

»Stellen Sie sich mal vor.«

»Wenn Sie in diesem Punkt die Wahrheit sagen, dann ist vielleicht auch alles Übrige wahr. Dass es Ihren Freund Vanderhall zweimal gab und dass Sie ihn bei sich zu Hause gesehen haben, während er gleichzeitig tot im Bunker lag.«

»Dann glauben Sie mir jetzt also«, sagte ich.

»Jedenfalls zum Teil«, meinte Peyton.

»Na, da bin ich ja fein raus. Morgen wird man mich lebenslänglich wegsperren.«

Peyton zuckte mit den Achseln. »Vielleicht befindet die Jury ja auf unschuldig.«

»Ich kann Ihnen gar nicht sagen, wie sehr mich Ihre juristische Einschätzung ermutigt«, sagte ich.

»Möglich wär's. Die sitzen schon lange zusammen und haben sich immer noch nicht entschieden. Vielleicht löst sich das alles ja in Luft auf.«

Zornig sprang ich auf. Es war Wochen her, dass ich trainiert hatte, und ich musste mich mühsam beherrschen, um sein weiches, blasses Gesicht nicht zu Brei zu schlagen. »Ich habe meine Frau, meine Tochter und meinen Sohn tot aufgefunden, und die ganze Welt glaubt, ich hätte sie ermordet.« Ich beugte mich vor und brüllte ihn an. »Das wird sich *nicht in Luft auflösen!*«

Der Wärter riss die schallisolierte Tür auf. »Alles in Ordnung hier drinnen?«

»Alles bestens«, sagte Peyton. »Wir sind noch nicht fertig.«

Der Wärter schwenkte seinen Schlagstock drohend in meine Richtung. »Setzen Sie sich«, sagte er. Ich ließ mich auf den Stuhl fallen. Der Wärter ging hinaus.

»Als ich zu Ihrem Haus gekommen bin, hab ich was gesehen«, sagte Peyton. »Etwas, wovon ich noch niemandem erzählt habe.« Er zögerte. »In Ihrem Garten hab ich ein Gespenst gesehen.« Er sah mich erwartungsvoll an, doch ich erwiderte seinen Blick schweigend. »Esposito und Ashford sind als Erste ums Haus herumgegangen, und die haben nichts gesehen, aber ich hab noch mal nachgeschaut. Mitten in Ihrem Garten stand ein Gespenst, Fußabdrücke waren nirgends zu sehen. Es stand mitten im unberührten Schnee. Und dann war es auf einmal nicht mehr da.«

Er wartete wieder auf eine Reaktion, doch die Genugtuung gönnte ich ihm nicht.

»Das Gespenst ist einfach verschwunden«, fuhr Peyton fort. »Aber es war eher ein Sich-Abwenden als ein Verschwinden, verstehen Sie? Wie wenn jemand um eine Ecke biegt, bloß war da keine Ecke. Haben Sie so was schon mal erlebt?« Es war ihm offenbar wichtig, dass ich ihm glaubte und ihn nicht für verrückt hielt.

»Und Sie fanden nicht, dass Sie das in Ihrem Bericht hätten erwähnen müssen?«

»Wo denken Sie hin. Hätte ich schreiben sollen? ›Ich habe in Mr. Kelleys Garten ein Gespenst gesehen?‹ Ich war mir ja nicht mal sicher, was ich überhaupt gesehen habe.«

»Kommen Sie mir nicht so. Sie waren sich sicher. Aber vor Gericht haben Sie ausgesagt, dass Sie keine Spuren entdeckt haben, die darauf hingewiesen hätten, dass eine andere Person als Elena oder ich die Waffe abgefeuert hat. Sie haben gelogen, um sich nicht der Lächerlichkeit preiszugeben. Zu meinem Nachteil.«

»Was hätte es Ihnen genützt, wenn ich das Gespenst erwähnt hätte? Man hätte mich nicht mal aussagen lassen.«

»Was Sie da gesehen haben, bezeichnen wir als Varcolac«, sagte ich. »Und vielleicht hätte dann nicht die Anklage Sie als Zeugen aufgerufen, sondern die Verteidigung. Sie möchten, dass ich Ihnen sage, dass Sie nicht verrückt sind. Weshalb? Sie haben mir den Gefallen schließlich auch nicht getan.«

»Hören Sie, ich hab nur meinen Job gemacht. Ich bin zu Ihrem Haus gefahren; ich hab Ihre Aussagen aufgenommen; ich hab einen Bericht geschrieben. Ob Sie Ihren Freund nicht doch erschossen haben, weiß ich nicht. Oder ob es Ihr Doppelgänger war.«

»Wir sind beide unschuldig. Vor dem Tag, an dem ich Brians Leiche gefunden habe, war ich seit Jahren nicht mehr auch nur in der Nähe des NJSC. Hätte er meinen Namen nicht in seinem Türschloss gelassen, als ich dort aufgehört habe zu arbeiten, hätte die Polizei nicht nach mir gesucht. Man hätte mich niemals mit diesem Verbrechen in Verbindung gebracht.«

»Das stimmt nicht. Es gab einen Hinweis, der die Polizei auf Sie aufmerksam gemacht hat, noch ehe die Kriminaltechniker das Schloss analysiert hatten.«

»Einen Hinweis? Sie meinen, jemand hat bei der New Jersey State Police angerufen und mir Brians Tod angelastet?«

Peyton nickte. »McBride hat in der Verhandlung so getan, als wäre es umsichtiger Polizeiarbeit zu verdanken, dass man Sie, die Waffe und den Mord miteinander in Verbindung gebracht hat, aber so war das nicht. Ein anonymer Anrufer hat Sie ins Spiel gebracht, und dann haben Media und New Jersey Police miteinander geredet und die Waffe den Patronen zugeordnet. Erst danach hat man Ihren Namen in Mr. Vanderhalls Schloss entdeckt, und von da an lief's wie geschmiert. Die Beweise passten zusammen.«

»Abgesehen davon, dass ich den Mord nicht begangen habe.«

»Darüber muss die Jury entscheiden. So läuft das eben. Wir bemühen uns nur, genug Beweise für eine Festnahme zusammenzutragen.«

»Und dann machen Sie nur die Aussagen, die mich schlecht dastehen lassen.«

Peyton erhob sich. »Ich bin hier fertig. Tut mir leid, dass ich hergekommen bin. Ich hoffe, die Jury spricht Sie frei, wenn Sie wirklich unschuldig sind.«

Er klopfte an die Tür um dem Wärter zu signalisieren, aufzusperren. Der Wärter trat ein, doch als Peyton sich zum Gehen wandte, räusperte ich mich.

»Hören Sie«, sagte ich. »Der Mann, den Sie gesehen haben, war kein richtiger Mensch. Das war ein fremdes

Wesen, bestehend aus Quantenüberlagerungen. Wenn Sie so was noch mal sehen, laufen Sie so schnell wie möglich weg.«

»Welcher Mann?«

»Das Gespenst in meinem Garten.«

»Das war kein Mann.«

»Was? Sie haben doch eben gesagt ...«

»Das Gespenst, das ich gesehen habe, war eine Frau.«

29

Up-Spin

Jean, Alex, Marek und ich entdeckten einen unbefestigten Weg, der vom Highway in den Pinienwald führte und beim Bau des Beschleunigerrings offenbar von den Baufahrzeugen benutzt worden war. Ich entfernte die Sperrkette, und Jean fuhr ein Stück vor, dann hakte ich die Kette hinter dem Wagen wieder ein. So konnten wir abseits der Schnellstraße unauffällig parken und waren vor den Blicken der Highway Police geschützt. Zur Sicherheit deckte ich den Wagen mit ein paar abgebrochenen Pinienästen ab.

Marek und ich hatten den Notausgang schon einmal benutzt, trotzdem war ich auf das GPS angewiesen, um ihn zu finden. Der Boden war mit Nadeln bedeckt, und der Wald sah überall gleich aus. Ich hatte vorgehabt, mit dem Lastenaufzug nach unten zu fahren, aber dafür brauchte man einen Schlüssel, weshalb wir mit der Treppe vorliebnehmen mussten, die zwanzig Etagen in die Tiefe führte. Marek und mir machte das nichts aus, doch Jean keuchte, als wir unten ankamen, und auch Alex atmete schwer, wenngleich sie sich Mühe gab, das zu verbergen. Es würde nicht einfach sein, alle wieder nach oben zu bringen.

Ich führte sie zum CATHIE-Bunker und horchte auf ungewöhnliche Geräusche. Die Tür des Bunkers war mit gelbem Klebeband versiegelt, das ich abriss. Im Labor hatte man die kaputten Geräte und die Glasscherben entfernt, und die Polizei hatte alle relevanten Spuren vermutlich schon gesichert. An einem Tisch lehnten zwei Besen, die wohl die Spurensicherung zurückgelassen hatte. Brian hatte den Boden ganz bestimmt nie gefegt, doch jetzt war er sauber. Marek nahm einen der Besen und kehrte damit den Staub zusammen, doch ich bezweifelte, dass er irgendetwas finden würde.

Der Spiegel hing noch an der Wand. Ich schaute hinein. Er gab mein Spiegelbild wieder. Ich betrachtete meine Augen, konnte aber nichts Ungewöhnliches feststellen.

»Hier hat Brian den ersten Kontakt mit den Varcolaci hergestellt, indem er die Resonatoren als eine Art Quantenfunkgerät eingesetzt hat«, sagte ich. »Anfangs waren sie hilfsbereit und gaben ihm die Informationen zum Bau des Higgs-Projektors, dann aber muss er etwas getan haben, das sie verärgert hat.«

»Wie kommst du darauf?«, fragte Jean.

»Also, der Varcolac war ziemlich feindselig. Als er aus dem Spiegel hervorkam, hat er als Erstes die Resonatoren zerstört. Vielleicht war das keine Absicht – oder er hat lediglich seine Möglichkeiten ausprobiert, so wie ein Kleinkind, das ein Glas fallen lässt, um zu sehen, was passiert –, aber vielleicht auch nicht. Vielleicht hatte Brian ihn zuvor eingesperrt und ihn zu irgendwas gezwungen.«

»Etwa indem er ein Pentagramm auf den Boden gemalt und Kerzen angezündet hat?«, meinte Jean.

»Ich denke nur laut nach.« Aus plötzlichem Frust heraus schlug ich mit beiden Fäusten auf den Tisch und stieß einen Schrei aus.

Jean und Alex fuhren beide zusammen. »Was hast du?«, fragte Jean.

»Ich habe keine Ahnung, was wir tun sollen. Wir treten auf der Stelle. Wir können Brians Arbeit nicht rekonstruieren, denn sie wurde zerstört. Wir können keinen Varcolac herbeirufen, und selbst wenn, wüssten wir nicht, wie wir uns mit ihm verständigen sollten. Wir wissen überhaupt nichts.«

»Zeig mir mal den Higgs-Projektor«, sagte Jean.

»Was hast du vor?«

Sie zog ein gefaltetes Smartpaper aus der Tasche. »Ich habe ein Programm geschrieben«, sagte sie. »Ein Diagnoseprogramm – es könnte uns dabei helfen zu verstehen, wie Brian mit dem Projektor den Varcolac aktiviert und kontrolliert hat.«

Ich zögerte. Das Herumspielen mit dem Projektor war äußerst riskant, aber es wäre auch unvernünftig gewesen, wenn ich ihn unter Verschluss gehalten hätte. Jean war mir stets eine zuverlässige Freundin gewesen, und ihre rasche Auffassungsgabe stand außer Zweifel. Wenn sie glaubte, sie könne mehr herausfinden, als wir wussten, dann vertraute ich ihr. Ich reichte ihr den Projektor.

Sie synchronisierte die Daten ihres Smartpapers mit dem Projektor, während ihr Blick hin und her huschte. Offenbar interagierte sie mittels Eyejacklinsen. Ich war erstaunt, dass sie nach einem kurzen Blick auf den Programmcode in der Lage gewesen war, eigene Subroutinen zu schreiben.

Als ich das wohlbekannte Ziehen in der Brust verspürte, wusste ich, dass der Projektor eingeschaltet war. »Was machst du da, Jean?«, erkundigte ich mich. Ich konnte nur hoffen, dass sie weniger hilflos war als ich. Das Gerät setzte unglaubliche Energien frei, vielleicht konnte man damit tatsächlich einen Varcolac materialisieren und ihn kontrollieren. Aber was passierte gerade mit meiner DNA, meiner Zellstruktur oder meiner Identität? Oder mit den Naturgesetzen? Wir wussten es einfach nicht.

Meine Fragen wurden zumindest teilweise beantwortet, als Alex plötzlich ihre Hand in meinen Arm krallte. Als ich hochschaute, sah ich nicht einen, sondern gleich Dutzende Varcolaci, die uns umringten.

»Schalt das aus, Jean«, sagte ich. »Was immer du da tust, hör auf damit.«

Die Varcolac wirkten alle irgendwie entfernt menschlich, als hätte man sie zu eilig zusammengesetzt, waren aber nicht identisch. Es gab männliche und weibliche Gesichter, deren Körper aber nicht immer zum Kopf passte. Auch unterschiedliche Hautfarben waren vertreten, aber die ethnischen Merkmale waren ebenso vermischt wie alles andere. Verstörenderweise wiesen einige Gesichter gewisse Ähnlichkeiten mit Elena, Claire, Alex und Sean auf. Die Varcolaci verharrten in unnatürlicher Regungslosigkeit.

»Was sollen wir jetzt tun?«, flüsterte Alex und wandte den Kopf zu mir herum, jedoch ohne die Varcolaci aus den Augen zu lassen. »Sollen wir ihnen sagen, dass wir friedliche Absichten haben?«

Die Wesen glitten vor, und ihre Gelenke bogen sich auf

widernatürliche Weise, die mich an ein Spinnennest erinnerte. Wir konnten ihnen nicht ausweichen.

Ich sah mich nach einer Waffe um. Die Eisenstange, die ich hier unten schon einmal benutzt hatte, war wirkungslos gewesen, und in meinem Haus hatte der augenlose Mann mühelos einen Schürhaken entzweigebrochen. Mit den üblichen Waffen ließ sich hier nichts ausrichten.

Die Varcolaci rückten näher. Ich hatte selbst erlebt, was passieren konnte, wenn sie einem zu nahe kamen, hatte gesehen, wie sie Elena und Brian getötet, ein stählernes Mikroskop wie Papier zerknüllt und Marek alle Gliedmaßen abgerissen hatten. Ich schob Alex hinter mich und schützte sie mit meinem Körper, auch wenn es nicht viel nützen würde. Die Wesen sprachen nicht, und es deutete nichts auf eine feindselige Haltung hin. Sie kamen einfach nur immer näher.

Marek schwang den Besen wie einen Kampfstab und trat vor, lautstark auf Rumänisch fluchend. Er schwenkte den Besenstiel im Bogen durch drei Varcolaci hindurch, doch sie flirrten nur und bogen sich um das Hindernis herum. Es war unmöglich, sie zu berühren.

Jean stellte etwas mit dem Projektor an. Sie trat vor, das Smartpaper wie ein Zauberamulett in den ausgestreckten Händen, und erstaunlicherweise wichen die Varcolaci zurück. Der Projektor schien ihnen Schmerzen zuzufügen; als Jean damit auf sie zeigte, scheuten sie zurück, stießen an die Wände, flimmerten und wurden noch substanzloser. Sie besaßen keine Augen, mit denen sie Jeans Bewegungen hätten verfolgen können, doch ihre Aufmerksamkeit war eindeutig auf Jean und den Projektor in ihrer Hand gerichtet.

»Wie hast du das angestellt?«, fragte ich.

Lange hielt die Wirkung nicht vor. Als Jean die Wesen in die eine Richtung trieb, wichen sie seitlich aus und näherten sich ihr von hinten.

»Achtung!«, rief Alex. Jean fuhr gerade noch rechtzeitig herum und drängte die Varcolaci wieder zurück.

»Ich mache die Tür frei«, sagte Jean. »Beeilt euch!« Sie streckte den Projektor vor, näherte sich der Tür und räumte den Weg frei. »Lauft!«

Wir rannten los, Jean schloss sich uns an. Alex wandte sich zur Treppe, doch mir war klar, dass wir dieses Tempo nicht über alle zwanzig Etagen hinweg durchhalten würden. Vielleicht würden die Varcolaci ebenfalls Mühe damit haben, doch darauf wollte ich mich nicht verlassen. Wenn sie uns auf der Treppe einholten, säßen wir in der Falle.

»Hier entlang«, sagte ich. Ich lief in die andere Richtung, hinein in den Beschleunigertunnel. Ich hoffte, dass der Golfwagen noch dort stand, wo Marek und ich ihn abgestellt hatten, oder dass die Polizei oder ein Wartungstechniker einen in der Nähe geparkt hatte, doch dem war nicht so.

Alex versuchte mit dem Handy Hilfe herbeizurufen, hatte aber natürlich keinen Empfang. »Im Abstand von einer Meile gibt es hier Telefone!«, rief ich. »Wenn wir es bis dorthin schaffen, bitten wir darum, uns ein Fahrzeug herzuschicken.«

Die Varcolaci folgten uns lautlos. Sie bewegten sich unbeholfen und taumelnd, doch das schien sie nicht zu behindern. Ich fürchtete, Alex könnte zurückbleiben, doch sie war schnell und bewegte sich geschmeidig, und auch Jean schloss rasch zu uns auf. Am Ende war es Marek, der zurückfiel – bei all seiner Körperkraft war er doch auch schwer, außerdem joggte er seltener als ich. Es hätte keinen Sinn gehabt, wenn ich langsamer geworden wäre. Ich hätte ihn nicht schleppen können. Somit blieb mir nichts anderes übrig, als ihn anzufeuern.

»Na los!«, rief ich. »Das liegt nur an diesen Bacon-Cheeseburgern, die du ständig frisst! Beweg dich!«

Er knurrte mich an, legte einen Zwischensprint ein und hätte beinahe zu uns aufgeschlossen, doch er atmete keuchend.

»Und komm ja nicht auf die blöde Idee, stehen zu bleiben und die Monster aufzuhalten, um uns einen Vorsprung zu verschaffen«, japste ich. »Wir haben es fast geschafft.«

Genau genommen hatte ich keine Ahnung, wie weit es bis zum nächsten Telefon war und wie schnell man uns Hilfe schicken konnte. Mir wurde klar, dass ich einen Vorsprung benötigte, damit ich anrufen konnte, bevor die Varcolaci mich einholten. Ich wurde schneller und versuchte den Abstand zu den anderen zu vergrößern. Meine Oberschenkel brannten, und ich hatte Seitenstechen. Normalerweise joggte ich vier- bis fünfmal die Woche, doch in letzter Zeit war ich seltener gelaufen und hatte dabei keinen Wert aufs Tempo gelegt.

Endlich tauchte vor mir an der Wand des Beschleunigerrings eine grüne Telefonkabine auf. Es war sogar schon jemand da, vermutlich ein Wartungstechniker. Vielleicht hatte er etwas mitbekommen, oder er meldete gerade einen Schaden. Er musste einen Golfwagen oder ein anderes Beförderungsmittel dabeihaben. Ich rief ihn an.

Als ich näher kam, fiel mir auf, dass er nicht telefonierte. Er lehnte an der Kabine und hatte die Arme verschränkt, als ob er auf jemanden wartete. Etwas stimmte nicht mit seinem Körper. Ein paar Schritte weiter konnte ich sein Gesicht erkennen, und auf einmal hatte ich Gewissheit. Das war der augenlose Mann, der erste Varcolac, den wir gesehen hatten, das Wesen, das Brian, Elena, Claire und Sean getötet hatte.

Der Varcolac stellte sich uns entgegen und breitete die Arme aus. Alex schrie auf, ich aber lief weiter. Wenn wir anhielten, waren wir verloren. Wir mussten an ihm vorbeikommen.

Der augenlose Mann schlug die ausgestreckten Arme vor der Brust zusammen wie ein Orchestermusiker seine Becken. Eine Art Schockwelle riss mich von den Beinen. Marek, Jean und Alex gingen ebenfalls zu Boden. Benommen setzte ich mich auf und versuchte mich aufzurichten. Jean lag neben mir.

Ich drückte mich auf die Knie hoch, als der augenlose Mann erneut in die Hände klatschte. Ich prallte mit dem Kopf gegen den Betonboden. Das Letzte, was ich sah, bevor es schwarz um mich wurde, waren die uns umringenden Varcolaci.

30

Down-Spin

Vom Gefängnis aus rief ich Terry Sheppard an und berichtete ihm, was ich von Peyton erfahren hatte: von dem Geist in meinem Garten und dass die Polizei erst durch einen anonymen Anrufer auf mich aufmerksam geworden war. Terry bezweifelte, dass sich das Urteil damit noch beeinflussen ließe, allerdings waren diese neuen Informationen wichtig für das Berufungsverfahren. Das klang nicht ermutigend, doch ich ließ es dabei bewenden. Terry wollte dem Hinweis nachgehen, doch ich konnte mich des Eindrucks nicht erwehren, dass er damit keine große Eile hatte. Es war schon spät, und um diese Uhrzeit würde er wohl kaum einen der mit dem Fall betrauten Cops von der New Jersey State Police ans Telefon bekommen, geschweige denn etwas Hilfreiches in Erfahrung bringen. Die Cops wollten mich hinter Gittern sehen, da würden sie jetzt nicht zugeben, dass sie erst durch einen anonymen Hinweis auf mich gekommen waren.

Deshalb war ich überrascht, als ich zwei Stunden später aus der Zelle geholt und in den Besucherraum gebracht wurde, wo mich Terry und der Privatermittler erwarteten, den er auf den Fall angesetzt hatte – er stellte ihn als Bill vor und sagte, er habe schon häufiger mit ihm zusammengearbeitet. Bill verstand anscheinend sein Geschäft, denn er hatte bereits einen Mitschnitt vom Anruf des anonymen Hinweisgebers besorgt. Beide wirkten erschöpft.

»Sie hatten recht«, sagte Terry. »Die Polizei hat anfangs auf Grundlage eines anonymen Anrufs ermittelt. Bedauerlicherweise hat das nur geringe Bedeutung für den Fall, der mehr von Tatortbeweisen als von Zeugenaussagen abhängt. Hätte die Polizei den Anrufer gefunden, wäre das nur ein Zeuge mehr gewesen, der gegen Sie ausgesagt hätte.«

»Aber wer war das?«

»Das wissen wir nicht«, antwortete Bill, der ein bisschen wie Terry aussah, aber ohne Schnäuzer. Ich fragte mich, ob sie miteinander verwandt waren. »Sie hat ihren Namen nicht genannt, und der Anruf wurde zu einem Münztelefon in einem Diner in Lakehurst zurückverfolgt.«

»Sie?«, wiederholte ich und dachte an das Gespenst, das Peyton erwähnt hatte.

»Ja, es handelte sich um eine Anruferin«, sagte Terry.

»Wann wurde der Anruf registriert?«

»Um vierzehn Uhr sieben. Nachdem Sie Vanderhalls Leiche entdeckt hatten, aber bevor die Polizei von New Jersey Kontakt mit der Media Police aufgenommen hatte. Vermutlich waren Sie da gerade im Bunker.«

»Kann ich mal hören?«, sagte ich.

»Was, hören?«

»Die Aufzeichnung des Anrufs.«

»Die gibt nicht viel her«, meinte Bill. Er nahm das Handy aus der Tasche und tippte mehrmals aufs Display. Eine weibliche Stimme war zu hören.

»Ja, ich habe Informationen zu einem Mord.«

»Würden Sie bitte Ihren Namen nennen?«, sagte die Beamtin, die den Anruf entgegengenommen hatte.

»Es geht um Dr. Brian Vanderhall. Er wurde heute Nacht umgebracht, und ich habe den Täter gesehen.«

»Bitte nennen Sie zuerst Ihren Namen«, sagte die Polizistin.

»Wollen Sie nicht wissen, wer der Mörder ist?«, fragte die Anruferin.

»Zuerst möchte ich wissen, wer *Sie* sind. Wenn Sie Angst haben, können wir Sie schützen, aber wenn wir nicht wissen, wer Sie sind, können wir Ihnen nicht helfen.«

»Jacob Kelley war's. Er hat Brian Vanderhall ermordet.«

»Wir kümmern uns darum. Würden Sie jetzt bitte Ihren Namen nennen?«

Bill stoppte die Wiedergabe. »Die Anruferin hat daraufhin aufgelegt. Dem lässt sich nicht viel entnehmen, abgesehen davon, dass sie Sie belastet hat. Vermutlich jemand, der Sie kennt.«

»Ich weiß, wer das ist«, sagte ich benommen.

»Sie haben die Stimme erkannt?«, fragte Terry.

»Schon beim ersten Wort«, sagte ich. »Sie nicht?«

Terry biss sich auf die Unterlippe und schüttelte langsam den Kopf. »Nein ... aber sie kam mir irgendwie vertraut vor.«

»Das ist Jean Massey«, sagte ich. »Jean Massey ist die Mörderin.«

31

Up-Spin

Die Dunkelheit wogte, hellere Grautöne wetteiferten mit dunkleren. Ich war bei Bewusstsein, spürte aber meinen Körper nicht mehr. Als meine Sicht sich klärte, nahm ich in der Finsternis Funken wahr, nicht wie weit entfernte Sterne, sondern eher wie Glühwürmchen. Sie waren weiß, winzig, bewegten sich schnell umher, erloschen und leuchteten wieder auf. Ich versuchte, die Flugbahn eines dieser Funken zu verfolgen, doch es gelang mir nicht. Was war das?

Nach einer Weile nahm ich ein Muster in den Bewegungen wahr, und ich meinte, Bedeutung darin zu erkennen. Farben. Textur. Temperatur.

Die ständige Bewegung verursachte mir Übelkeit. Ich versuchte die Augen zu schließen, doch das änderte nichts an meiner Wahrnehmung. Die Bewegungen schienen eher stärker zu werden. Je länger ich schaute, desto tiefer konnte ich in diese Lichtwolke hineinsehen. Inzwischen waren es

Millionen, wenn nicht gar Milliarden Lichter. Die einzelnen Lichter besaßen eine endliche Lebensdauer. Sie interagierten mit anderen Lichtern, veränderten Form und Zweck. Sie standen alle miteinander in Verbindung. Sie bildeten ein System.

Als mir das klar wurde, bemerkte ich, dass dieses Lichtsystem nur eines von vielen war, und dass jedes einzelne System eine bestimmte Lebensdauer hatte. Die Systeme interagierten miteinander, tauschten Millionen Lichtpunkte aus, sodass sich ihre Zusammensetzung ständig änderte. Trotzdem beschrieben sie ihre Bahn als ein Ganzes.

Sahen die Varcolaci so die Welt? Was waren die Systeme, die ich sah? Menschen? Varcolaci? Oder waren dies die Grundlagen komplexerer Phänomene? Vielleicht waren die Systeme, die ich wahrnahm, nur Körperzellen oder Bakterien. Als mir dieser Gedanke kam, schaltete meine Wahrnehmung auf eine neue Komplexitätsebene um, und ich sah Systeme von Systemen, die aus Aberbilliarden von Lichtern bestanden, und ich wusste, dass dies bei Weitem noch nicht alles war. Jetzt, da das Prinzip klar war, sprang meine Wahrnehmung zurück, immer und immer wieder, und mit jeder Ablösung nahm ich eine neue Kombination von Teilchen wahr, alle verknüpft, alle interagierend und sich austauschend, aber dennoch verschieden.

Schließlich schlug ich die Augen auf. Zunächst glaubte ich, die nächste Komplexitätsebene zu sehen, die aus Systemen bestehenden Systeme, und vermutlich tat ich das auch. Doch ich nahm etwas Hartes, Kühles an meinem Gesicht wahr. Ich befand mich wieder in der realen Welt, jedenfalls in der Welt, die ich kannte. Ich verfügte wieder über Hände und Beine. Ich lag mit dem Gesicht auf dem

Betonboden, vor mir sah ich die raue, sandfarbene Oberfläche, spürte sie an Wange und Stirn. Das Licht kam von oben, und ich vernahm eine Art Summen, wie an einem Hochspannungszaun.

Ich hob den Kopf und schaute mich um. Ich war immer noch unter der Erde, irgendwo im Teilchenbeschleuniger. Ich befand mich in einem großen, trüb erhellten Raum, den ich kannte. Durch diesen unterhalb des Beschleunigerrings gelegenen Raum wurde der Netzstrom eingeleitet. Dicke Kabel liefen kreuz und quer über den Boden. Das Bündel, das vor mir verlief, war dicker als mein Oberschenkel, die Kabel waren unterschiedlich gefärbt und ineinander verdrillt. An den Wänden vereinigten sich die Kabelbäume zu Superbäumen, die in Rohrleitungen verschwanden. Eine Wand war mit einer Vielzahl von Schaltern bedeckt.

Die kreuz und quer verlaufenden Kabelbäume unterteilten den Boden in Flächen unterschiedlicher Form und Größe, die an ein verzerrtes Schachbrett denken ließen. Auf einigen dieser Flächen befand sich jeweils eine Person, die entweder schlief oder bewusstlos war. Zu meiner Rechten sah ich Marek und Alex, jeweils auf ihrem eigenen Bodenstück. Zu meiner Linken waren vier weitere Personen, bei deren Anblick ich Herzklopfen bekam. Das war meine Familie – Sean, Claire, Alessandra und Elena. Sie lagen da, als hätten sie sich eben schlafen gelegt. Keiner von ihnen regte sich, doch bei jedem Atemzug hob und senkte sich ihre Brust.

Sie waren am Leben.

32

Down-Spin

Ich tigerte in meiner Zelle auf und ab, was mir gereizte Blicke seitens meines Zellengenossen einbrachte. Ich musste hier raus. Morgen würde die Jury ihr Urteil verkünden, und je mehr Zeit verstrich, desto größer wurde meine Gewissheit, dass man mich schuldig sprechen würde. Ich war mir sicher, dass Jean den Mord begangen hatte, doch es war zu spät, um es zu beweisen – zumindest nicht ohne ein langwieriges Berufungsverfahren –, und in der Zwischenzeit war Jacob dort draußen und vertraute ihr.

Weshalb hatte sie das getan? Ich hatte keine Ahnung. Ging es um Geld? Macht? Ruhm? All das würde für sie in greifbare Nähe rücken, wenn es ihr gelänge, die Technologie zu kontrollieren, die Brian entwickelt hatte. Sie versprach die Verwirklichung eines der ältesten wissenschaftlichen Träume: unbegrenzte Energie. Und das wäre nur der Anfang. Was ließe sich alles mit einem Gerät anfangen, das

das Higgs-Feld verändern konnte? Es gab Hinweise darauf, dass die Quantenfelder sich nicht nur durch den Raum, sondern auch durch die Zeit erstreckten. Könnte man damit eine falsche Entscheidung rückgängig machen? Terroranschläge ungeschehen machen? Damit könnte man die Welt verändern.

Ich konnte mir nicht vorstellen, dass Jean Brians neue Freundin gewesen war, sondern nahm an, dass sie an seiner Forschung von vorneherein beteiligt gewesen war. Vermutlich hatte sie eine ganze Menge der Subroutinen geschrieben, die mit dem Kernmodul des Higgs-Projektors zusammenarbeiteten. Ich wusste nicht genau, wie sie ihn getötet hatte, aber ich konnte mir denken, wie es abgelaufen sein musste. Ich wusste, dass der Varcolac nach Belieben auftauchen und verschwinden konnte. Natürlich war er kein Mensch, aber er demonstrierte eine grundlegende Eigenschaft der Materie: Sie war nicht so massiv und real, wie sie uns vorkam. Die Masse ist eine Quanteneigenschaft, die mittels des Higgs-Felds durch ein Teilchen verliehen wird, so wie das Magnetfeld elektrische Ladung übermittelt. Wenn man das lokale Higgs-Feld mit der erforderlichen Präzision manipulierte, konnte man durch Wände gehen, sein Gewicht verändern, möglicherweise sogar die Schwerkraft umkehren. Wenn Jean das geschafft hatte, hatte sie problemlos Brian erschießen und aus dem verschlossenen Raum zu entkommen können. Ebenso wenig Mühe hätte es ihr bereitet, die Logdateien zu manipulieren und mich zu belasten.

Aber es war gleichgültig, wie sie es angestellt hatte. Für mich zählte nur, dass ich hier drinnen festsaß, während Brians Mörderin frei herumlief und meine Familie in Gefahr war. Morgen würde die Jury ihr Urteil verkünden. Ich war mir ziemlich sicher, dass es nicht zu meinen Gunsten ausfallen würde, was bedeutete, dass dies meine letzte Nacht in dieser Arrestzelle sein würde. Morgen würde man mich in ein Hochsicherheitsgefängnis für Schwerverbrecher verlegen, das ich möglicherweise nie mehr verlassen würde.

Erst jetzt dachte ich an den Papierstapel, den Terry mir gegeben hatte. Lustlos blätterte ich in den Dokumenten. Terry hatte gesagt, mein Doppelgänger wolle, dass ich sie aufmerksam läse, doch ich war skeptisch, dass ich etwas Nützliches darin vorfinden würde. Weshalb sagte Jacob mir nicht einfach, was er mir mitteilen wollte, anstatt es in einem Berg von juristischen Dokumenten zu verstecken? Ich kam mir verlassen vor und bemitleidete mich selbst. Wenn es mich schon zweimal gab, weshalb konnte dann nicht ich frei draußen herumlaufen, anstatt im Gefängnis zu schmoren?

Während ich in den Papieren blätterte, ließ ich meine Gedanken schweifen. Peyton hatte die Gespensterfrau als ätherisch und dünn beschrieben, hatte aber eingeräumt, dass sie durch die Straßenlaternen von hinten beleuchtet worden sei, sodass er sie als Silhouette wahrgenommen hatte. So wie Peyton ihr Verschwinden beschrieben hatte – und der Umstand, dass sie keine Fußspuren hinterlassen hatte – sprach viel dafür, dass er einen Varcolac gesehen hatte. War es ein weiblicher Varcolac gewesen? Oder hatte ein und derselbe Varcolac nur eine andere groteske Erscheinungsform angenommen? Wenn ja, weshalb hatte ihn sonst niemand gesehen? Weshalb war er in meinem Garten gewesen? Peytons Bericht beinhaltete neue Informationen, doch anstatt Licht ins Dunkel zu bringen, machten sie es bloß noch undurchsichtiger.

Schließlich gelangte ich zu einer Seite, die etwas dicker war als die anderen. Der Text war im selben unverständlichen Juristenjargon gehalten wie der auf den anderen Blättern, doch anhand der Dicke und Textur des Papiers merkte ich, dass die Seite nicht hierhergehörte. Ich streifte mit dem Finger darüber, worauf der juristische Text verschwand. Smartpaper.

Gefangenen war der Besitz von Smartpaper nicht verboten, weshalb ich mich zunächst wunderte, weshalb mein Doppelgänger sich die Mühe gemacht hatte, es zu verstecken. Dann begriff ich, was es damit auf sich hatte. Das war eine Kopie des Higgs-Projektors. Der andere Jacob war anscheinend zum selben Schluss gelangt wie ich und hatte erkannt, dass die Jury mich wohl kaum für unschuldig befinden würde. Wenn ich das Gefängnis verlassen wollte, musste ich das auf andere Weise bewerkstelligen.

Als das Licht im Gefängnistrakt um einundzwanzig Uhr gedimmt wurde, legte ich mich auf meine Pritsche, schlief aber nicht ein. Mit dem Körper schirmte ich das Smartpaper vor den Blicken der patrouillierenden Wärter ab und experimentierte mit dem Higgs-Projektor, denn ich wollte wissen, was sich damit anfangen ließ. Viel Zeit blieb mir nicht. Ich musste noch in dieser Nacht aktiv werden.

Leicht würde es nicht werden. Die Zellenwände bestanden aus Metall, und dahinter lagen weitere Zellen. Ich hatte es mit bewaffneten Wärtern, verschlossenen Toren, Videokameras und Stacheldrahtzäunen zu tun. Ich wartete bis zum mitternächtlichen Schichtwechsel, um die Unruhe für mich zu nutzen, so gering der Vorteil auch sein mochte. Ich nahm neben der Zellentür Aufstellung und beobachtete. In einem Gefängnis, wo strenge Regeln gelten und Disziplin herrscht, geht es vorhersagbar zu. Für die Wärter besteht der Vorteil darin, dass auf diese Weise Stress, Beschwerden seitens der Häftlinge und Streitereien vermindert werden. Für mich hatte es den Vorteil, dass ich genau wusste, was gerade passierte.

Ich hielt den Higgs-Projektor an die Tür. Sie hatte ein elektromagnetisches Schloss, das vom Wärterraum aus gesteuert wurde. Diese Art Schloss galt als besonders sicher, da es sich mit mechanischen Werkzeugen nicht öffnen ließ. Ich führte eine kleine Subroutine aus, auf die ich bei meinen Experimenten gestoßen war, und vernahm ein leises Klicken. Die Tür sprang einen Spalt weit auf.

Ich konnte mich nicht unsichtbar machen, konnte keine Gitterstäbe durchdringen und mich nicht nach draußen teleportieren. Eigentlich hatte ich gar keinen großen Spielraum, doch ich hoffte, er würde trotzdem reichen.

»Hallo!«, rief ich. »Hallo!« Ich hämmerte gegen die Gitterstäbe. »Wache!«

Der Wärter war ein großer korpulenter Weißer und anscheinend nicht besonders pflichtbewusst. Er hieß Leary oder Leavy oder so ähnlich. Mit mürrischer Miene kam er herbeigestapft. »Was gibt's, Kelley?«

Ich drückte die Tür auf. »Irgendein Idiot hat vergessen, meine Tür abzusperren«, sagte ich. »Ich komme morgen hier aus; ich will an meinem letzten Tag keine Probleme kriegen.«

Leavy reagierte erst verärgert, dann erstaunt. Er schlug mir die Tür vor der Nase zu und rüttelte daran, um sich zu vergewissern, dass sie auch tatsächlich verschlossen war. »Hab ich wohl angelehnt gelassen«, brummte er.

»Was, kein Wort des Dankes?«, rief ich seinem sich entfernenden Rücken hinterher. »Ich werde mich beim Schichtleiter beschweren, dass Sie unhöflich zu mir waren!«

Mit der Bemerkung wollte ich sicherstellen, dass er den Vorfall meldete oder einen Techniker anwies, die Tür zu überprüfen, damit er das Problem jemand anderem in die Schuhe schieben und später behaupten konnte, er habe alles getan, was in seiner Macht stand. Trotzdem musste ich jetzt handeln. Ich ließ das Schloss erneut aufspringen.

Diesmal trat ich auf den Gang und ging zur nächsten Zelle weiter. Ich öffnete auch dieses Schloss und zog die Tür auf. »Die Party geht los«, sagte ich. Ich wartete die Antwort nicht ab, sondern eilte von Zelle zu Zelle, entriegelte die Schlösser und zog die Türen auf. Die Insassen waren keine Schwerverbrecher; die meisten warteten auf ihre Verhandlung oder saßen längstens fünf Jahre ab. Wenn sie bei einem Fluchtversuch erwischt wurden, würde das ihren Gefängnisaufenthalt beträchtlich verlängern. Für viele war das Risiko zu hoch, deshalb blieben sie, wo sie waren, und riefen mir zu, ich solle in meine Zelle zurückgehen, bevor jemand erschossen werde. Doch es gab auch genug Unruhestifter, die vielleicht nicht unbedingt fliehen wollten, aber froh waren über die Gelegenheit, etwas gegen ihre Langeweile zu tun und ein bisschen Ärger zu machen. Schon bald waren zahlreiche Gefangene auf den Gängen. Meine List war bereits länger unbemerkt geblieben als erwartet, deshalb wunderte ich mich nicht, als eine Sirene losplärrte.

»Auf geht's!«, rief ich. Die Tür zum Zellentrakt war ebenfalls elektronisch gesichert, deshalb entsperrte ich sie und hielt sie auf, während meine Mitgefangenen unter lautem Kampfgeschrei hindurchstürmten. Als sie alle draußen waren, kehrte ich friedlich in meine Zelle zurück und schloss die Tür.

Die Gefängniswärter brauchten fast eine Stunde, um alle entflohenen Gefangenen wieder einzusperren. Einige hatten Pfefferspray abbekommen, andere Prellungen oder blutige Schrammen, doch es hatte keine Toten gegeben, und es war auch niemand entwischt. Da das Schließsystem offenbar defekt war, konnte man uns schlecht in diesem Trakt lassen. Ich konnte nur hoffen, dass man uns verlegte, bevor sich jemand die Aufzeichnungen der Überwachungskameras ansah und feststellte, dass ich der Urheber des Durcheinanders war. Es herrschte Chaos, und Leavy erzählte jedem, der ihm zuhörte, dass er sich genau an die Anweisungen gehalten habe.

Das Problem war, dass das Gefängnis überbelegt war. Man konnte uns nicht einfach in einen anderen Trakt verlegen, denn die Zellen waren alle überfüllt. Selbst in der Turnhalle und auf dem Boden der Unterrichtsräume schliefen Gefangene, denn die Schlafsäle waren nicht groß genug, um die Insassen aufzunehmen. Im ganzen Bundesstaat sah es ähnlich aus. Den Gefängnissen fehlte es für den Bau neuer Trakte an den erforderlichen Geldern. Ich glaubte zu wissen, wohin man uns bringen würde. Genau darauf basierte mein Plan.

Nach halbstündiger Diskussion, die zu mehreren Wortgefechten zwischen aufgebrachten Beamten führte, wurde die Entscheidung getroffen, die ich mir erhofft hatte. Man beschloss, uns in modularen Gefängniszellen unterzubringen, die soeben angeliefert worden waren. Die neuen Zellen glichen Wohnwagen – mobile Plug-and-Play-Einheiten, die anscheinend erheblich billiger waren als feste Gebäude. Sie waren bezugsfertig und angeblich sicher, waren aber noch nicht vom Sicherheitsausschuss abgenommen worden. Am besten daran war, dass sie am Rand des Gefängnisgeländes standen.

Die Entscheidung war gefallen. Man legte uns Hand- und Fußfesseln an, schrie uns an und befahl uns, unsere persönlichen Habseligkeiten zurückzulassen, da wir am nächsten Tag, wenn die technischen Probleme behoben seien, in unsere Zellen zurückkehren würden. Einer der Gefangenen, noch aufgeputscht von der beinahe gelungenen Flucht, machte ein wenig Ärger, doch ich ging bereitwillig mit.

Wir wurden jeweils in Fünfergruppen verlegt. Drei Wärter schoben uns in die richtige Richtung, der vierte überprüfte unsere Namen auf einem Klemmbrett. Man nahm uns nacheinander die Fesseln ab, brachte uns einzeln in eine Einpersonenzelle, die kaum größer war als eine Toilette, und sperrte uns darin ein. Der Wärter mit dem Klemmbrett rüttelte an der Tür und vergewisserte sich, dass sie verschlossen war.

In der Zelle wartete ich, bis weitere Fünfergruppen eingetroffen und untergebracht worden waren und ich den Rhythmus verinnerlicht hatte.

Elena.

Ich blinzelte, denn ich glaubte auf einmal, sie gesehen zu haben. Wurde ich verrückt? Außer mir war da niemand, und vor meiner Zelle waren die Wärter und die anderen Gefangenen. Das Gefühl war stark gewesen, weniger ein visueller Eindruck, sondern als hätte ich sie leibhaftig gesehen, wenn auch nur im Geiste, so als *wüsste* ich, dass ich sie gesehen hatte. Ich schüttelte das Gefühl ab. Ich durfte mich jetzt nicht von solchen Dingen ablenken lassen. Als die Wärter weggingen, um die nächste Gefangenengruppe zu holen, öffnete ich das Zellenschloss, schlüpfte aus der Tür, marschierte aus dem Modulgefängnis nach draußen … und wäre beinahe mit einem Wärter zusammengestoßen.

Man hatte einen Wachmann am Hintereingang postiert. Ich mochte den Mann; er hieß Jerry und ging ruhig und gelassen mit den Gefangenen um, anstatt ständig zu fluchen und sie zu beschimpfen. Ich hatte keine Zeit, mit dem Higgs-Projektor herumzuexperimentieren, deshalb löste ich das Problem auf konventionelle Weise. Ehe er sich von seiner Überraschung erholen und zur Waffe greifen konnte, boxte ich Jerry mit aller Kraft ins Gesicht. Er brach lautlos zusammen. Ich nahm die Waffe aus seinem Holster und lief los.

Ich fragte mich, wie lange es wohl dauern würde, bis man meine Abwesenheit bemerkte. Wäre ich Jerry nicht begegnet, hätten sie meine Flucht wohl erst dann entdeckt, wenn alle anderen Gefangenen verlegt worden waren, und nicht einmal das war sicher. Hoffentlich würde so bald niemand nach Jerry sehen. Ich hatte noch eine Menge andere Probleme – zum Beispiel mein auffälliger orangefarbener Overall –, doch im Moment war ich ein freier Mann.

Ich rannte, denn ich war auf den ersten Blick als Gefangener zu erkennen. Ich hatte das Gefängnisgelände fast verlassen, als mich ein Stromschlag umwarf.

Der Schlag kam völlig unerwartet. Als meine Benommenheit nachließ, sah ich meine Tochter Alessandra, vor Schmerzen schreiend, dann verschwand sie auch schon wieder. Ich glaubte, ich sei in eine Schutzvorrichtung gelaufen, doch es kamen keine Gefängniswärter herbeigeeilt.

Sie waren noch mit der Gefangenenverlegung beschäftigt und hatten meine Flucht bislang noch nicht bemerkt.

Vorsichtig richtete ich mich auf, doch ein weiterer Stromschlag blieb aus. Ich befand mich außerhalb der Gefängnismauern, aber immer noch auf dem Gelände. Ein Stacheldrahtzaun umgab das Gefängnis und den Besucherparkplatz mit der Fahrzeuguntersuchungsstation. Dort stand ein Wartungstruck, den ich vielleicht entwenden könnte, doch ich wusste nicht, wie man einen Anlasser kurzschloss. Folglich musste ich über den Zaun klettern.

Er stand nicht unter Strom, und ich gelangte mühelos bis nach oben. Der Zaun sollte die Öffentlichkeit draußen und die Gefangenen drinnen halten. Ich befand mich im Schatten eines großen Ahornbaums, der mir in Richtung Gefängnis Sichtschutz gab, doch ich musste mich trotzdem beeilen. Ich wusste nicht, wie lange es dauern würde, bis meine Abwesenheit bemerkt wurde.

Schon oft hatte ich zu solchen Zäunen hochgeschaut und mich gefragt, ob es möglich war, den scharfen Klingen auszuweichen. Jetzt konnte ich die Frage beantworten. Die Zaunkrone bestand aus großen Schlaufen, doch es handelte sich nicht um den üblichen Stacheldraht mit verdrillten Drähten, sondern um Klingendraht. Ihn zu überwinden war weitaus schwieriger, als ich angenommen hatte, und als ich an der anderen Seite hinunterkletterte, bluteten mir die Arme, und ich hatte mehrere Schnittwunden an den Beinen und einen tiefen Schnitt am Brustkorb.

Die Wunden brannten, und ich fragte mich auf einmal, ob das eine gute Idee gewesen war. Vermutlich brauchte ich mir wegen des Blutverlusts keine Sorgen zu machen, doch es war bestimmt Blut am Zaun zurückgeblieben, sodass man meinen Fluchtweg würde rekonstruieren können. Ich brauchte ein Fahrzeug und frische Kleidung, und zwar schnell.

Als ich die Hügelstraße hinunterlief, heulten hinter mir die Sirenen.

33

Up-Spin

Ich wusste nicht, ob sie real war; ich wusste nicht, ob sie meine Elena oder eine andere Version war. Ich wusste nicht, ob dies der Quantenhimmel oder die Quantenhölle war, die wir als Tote bevölkerten, doch es war mir egal. Ich hatte sie so lange vermisst und mich nach diesem Moment gesehnt, von dem ich gefürchtet hatte, er werde niemals eintreffen. Ich hatte mir zahllose Male vorgestellt, wie sie auf mich zugelaufen kam und sich in meine Umarmung warf. Ich sprang auf und lief zu ihr.

Ich kam zwei Schritte weit, dann fiel mir ein, dass die Kabel im Bunker Stromschläge ausgeteilt hatten, als wir den Varcolac zum ersten Mal gesehen hatten. Ich hielt unvermittelt an und wirbelte mit den Armen, während sich mir die Nackenhaare sträubten.

»Du kannst die Kabel nicht überschreiten«, sagte jemand hinter meinem Rücken. »Die stehen unter Strom.«

Ich drehte mich um und erblickte Jean auf einer gesonderten Bodenfläche, doch sie war wach und hielt den Higgs-Projektor auf dem Schoß.

»Schlafen sie alle?«, fragte ich.

»Sozusagen«, antwortete Jean, ohne aufzublicken. »Ich habe dich gerade aus dem Zustand herausgeholt und probiere es auch bei den anderen. Er hat euch in eine Art Blase eingesperrt, in der der Zeitablauf zum Stillstand kommt oder sich zumindest verlangsamt.«

»War das so?«

»Ja. Wie ich schon sagte, ich habe dich herausgeholt. Die anderen werde ich auch bald befreit haben.«

Ich schaute mich verwundert um. »Man könnte meinen, der Varcolac habe uns für spätere Experimente konserviert.« Ich dachte daran, wie er Brian assimiliert und sich sein Wissen einverleibt hatte, nachdem er ihn getötet hatte. »Oder für etwas Schlimmeres«, setzte ich hinzu.

Marek regte sich und schlug die Augen auf. Ich warnte ihn vor den Kabeln und sagte ihm, wo er sich befand. Auch die anderen erwachten nacheinander, und ich sagte ihnen das Gleiche. Ich begrüßte Elena, Claire und Sean mit Tränen in den Augen.

»Ihr lebt!«, sagte ich. »Ich kann's kaum glauben. Ich habe mir solche Sorgen um euch gemacht.«

»Wo sind wir?«, fragte Elena. »Weißt du, wo wir sind?« Ich sah, wie durcheinander sie war, doch ihre Stimme hatte einen festen Klang.

»Ich glaube, wir befinden uns in der Stromversorgung des Teilchenbeschleunigers, wo die elektrischen Systeme mit dem Netz verbunden werden«, sagte ich. »Irgendwo am Ring, ein paar Meilen vom Feynman Center entfernt.«

»Wie lange sind wir schon hier?«

»Es ist März«, antwortete ich. »Ihr seid seit vier Monaten hier unten.«

Elena richtete sich zornig auf. »Was redest du denn da?«

»Was ist das Letzte, woran du dich erinnerst?«, fragte ich.

»Ich erinnere mich, dass ich zu Brians Büro gegangen bin, weil ich nach dir gesucht habe. Wir haben uns bei einer Empfangsdame nach dir erkundigt, und sie hat uns zum Büro geführt. Auf halbem Weg ist dieser Mann aufgetaucht. Er war plötzlich da.«

»Eigentlich war das kein Mensch – das ist schwer zu erklären«, sagte ich.

»Seit Monaten, sagst du? Wir haben die ganze Zeit über hier unten geschlafen?«

»Das trifft es nicht so ganz«, mischte Jean sich ein. »Ihr habt euch in einer Art Blase mit verlangsamtem Zeitablauf befunden. Ihr habt nicht geschlafen; ihr seid bloß kaum gealtert.«

»Ich wurde fälschlicherweise des Mordes an Brian angeklagt«, sagte ich. »Es gab eine Verhandlung. Wir haben die ganze Zeit über nach euch gesucht.«

Schweigen. Das waren zu viele Informationen auf einmal, dabei hatte ich nur an der Oberfläche gekratzt. Claire, Alessandra und Sean saßen noch auf dem Boden, sie wirkten benommen. Elenas Blick huschte umher.

»Sind wir hier gefangen?«, fragte sie.

»Wir sind Gefangene des Wesens, das euch gekidnappt hat«, antwortete ich. Ich blickte von einem verängstigten Gesicht zum anderen, merkte, dass ihre Panik zunahm. Ich hatte das falsch angepackt. Ich machte ihnen Angst, anstatt sie zu beruhigen. Ich atmete tief durch und richtete mich auf.

Im Moment war es unwichtig, dass ich sie davon überzeugte, dass mehrere Monate verstrichen waren. Im Vergleich dazu, mehrere Monate wach in einem Gefängnis der Varcolac auszuharren, war der Zeitsprung für sie ein wahrer Segen.

Ich blickte Sean an und stellte fest, dass bei dieser Version meines Sohnes der kurze Arm an der linken Seite saß, so wie ich es in Erinnerung hatte. Das war *mein* Sean. Ich bemühte mich, einen zuversichtlichen Ton anzuschlagen. »Wie geht's dir, Sean?«, fragte ich. »Alles im grünen Bereich?«

Er lächelte tapfer. »Geht schon, Dad.«

»Claire? Wie geht's dir? Ist alles in Ordnung? Haben dir die Wesen wehgetan?«

»Ich bin auch noch hier«, sagte Alex. Ich wandte mich ihr zu, erstaunt über die Bitterkeit in ihrer Stimme.

»Aber klar doch«, sagte ich, dann erst wurde mir bewusst, dass dies Alessandra war, nicht die Alex, mit der ich die vergangenen Monate verbracht hatte. Das hier war die Alessandra, die ich für einen hoffnungslosen Fall gehalten und der ich ihre stabilere, intelligentere und hübschere ältere Schwester vorgezogen hatte. Jetzt begriff ich, dass vor allem ich für die Entfremdung zwischen uns verantwortlich war. Ich schaute Alex an, die Jean soeben aus der Bewusstlosigkeit aufgeweckt hatte.

Alex richtete sich auf und sah uns an. »Die Kabel lösen elektrische Schläge aus«, sagte ich rasch, bevor sie es am eigenen Leib erfahren musste. »Du darfst sie nicht überschreiten.«

Alessandra musterte Alex von oben bis unten. »Wer ist das denn?«, fragte sie.

Es fiel mir schwer, es ihr zu erklären, doch sie nahm es besser auf als erwartet. Kein Wunder – sie war ebenfalls Alex, nur hatte ich mir nicht die Zeit genommen, sie richtig kennenzulernen. Als sie sich erst einmal bekannt gemacht hatten, konnten die beiden Mädchen gar nicht mehr aufhören, miteinander zu reden, voll ehrfürchtigem Staunen darüber, dass sie mit jemandem sprachen, der im Wesentlichen mit ihnen identisch war.

Vorübergehend schienen sie vergessen zu haben, dass wir Gefangene eines Monsters waren. Elena fiel das schwerer. Sie musterte mich entsetzt. »Welche von ihnen ist die echte?«

»Beide sind echt. Beide sind Alessandra.«

»Wie ist das möglich?«

»So wäre Alessandra gewesen, wenn sie gekidnappt worden wäre, beziehungsweise wenn sie nicht gekidnappt worden wäre. Eigentlich ist nur eines davon möglich, doch in diesem Fall gilt beides.« Ich hoffte inständig, sie würde darauf verzichten, sich nach der zweiten Claire oder dem zweiten Sean zu erkundigen. Irgendwann würden wir darüber sprechen müssen, doch im Moment wollte ich es vermeiden.

»Aber … sie können doch nicht beide auf Dauer Alessandra sein, oder?«

Ich schüttelte den Kopf. »Nein, das geht nicht. Irgendwann werden sie wieder zu einer Person verschmelzen.«

Elenas Entsetzen verwandelte sich in Zorn. »Hat Brian das getan?«

»Nur indirekt.«

»Dann der Mann, der uns gekidnappt hat?«

Ich seufzte. »Das ist kein Mensch. Das ist eine Quantenintelligenz, der Vertreter einer Spezies fremder Intelligenzen, die wir als Varcolac bezeichnen.«

»Also ein Alien?«

»Gewissermaßen.«

»Was will er?«

»Das weiß ich nicht. Er führt ein vollkommen anderes Leben als wir. Ich weiß nicht, inwieweit er uns versteht oder wie er über uns denkt, und ich habe keine Ahnung, was er will.«

Ich bemerkte eine Art Luftzug. Auch die anderen spürten es. Claire zuckte zusammen und schlug die Hände vors Gesicht. Im nächsten Moment stand der Varcolac vor Alex und betrachtete sie mit seinem augenlosen Gesicht. Alex versteifte sich am ganzen Körper und blickte zu ihm auf. Er lächelte. Es war das erste Mal, dass ich einen Gesichtsausdruck bei ihm wahrnahm, und es war grauenhaft; er zog die Lippen zurück und entblößte viel zu viel von seinen Zähnen.

»Wir haben nichts für dich«, sagte ich. »Bitte lass uns in Ruhe.«

Der Varcolac antwortete nicht. Er bückte sich, hob Alex hoch und verdrehte ihr dabei den Arm. Es war eine ganz beiläufige Bewegung, dennoch schrie Alex auf, und wir hörten, wie der Knochen brach.

»Lass sie in Ruhe!«, brüllte ich. Ich warf mich in ihre Richtung, in der Hoffnung, mit dem Schwung das elektrische Feld durchdringen zu können, doch es schleuderte mich in einem Funkenregen zurück. Ich wollte mich aufrichten, doch meine Muskeln zuckten vor Schmerz, und ich sank wieder zurück. Ich hielt nach einem Wurfgegenstand Ausschau, nach irgendetwas, womit ich das Feld durchdringen könnte, wurde aber nicht fündig.

»Bitte lass sie los«, sagte Elena. Sie stand dicht vor den Kabeln und blickte den Varcolac flehentlich an. »Was willst du von uns?«, fragte sie. »Das ist meine Tochter. Bitte!«

»Jean!«, sagte ich. »Unternimm etwas.«

»Tut mir leid«, sagte Jean. »Ich habe versucht, euch zu helfen. Ich wollte nicht, dass es so endet.«

»Es muss nicht so enden«, sagte ich. »Du kannst gegen ihn kämpfen, oder? Beeil dich!«

Jean schüttelte betrübt den Kopf. »Es tut mir leid«, sagte sie. »Ich wollte dir nicht wehtun. Aber ich muss auch an meine eigene Familie denken.«

Ich verstand nicht, was sie meinte. »Was redest du da?«

»Ich muss an meine Tochter denken«, sagte sie. Sie legte die Hände um das Smartpaper, *bog ab* wie die Varcolac und verschwand.

Ich blickte Jean mit offenem Mund nach, hatte aber keine Zeit, mir Gedanken zu machen. Der Varcolac ließ Alex auf den Boden fallen, trat über die Kabel hinweg und näherte sich Elena.

»Nein!«, rief ich. »Komm her, kämpf mit mir! Hier bin ich!«

Elena wich zurück, doch der Varcolac näherte sich ihr mit übermenschlicher Geschwindigkeit und packte sie an der Kehle. Er hob sie hoch, als wäre sie gewichtslos, und hielt sie neben das Kabelbündel, das mich von ihr trennte. Ein Lichtbogen schoss von den Kabeln in ihren Körper hoch. Sie bäumte sich schreiend auf, ihre Arme und Beine zuckten unkontrolliert, während knisternde Blitze über sie hinwegzuckten. Sie schrie unaufhörlich und schaffte es kaum, Luft zu holen.

Ich schrie ebenfalls, ein hilfloses Gebrüll, und versuchte an sie heranzukommen, eine Waffe zu schleudern, einen Durchgang zu finden, obwohl ich wusste, dass ich selbst dann, wenn ich sie erreicht hätte, gegen einen solchen Gegner nichts hätte ausrichten können. Schließlich fiel ich schluchzend auf die Knie und flehte den Varcolac an, sie loszulassen. Weshalb tat er das? Was wollte er?

Der Varcolac öffnete die Hand. Elenas Schreien erstarb, und sie fiel reglos zu Boden. Ich rief ihren Namen, konnte aber erkennen, dass sich ihre Brust noch hob und senkte. Sie war nicht tot.

Der Varcolac war intelligent, dass wusste ich. Er verfolgte eine Absicht, wenngleich nicht ausgeschlossen war, dass wir alle umkommen würden, bevor wir sie ergründeten. Experimentierte er mit materiebasierten Lebensformen, um herauszufinden, wie sie reagierten? Bestrafte er sie, weil sie seine Zeitblasen zerstört hatten? Vielleicht war ein solcher Energiestoß auch förderlich für seinesgleichen, und er wollte Elena gar nicht töten, sondern ihr helfen, indem er ihr Energie zuführte.

Ich konnte nicht klar denken. Vom Stromschlag war ich noch benommen, und ich hatte Angst zusammenzubrechen. Einen kurzen Moment lang hatte ich das Gefühl, in einem Kleinwagen, der mir nicht gehörte, durch einen Pinienwald zu fahren. Woher kam das Bild? Lag es an meiner Angst und Erschöpfung? Ich schüttelte den Kopf. Dem konnte ich jetzt nicht nachgehen; meine Familie brauchte mich. Ich wusste nicht, was ich tun sollte, aber ich konnte auch nicht tatenlos zuschauen.

Elena regte sich noch immer nicht. Alex schaukelte mit dem Oberkörper, ihr Blick war unscharf. Die anderen hockten auf am Boden, entweder erstarrt oder leise weinend.

So plötzlich, wie er aufgetaucht war, verschwand der Varcolac.

34

Down-Spin

Mein Haus lag über zwölf Meilen vom Gefängnis entfernt, und bis zum Swarthmore College, an dem ich arbeitete, waren es noch ein paar Meilen mehr. Die Entfernung war zu groß. Ich musste mich irgendwo umziehen, an einem Ort, an dem die Polizei nicht gleich nach mir suchen würde.

Der Granite Run Health and Fitness Club lag in Lima an der Pennell Road, etwa fünf Meilen vom Gefängnis in Thornton entfernt. Das war nah genug. Vor meiner Festnahme hatte ich täglich zweieinhalb Meilen gejoggt – die Entfernung von meinem Haus zum College –, und häufig hatte ich bei Fünfkilometerrennen der umliegenden Gemeinden mitgemacht. Für hohes Tempo war ich nicht geschaffen, doch ich sagte mir, es sei besser, vor der Polizei wegzulaufen, als herumzuschleichen und ihr auszuweichen, deshalb rannte ich los, so schnell ich konnte.

Im Laufen öffnete ich den Reißverschluss des Overalls

zur Hälfte, schlüpfte aus den Ärmeln und verknotete sie um die Hüfte. Ich hoffte, dass ein Mann in orangefarbener Hose und weißem T-Shirt weniger auffallen würde als einer im orangefarbenen Overall. Vom Baltimore Pike hielt ich mich fern, da ich annahm, dass es dort von Polizisten wimmeln würde, doch am Chester Creek führte eine alte Bahnstrecke entlang, und darauf hielt ich zu. Der größte Teil der Strecke verlief durch den Wald, wo die Wahrscheinlichkeit, dass ich jemandem begegnete, relativ gering war, und ich konnte dort laufen, ohne mir die Knöchel zu verstauchen. Das Beste daran war, dass die Strecke fast am Hintereingang des Fitnessklubs vorbeiführte.

Wiederholt hörte ich Polizeisirenen, und einmal sah ich das Blaulicht eines Streifenwagens, aber falls die Polizei das Gebiet abgesperrt hatte, hatte sie die Bahnstrecke entweder übersehen oder mein Tempo unterschätzt. Ich erreichte den Klub ohne Zwischenfall. Auf dem Parkplatz standen nur drei Wagen, und ich gelangte ungesehen hinein.

Im Klub hatte ich einen Spind mit Wechselkleidung. Ich atmete ziemlich schwer – das Gefängnisleben hatte mir zugesetzt –, doch ich stopfte den Overall in den Mülleimer und zog Jogginghose und T-Shirt aus dem Spind an. Jetzt brauchte ich nur noch ein Fahrzeug.

Ich sah in die Dusche. Eine Kabine war besetzt, und da ich den kleinen Nissan Flash auf dem Parkplatz bemerkt hatte, konnte ich mir denken, wer sich darin aufhielt. Es war Frank Reed, mit dem ich trainiert hatte und dessen Spind nicht weit von meinem entfernt war. Die Spinde waren mit Kombinationsschlössern gesichert, doch viele Leute machten sich nicht die Mühe, die Zahlen zu verstellen. Ich entsperrte Franks Spind und fand darin Geschäftsklamotten, eine Brieftasche und einen Schlüsselring.

Diebstahl war mir zuwider, doch moralische Bedenken konnte ich mir im Moment nicht leisten. Ich brauchte einen Wagen, und für Spitzfindigkeiten hatte ich keine Zeit. Ich schrieb eine Notiz: *Frank, tut mir leid. Wenn ich kann, bringe ich dir den Wagen unbeschädigt und mit Mietgebühr zurück.* Ich legte den Zettel in den Spind und nahm den Schlüsselbund an mich.

Der Flash war ein Kleinwagen in Leichtbauweise mit elektrischem Antrieb. Notfalls hätte ich ihn vermutlich anheben können. Frank war klein und passte problemlos hinein. Ich hingegen war groß und hatte entsprechende Mühe. Aber es war ein Wagen, und als ich mich hineingequetscht hatte, fuhr ich los in Richtung New Jersey.

Als ich über die Brücke fuhr, hatte ich auf einmal das Gefühl, der Varcolac stehe über mir. Sämtliche Muskeln meines Körpers spannten sich an – ich glaubte den Varcolac ebenso deutlich zu sehen wie die vor mir liegende Straße. Es war kein Traum und auch keine Vision; eher war es so, als besäße ich ein zweites Augenpaar an einem anderen Ort, das die Bilder an mein Gehirn übermittelte.

Ich ahnte, woran das lag. Jacob und ich verschmolzen wieder zu einer Person. Der Stromschlag musste von ihm gekommen sein; vielleicht war er sogar die Ursache dafür, dass die Wahrscheinlichkeitswelle zu kollabieren begonnen hatte. Ich konnte jetzt erkennen, dass er sich unter der Erde befand, wahrscheinlich in einem der Gänge des Teilchenbeschleunigers, und dass der Varcolac bei ihm war. Was dort vor sich ging, konnte ich nicht sehen, sondern erhaschte nur hin und wieder einen Blick darauf.

Ich gab Gas, denn ich wusste nicht, wie viel Zeit mir noch blieb.

Mithilfe des Navis fand ich Jean Masseys Adresse und hielt vor ihrem Haus. Ich stieg aus und schaute mich misstrauisch um. Der Rasen war akkurat gemäht, und unter dem Dachvorsprung war ein kleines Blumenbeet. Ich konnte mir Jean nicht beim Gärtnern vorstellen, deshalb nahm ich an, dass dies Nicks Beet war. Plötzlich erinnerte ich mich an den Anruf – Nick hatte mir vorgeworfen, ich schlafe mit seiner Frau. Das aber war der andere Jacob gewesen, nicht ich. Ich hatte zu der Zeit im Gefängnis gesessen, doch die Erinnerung war so deutlich, als hätte ich es tatsächlich selbst erlebt.

Ich klopfte an die Tür. Nick öffnete mir in weißem Polohemd und Jogginghose. Er war barfuß.

»Hallo, Nick«, sagte ich. »Ist Jean …«

»Sie hat dir schon zu viel gegeben«, sagte Nick. »Tut mir leid, aber jetzt ist Familienzeit. Sie ist nicht verfügbar.«

Ich stellte den Fuß in die Tür, ehe er sie schließen konnte. »Ist sie im Moment bei eurer Tochter?« Offenbar hatte er mitbekommen, wie aufgeregt ich war, denn er trat zurück. Ich drängte mich ins Haus. »Eure Tochter ist in Gefahr«, sagte ich. »Wo ist sie?«

Er glaubte mir. Ich wusste nicht, was seit Jeans Ankunft passiert war, doch anscheinend hatte ihr Verhalten nicht zur Beruhigung ihres Ehemanns beigetragen. Ich folgte ihm über die Treppe und den Flur.

»Schatz?«, rief Nick.

Ich ging ihm langsam nach und blickte in Chances Zimmer. Es war leer.

»Jean?«, sagte Nick, dann lauter: »Jean!«

»Sie hat eure Tochter mitgenommen«, sagte ich. »Sie sind weg.«

Nick stand mitten im Zimmer, umgeben von Chances Sachen – ihrem Wickeltisch, dem Bettchen mit den zerwühlten Decken, verschiedenen Babyspielsachen – und rief den Namen seiner Frau.

35

Up-Spin

Elena setzte sich stöhnend auf. Ich war gleich bei ihr, so nah, wie es der uns trennende Kabelbaum erlaubte.

»Alles in Ordnung?«, fragte ich.

»Der Kopf tut mir weh.«

»Es tut mir so leid.«

Sie presste die Finger auf die Schläfen. »Nicht deine Schuld.«

Ich wollte sie in den Arm nehmen, ihr übers Haar streicheln und sie an mich drücken. Mein Aufenthaltsbereich war ungefähr quadratisch; drei Seiten wurden von gebündelten Kabeln eingenommen, die vierte von der Wand. Ich untersuchte die Stelle, wo die Kabel in der Wand verschwanden, doch es gab keine Möglichkeit, sie zu überschreiten. Ich trat gegen die Wand. Sie bestand aus Betonschalsteinen und gab nicht nach, doch ich machte trotzdem weiter, denn wenn es mir gelänge, auch nur einen Stein zu lockern, könnte ich das Loch erweitern, einen Teil der Wand einreißen und um die Kabelbarriere herum zu Elena gelangen.

»Nimm die Schlüssel!«, rief Marek. Er war in der Mitte des Raums gefangen, wo er an keine Wand herankommen konnte, doch ich verstand, was er meinte. Ich nahm den Schlüsselbund aus der Tasche, wählte den größten Schlüssel aus und kratzte damit in Bodennähe an der Wand. Eine kleine Staubwolke sank herab, eine flache Vertiefung war entstanden. Ich kratzte weiter. Es würde lange dauern, bis sich ein Erfolg einstellen würde, doch das war immer noch besser, als darauf zu warten, dass der Varcolac zurückkam und meine Familie weiter quälte. Ich kratzte, bis mir die Muskeln schmerzten, erreichte damit aber nur, dass die Staubansammlung am Boden größer wurde. Es würde nicht funktionieren.

Ich bemerkte, dass Alex an einem runden Abflussgitter zerrte. Ich hatte keine Ahnung, was sie damit bezweckte – der Abfluss war zu eng, als dass sie hineingepasst hätte, und vermutlich führte er nirgendwohin –, aber wenigstens hätte sie dann ein Stück Metall, etwas, womit sie sich wehren konnte, wenn der Varcolac sie erneut anfiel. Allerdings kam sie nur langsam voran, da sie aufgrund des gebrochenen Arms immer wieder vor Schmerzen keuchte.

»Hier«, sagte ich und warf ihr die Schlüssel zu. Sie flogen ungehindert über die Kabel hinweg, landeten vor Alex' Füßen auf dem Boden und rutschten ein Stück weit. Sie versuchte das Gitter mit den Schlüsseln hochzuhebeln, doch es gab nicht nach, obwohl keine Schrauben zu sehen waren. Vielleicht war es mit dem Rohr verschweißt, oder es war einbetoniert. Jedenfalls ließ es sich nicht bewegen.

Kaum dass ich meine Familie wiedergefunden hatte, drohte ich sie auch schon wieder zu verlieren. Der Varcolac würde zurückkehren und sie vor meinen Augen foltern, und am Ende würden alle sterben, und der Varcolac würde mich noch immer nicht töten; er würde nur sein grauenhaftes Lächeln aufsetzen und meine Reaktionen beobachten und vielleicht auch Marek umbringen, nur zum Spaß.

Ich tigerte auf und ab. Ich musste *irgendetwas* unternehmen. Ich konnte nicht einfach nur dasitzen und warten.

Ich musterte die Kabel. Woher stammte die Energie, die zu den Stromschlägen führte? Der Varcolac musste irgendwie das elektromagnetische Feld manipulieren, damit die Elektronen frei fließen konnten und auf jeden übergingen, der den Kabeln zu nahe kam.

Was, wenn ich eine höhere Position einnahm? Wenn ich die Kabel in Deckennähe überquerte, würde ich dem elektrischen Schlag dann entgehen? Die Decke bestand aus Brettern und Balken, eine abgehängte Decke für Leitungen und Kabel fehlte. Es gab nicht viele Möglichkeiten, sich festzuhalten, und es wäre sehr schwierig, mich an der Decke entlangzuhangeln. Außerdem kam ich nicht heran, und es gab keinen Untersatz, auf den ich mich hätte stellen können. Das würde ebenfalls nicht funktionieren.

»Was passiert jetzt mit uns?«, fragte Alessandra. Sie saß ruhig auf ihrem Flecken und tat gar nichts. Claire hatte fast die ganze Zeit über geweint und brach jedes Mal, wenn sie sich wieder zu fassen schien, erneut in Tränen aus. Alessandra hatte nicht geweint. Mein Herz flog Claire und ihrer Angst zu, die unter den gegebenen Umständen vollkommen verständlich war, doch von Alessandra war ich beeindruckt. Weshalb war mir diese Stärke an ihr nie aufgefallen?

»Wir kommen hier raus«, sagte ich zu ihr. »Ich weiß nicht wie, aber wir finden einen Ausweg.«

»Das habe ich nicht gemeint«, sagte Alessandra. »Ich meine, was wird aus uns beiden?« Sie nickte in Alex' Richtung. »Aus ihr und mir.«

Ich blieb stehen. »Ihr seid ein und dieselbe Person«, sagte ich. »Sie ist mit dir identisch. Irgendwann werdet ihr wieder miteinander verschmelzen.« Eigentlich wunderte es mich, dass ihre Wahrscheinlichkeitswelle nicht längst kollabiert war. Ihre Wege hatten sich erneut gekreuzt; ihre Situation war praktisch die gleiche. Vielleicht fiel die Vereinigung umso schwerer, je länger die Aufspaltung gedauert hatte.

»Das stimmt nicht ganz«, sagte Alex. »Du behauptest ständig, wir wären ein und dieselbe Person, aber ich glaube, das stimmt nicht. Wir haben als ein und dieselbe Person *begonnen*, aber jetzt sind wir verschiedene Personen. Wir wissen unterschiedliche Dinge und haben unterschiedliche Erinnerungen.«

»Dann ... muss eine von uns sterben?«, fragte Alessandra.

»Nein«, sagte ich rasch.

»Irgendwie schon«, meinte Alex. »Du brauchst das nicht zu beschönigen, Dad. Wir müssen wieder eins werden. Das könnte auf dich oder mich hinauslaufen oder auf eine Kombination von uns beiden, die sich unsere Erinnerungen teilt. Wir wissen nicht, was passieren wird.«

»Du scheinst keine Angst zu haben«, sagte Alessandra. »Wie machst du das?«

Alex lachte. »*Du* wirkst auch nicht besonders verängstigt.«

Sie wechselten einen Blick und lächelten hintergründig.

»Ich behaupte immer noch, ihr seid ein und dieselbe

Person«, sagte ich. »Wer ihr seid, verändert sich ständig. Die Alessandra, die ihr in der dritten Klasse wart, ist eine andere als die, die ihr jetzt seid, aber trotzdem wart ihr das. Im Moment erlebt ihr bloß zwei Zustände gleichzeitig. Das ist, als würdet ihr zurückblicken und eine frühere Version euer selbst sehen.«

Alex schaute betrübt drein. »Ich weiß, du willst uns Mut machen, Dad. Aber wenn wir verschmelzen und ich mich nicht mehr an die Zeit erinnere, die ich mit dir verbracht habe, dann kommt mir das so vor, als würde es *mich* nicht mehr geben. Jedenfalls nicht diese Version von mir.«

»Deine Erinnerung ist nicht alles«, sagte ich. »Du vergisst ständig Sachen; die machen dich nicht zu dem, was du bist. Alle deine Körperzellen werden in ein paar Jahren ersetzt worden sein, aber es wird dich immer noch geben. Erinnerungen kommen und gehen. Du erinnerst dich nicht an deine Geburt oder die Zeit, als du zwei warst, trotzdem prägen dich diese Erfahrungen noch immer. Selbst wenn du dich dann, wenn ihr miteinander verschmelzt, nicht mehr an alles erinnern solltest, werden diese Dinge immer noch Teil deiner Persönlichkeit sein.«

Alex antwortete nicht, sondern sah Alessandra an. »Wenn ich die bin, die es nicht schafft«, sagte sie, »besorg dir meinen Viewfeed und poste ihn. Damit andere Leute von mir erfahren.«

»Tu du das auch«, sagte Alessandra. »Versprochen?«

»Eins nach dem anderen«, sagte ich. »Erst mal müssen wir hier rauskommen.«

36

Down-Spin

»Ich vermute, dass sie zum NJSC gefahren ist«, sagte ich zu Nick. »Dort sind ihre Geräte und Forschungsunterlagen. Ich fahre jetzt dorthin.«

»Ich komme mit«, sagte Nick.

»Ich bin ein entflohener Häftling, der unter Mordverdacht steht. Du würdest dich der Beihilfe und Anstiftung schuldig machen«, entgegnete ich.

»Das ist mir egal. Ich fahre. Versteck den Spielzeugwagen in meiner Garage, damit er nicht gesehen wird.«

»Klingt gut«, sagte ich. »Noch was – hast du Eyejacklinsen für mich?«

Wir wechselten eilig den Wagen, dann gab Nick Gas. »Wir kommen nicht eher an, wenn du angehalten wirst«, sagte ich. »Und wenn die Polizei mich erkennt, kommen wir gar nicht an.«

Er nickte zustimmend, fuhr aber nicht langsamer. Ich

erklärte ihm, was Jean vorhatte. »Sie kann das Higgs-Feld manipulieren«, sagte ich. »Sie kann die Wellenlänge und Konstanten der normalen Materie verändern und damit eine fast magische Wirkung erzielen. Im Grunde aber geht es darum, dass das Higgs-Feld sich über multiple Universen erstreckt. Und das gilt auch für die von ihr beeinflussten Wahrscheinlichkeitswellen.«

»Da komme ich nicht mit«, meinte Nick. »Was heißt das jetzt?«

»Das heißt, dass sie Zugang zu alternativen Versionen eurer Tochter hat. Sie kann in ein anderes Universum eintauchen und die Wahrscheinlichkeitswellen verändern, die in der Vergangenheit kollabiert sind. Das heißt, sie kann andere Versionen eurer Tochter aktivieren, die es hätte geben können, wenn andere Entscheidungen gefallen wären ...«

»... oder wenn sich andere Gene exprimiert hätten«, schloss Nick. »Also möchte sie Chance vom Downsyndrom heilen, hab ich recht?«

»Das vermute ich«, sagte ich.

Er umklammerte das Lenkrad so fest, dass seine Fingerknöchel weiß wurden. »Sie redet schon seit Monaten davon. Ich habe ihr gesagt, sie würde damit unsere Tochter töten und durch jemand anderen ersetzen. Ich dachte, das wäre nur verrücktes Gerede, nicht, dass es ihr wirklich ernst damit ist.«

»Ich bin mir nicht sicher, inwieweit sie den Prozess steuern kann«, sagte ich. »Vor Brians Tod hatte sie nicht viel Gelegenheit, sich mit der Materie zu befassen, und sie hat es bestimmt noch nie ausprobiert. Das hat niemand. Es könnte passieren, dass Chance stirbt und nicht durch eine Alternativversion ersetzt wird.«

Nick raste bei roter Ampel über eine Kreuzung. Er schwieg einen Moment, dann sagte er: »Jean hat Brian getötet, nicht wahr?«

Ich seufzte. »Da bin ich mir ziemlich sicher.«

Er klatschte mit der flachen Hand aufs Steuer. »Wie konnte das nur passieren? Wir haben uns so geliebt. Ich dachte, wir wären glücklich. Dann wurde Chance geboren, und das war das Beste, was mir je passiert ist, aber Jean kam mit ihrer Behinderung nicht klar. Sie war zornig. Sie fühlte sich vom Leben betrogen. Alle ihre Zukunftsträume waren zunichte gemacht worden.

Aber Chance ist doch unsere Tochter, oder? Jean wollte das nicht einsehen. Sie hatte ihr Kind stillen wollen; sie hatte all die Bücher über Gehirnentwicklung gelesen, hatte all die angesagten Spielzeuge und die passende Musik gekauft, und auf einmal war das alles hinfällig. Ich musste Chance die Flasche geben, sie trösten, sie zu Bett bringen. Jean saß einfach nur da und ließ unsere Tochter weinen. Nach einer Weile hörte sie auf, nach Hause zu kommen.«

Ich wusste nicht, was ich sagen sollte. Ich legte die Hand auf die gestohlene Waffe in der Tasche meiner Jogginghose. Ich wollte Jean nicht erschießen. Ich war kein Schütze. Ich war mir nicht mal sicher, dass ich sie treffen würde, wenn ich auf sie schoss. Wenn sie Chance auf dem Arm hielt, würde ich es nicht mal wagen, in ihre Richtung zu zielen.

»Kann ich mal mit deinem Handy telefonieren?«, sagte ich. Kaum hatte ich es ausgesprochen, zuckte ich zusammen, denn es war eine unsensible Reaktion auf Nicks Geschichte. Ihn aber schien es nicht zu stören. Er zog das Handy aus der Hemdtasche und reichte es mir.

Es war eines dieser neue Geräte von der Größe und Dicke

einer Kreditkarte. Ich tippte aufs Display, suchte nach Officer Peyton von der Media Police und rief ihn an. Er ging nach dem ersten Klingeln dran.

»Peyton.«

»Officer Peyton, hier spricht Jacob Kelley.«

Ein Moment Stille. »Wo sind Sie, Mr. Kelley?«

»Ich möchte mich stellen. Aber nur Ihnen.«

»In Ordnung. Das lässt sich machen. Wo sind Sie?«

»Am NJSC.«

»In New Jersey bin ich nicht zuständig.«

»Nur Ihnen«, sagte ich und unterbrach die Verbindung.

Zwei Minuten später fuhren wir auf den Parkplatz des NJSC und sprangen aus dem Wagen. Wir eilten zum Dirac Building, in dem sich Jeans Büro befand. Nick tätigte einen Anruf, und als wir dort ankamen, hielt Carolyn Spiers, die für das Gebäude zuständige Verwaltungsassistentin, uns bereits die Tür auf.

Als sie mich sah, wich sie zwei Schritte zurück. »Sollten Sie nicht im Gefängnis sein?«

»Ich wurde wegen guter Führung entlassen«, sagte ich. »Wir müssen mit Jean sprechen.«

»Ich glaube, sie ist nicht hier«, sagte Carolyn. Ihr Schreibtisch stand dem Eingang direkt gegenüber. »Ich hätte sie gesehen.«

»Wir sehen trotzdem nach«, meinte ich.

Wir klopften nicht an. Ich drückte die Klinke herunter und zählte lautlos bis drei, dann stürmten wir in den Raum. Ich hatte die Waffe gezogen, zielte aber auf den Boden. Jean stand hinter ihrem Schreibtisch und blickte auf Chance herab, die auf den Papieren und Schreibgeräten lag. Sie hielt den Higgs-Projektor in der Hand und tippte auf den

Schaltungssymbolen herum. Chance schaute das Smartpaper an und patschte hin und wieder mit der Hand auf den Tisch.

Nick wollte zu ihnen gehen, doch ich hob die Hand. Ich hatte keine Ahnung, wozu Jean imstande war, doch die Situation erforderte ein umsichtiges Vorgehen.

»Lasst mich in Ruhe«, sagte Jean. »Ihr könnt mich nicht aufhalten.«

»Was machst du da?«, fragte Nick. »Wenn du Chance nicht haben willst, überlass sie mir. Ich mache das. Du brauchst dich nicht um sie zu kümmern.«

»Ich will sie haben«, sagte Jean. »Das hast du bloß nicht verstanden. Du liebst ihre Behinderung, ihr zusätzliches Chromosom. Ich liebe *sie*. Ich will, dass sie gesund wird.«

»Sie ist gesund, Jeannie. Sie ist, wie sie ist. Sie ist Chance.«

»Hättest du gern die Probleme, die sie bekommen wird?«, fragte Jean. »Möchtest du mit ihr tauschen? Du bist zu emotional, Nick. Du denkst nicht praktisch.«

Nickt trat flehentlich einen Schritt vor. »Sie braucht unsere Zuwendung. Sie braucht unsere Liebe.«

Jean funkelte ihn an. »Erzähl mir nicht, ich würde unser Kind nicht lieben. Du hast ja keine Ahnung, was ich für sie getan habe.«

»Redest du von Brian?«, fragte ich.

Sie bekam rote Flecken im Gesicht. »Brian hat mich verraten. Er hat bekommen, was er verdient hat.«

»Du hattest was mit ihm, stimmt's? Deinetwegen hat er Lily Lin verlassen«, sagte ich.

Nicks Kopf ruckte zu mir herum, dann sah er wieder Jean an. »Brian Vanderhall? Mit dem hast du geschlafen?«

»Bestimmt nicht zum Vergnügen«, sagte Jean bitter.

»Ja, ich habe mit ihm geschlafen, Nick. Ich habe es für uns getan. Für Chance. Ich war das, was er sich immer gewünscht hat: attraktiv, entgegenkommend, die weibliche Assistentin eines brillanten Wissenschaftlers. Aber ich war anders, denn ich verstand, woran er forschte, ich verstand die Folgen, die sich daraus ergaben – manchmal sogar schneller als er. Ich warf meinen Stolz über Bord und fand mich damit ab, dass er meinen Beitrag in seiner Veröffentlichung nicht berücksichtigen würde, denn ich wusste, was seine Entdeckung bedeutete.

Ich wusste, dass man damit die Vergangenheit würde verändern können. Chances zusätzliches Chromosom ist ein Zufall, genau wie die zahllosen Kollisionen und Emissionen von Teilchen, die ständig stattfinden. Wir könnten es ungeschehen machen, könnten einen anderen Pfad wählen, eine andere Zufallsmöglichkeit. Und das haben wir getan, Brian und ich. Wir haben die Quantenintelligenzen entdeckt, haben mit ihnen gesprochen, von ihnen gelernt. Aus ihrem Wissen und unseren Experimenten entstand eine Technologie, die mächtiger war, als ich erwartet hatte.«

»Aber dann wollte Brian sie vernichten«, sagte ich. »Er hat sie dir weggenommen, ohne dich vorher zu informieren.«

»Er hatte Angst«, sagte sie mit unverhohlener Verachtung. »Er glaubte, der Higgs-Projektor wäre zu mächtig und die Intelligenzen würden ihn zurückhaben wollen. Ich habe ihm gesagt, er sei die einzige Möglichkeit, um diese Wesen unter Kontrolle zu halten.«

»Brian kam zu mir nach Hause, um mir den Projektor zu zeigen und mich um Rat zu fragen«, sagte ich. »Du bist ihm gefolgt. Du warst das Gespenst. Officer Peyton hat dich draußen im Schnee gesehen. Dann bist du ihm zum Bunker gefolgt und hast ihn getötet, ohne zu wissen, dass eine zweite Version von ihm noch am Leben war.«

»Er hat mich verraten«, wiederholte Jean. »Ich habe ihm meinen Körper und meinen Geist gegeben, aber ich habe nichts von ihm zurückbekommen.«

Nick blickte mit wachsender Fassungslosigkeit zwischen uns hin und her. »Aber du hast Jacob verteidigt«, sagte er. »Du hast vor Gericht zu seinen Gunsten ausgesagt.«

»Sie musste an mich rankommen, wenn sie den Projektor finden wollte«, sagte ich. »Sie wusste nicht, wo er war.«

»Ich wollte dir oder deiner Familie nie wehtun«, sagte Jean. »Ich wusste nicht, dass Brian dir den Projektor mit der Post schicken würde oder dass du am Ende eines Verbrechens angeklagt werden würdest. Ich habe wirklich versucht dir zu helfen.« Sie drückte mehrmals ein Symbol auf ihrem Smartpaper. Die auf dem Tisch liegende Chance verschwamm und verwandelte sich in eine Montage aus mehreren Babys, einige zufrieden glucksend, andere weinend, einige strampelnd, andere mit den Händen greifend.

Langsam hob ich die Waffe und zielte auf Jeans Kopf. Ich wollte nicht auf sie schießen, solange Chance in ihrer Nähe war, doch das wusste Jean hoffentlich nicht. »Geh von ihr weg«, sagte ich.

Jean gab ein ein animalisches Knurren von sich. »Ich hab dir doch gesagt, dass ich sie nicht töten werde. Ich liebe sie.« Sie blickte Chance an, die mehrere mögliche Zustände durchlief. Einige wurden materieller, ein wenig realer, während andere sich auflösten.

»Letzte Gelegenheit«, sagte ich. »Geh zur Seite.«

»Lass mich in Ruhe«, sagte Jean. »Du kannst das nicht gewinnen.« Sie blinzelte. Die Waffe wurde mir aus den Händen gerissen und flog in die Ecke. Sie hatte den Higgs-Projektor mit ihren Eyejacklinsen synchronisiert, und offenbar konnte sie viel besser damit umgehen als ich.

Aber sie war nicht die Einzige mit Higgs-Projektor. Der, mit dem ich aus dem Gefängnis geflohen war, steckte in meiner Hosentasche und war mit den Linsen gekoppelt, die ich mir von Nick geborgt hatte. Ich konnte nicht viel damit anfangen und hatte den Eindruck, dass Jean in ihre Version ein paar selbst geschriebene Subroutinen eingefügt hatte, doch ich musste es wenigstens versuchen.

Mir schwirrte der Kopf. Ich dachte daran, wie ich bei mir zu Hause die Mehldose in den Beistelltisch getunnelt hatte, da wurde mir auf einmal schwummrig. Das war mein Doppelgänger gewesen, nicht ich. Wieder einmal erinnerte ich mich an etwas, was ich, der Gefängnis-Jacob, nicht getan hatte.

Ich dachte daran, wie der Tisch explodiert war. Ich könnte eine Kugel oder eine Büroklammer in Jeans Gehirn tunneln, und sie konnte mir das Gleiche antun. Aber ich wollte sie nicht töten. Ich wollte ihr den Projektor abnehmen. Das Problem war nur, dass sie möglicherweise keine Hemmungen hatte, mich zu töten.

Eine der möglichen Chances verfestigte sich, eine neue Version mit wunderschönem Gesicht, schlanker als die andere, mit runden Augen und geschlossenem Mund. »Da ist sie!«, frohlockte Jean mit Tränen in den Augen. »Da ist mein Kind!«

37

Up-Spin

»Wieso hat der Varcolac keine Augen?«, fragte Elena.

»Keine Ahnung.« Ich hielt die Frage für nicht besonders dringlich. Ich tigerte wieder auf und ab, zornig und verzweifelt entschlossen, einen Ausweg zu finden. »Wir wissen nicht viel darüber, wer oder was er ist. Er ist nicht einfach nur ein Alien – er ist etwas vollkommen Fremdes. Nach allem, was ich weiß, kann er sich sogar ungehindert durch den Raum bewegen.«

»Ist der Körper real? Kann man ihn verletzen oder vernichten?«, fragte Elena.

Ich überlegte. Bislang hatten wir keine Schwachpunkte bei ihm entdeckt, obwohl sein Körper durchaus materiell wirkte. Aber selbst wenn wir den Körper vernichten könnten, musste das nicht unbedingt Auswirkungen auf das Wesen haben. »Er hat seinen Körper offenbar nach menschlichem Vorbild erschaffen. Vielleicht ist ihm einfach nicht klar, dass die Augen bei uns ein wesentliches Merkmal sind.«

»Oder sie waren ihm zu kompliziert«, sagte Alex. Ihre Stimme glich Alessandras dermaßen, dass ich hinsehen musste, um zu erkennen, wer von ihnen beiden gerade sprach. Alex hielt noch immer ihren gebrochenen Arm. Es machte mich zornig, sie verletzt zu sehen, ohne ihr helfen zu können, dass ich eine Weile brauchte, um zu begreifen, was sie gesagt hatte.

»Zu kompliziert?«, sagte ich. »Für ein Wesen, das zwischen Universen hin und her wechseln und mit der Realität spielen kann, als wäre sie ein Klumpen Ton?«

»Möglich wär's. Jedenfalls beherrscht er keine Mimik, das steht fest. Und Augen sind ausdrucksstark««, meinte Alex. Sie zuckte mit den Schultern und stöhnte auf, da sich die Bewegung in ihren Arm fortpflanzte.

»Du machst das prima«, sagte ich. »Halt durch. Wir bringen dich hier raus.«

Die Vorstellung, dass es Dinge gab, die den Varcolac überforderten, war ermutigend. Natürlich konnte Alex sich auch irren. Vielleicht hatte der Varcolac deshalb keine Augen, weil er sie überflüssig oder abstoßend fand. Aber das war immerhin ein Ansatzpunkt.

Ich nahm meine Wanderung wieder auf, schritt die Grenzen meines Käfigs ab und versuchte, eine Bresche zu finden. Ich hatte weder Werkzeuge noch Waffen. An der einen Seite befand sich eine massive Wand aus Betonschalsteinen, an den anderen unsichtbare Hochspannungszäune. Es war ein simples und effektives Gefängnis.

»Hör bitte auf damit«, sagte Elena. »Setz dich.«

Ich blieb nicht stehen. »Es muss einen Ausweg geben.«

»Wenn du dich hinsetzt und es mir erklärst, findest du die Lösung«, sagte sie.

Sie kannte mich besser als ich mich selbst. Ich setzte mich.

»Also, was soll das alles?«, fragte sie.

Ich überging die meisten Details und kam gleich zum Punkt. »Brian und Jean haben herausgefunden, wie man das Higgs-Feld unseres Universums verändern kann.«

»Was ist ein Higgs-Feld?«

»Das ist ein Hintergrundfeld, das den Teilchen ihre Eigenschaften verleiht«, antwortete ich. »Es bestimmt, welche Masse sie haben, welche chemischen Elemente möglich sind und welche Eigenschaften sie haben – eigentlich fast alles. Wer in der Lage ist, es zu beeinflussen, der kann Gott spielen. Die Gesetze von Raum und Zeit überwinden.«

»Und was hat der Varcolac damit zu tun?«

»Wie meinst du das?«

»Du hast gesagt, diese Wesen habe es in unserem Universum schon immer gegeben, wir hätten sie bloß nicht wahrnehmen können. Weshalb sehen wir sie jetzt? Was hat sich geändert?«

Ich öffnete den Mund und klappte ihn wieder zu. Mir wurde bewusst, dass ich die Antwort nicht kannte. Es war möglich, dass sie das schon immer getan hatten, aber irgendetwas klingelte da bei mir, etwas, das Brian gesagt hatte ... »Das ist es!«

»Was meinst du?«, fragte Elena.

»Brian hat gesagt, der Varcolac sei mit dem Teilchenbeschleuniger verbunden. Er bezieht seine Energie von den exotischen Teilchen, die der Beschleunigerring produziert. Und wir befinden uns hier in der zentralen Energieversorgung. Er streift nicht in der Welt umher, wie es ihm gefällt. Er muss in der Nähe des Beschleunigerrings bleiben oder zumindest immer wieder zu ihm zurückkehren. Der Teilchenbeschleuniger versorgt ihn mit Energie und verleiht ihm die Kraft, physikalische Manifestationen zu erschaffen. Hier gibt es Hunderte von Elektromagneten, die pro Sekunde mit Tausenden von Volt gespeist werden.« Ich klatschte mir mit der Faust auf die flache Hand. »Das muss es sein.«

»Was bedeutet das jetzt?«, fragte Marek. »Was sollen wir tun?«

»Wir müssen die Stromversorgung des Teilchenbeschleunigers unterbrechen«, sagte ich.

»Geht das von hier aus?«

Ich schüttelte den Kopf. »An die Kabel kommen wir nicht dran, von den Schaltkästen ganz zu schweigen. Außerdem sind sie computergesteuert; ich bezweifle, dass es genügt, ein paar Schalter umzulegen. Wahrscheinlich gibt es Passwörter oder sogar physische Schlüssel. Wir müssen die Leitzentrale anrufen und sie dazu bringen, den Strom abzuschalten.«

»Wie sollen wir das anstellen?«, fragte Elena. »Die Handys funktionieren hier unten nicht.«

»Ja, dafür sind wir zu tief unter der Erde«, überlegte ich. »Das muss jemand von außerhalb für uns erledigen.«

»Aber das ist unmöglich«, meinte Marek.

Ich schloss die Augen. Vor meinem geistigen Auge sah ich Jean Massey, ihr Büro im NJSC und Chance, die auf ihrem Schreibtisch lag. Der andere Jacob hatte im Moment seine eigenen Probleme, aber wenigstens konnte er sich frei bewegen und sein Handy benutzen.

»Vielleicht doch«, sagte ich.

38

Down-Spin

Jeans Hand schwebte über dem Higgs-Projektor, nur eine winzige Bewegung von der Auslöschung ihres Kindes entfernt. Die ursprüngliche Chance war noch immer leibhaftig vorhanden, jedoch überlagert von der perfekten Version ihrer selbst, so als würden zwei Filme auf dieselbe Leinwand projiziert.

Ich blinzelte mich durch die Subroutinen des Projektors und entschied mich für »StarkeWechselwirkung«. Ein Auswahlicon wurde angezeigt, und ich wählte damit erst Jean und dann die Bürowand aus. Jean und die Wand wurden plötzlich von einer Kraft angezogen, die weitaus stärker war als der Magnetismus. Jean wurde zur Seite geschleudert und prallte gegen die Wand.

Das reichte nicht. Ich lief zu ihr, um ihr den Projektor abzunehmen, doch ehe ich sie erreicht hatte, wurde ich gegen die Wand geschleudert. Ich richtete mich wieder auf und wollte kontern, als mir ein Drehstuhl entgegenflog. Das Metallkreuz traf mich seitlich am Kopf, und ich sah Sternchen. Jean war zu schnell, kannte sich mit dem Interface und den Subroutinen zu gut aus.

Chance begann zu weinen. Sie lief im Gesicht rot an und ballte ihre kleinen Fäuste, während ihr Heulen den Raum erfüllte. Jean eilte zu ihr, legte ihr die Hand auf die Brust und versuchte sie zu beruhigen.

Ich wollte mich aufrichten, doch mir verschwamm die Sicht. Ich sah Elena in einem unterirdischen Raum und hörte jemanden sagen: *Schalt den Strom aus.* Ich hatte keine Zeit, mir darüber Gedanken zu machen. Ich rappelte mich hoch und hantierte mit den Zeigern der »StarkenWechselwirkung«.

»Das geht dich nichts an, Jacob!«, schrie Jean mich an. »Lass mich in Ruhe.«

Meine Hosentasche begann zu brennen. Ich warf mich zu Boden und wälzte mich umher, um das Feuer zu löschen. Es funktionierte, doch der Projektor war bis zur Unkenntlichkeit verbrannt. Die Meldung »Verbindungsabbruch« leuchtete vor meinen Augen auf. Jean hatte gewonnen.

Nick stürzte zum Schreibtisch und versuchte Chance zu ergreifen, solange Jean abgelenkt war, doch sie schleuderte ihn so mühelos beiseite wie eine Stoffpuppe.

»Ich war dir eine gute Freundin«, sagte Jean zu mir. »Ich hätte dir bei der Verhandlung nicht helfen müssen. Ich hätte dich auch im Stich lassen können, aber das habe ich nicht getan.«

»Du hast mir geholfen, weil du gehofft hast, ich würde dich zum Projektor führen«, sagte ich.

»Das ist egal. Ich bin mit dir fertig. Jetzt werde ich tun,

was ich für richtig halte, und niemand kann mich daran hindern.«

»Das wäre ein weiterer Mord, Jean«, sagte ich. »Du willst deine eigene Tochter töten.«

Jean streichelte Chance das Haar und fuhr mit dem Finger über ihre Wange. »Um sie zu heilen«, sagte sie. »Ich erwarte nicht, dass du das verstehst.«

Plötzlich knallte es ohrenbetäubend laut. Jean schrie auf, und Officer Richard Peyton trat mit gezogener Waffe in den Raum. Hinter ihm war ein halbes Dutzend bewaffneter Polizisten im Kampfanzug zu erkennen.

Jean hob die Hände. Chance begann wieder zu weinen, erschreckt vom Lärm. »Ich möchte nur mein Kind auf den Arm nehmen«, sagte Jean.

»Lassen Sie das nicht zu, Officer«, sagte ich.

»Alle stehen bleiben«, sagte Peyton warnend und trat einen Schritt vor. »Keiner rührt sich von der Stelle.«

»Sie ist die Mörderin«, sagte ich. »Sie hat versucht, das Kind zu töten.«

Einer der Polizisten zielte mit der Waffe auf mich. »Hände auf den Kopf«, blaffte er. »Legen Sie sich auf den Boden!«

»Seien Sie vorsichtig«, sagte ich. »Sie kann ...«

Jean griff an. Peyton flog die Waffe aus der Hand, und seine Uniform stand plötzlich in Flammen. Auch die hinter ihm stehenden Polizisten brannten, doch sie waren gut ausgebildet. Sie wussten nicht, woher der Angriff kam, gerieten aber weder in Panik, noch wandten sie sich zur Flucht. Sie stürmten in den Raum, um die scheinbaren Angreifer unter Kontrolle zu bringen. Jean streckte die Hände nach Chance aus. Ich wusste, dass sie teleportieren wollte. Ich wollte mich auf sie stürzen, doch es war Nick, der sie überwältigte. Er riss einen Laborkittel von einem Wandhaken und warf sich damit auf sie. Er zog ihr den Kittel über den Kopf und drückte sie zu Boden, womit er verhinderte, dass sie den Higgs-Projektor einsetzte. Ich riss ihr den Projektor aus den Händen.

Ohne das Gerät war Jean eine ganz normale Person. Sie regte sich nicht unter dem Laborkittel und weinte bitterlich. Ich synchronisierte meine Linsen mit ihrem Projektor und sah auf den ersten Blick, dass er über ein verbessertes Interface mit weiteren Subroutinen verfügte und eine einfachere Auswahl und Ausführung erlaubte. Offenbar war nicht Brian die treibende Kraft hinter der Software gewesen, sondern Jean. Nach seinem Tod hatte sie noch einen Teil des Codes in ihrem Besitz gehabt. Sie musste stocksauer gewesen sein, als sie ihn getötet hatte und feststellen musste, dass er den Projektor nicht bei sich hatte.

Ich hörte wieder die Stimme in meinem Kopf: *Schalt den Strom aus.*

Kommunizierte mein Doppelgänger mit mir? *Den Strom wovon?*, dachte ich.

Vom Teilchenbeschleuniger, lautete die Antwort. *Die gesamte Stromzufuhr. Mach schnell.*

Ich wurde von Panik überschwemmt, und dann konnte ich auf einmal durch die Augen meines Doppelgängers sehen. Ich sah meine Familie und Marek, den unterirdischen Raum mit den Betonwänden und die kreuz und quer verlaufenden Kabel. Dann sah ich den Grund für die Panik meines Doppelgängers: Der Varcolac war neben Claire aufgetaucht.

Sie schrie vor Angst und kroch rückwärts. Mein Doppelgänger brüllte, schwenkte die Hände und beschimpfte das Wesen, und ich schrie, gestikulierte und schimpfte mit ihm mit. Der Varcolac hob Claire mit einer Hand hoch und hielt sie über die Kabel, während sie schreiend um sich schlug und im Lichtbogen qualmte.

Die Vision verschwand, Nick schüttelte mich. »Was hast du?«, fragte er.

Ich blinzelte und schüttelte den Kopf. »Ich muss weg«, sagte ich. »Claire ist in Schwierigkeiten.«

»Das sehe ich anders«, sagte Peyton. »Ich halte Sie für unschuldig, aber ich muss Sie trotzdem mitnehmen.«

»Ich verstehe«, sagte ich. »Und es tut mir leid. Ich muss wirklich weg.«

Ich blinzelte, führte die Teleportationssubroutine von Jeans Projektor aus und verschwand.

Theoretisch sollte es nicht besonders schwer sein, die Stromversorgung des NJSC abzuschalten. Es gab einen komplizierten Sicherheitscode, der es auch ermöglichte, den Strom für die ganze Anlage oder einen Teil davon abzuschalten. Ein elektrischer Kurzschluss am falschen Ort hätte verheerende Folgen. Auf dem Gelände gab es radioaktive Materialien, entflammbare Stoffe und Kühlmittel, die jeden hätten töten können, der es nicht rechtzeitig nach draußen schaffte. Es gab explosionssichere Türen und Gänge, die als Labyrinth angelegt waren, damit die Menschen bei einem Unfall durch möglichst viele Wände geschützt wurden.

Ich materialisierte mich im Beschleunigertunnel an einer Meilenmarkierung, unmittelbar vor einer grün lackierten Telefonkabine. Ich nahm den Hörer ab und drückte den roten Alarmknopf. Augenblicklich meldete sich eine professionell klingende Frauenstimme. »Feuer im Tunnel!«, rief ich und tat so, als wäre ich außer Atem. »Es breitet sich schnell aus. Fahren Sie die Teilchenstrahlen herunter; schalten Sie alles ab. Das ist ein schwerwiegender Notfall. Ich wiederhole, ein schwerwiegender Notfall.«

Die Frau am anderen Ende der Leitung bestätigte die Meldung mit erhobener Stimme, aber unverändert ruhig. »Ich habe Sie bei der Zwanzigmeilenmarke geortet«, sagte sie. »Die Feuermelder haben nicht angeschlagen. Sind Sie sicher, dass Feuer ausgebrochen ist?«

»Der Rauch breitet sich schnell im Tunnel aus!«, rief ich. »Ich muss hier weg. Hier unten werden ein paar Sanitäter gebraucht.«

»Wie viele Personen sind bei Ihnen?« Die Skepsis war ihr anzuhören; vermutlich wusste sie, dass sich in diesem Abschnitt keine Personen aufhalten sollten.

»Hier sind ich und Frank«, sagte ich. »Er ist schwer verletzt. Schalten Sie endlich ab. Halten Sie sich ans Protokoll!«

Die Sicherheitsbestimmungen ließen ihr keine Wahl. Jeder Angestellte war ermächtigt, eine Abschaltung anzufordern, und das Kontrollzentrum durfte sich dem nicht widersetzen. In der Vergangenheit hatte es noch nie einen Fall von Missbrauch gegeben.

»Halten Sie durch«, sagte sie. »Die Stromabschaltung wird durchgeführt, Hilfe ist unterwegs.«

39

Up-Spin

Das Licht erlosch. Eben noch hatte der Varcolac Claire über die Kabel gehalten; dann wurde es auf einmal stockdunkel. Jacob hatte es geschafft!

»Lauft!«, rief ich. Ich wusste nicht, ob der Varcolac noch da war, aber ich wollte auch nicht so lange warten, bis ich Gewissheit hatte. Ich lief in die Richtung, in der ich Claire vermutete, und wäre beinahe über ihre schlaff am Boden liegende Gestalt gestolpert. Ich legte sie mir über die Schulter, tappte blindlings zum Ausgang und hoffte, dass auch die anderen dorthin unterwegs waren. Im nächsten Moment schoss ein Lichtbogen durch die Dunkelheit und in meinen Körper, und ich wurde zu Boden geschleudert.

Das Licht ging an, schwächer als zuvor, doch es reichte aus, um erkennen zu können, dass es niemand nach draußen geschafft hatte.

»Anscheinend hat der Varcolac die Kontrolle über die

Notstromaggregate«, sagte Marek. Auch er lag am Boden und hatte wie ich festgestellt, dass die elektrischen Käfige wieder funktionierten. Ich setzte mich auf und wiegte Claire in den Armen.

Der Varcolac legte den Kopf schief, schnüffelte und verschwand. Ich schloss die Augen und sah, dass der andere Jacob im Tunnel war.

Verschwinde von hier, dachte ich. *Ich glaube, er hat es auf dich abgesehen.*

Claire schlug stöhnend die Augen auf. Ich streichelte ihr übers Haar und küsste sie auf die Stirn. An manchen Stellen hatten sich verästelte Muster in ihre Haut eingebrannt, als wäre sie von einem Blitz getroffen worden.

Alex weinte leise. »Das ist alles meine Schuld«, sagte sie.

»Nein«, sagte Elena. »Ist es nicht.«

»Ich bin weggelaufen«, sagte Alex. »Bei uns zu Hause. Ich war ein Feigling; ich bin einfach weggelaufen und habe dich und Claire und Sean sterben lassen. Wenn ich geblieben wäre und gekämpft hätte ...«

»Wenn du geblieben wärst, wärst du zusammen mit den anderen gestorben«, sagte ich. »Du hättest nichts ausrichten können. Ich hätte auch nichts machen können, wenn ich dort gewesen wäre.« Auf einmal verspürte auch ich Gewissensbisse. Wäre ich bei meiner Familie gewesen, anstatt Brian nachzujagen, welche Auswirkungen hätte das gehabt?

»Ich hätte sie warnen können«, sagte Alex. »Vielleicht hätten sie flüchten können.«

»Schau dich um. Sie sind hier. Sie sind am Leben.« Zumindest im Moment noch, dachte ich.

»Ich will kein Feigling sein«, sagte Alex.

»Du hast Lily Lin gefunden. Du hast den Viewfeed entdeckt, der bewiesen hat, dass Mom, Claire, Sean und Alessandra noch am Leben waren.«

»Das war, weil ich mich mit dem Netzwerk auskenne, aber mutig war es nicht«, sagte Alex. »Beim nächsten Mal will ich nicht diejenige sein, die wegrennt.«

Ich wollte etwas erwidern, doch da tauchte der Varcolac wieder auf. In der einen Hand hielt er Jacob, als wäre er gewichtslos, in der anderen den letzten verbliebenen Higgs-Projektor.

Er ließ Jacob zu Boden fallen. Der Projektor – meines Wissens das letzte auf Erden vorhandene Exemplar – flammte auf und verschwand. Der Varcolac trat über die Kabel hinweg in Seans Bereich. Sean blickte voller Grauen zu ihm auf.

Mir schnürte sich die Kehle zusammen. Weshalb tat er das? War er böse oder einfach nur neugierig? War ihm nicht bewusst, dass er uns wehtat? War es ihm gleichgültig? Sean war empfindlich, war es immer schon gewesen. Ich wusste nicht, ob er einen längeren elektrischen Stromschlag überleben würde. Wenn ich dem Varcolac keinen Einhalt gebot, würde Sean wahrscheinlich sterben.

Der Varcolac packte ihn am Kragen und schwenkte wie ein Baukran zu den Kabeln herum, ohne sich an Seans Gegenwehr zu stören. Der Lichtbogen schlug in Seans Körper ein, er schrie und zappelte.

Ich stand einfach nur da, gelähmt von Entsetzen und Panik. Claire und Alessandra weinten; Elena rief Seans Namen. Marek hatte in ohnmächtigem Zorn die Fäuste geballt. Alex zerrte wieder an dem Abflussgitter in ihrem Bereich.

Hier war keine Cleverness gefragt. Es war unmöglich, die Sperren zu überklettern oder zu umgehen oder den Varcolac von seinem Vorhaben abzulenken. Ich hatte gehört, ein Hund könne ein unsichtbares Hindernis durchdringen, wenn er nur entschlossen genug sei. Das war eine schwache Analogie – ein elektrischer Zaun sollte den Hund durch schwache Stromschläge am Entkommen hindern, ihn aber nicht mit hoher Voltzahl zurückschleudern. Trotzdem war dies meine einzige Chance. Wenn ich bei dem Versuch umkam, würde das die Lage kaum verschlimmern.

Ich startete an der gegenüberliegenden Seite meines Bereichs und rannte so schnell ich konnte mit gesenktem Kopf auf die Stromsperre zu. Mit einem animalischen Wutschrei stürmte ich in die Barriere hinein, entschlossen, sie zu durchpflügen und Sean aus der Reichweite der Kabel und des Varcolac zu befördern.

Ich schaffte es nicht. Aufgrund meines Schwungs drang ich ein paar Zentimeter weiter vor als zuvor, wurde aber trotzdem zurückgeschleudert und prallte mit Knochen zermalmender Wucht mit dem Kopf auf den Betonboden. Ich wurde von Schmerz überschwemmt, sah wieder Sterngalaxien, und dann spaltete sich meine Sicht auf einmal auf, und es gab mich doppelt. Erinnerungen stürzten auf mich ein. Ich boxte zweimal dem Polizisten ins Gesicht und ließ mir gleichzeitig fügsam Handschellen anlegen. Ich sah den Streifenwagen von innen und das Verhörzimmer auf der Wache; gleichzeitig fuhr ich mit Marek und Alex nach Philadelphia, um Colin zu suchen, und schlief in dem Raum unter der Kirche. Endlich war es so weit. Die Wahrscheinlichkeitswelle kollabierte. Jacob und ich verschmolzen miteinander.

Unsere Erinnerungen prallten aufeinander und stritten um die Vorherrschaft. Manchmal nahm ich den einen Gesichtspunkt ein und hielt ihn für real und den anderen für eine Täuschung. Ich versuchte mich zum Bewusstsein vorzuarbeiten, doch meine Identität war zersplittert und mein Geist überwältigt. Ich konnte keinen von beiden Jacobs loslassen. Sie waren beide ich.

Die späteren Visionen klafften immer weiter auseinander, so als stünde ich mit einem Fuß auf dem Trockenen und mit dem anderen in einem forttreibenden Kanu. Wir passten nicht länger in ein einziges Bewusstsein, dennoch brach die Welle zusammen. Es sollte nur einen Jacob Kelley geben.

Wir waren verschieden, hatten aber auch viel gemeinsam. Wir beide liebten Elena und Claire und Sean und Alessandra. Sean litt und starb. Wir mussten ihm helfen. Ich stellte die Gegenwehr ein, ließ es einfach geschehen. Ich verspürte einen inwendigen Klick, so als verbänden sich zwei Maschinenteile, und ohne so recht zu verstehen, was ich gewonnen oder verloren hatte, war ich auf einmal wieder eine Person.

Ich schlug die Augen auf. Sean schrie noch immer, die anderen riefen durcheinander oder weinten. Der Bereich meines Doppelgängers war jetzt leer. Es stank nach beißendem Rauch und verbranntem Fleisch. Sean! Ich musste noch einmal versuchen, an ihn heranzukommen.

Ich stemmte mich hoch, doch mein Körper versagte den Dienst, die Muskeln verkrampften, und ich sackte wieder zu Boden. Wie lange war Sean schon dem elektrischen Feld ausgesetzt? Ich hatte jegliches Zeitgefühl verloren. Durch den Schleier meiner Benommenheit hindurch sah ich, wie

Alex die Schuhe beiseitewarf und die Socken abstreifte. Rund um den Abfluss hatte sich ein wenig Wasser gesammelt, und sie tauchte erst die Hände und dann die Füße hinein. Ich versuchte wieder aufzustehen, und diesmal gelang es mir, mich schwankend aufzurichten. Alex pflanzte die Füße auf das Gitter und kniete davor nieder, streckte die Hände ab, als drücke sie gegen etwas. Was machte sie da?

Ich begriff es in dem Moment, als sie sich wie eine Feder entspannte, mit den Beinen austrat und sich mit ausgestreckten Armen in Richtung des Kabelbaums katapultierte. »Nicht!«, rief ich, doch es war zu spät. Ihr Tritt war so kräftig gewesen, dass sie die Kabel erreichte und sie packen konnte. Ein Stromstoß fuhr durch ihre nassen Hände, durch ihren Körper und ihre nassen Füße in das geerdete Abflussrohr.

Es funktionierte. Entsetzt beobachtete ich, wie die Hochspannung in einem blendend hellen Blitz durch ihren Körper fuhr. Dann wurde es dunkel.

Jedoch nicht vollständig. Der Varcolac leuchtete. Er ließ Sean auf den Boden fallen. Ich lief zu ihm und nahm ihn auf die Arme. Die elektrischen Zäune führten keinen Strom mehr. Licht pulsierte vom Varcolac in alle Richtungen aus, und dann schien er sich in Photonen aufzulösen, wie das Stahlrohr es vor so langer Zeit im Bunker getan hatte. Während er zu einem Punkt im Raum schrumpfte, war ein Summen zu hören, ähnlich dem Ton einer Basstrommel.

»Lauft!«, rief ich. Ich riss Claire und Elena hoch und schob alle zur offenen Tür. »Raus hier!«

Der Lichtpunkt explodierte. Die Luft flirrte, in den Betonwänden bildeten sich Risse. Deckenteile stürzten in den Raum.

»Warte!«, sagte Alessandra. Sie stand wie festgewurzelt da und blickte ihre Doppelgängerin an. Alex lag reglos am Boden, Haut und Kleidung schwarz verfärbt. »Ist sie ...?«

»Lauf!« Ich stieß sie zur Tür und blickte mich nach Alex um. Alles in mir schrie danach, zu ihr zu gehen. Obwohl ich wusste, dass es unmöglich war, wollte ich glauben, sie sei noch am Leben. Aber ich konnte nicht sie und Sean gleichzeitig tragen, und wenn ich es versucht hätte, hätte ich Sean in Gefahr gebracht. Er war am Leben. Ich musste ihn retten. Schluchzend eilte ich den anderen nach, als die Decke einstürzte.

»Lauft weiter!«, rief ich. Wir rannten zwei Treppenabsätze hoch und stürmten in den Beschleunigertunnel. Der Varcolac war verschwunden, doch das hieß nicht, dass wir in Sicherheit gewesen wären. Die Explosion hatte das Tunnelfundament erschüttert und uns und die Beschleunigeranlage mit allen möglichen exotischen Partikeln durchflutet. In der Tunneldecke und im Boden bildeten sich Risse.

Wir rannten, Claire vorneweg, gefolgt von Alessandra, Marek und Elena. Ich trug Sean und fiel zurück, hielt mich aber in Hörweite. »Versteckt euch im Bunker!«, rief ich.

Vor uns lag der Eingang des CATHIE-Bunkers, in dem uns vor wenigen Stunden die Varcolaci umzingelt hatten. Ich hoffte, dass er uns mehr Schutz bieten würde als der Tunnel, wo bereits Betonbrocken von der zerbröselnden Decke fielen.

Ehe wir den Eingang erreichten, landete ein großer Betonbrocken auf Mareks Bein, und er ging zu Boden. »Lauft weiter«, sagte er. »Das ist bloß der Knöchel. Ich komme nach.«

»Ich komme zurück und hol dich«, sagte ich.

Ich eilte mit Sean an ihm vorbei und stürmte in den Bunker, in dem sich die anderen bereits versammelt hatten. Ich reichte Sean an Elena weiter, dann hielt ich inne und blickte sie an. Alle vier Mitglieder meiner Familie hatten zu flirren begonnen und wechselten zwischen verschiedenen Bildern hin und her. Hinter Elena, Claire und Sean sah ich die Toten aus meinem Haus, verdreht und leblos. Hinter Alessandras Gesicht konnte ich die verkohlte Alex erkennen. Was geschah mit ihnen? Sie alle changierten zwischen sich und ihren Doppelgängern, nur dass diese tot waren.

Aber hatten Elena, Claire und Sean sich nicht bereits in diesen Versionen ihrer selbst manifestiert? Ihre Körper waren verschwunden. Dennoch waren sie da und changierten zwischen den beiden möglichen Wegen, die ihr Leben eingeschlagen hatte. Ihr Quantenzustand musste mit dem des Varcolac verschränkt gewesen sein, und jetzt, da er verschwunden war, brachen die verschränkten Zustände zusammen. Aus der Quantenperspektive war dies allein eine Frage der Wahrscheinlichkeit. Ein Münzwurf, der darüber entschied, ob sie leben durften oder starben.

Ich starrte sie an, ohne mich rühren zu können. Ich konnte den Ausgang nicht beeinflussen. Aber ich konnte Marek helfen. Mit einem Aufschrei riss ich den Blick los und lief zurück in den Gang. Marek hatte das Bein unter dem Trümmerteil hervorgezogen, konnte es aber nicht belasten. Ich legte ihm den Arm um die Schulter und stützte ihn. Mit meiner Hilfe humpelte er zum Bunker.

Wir waren erst wenige Schritte weit gekommen, als die Decke auf uns herabstürzte.

40

Wir hatten Glück. In der Nähe der Stromleitungen war die ganze Decke eingestürzt, der Tunnel war mit Schutt ausgefüllt und die Beschleunigeranlage zerschmettert. An der Stelle, wo Marek und ich uns befanden, waren die Zerstörungen geringer, trotzdem waren wir halb unter Trümmerteilen begraben. Die Tür des CATHIE-Bunkers war nicht mehr zu sehen. Der Eingang war von herabgestürztem Mauerwerk blockiert.

Ich rief nach meinen Angehörigen, seien sie nun tot oder im Bunker gefangen, doch es antwortete niemand. Ich hatte sie in den Bunker geschickt, weil ich geglaubt hatte, aufgrund seiner abgeschotteten Lage sei er besser gegen die Erschütterungen geschützt, doch ich hatte das Luftvolumen außer Acht gelassen. Falls sie überhaupt noch atmeten.

Irgendwann würde ein Rettungsteam eintreffen, doch so lange konnten wir nicht warten. Ich begann, Trümmerteile von der Tür wegzuräumen, und schleuderte sie beiseite. Dabei verfolgte mich das Bild ihrer flackernden Körper, die zwischen Leben und Tod schwankten wie ein makabrer

Glücksspielautomat, bei dem es um mehr ging als um ein paar Münzen.

In der ersten Hälfte des zwanzigsten Jahrhunderts, als die Quantennatur der subatomaren Teilchen entdeckt wurde, gab es Streit unter den Wissenschaftlern. Einige hielten die Vorstellung kollabierender Wellenfunktionen für zu grotesk, um sie für wahr halten zu können. Erwin Schrödinger, einer der führenden Wissenschaftler jener Zeit, schrieb an Albert Einstein und andere einen Brief, mit dem er das Konzept der Wahrscheinlichkeitswelle ad absurdum führen wollte und worin er ein Gedankenexperiment mit einer Katze in einem Kasten beschrieb. In den folgenden Jahren erlangte Schrödingers Katze noch größere Berühmtheit als er selbst.

In Schrödingers Gedankenexperiment ist eine Katze zusammen mit einem Gefäß mit Blausäure und einem Geigerzähler in einer Stahlkammer eingesperrt. Im Geigerzähler befindet sich radioaktives Material in so geringer Menge, dass pro Stunde durchschnittlich ein Atom mit gleicher Wahrscheinlichkeit entweder zerfällt oder nicht zerfällt. Wenn das Atom zerfällt, registriert der Geigerzähler den Vorgang und aktiviert einen Hammer, der das Gefäß zerbricht und das Blausäuregas freisetzt, das die Katze tötet. Wenn kein Atom zerfällt, fällt auch der Hammer nicht, und die Katze lebt weiter.

Der Zufallsprozess des radioaktiven Zerfalls ist nicht vergleichbar mit den Wahrscheinlichkeiten der Makrowelt, wie sie beim Werfen einer Münze gelten, sondern es handelt sich um eine fundamentale, subatomare Quantenwahrscheinlichkeit. Wenn man den Kasten eine Stunde lang geschlossen hält, existiert das Atom folglich gleichzeitig in beiden Zuständen, in Form einer noch nicht kollabierten Wahrscheinlichkeitswelle. Die Katze wiederum hat sich aufgespalten; sie ist gleichzeitig lebendig und tot, verschränkt mit der Wahrscheinlichkeitswelle des Atoms. So lange, bis der Kasten geöffnet wird.

So aberwitzig Schrödingers Gedankenexperiment auch erscheinen mochte, beschrieb es doch genau die Lage meiner Familie. Gleichzeitig tot und lebendig, würden ihre Wahrscheinlichkeitswellen so lange unbestimmt bleiben, bis ich die Bunkertür öffnete. Mir kam der Gedanke, dass ich vielleicht mit dem Graben aufhören sollte, weil es besser wäre, wenn sie in einem Schwebezustand zwischen Leben und Tod verharrten, als dass sie sich als unwiderruflich tot herausstellten. Doch das war kein Argument. Der Luftvorrat im Bunker war begrenzt, und wenn er verbraucht war, sank die Wahrscheinlichkeit für ihr Überleben auf null.

Schließlich traf das Rettungsteam ein, und die Arbeit ging sehr viel schneller vonstatten. Die Tür wurde freigelegt, und die Männer riefen, alle sollten zurücktreten. Dann schlugen sie die Tür mit einer Axt ein. Eine dünne Staubwolke drang aus dem offenen Eingang. Ich wartete mit angehaltenem Atem.

Elena tauchte auf, hustend, aber lächelnd. »Wir sind alle hier«, sagte sie. »Wir sind okay.«

Sie stolperte mir entgegen, und endlich waren wir wiedervereint. Ungeachtet unserer Verletzungen schlossen wir einander in die Arme und hielten uns so fest, als wollten wir uns nie wieder loslassen. Dann kamen die Kinder dran, Claire und Alessandra und Sean, voller Schrammen und Verbrennungen, aber am Leben. Ich umarmte sie nacheinander, doch als ich Sean in die Arme schloss, spürte ich, dass er jeden Moment zusammenbrechen würde. Er hatte schwere Verbrennungen, und der Schmerz setzte gerade ein und würde sehr viel schlimmer werden, bevor es wieder besser wurde. Ich hielt Alessandra umarmt und dachte an die Alex, die tot unter Tonnen von Schutt lag. Gleichzeitig war mir bewusst, dass sie selbst dann, wenn Alessandra keine Erinnerungen an die vergangenen Monate hatte, immer noch dieselbe Person war, die zu lieben und zu bewundern ich gelernt hatte.

Die Sanitäter trafen mit ihren Notfallkoffern und Tragen ein. Sie brachten Sean, Elena und Marek weg, luden die Tragen auf Golfwagen, transportierten sie zu den Aufzügen und von dort aus zu den wartenden Krankenwagen und ins Hospital. Claire und Alessandra, die beide unverletzt waren, blieben bei mir.

Ich umarmte sie noch einmal. »Ich bin ja so froh, dass ihr in Sicherheit seid«, sagte ich.

Claire lächelte mich erschöpft an. Obwohl sie mit Staub bedeckt war, war sie wunderschön. »Werden sie wieder gesund?«

»Ich denke schon. Sean wird eine Weile brauchen, bis er sich erholt hat, aber er wird es schaffen.«

»Eins verstehe ich nicht«, sagte Alessandra. »Was ist mit Alex passiert? Was hat sie getan?«

Ich erklärte ihr, so gut ich konnte, dass Alex sich geopfert hatte, um uns alle zu retten. Ich sagte ihr, Alex sei gestorben, aber nicht wirklich tot, denn alles, was Teil von ihr gewesen sei, sei auch Teil von Alessandra. Sie seien identisch, und ich lobte ihre schnelle Auffassungsgabe und ihre Bereitschaft, sich für die Familie zu opfern.

»Aber das war ich nicht«, sagte Alessandra.

Ich wusste, wie es sich anhören musste, dass ich einem toten Mädchen mehr Bewunderung und Zuneigung entgegenbrachte, als ich ihr gegenüber jemals an den Tag gelegt hatte. Es würde Zeit brauchen, um das geradezubiegen und ihr zu zeigen, dass ich sie jetzt besser verstand und sie liebte, nicht weil sie Claire ähnlich gewesen wäre, sondern um ihrer selbst willen.

»Das warst du«, sagte ich. »Und es ist wahr. Du erinnerst dich bloß nicht mehr daran.«

Seltsam aber war es schon, dass sie sich an die vergangenen Monate nicht erinnern würde. Ich hielt inne und vergegenwärtigte mir meine eigenen Erinnerungen. Ich erinnerte mich nicht vollständig an das Leben im Gefängnis, aber noch sehr gut an die grauenvolle erste Nacht. Ich erinnerte mich an die Zeit, die ich mit Alex verbracht hatte, gleichzeitig aber auch an die Verhandlung aus der Perspektive des Angeklagten. Einige Erinnerungen hatten sich in die Vagheit dessen, was hätte sein können, verflüchtigt, andere wiederum – aus beiden Perspektiven – waren glasklar. Weshalb konnte Alessandra sich nicht an die gleichen Dinge erinnern? War die Alex, die ich kennengelernt hatte, vollständig verloren gegangen?

Die Sanitäter brachten uns Decken und Wasserflaschen. Ein Expertenteam traf ein, das wusste, wie man die Trümmer entfernte, ohne weitere Einstürze zu riskieren.

»Wie viele Personen gehörten zu Ihrer Gruppe?«, fragte mich einer der Experten.

»Sechs«, antwortete ich. »Meine Frau, meine drei Kinder, mein Freund Marek Svoboda und ich. Meine Frau und mein Sohn wurden ins Krankenhaus gebracht, und das sind meine beiden Mädchen.«

»In den Trümmern haben wir noch jemanden gefunden.« Er zeigte in die Richtung von Brians Labor. »Wir haben noch nicht alles freigeräumt, aber die Tote ist ungefähr in dem Alter von Ihrer Tochter. Wissen Sie, wer das sein könnte?«

Ich runzelte die Stirn. Alex hätte keinen Körper zurücklassen sollen. Er hätte sich auflösen sollen, als ihre Wahrscheinlichkeitswelle zusammengebrochen war, so wie bei Jacob und mir . Die Wahrheit schockte mich wie ein Eiswasserguss. Als meine beiden Bewusstseine sich wiedervereinigt hatten und ich Erinnerungen von beiden Versionen meiner selbst hatte aufblitzen sehen, hatte es einen Moment gegeben, an dem ich mich hätte wehren, mich zurückhalten oder den Zusammenbruch der Welle sogar hätte verhindern können. In wissenschaftlicher Hinsicht war das ein merkwürdiger Gedanke, doch ein Wellenzusammenbruch stand grundsätzlich in einem merkwürdigen Zusammenhang zum Bewusstsein. Wenn Alex sich gegen den Zusammenbruch gewehrt hatte, bedeutete das ...

»Das ist ebenfalls meine Tochter«, sagte ich. »Und sie lebt.«

41

»Links etwas höher«, sagte ich. Alessandra hob die linke Seite des Geburtstagsbanners ein winziges Stück an. »Perfekt. Und jetzt steig runter und hilf mir mit den Ballons.«

Die Sommersonne schien durch die Fenster und tauchte das Esszimmer in eine helle, freundliche Atmosphäre. Alessandra und ich entwirrten die Schnüre von einem Dutzend Luftballons und banden sie paarweise an den Stuhllehnen fest: zwei rote, zwei blaue, zwei gelbe und zwei grüne. Claire ging mit einem Geschenkestapel vorbei, eine leuchtende Erscheinung in ihrem orangefarbenen Sommerkleid und mit den Bändern im blonden Haar.

»Sag Sean, er soll runterkommen, wärst du so nett?«, sagte ich. »Er soll mithelfen.«

Sean stürmte mit Maximalgeschwindigkeit ins Zimmer und prallte, getragen vom Schwung, gegen die gegenüberliegende Wand. Er war erst vor zwei Wochen aus dem Krankenhaus entlassen worden, doch er wurde von Tag zu Tag kräftiger und munterer. Dank plastischer Chirurgie waren die Hauttransplantationen im Gesicht kaum zu erkennen, und die Ärzte meinten, die verbliebenen Narben würden mit der Zeit verblassen.

»Guck mal, was ich gemacht habe!«, sagte Sean. Er hatte fünf Blatt Papier zusammengeklebt und auf sein Banner ›WILKOMMEN ZUHAUSE!‹ geschrieben. Verziert hatte er es mit Kampfjets und Dinosauriern, die er bei allen Gelegenheiten verwendete.

»Toll«, sagte ich. »Wir hängen es unter das andere.«

Es war Tradition bei uns, dass kein Geburtstag ohne Krachmacher ablief, deshalb verteilte ich Tröten und Pfeifen auf die Plätze am Esstisch. Das geblümte Tischtuch wirkte hell und festlich, die Farben passten zu den Schnittblumen in der Vase, die in der Tischmitte stand. Alles war bereit.

Alessandra umarmte mich und gab mir einen Kuss. »Danke, Dad.«

Es schellte. »Das sind sie!«, rief Sean und stürmte zur Haustür. Ich hörte, wie er sie aufriss, und mich überkam ein Anflug von Furcht, als ich daran denken musste, wie Elena dem Varcolac aufgemacht hatte. Doch dieser Albtraum lag jetzt hinter uns, und wir erholten uns langsam, aber sicher davon. Heute wurde das gefeiert.

»Das sind sie nicht!«, rief Sean aus vollem Hals. »Das ist nur Onkel Marek!«

Ich begrüßte Marek mit einem Händedruck, der einem anderen Mann die Hand zerquetscht hätte, und wir wechselten zufriedene Blicke. Es war nicht notwendig, dass ich ihm dankte oder ihm sagte, wie ich mich fühlte. Er verstand das auch so. Colin traf ein paar Minuten später ein, und bald darauf wurde gelacht und laut durcheinandergeredet.

Unser Van fuhr in die Einfahrt, Elena saß am Steuer. »Hört mal, sie sind da!«, sagte ich.

Die Unterhaltungen verstummten, und wir beobachteten durchs Fenster, wie Elena einen Rollstuhl aus dem Laderaum hob und Alex hineinhalf. Elena legte die Hände auf die Griffe, um zu schieben, doch Alex winkte ab. Sie benutzte die Handsteuerung, und nachdem sie einmal gegen das Geländer gestoßen war, manövrierte sie ihn die kürzlich installierte Rampe hoch. Elena hielt die Tür auf, während Alex in die Diele rollte.

»Überraschung!«

Der Lärm erschreckte sie zunächst, doch dann schaute sie sich um und lächelte. Ihre neue Haut war noch rosig – kein Transplantat wie bei Sean, sondern ein fast vollständiger Ersatz. Ihr Haar hatte gerade erst angefangen nachzuwachsen, doch der Wuchs war noch ungleichmäßig. Beinahe alle Organe, die ausfallen konnten, hatten bei ihr versagt, und im Krankenhaus hatte sie monatelang gegen Infektionen gekämpft, die mehrfach einen lebensgefährlichen Verlauf genommen hatten.

Doch sie lebte, und von Tag zu Tag ging es ihr ein ganzes Stück besser. Der schmerzhafte Teil lag weitgehend hinter ihr, und jetzt war sie endlich wieder zu Hause. Alessandra kam mit Tränen in den Augen herbeigeeilt. »Willkommen daheim«, sagte sie und umarmte ihre Schwester behutsam.

Der Varcolac war nicht wieder aufgetaucht, und es sah ganz danach aus, dass Alex und Alessandra beide von Dauer waren. Alessandra war täglich im Krankenhaus gewesen, und jetzt war die Beziehung der beiden so eng wie bei Zwillingen – sogar enger, denn sie teilten so viele Erfahrungen miteinander, dass man den Eindruck hatte, sie könnten gegenseitig ihre Gedanken lesen. Ich war noch dabei, den Behörden und der Krankenversicherung zu erklären, weshalb ich auf einmal drei Töchter hatte, obwohl nur zwei gemeldet waren.

Wir gingen ins Esszimmer, wo es Käsesteaks gab (Alex' und Alessandras Lieblingsgericht). Wir unterhielten uns über die Zeit, als die ganze Welt verrückt gespielt hatte, denn einige Anwesenden kannten noch nicht alle Geschichten. Zum Nachtisch hatte Elena zwei Geburtstagskuchen gebacken, die sich spiegelbildlich zueinander verhielten. Wir sangen Happy Birthday, die Mädchen pusteten die Kerzen aus, und Elena teilte großzügig Kuchenstücke mit Vanilleeiscreme aus.

Nach dem Essen kamen die Geschenke an die Reihe. Alessandra nahm einen blau gestreiften Karton in die Hand und zupfte an der Schleife, doch ich kam ihr zuvor. »Mach das als Letztes auf.«

Sie nahmen sich die anderen Geschenke vor: zwei Halsketten von Claire, Eintrittskarten für ein Spiel der Phillies von Colin und wunderschöne handgeschnitzte rumänische Kreuze von Marek. Schließlich reichte ich ihnen das blau gestreifte Geschenk.

Sie entfernten gemeinsam das Papier und stießen einen Freudenschrei aus, als sie den Google-Schriftzug mit dem Umriss eine Apfels anstelle des roten ›o‹ entdeckten. Sie wussten, was das war, noch ehe sie es ganz ausgepackt hatten.

Die Box war viel größer als das eigentliche Geschenk, gefüllt mit Luftfolie und dekorativem Einsatz. Darin lagen zwei Paar Eyejacklinsen, ausgestattet mit der neuen Stereotechnologie von Google Apple. Sie erlaubte es zwei Betrachtern, Viewfeeds aus verschiedenen Blickwinkeln aufzuzeichnen. Die Software vereinte die Bilder dann zu einem dreidimensionalen Bild, in das man eintauchen konnte. Alex und Alessandra warfen die Bedienungsanleitung zusammen mit dem Geschenkpapier weg, trotzdem hatten sie ihre neuen Spielzeuge bald darauf in Betrieb genommen.

Elena und ich schauten zu, wie sie um Claire herumgingen und aufzeichneten, wie ihre Schwester Sean so heftig kitzelte, dass ihm beinahe die Tränen kamen.

»Hey, pass auf, dass er sich nicht in die Hose macht!«, rief Elena.

Ich legte ihr den Arm um die Schulter und flüsterte ihr ins Ohr. »Das ist eine tolle Familie«, sagte ich.

»Ich hatte immer den Eindruck, sie braucht eine Freundin«, meinte Elena. »Es hätte gar nicht besser kommen können.« Sie legte die Stirn in Falten. Offenbar wollte sie mit ihrer Bemerkung nicht nur mich, sondern auch sich selbst überzeugen. Sie dachte an all das Grauen, das hinter uns lag, und fragte sich, inwieweit es das Leben unserer Kinder beeinflussen würde.

Alessandra lenkte Marek ab, damit Alex ihm das zweite Stück Schokoladenkuchen stibitzen konnte. Sie steckten sich gegenseitig Kuchenstücke in den Mund und klatschten sich ab. Ich wusste, dass ihre Videos ohne Zeitverlust auf ihrer gemeinsamen Viewfeedsite gepostet wurden, die rasch an Beliebtheit gewann, da sie vom Interesse an Alex' Genesung und der Einzigartigkeit der Lifer-Zwillinge profitierte.

»Sie werden es schaffen«, sagte ich und drückte Elena.

Später am Abend, als unsere Gäste gegangen und die Kinder in ihren Zimmern waren, setzten Elena und ich uns im Bett auf, hielten Händchen und redeten.

»Ich bekomm's einfach nicht aus dem Kopf«, gestand sie. »Du wurdest vor Monaten freigesprochen, aber ich rechne immer noch damit, dass jeden Moment die Polizei bei uns auftaucht und dich mitnimmt.«

»Die Entscheidung der Richterin ist unwiderruflich«, sagte ich. Es war eine zermürbende, stundenlange Anhörung unter Ausschluss der Öffentlichkeit gewesen, doch am Ende hatte Officer Peyton Richterin Roswell davon überzeugt, dass die Polizei mich nicht länger für den Schuldigen halte und stattdessen jemand anderen verhaftet habe. Da die Polizei nur selten einen so schweren Ermittlungsfehler eingestand, hatte die Richterin aufmerksam zugehört und die Akte schließlich geschlossen. Die Geschworenen, die inzwischen eine Entscheidung getroffen hatten, hatte man nach Hause geschickt, ohne dass das Urteil verlesen worden war.

»Ich weiß«, sagte Elena. »Aber das Ganze kam so unerwartet. Ich träume immer noch vom Varcolac und dem ausdruckslosen, augenlosen Gesicht. Ich weiß, du sagst, er kommt nicht wieder, aber vielleicht bist du dir deiner Sache ja weniger sicher, als du mir gegenüber den Anschein erweckst.«

»Ich glaube, aus eigenem Antrieb kann er nicht wiederkommen«, sagte ich. »Und der Higgs-Projektor wurde vernichtet. Aber da es nun einmal möglich ist, könnte ein anderer Quantenforscher diese Tür irgendwann unwissentlich wieder öffnen.« Ich drückte ihr die Hand. »Bis dahin erfreuen wir uns unserer wunderschönen gesunden Kinder.«

»Nicht ganz gesund«, sagte Elena.

»Aber sie werden immer gesünder.« Ich lachte. »Und jetzt sind es vier! Wer hätte das gedacht.«

Das brachte sie zum Lächeln. »Sie kümmern sich wunderbar umeinander, findest du nicht? Hast du gesehen, wie sie um Marek herumgelaufen sind?«

In unser Gelächter hinein klingelte das Telefon. Es war schon nach zehn. Ich merkte, wie Elena sich anspannte. Sie sah aufs Display. »Das ist Terry Sheppard«, sagte sie besorgt.

Ich nahm den Anruf stirnrunzelnd entgegen. »Hallo, Terry«, sagte ich. »Was gibt es?«

»Jacob, hier ist jemand, der mit Ihnen sprechen möchte«, sagte Terry.

Es raschelte, als er das Handy weiterreichte.

»Mr. Kelley?«

Ich kannte die Stimme nicht. »Ja? Wer ist da?«

»Mein Name ist Anna Majors.«

»Tut mir leid, aber kennen wir uns?«

»Ich war die Geschworene Nummer sechs.«

Elena hatte meinen Gesichtsausdruck bemerkt, denn sie musterte mich besorgt und flüsterte: »Wer ist das?«

»Hallo?«, sagte die Anruferin.

»Ja, ich bin noch dran«, sagte ich. »Weswegen rufen Sie an, Mrs. Majors?«

»Ich habe in den Nachrichten gesehen, dass diese Frau, Jean Massey, für den Mord an Mr. Vanderhall schuldig gesprochen wurde.«

»Ja«, sagte ich müde. »Ma'am, ich versichere Ihnen, dass das Urteil korrekt ist.« In dem Verfahren hatte ich als Zeuge ausgesagt, und mit Jeans Verurteilung war für mich die ganze Angelegenheit abgeschlossen. Wenn ich nie wieder das Gerichtsgebäude in Philadelphia betreten musste, würde ich als glücklicher Mensch sterben.

»Ich zweifle das Urteil gar nicht an«, sagte Anna Majors. »Ich dachte nur, vielleicht würde es Sie interessieren zu erfahren, wie *unser* Urteil lautete, das wir nicht verlesen durften. Wir haben Sie für nicht schuldig befunden.«

»Im Ernst? Ich war mir sicher …«

»Ja, im Ernst. Damals glaubte ich, Sie hätten den Mord durchaus begangen haben können – dafür entschuldige ich mich –, doch als Gruppe hatten wir den Eindruck, die Geschichte und die Spuren reichten als Beweis nicht aus. Anfangs waren nicht alle dieser Ansicht, und wir haben lange diskutiert, aber darauf lief es am Ende hinaus. Jetzt, da die wahre Mörderin verurteilt ist und ich weiß, dass Sie es nicht waren, bin ich froh, dass wir zu der Entscheidung gelangt sind, auch wenn es jetzt keine Rolle mehr spielt. Ich fand jedenfalls, dass Sie das wissen sollten.«

Ich grinste, und Elena musterte mich mit immer größerem Befremden. »Ich danke Ihnen, Mrs. Majors. Ich bin Ihnen dankbar dafür, dass Sie angerufen haben. Es tut gut, das zu wissen.«

Ich unterbrach die Verbindung. »Worum ging's?«, fragte Elena.

Unablässig lächelnd, berichtete ich ihr, was Anna Majors gesagt hatte. Praktisch hatte es keine Konsequenzen, doch dass mich die Geschworenen mit ihrem beschränkten Wissen für unschuldig befunden hatten, bereitete mir große Genugtuung. »Das ist der perfekte Ausklang eines perfekten Tages«, sagte ich.

Elena lächelte durchtrieben. Sie hatte sich wieder entspannt. Sie verschränkte die Arme, ergriff den Saum ihres T-Shirts und lupfte es. »Meinst du wirklich?«, sagte sie. »Der perfekte Ausklang?«

Mein Grinsen wurde noch breiter. »Vielleicht noch nicht ganz perfekt«, sagte ich.

Dann hörten wir eine Weile auf zu reden.

Danksagung

Mein besonderer Dank gilt Eleanor Wood, die das Buch mochte und einen Verlag dafür gefunden hat. Des Weiteren danke ich Lou Anders, die mich an der Produktion hat teilhaben lassen, und all den großartigen Menschen von Pyr und Prometheus für ihre Begeisterung und die Fürsorglichkeit, die sie der Geschichte haben angedeihen lassen. Und ich danke den vielen Menschen, welche die Entwürfe gelesen und mich auf deren Schwächen aufmerksam gemacht haben: Mike Shultz, David Cantine, Chad und Jill Wilson, Mike Yeager, Roger Savage, Joe Reed und Bob Walton. Und zuletzt noch Karen, Ruth, Miriam, Naomi, Caleb, Lydia, Magdalen und Silas, die mir eine stete Freude sind.